全国学前教育专业"十二五"系列规划教材

# 幼儿文学作品选

总主编：张家森　喻小平

主　编：王丹丹　吕银才

副主编：王　卉　陈亚娟

南开大学出版社

天　津

图书在版编目(CIP)数据

幼儿文学作品选 / 王丹丹,吕银才主编. —天津：南开大学出版社,2014.8（2019.6 重印）
全国学前教育专业"十二五"系列规划教材
ISBN 978-7-310-04561-7

Ⅰ.①幼… Ⅱ.①王…②吕… Ⅲ.①儿童文学－文学欣赏－世界－幼儿师范学校－教材 Ⅳ.①I106.8

中国版本图书馆 CIP 数据核字(2014)第 172770 号

## 版权所有　侵权必究

南开大学出版社出版发行
出版人：刘运峰
地址：天津市南开区卫津路 94 号　邮政编码：300071
营销部电话：(022)23508339　23500755
营销部传真：(022)23508542　邮购部电话：(022)23502200

＊

三河市同力彩印有限公司印刷
全国各地新华书店经销

＊

2014 年 8 月第 1 版　　2019 年 6 月第 4 次印刷
185×260 毫米　　16 开本　17.75 印张　332 千字
定价：28.80 元

如遇图书印装质量问题，请与本社营销部联系调换，电话：(022)23507125

# 目 录

## 儿 歌 ........................................................................................................ 1
阅读指导 .................................................................................................... 1
1. 排排坐 ................................................................................................... 2
2. 甜嘴巴 ................................................................................................... 2
3. 小姑娘，会梳头 ................................................................................... 2
4. 夏 天 ..................................................................................................... 2
5. 宝宝笑笑 ............................................................................................... 2
6. 吃得小脸红冬冬 ................................................................................... 2
7. 小熊过桥 ............................................................................................... 2
8. 风 .......................................................................................................... 3
9. 花手绢 ................................................................................................... 3
10. 小燕子背把剪 ..................................................................................... 3
11. 下雨谁高兴 ......................................................................................... 3
12. 做衣裳 ................................................................................................. 4
13. 一首唱不完的歌 ................................................................................. 4
14. 呱 ........................................................................................................ 4
15. 自己来 ................................................................................................. 4
16. 粗心的小画家 ..................................................................................... 4
17. 羞 ........................................................................................................ 5
18. 七巧板 ................................................................................................. 5
19. 蝴蝶，蝴蝶你找谁 ............................................................................. 5
20. 怎样叫 ................................................................................................. 6
21. 搬 米 ................................................................................................... 6
22. 蚕宝宝 ................................................................................................. 6
23. 来当调皮小娃娃 ................................................................................. 6
24. 夏天在哪里 ......................................................................................... 7
25. 过家家 ................................................................................................. 7

26. 骆　驼 ............................................................. 7
27. 难怪个子长不高 ................................................. 7
28. 熊妈妈请客 ...................................................... 8
29. 当警察 ........................................................... 8
30. 丢手绢 ........................................................... 8
31. 大蜻蜓 ........................................................... 8
32. 小金鱼 ........................................................... 8
33. 没有腿 ........................................................... 9
34. 刷　牙 ........................................................... 9
35. 板凳谣 ........................................................... 9
36. 小狗吓一跳 ...................................................... 9
37. 五指歌 ........................................................... 9
38. 黄瓜和豆荚 ...................................................... 9
39. 扣眼和纽扣 ..................................................... 10
40. 一个小宝宝 ..................................................... 10
41. 小白兔 .......................................................... 10
42. 小老鼠上灯台 .................................................. 10
43. 小河和白鹅 ..................................................... 10
44. 你说好笑不好笑 ............................................... 10
45. 桃花娃娃 ....................................................... 11
46. 房子里有箱子 .................................................. 11
47. 河　马 .......................................................... 11
48. 小小竹叶 ....................................................... 11
49. 月　亮 .......................................................... 12
50. 海娃娃 .......................................................... 12
51. 大瀑布 .......................................................... 12
52. 野牵牛 .......................................................... 12
53. 小香蕉 .......................................................... 12
54. 小鸡、小鸭和小袋鼠 .......................................... 12
55. 耳　朵 .......................................................... 13
56. 蜗牛出门 ....................................................... 13
57. 夏天到来虫虫飞 ............................................... 13
58. 一园青菜成了精 ............................................... 14
59. 什么美 .......................................................... 15

## 目录

    60. 小小的船 ................................................................ 15
    61. 红眼珠 ................................................................... 15
    62. 月亮藏猫猫 ............................................................. 15

幼儿诗 ............................................................................ 17
    阅读指导 ..................................................................... 17
    1. 老师蹲班了 ............................................................... 18
    2. 甜甜的唎 ................................................................. 18
    3. 蒲公英 ................................................................... 18
    4. 小狮子理发 ............................................................... 18
    5. 祝你晚上好 ............................................................... 18
    6. 春　天 ................................................................... 19
    7. 我和妈妈 ................................................................. 19
    8. 老房子 ................................................................... 19
    9. 蝉 ....................................................................... 20
    10. 花瓣船 .................................................................. 20
    11. 春天在奔跑 ............................................................. 20
    12. 谁见过风 ............................................................... 20
    13. 芽　苞 .................................................................. 21
    14. 喷　泉 .................................................................. 21
    15. 蚂蚁搬家 ............................................................... 21
    16. 森林月夜 ............................................................... 21
    17. 落　叶 .................................................................. 22
    18. 要造就一片草原 ......................................................... 22
    19. 急性子汽车 ............................................................. 22
    20. 鸟儿翻译家 ............................................................. 22
    21. 我和小鸟和铃铛 ......................................................... 22
    22. 小　花 .................................................................. 23
    23. 风 ...................................................................... 23
    24. 雨，是云的娃娃 ......................................................... 23
    25. 小星星 .................................................................. 24
    26. 露　珠 .................................................................. 24
    27. 大海睡了 ............................................................... 24
    28. 浪　花 .................................................................. 24
    29. 风　铃 .................................................................. 24

- 30. 彩色的篱笆 ... 25
- 31. 稻　田 ... 25
- 32. 会飞的花朵 ... 25
- 33. 星　星 ... 25
- 34. 太　阳 ... 25
- 35. 小　猫 ... 26
- 36. 林　中 ... 26
- 37. 轻　轻 ... 26
- 38. 夕　阳 ... 26
- 39. 蝴蝶花 ... 27
- 40. 听雨点说话 ... 27
- 41. 下巴上的洞洞 ... 27
- 42. 美丽的童话 ... 28
- 43. 我给小鸡起名字 ... 28
- 44. 小海螺 ... 29
- 45. 爱玩水的小青蛙 ... 29
- 46. 黄　叶 ... 29
- 47. 小树谣曲 ... 30
- 48. 小鱼睡在哪里 ... 30
- 49. 大口罩 ... 30
- 50. 小虎问路 ... 31
- 51. 快乐的鸟儿 ... 31
- 52. 绿色的和灰色的 ... 32
- 53. 兔子和乌龟第二次赛跑 ... 33
- 54. 春天的舞蹈家 ... 34
- 55. 小山上的风 ... 34

## 幼儿童话 ... 35
- 阅读指导 ... 35
- 1. 不来梅的乐师 ... 36
- 2. 灰姑娘 ... 38
- 3. 魔鬼的三根金发 ... 43
- 4. 睡美人 ... 46
- 5. 白雪公主 ... 49
- 6. 桌子、金驴和棍子 ... 55

## 目录

7. 月 亮 ............................................................. 57
8. 渔夫和金鱼 ..................................................... 58
9. 公鸡和手磨 ..................................................... 61
10. 坚定的锡兵 ..................................................... 62
11. 莴苣姑娘 ......................................................... 65
12. 玻璃瓶中的妖怪 ............................................. 67
13. 小熊睡不着 ..................................................... 69
14. 迷路的小花猫 ................................................. 70
15. 小熊买糖果 ..................................................... 71
16. 大公鸡和漏嘴巴 ............................................. 72
17. 笨狮洗头 ......................................................... 73
18. 和狮子握手的老鼠 ......................................... 75
19. 超级感冒 ......................................................... 76
20. 春天在哪里 ..................................................... 76
21. 妈妈，我很丑吗 ............................................. 78
22. 小懒猪会朋友 ................................................. 79
23. 好邻居 ............................................................. 80
24. 甜甜的棍子 ..................................................... 82
25. 小象转学 ......................................................... 83
26. 快乐新村 ......................................................... 84
27. 兔子背包 ......................................................... 85
28. 两只棉手套 ..................................................... 87
29. 神奇的药箱 ..................................................... 88
30. 狐狸和葡萄 ..................................................... 90
31. 去年的树 ......................................................... 91
32. 一颗小豆 ......................................................... 92
33. 七色花 ............................................................. 93
34. 爱掐人的小女孩儿 ......................................... 95
35. 百宝糖 ............................................................. 97
36. 狮子照哈哈镜 ................................................. 97
37. "小伞兵"和"小刺猬" ................................ 98
38. 不用嘴巴的歌唱家 ......................................... 99
39. 浪娃娃 ............................................................. 102
40. 圆圆和方方 ..................................................... 103

41. "咕 咚" ........................................................... 104
42. 破鸟蛋 ........................................................... 105
43. 两只笨狗熊 ...................................................... 106
44. 聪明的阿凡提 ................................................... 107
45. 金色的房子 ...................................................... 108
46. 猜猜我有多爱你 ................................................ 109
47. 月亮，生日快乐 ................................................ 110
48. 大风天 ........................................................... 111
49. 桃树下的小白兔 ................................................ 112
50. 小青虫的梦 ...................................................... 114
51. 花 园 ........................................................... 115
52. 讲故事 ........................................................... 116
53. 帽子 .............................................................. 117
54. 寄给蛤蟆的信 ................................................... 118
55. 泪水茶 ........................................................... 119
56. 惊 喜 ........................................................... 120
57. 战栗 .............................................................. 120
58. 滑下山 ........................................................... 121
59. 冰淇淋 ........................................................... 123
60. 卖火柴的小女孩 ................................................ 124
61. 快睡吧，小田鼠 ................................................ 125
62. 丑小鸭 ........................................................... 127
63. 天蓝色的种子 ................................................... 133
64. 妈妈，亲亲！ ................................................... 134
65. 路德特别高兴 ................................................... 136
66. 法兰西丝的睡觉时间 .......................................... 137
67. 三只蝴蝶 ........................................................ 139
68. 给狗熊奶奶读信 ................................................ 140
69. 想当太阳的小狗 ................................................ 140
70. 地毯下面 ........................................................ 142
71. 面包房里的猫 ................................................... 143
72. 犟龟 .............................................................. 146
73. 咬咬 .............................................................. 150
74. 雪孩子 ........................................................... 151

75. 一个唬老虎的小男孩 ................................................ 158
76. 狗熊进城 ................................................................ 159
77. 小狐狸买手套 ........................................................ 160
78. 皇帝的新衣 ............................................................ 163
79. 萝卜回来了 ............................................................ 166
80. 会打喷嚏的帽子 .................................................... 168
81. 尾 巴 .................................................................... 168
82. 小蝌蚪找妈妈 ........................................................ 171
83. 蜗 牛 .................................................................... 172
84. 树的节日 ................................................................ 173
85. 马棚边上的油菜花 ................................................ 174
86. 舒克和贝塔（节选） ............................................ 176
87. 舒克和贝塔（节选） ............................................ 180
88. 小鸭子学跳舞 ........................................................ 183
89. 踢拖踢拖小红鞋 .................................................... 184
90. 飞上天的鱼 ............................................................ 186

## 幼儿生活故事 ................................................................ 189
### 阅读指导 ................................................................ 189
1. 小手印 .................................................................... 190
2. 洗衣服 .................................................................... 190
3. 小鸭子毛巾 ............................................................ 191
4. 大鸡蛋 .................................................................... 192
5. 好吃的东西 ............................................................ 193
6. 咪咪的心愿 ............................................................ 194
7. 不想睡觉的卡卡 .................................................... 195
8. 第一次当哥哥 ........................................................ 195
9. 野猫真的来过了 .................................................... 196
10. 第一名和最后一名 .............................................. 197
11. 佳佳搬家 .............................................................. 198
12. 慌慌张张的玛莎 .................................................. 199
13. 梯 级 .................................................................. 200
14. 张老师的脸肿了 .................................................. 201
15. 听鱼说话 .............................................................. 202
16. 幻想家 .................................................................. 203

17. 信箱里的花束 ............................................................. 206
18. 佳佳迟到了 ................................................................ 207
19. 叫蝈蝈 ....................................................................... 207
20. 找朋友 ....................................................................... 208
21. 阳台上的朋友 ............................................................. 209
22. 哇哇和呱呱 ................................................................ 209
23. 一张身份证 ................................................................ 210
24. 冬冬怕野猫，还是野猫怕冬冬 .................................... 211
25. 小闹钟 ....................................................................... 211
26. 节日的礼物 ................................................................ 212
27. 棉鞋里的阳光 ............................................................. 212

**图画故事** ........................................................................ 213
    阅读指导 ...................................................................... 213
    1. 阿宝的耳朵 ............................................................. 214
    2. 小猫咪追月亮（节选） ............................................ 215
    3. 一只小鸟 ................................................................ 217
    4. 想吃苹果的鼠小弟 ................................................... 218

**幼儿散文** ........................................................................ 221
    阅读指导 ...................................................................... 220
    1. 绿色的小扇子 .......................................................... 222
    2. 出来玩 .................................................................... 222
    3. 午　睡 .................................................................... 222
    4. 很轻很轻 ................................................................ 223
    5. 妈妈睡了 ................................................................ 223
    6. 妈妈的眼睛 ............................................................. 224
    7. 唱着歌走路 ............................................................. 224
    8. 我变小了 ................................................................ 225
    9. 尖尖的草帽 ............................................................. 225
    10. 我的小花园 ........................................................... 226
    11. 盘山公路 .............................................................. 226
    12. 放学路上 .............................................................. 226
    13. 小燕姐姐 .............................................................. 227
    14. 小星星 .................................................................. 227
    15. 梅花鹿 .................................................................. 227
    16. 竹鸡们 .................................................................. 227

17. 小鸟的家 ... 228
18. 快乐的小鸟 ... 228
19. 走进大草原 ... 230
20. 石榴笑了 ... 230
21. 金色的小船 ... 230
22. 小草坪 ... 231
23. 鸟　树 ... 231
24. 城市变森林 ... 231
25. 一朵小红花 ... 232
26. 河边的草地 ... 233
27. 春风娃娃报信 ... 233
28. 寻　春 ... 233
29. 秋天真美 ... 234
30. 冬天，在小河边 ... 234
31. 小雨点儿 ... 235
32. 彩色的雨 ... 235
33. 雪 ... 235
34. 月亮做客 ... 236
35. 荷叶上的珍珠 ... 236
36. 我家的小小动物园 ... 237
37. 金色的草地 ... 239
38. "爱"是什么呀 ... 239
39. 画出来的故事 ... 240
40. 采　菱 ... 241

## 幼儿戏剧 ... 242

阅读指导 ... 241
1. 兔妈妈种萝卜 ... 243
2. 小蘑菇 ... 246
3. 没有牙齿的大老虎 ... 248
4. 小猴过桥 ... 252
5. 小兔乖乖 ... 253
6. 自作聪明的小花猫 ... 256
7. 丑小鸭 ... 259
8. 小狐狸卖药 ... 265
9. 聪明小鸡笨小狼 ... 268

# 儿　歌

## 【阅读指导】

儿歌是幼儿口头传唱的歌谣，在古代被称为童谣，具有浓郁的民歌风格，是人生最早接触的一种文学样式。儿歌大多节奏鲜明、音韵和谐、篇幅短小、通俗易懂。儿歌存在于幼儿自戏自歌的游戏环境中，同玩具、游戏一样，是幼儿天然的朋友。我国的儿歌经过长期的流传演变，已逐渐形成了多种深受幼儿喜爱的形式，如摇篮曲、游戏歌、数数歌、问答歌、连锁调、绕口令、颠倒歌、字头歌、谜语歌等。

辅导幼儿朗读儿歌要注意以下几个方面：首先要把儿歌中词语的声、韵、调等范读准确，否则幼儿先入为主，以后会很难纠正。其次要注意儿歌的节奏停顿，范读时可以夸张些，让幼儿感受到儿歌朗读中所应有的抑扬顿挫，体会儿歌的韵味，这对于培养他们的语感很有帮助。

另外，由于儿歌艺术形式的独特性，教幼儿朗读时要有所侧重，比如：游戏歌可以加上动作，边表演边朗诵，增加学习的趣味性。数字歌可以重读数字，让幼儿加强数字的概念，为今后的数学学习打下基础。连锁调、问答歌可以采用对接的方式，我说上句你接下句，或者我问你答；这种竞赛的方式也是幼儿比较喜欢的，可以使他们更快地记住儿歌的内容。对于绕口令则要注意词语的发音，尤其是对于容易读错的词语，可以先读词语，再还原到儿歌中学习。还有一些有人物、有情节的儿歌，要注意语调、语气的运用，尽量带上感情，让幼儿体验故事情景；也可以根据儿歌内容设计一些问题，比如朗诵《小熊过桥》后，可以提问："小竹桥为什么会摇摇摇？"（因为竹桥软，小熊身体重），"小熊走到桥上为什么心乱跳？"（胆小，害怕），"头上乌鸦为什么哇哇叫？桥下流水为什么哗哗笑？"（吓唬小熊，笑话小熊胆小），"这时谁来帮助鼓励小熊？"（河里鲤鱼），"小熊过了桥为什么要回头笑？"（感谢鲤鱼的帮助），"鲤鱼为什么乐得尾巴摇？"（为小熊勇敢过桥而高兴），等等。

## 1. 排排坐

排排坐，
吃果果，
你一个，
我一个，
妹妹睡了留一个。
（陕西儿歌）

## 2. 甜嘴巴

小娃娃，
甜嘴巴，
喊妈妈，
喊爸爸，
喊得奶奶笑掉牙。
（郑春华）

## 3. 小姑娘，会梳头

小姑娘，
会梳头，
一梳梳到麦子熟，
麦子磨成面，
芝麻磨成油，
黄瓜爬上架，
茄子打滴溜。
（北京儿歌）

## 4. 夏 天

河里游着虾，
岸上开着花，
塘里跳着蛙，
田边结着瓜。
大雨哗哗哗，
乐坏了虾和蛙，
洗净了花和瓜。
（杜 虹）

## 5. 宝宝笑笑

小草小草青青，
落着一只蜻蜓。
小树小树高高，
落着一只小鸟。
宝宝宝宝走来，
拍着小手笑笑。
（刘丙钧）

## 6. 吃得小脸红冬冬

菠菜绿油油，
萝卜白生生。
冬瓜是个胖娃娃，
番茄像只小灯笼。
样样蔬菜我都爱，
吃得小脸红冬冬。
（杜虹）

## 7. 小熊过桥

小竹桥，摇摇摇，
有个小熊来过桥。
走不稳，站不牢，
走到桥上心乱跳。
头上乌鸦哇哇叫，
桥下流水哗哗笑，

"妈妈，妈妈，你来呀！
快把小熊抱过桥！"
河里鲤鱼跳出水，
对着小熊大声叫：
"小熊，小熊，不要怕，
眼睛向着前面瞧！"
一二三，向前跑，
小熊过桥回头笑，
鲤鱼乐得尾巴摇。
（蒋应武）

### 8. 风

春天里，
东风多，
吹来燕子做新窝。

夏天里，
南风多，
吹得太阳像盆火。

秋天里，
西风多，
吹熟庄稼吹熟果。

冬天里，
北风多，
吹得雪花纷纷落。
（江全章）

### 9. 花手绢

花手绢，一块块，
自己洗，自己晒，

红的花，黄的花，
阳光下，放光彩。
小蜜蜂，嗡嗡嗡，
一只只，飞过来，
错把手绢当鲜花，
你说这事怪不怪。
（程逸汝）

### 10. 小燕子背把剪

小燕子，背把剪，
忙来忙去不停闲。
剪开鲜花撒大地，
剪出翠竹挺胸站。
剪下柳丝迎风飘，
剪裁绿衣送大山。
一不小心云划破，
滴滴答答雨花溅。
（喻德荣）

### 11. 下雨谁高兴

下小雨，
谁高兴？
满山蘑菇最高兴，
举着花伞把雨迎。

下小雨，
谁高兴？
山间小溪最高兴，
哗啦哗啦赶路程。

雨停了，
谁高兴？

河边青蛙最高兴。
呱呱呱呱蛙鼓鸣。
（盖尚铎）

### 12．做衣裳

狐狸做件花衣裳，
大家都夸真漂亮。

小熊上街买来布，
照样裁剪照样忙。

一样领，一样袖，
尺寸大小都一样。

做完新衣试一试
穿了半天穿不上。

量量身体才明白，
小熊要比狐狸胖。
（盖尚铎）

### 13．一首唱不完的歌

吃了大西瓜，
瓜子种地下。
瓜子长出芽，
瓜藤随地爬。
藤上开出花，
结出大西瓜。
吃了大西瓜，
瓜子种地下。
……
（任溶溶）

### 14．呱

呱
呱呱
呱呱呱
我是青蛙
小虫吃庄稼
我就马上
捉住它
呱呱
呱
（鲁　兵）

### 15．自己来

自己来，自己来，
自己起床坐起来；
自己的衣服自己穿，
自己的帽子自己戴，
自己的被褥自己叠，
自己的玩具自己摆；
自己刷的牙儿净，
自己洗的脸儿白……
自己的事情自己做，
多么勤快的小乖乖！
（安栋梁）

### 16．粗心的小画家

丁丁喜欢画图画，
红蓝铅笔一大把。
他对别人把口夸，
什么东西都会画。
画只螃蟹四条腿，

画只鸭子尖嘴巴,
画只小兔圆耳朵,
画匹马儿没尾巴。
哈哈哈,哈哈哈,
真是个粗心的小画家!
(许 浪)

## 17. 羞

羞、羞、羞,
羞你的手,
有手不会拿碗筷,
吃饭要妈妈喂进口。
——好像一岁的小朋友。

羞、羞、羞,
羞你的脚,
有脚自己不走路,
还要爸爸抱着跑。
——哪像五岁的小宝宝。

羞、羞、羞,
羞你的嘴,
有嘴不会打招呼,
见人只会叫声"喂!"
——唉!比不了人家一两岁。
(李少白)

## 18. 七巧板

七巧板,拼图样,
拼出一头长鼻象。

长鼻象,身子粗,
拼出一口大肥猪。

大肥猪,要洗澡,
拼出一只大鸵鸟。

大鸵鸟,跑得快,
拼出一棵大白菜。

大白菜,煮汤喝,
拼出一口大铁锅。

大铁锅,煮水饺,
小朋友们吃个饱。
(张克明)

## 19. 蝴蝶,蝴蝶你找谁

花蝴蝶,
多么美,
张开翅膀飞呀飞;
这里找,
那里找,
蝴蝶,蝴蝶你找谁?

黄花开,
白花开,
一朵更比一朵美;
这里找,
那里找,
我丢了一朵红玫瑰。

你看那,
小妹妹,
是她摘了红玫瑰;

这样做，
可不对，
戴在头上也不美。
（金 波）

## 20．怎样叫

大公鸡，怎样叫
喔喔喔喔这样叫
喔——
宝宝宝宝快起早

小鸭子，怎样叫
嘎嘎嘎嘎这样叫
嘎——
黄黄的绒毛水上飘

老黄牛，怎样叫
哞哞哞哞这样叫
哞——
拉起犁头田里跑

小山羊，怎样叫
咩咩咩咩这样叫
咩——
好像在把妈妈找

小花猫，怎样叫
喵喵喵喵这样叫
喵——
吓得老鼠逃不掉
（彭玉冰）

## 21．搬 米

一只蚂蚁来搬米，
搬来搬去搬不起。
两只蚂蚁来搬米，
身体晃来又晃去。
三只蚂蚁来搬米，
轻轻抬着进洞里。
（沈中海）

## 22．蚕宝宝

蚕宝宝，
真稀奇，
小时像蚂蚁，
大了穿白衣，
吐出丝来长又细，
结成茧儿真美丽。
（北京儿歌）

## 23．来当调皮小娃娃

小猫咪，
过家家，
挽上竹篮当妈妈。

叫老鼠，
都出来，
来当调皮小娃娃。

只要娃娃都听话，
妈妈保证不吃他。
（李 华）

## 24．夏天在哪里

夏天在头上，
头上戴草帽。

夏天在街上，
街上卖冰糕。

夏天在床上，
床上睡午觉。

夏天在河里，
河里去洗澡。
（许 浪）

## 25．过家家

小鸡小鸭
想"过家家"
小鸡叽叽叽
我要当妈妈
小鸭呷呷呷
我要当爸爸
哎呀呀
缺个小娃娃
走到水塘边
看见小青蛙
叽叽叽
呷呷呷
青蛙蹦又跳
真像小娃娃
（余碧君）

## 26．骆 驼

四腿长长脖子弯，
背上驮着两座山。
膝盖上面带软垫，
大脚掌儿分两半。
眼睛外面挂窗帘，
鼻孔有门能开关。
冬天翻穿大皮袄，
夏天又把单衣换。
一次吃饱水和草，
几天不饿不口干。
担上重担走沙漠，
不怕烈日和风寒。
它的名字叫骆驼，
外号"沙漠里的船"。
（刘 御）

## 27．难怪个子长不高

小猫咪，喵喵叫，
瞪着眼睛把食挑；
不吃饼，不吃糕，
不吃饺子和面条；
不吃萝卜和茄子，
不吃芹菜和青椒；
不吃肉，不吃蛋，
张着嘴巴把鱼要。
这不吃，那不吃，
难怪个子长不高。
（刘 畅）

## 28．熊妈妈请客

熊妈妈，要请客，
吃的喝的摆一桌。
小熊小熊真叫馋，
踩着椅子爬上桌。
又吃菜，又吃馍，
顶数鱼汤最好喝。
扔了勺，翻了锅，
盘子摔了一大摞。
熊妈妈，皱眉头，
客人来了吃什么？
（刘丙钧）

## 29．当警察

小狗熊，当警察，
警长出题考考它：
"要是鱼儿犯了罪？"
"投到河里淹死它。"
"要是蚯蚓犯了罪？"
"放到坑里活埋它。"
"要是小鸟犯了罪？"
"抛到空中摔死它。"
"要是老鼠犯了罪？"
"塞到洞里憋死它。"
警长听了哈哈笑：
"一个天才大傻瓜。"
（王清秀）

## 30．丢手绢

牵，牵，
牵圆圈，
牵个圆圈丢手绢。
手绢花，
手绢小，
丢下手绢你就跑。
你就跑，
我就追，
追上拍拍你的背。
拍拍背，
你就停，
唱个歌儿大家听。
（杜 虹）

## 31．大蜻蜓

大蜻蜓，
绿眼睛，
两对翅膀亮晶晶。
飞一飞，
停一停，
飞来飞去捉蚊蝇。
（辽宁儿歌）

## 32．小金鱼

一条小鱼水里游，
孤孤单单在发愁。
两条小鱼水里游，
摇摇尾巴点点头。
三条小鱼水里游，
快快活活做朋友。
（放 平）

### 33. 没有腿

小黑鸡，两条腿，
小黄牛，四条腿，
蜻蜓六条腿，
蜘蛛八条腿，
螃蟹十条腿，
蚯蚓鳝鱼没有腿。
（安徽儿歌）

### 34. 刷 牙

牙刷能刷牙
刷牙用牙刷
花花用牙刷会刷牙
华华有牙刷不刷牙
花花教华华用牙刷刷牙
华华用牙刷刷出了一口白牙
（易明明）

### 35. 板凳谣

板凳板凳歪歪，
上面坐着乖乖；
乖乖出来踢球，
上面坐着小猴；
小猴出来赛跑，
上面坐着熊猫；
熊猫出来拔河，
上面坐着白鹅；
白鹅参加拉拉队，
大家来开运动会。
（吴 城）

### 36. 小狗吓一跳

小狗跳哒哒，
它去找小鸭；
小鸭河里游，
它去找小猴；
小猴练爬高，
它去找小猫；
小猫去抓鼠；
它去找老虎，
老虎嗷嗷叫，
小狗吓一跳。
（冯幽君）

### 37. 五指歌

一二三四五，
上山打老虎。
老虎打不到，
打到小松鼠。
松鼠有几个？
让我数一数，
数来又数去，
一二三四五。

### 38. 黄瓜和豆荚

张家种黄瓜，
李家种豆荚。
张家的黄瓜开黄花，
李家的豆荚爬满架。
张家的黄瓜在李家的墙上挂，
李家的豆荚在张家的篱笆上爬。
张家摘豆荚还给李家，

李家摘黄瓜还给张家。
（林颂英）

### 39. 扣眼和纽扣

小扣眼
小纽扣
天生一对好朋友
早起拉拉手
晚上摆摆手
一天到晚在一起
从不闹别扭
小扣眼
小纽扣
永远是对好朋友
（金　黎）

### 40. 一个小宝宝

一个小宝宝，
两把小铜号，
三棵黄桷树，
四方草坪好，
五个甜橘柑，
六支大香蕉，
七根长甘蔗，
八颗老红枣，
九只黄鸟鸣，
十匹花马跑。
（成都儿歌）

### 41. 小白兔

小白兔，真灵巧，

红眼睛，白皮袄；
前腿短又小，
后腿长又高，
走起路来蹦又跳。
（传统儿歌）

### 42. 小老鼠上灯台

小老鼠，上灯台。
偷油吃，下不来。
吱吱吱，叫奶奶。
奶奶不肯来，
叽里咕噜滚下来。

### 43. 小河和白鹅

一条弯弯小河，
一群大大白鹅。
小河哗哗鼓掌，
白鹅憨憨唱歌。
小河欢迎白鹅，
白鹅跳进小河。
小河笑了笑了，
一笑一个酒窝。
白鹅乐了乐了，
一乐一首欢歌。
（程逸汝）

### 44. 你说好笑不好笑

（颠倒歌）
石榴树，结樱桃，
杨柳树上结辣椒；
吹着鼓，打着号，

抬着大车拉着轿；
木头沉了底，
石头水上漂；
小鸡叼个饿老鹰，
老鼠捉个大狸猫。
你说好笑不好笑。

### 45．桃花娃娃

小雨沙沙，
喊着桃花。
桃花娃娃，
张开嘴巴。
你听你听，
她在说话：
"春天来啦，
我要开花。"
（许　浪）

### 46．房子里有箱子

房子里有箱子，
箱子里有匣子，
匣子里有盒子，
盒子里有镯子。
镯子外有盒子，
盒子外有匣子，
匣子外有箱子，
箱子外有房子。
（传统儿歌）

### 47．河　马

河马河马，

好说大话：
"我的嘴巴，
又方又大，
狮子老虎，
一口吞下，
鳄鱼乌龟，
不够磨牙……"
吹到最后，
不会说话。
你猜为啥，
鳄鱼来啦，
河马吓得，
张大嘴巴。
（滕毓旭）

### 48．小小竹叶

小小竹叶两头尖，
蚂蚁抬去当小船，
小船放到小溪里，
漂漂摇摇划出山。

小小竹叶鲜又鲜，
熊猫摘去当饼干，
吃了一片又一片，
细嚼慢咽真香甜。

小小竹叶细又扁，
娃娃拾去当书签，
书签夹在书页里，
故事总也读不完。
（钱万成）

### 49. 月　亮

天上月亮圆又圆，
照在海里像玉盘。
一群鱼儿游过来，
玉盘碎成两三片。
鱼儿吓得快逃开，
一直逃到岩石边。
回过头来看一看，
月亮还是圆又圆。
（刘饶民）

### 50. 海娃娃

海浪花，海娃娃，
跳到岸边来玩耍。
玩累了，玩够了，
急急忙忙跑回家。
丢了蟹，丢了虾，
贝壳海螺满地撒。
海娃娃，真粗心，
忘把玩具带走了。
（田万宪）

### 51. 大瀑布

山公公，
织布布，
没人买，
挂高处。
天天挂，
月月挂，
原来是条大瀑布。
（欧澄裁）

### 52. 野牵牛

野牵牛，爬高楼；
高楼高，爬树梢；
树梢长，爬东墙；
东墙滑，爬篱笆；
篱笆细，不敢爬，
躺在地上吹喇叭：
嘀嘀嗒！嘀嘀嗒！
（金　波）

### 53. 小香蕉

小香蕉，
真奇怪，
像月牙，
不上天；
像小船，
不下海；
像鱼儿，
真可爱。
一游游到我嘴里，
又香又甜又痛快！
（刘育贤）

### 54. 小鸡、小鸭和小袋鼠

小鸡，
跟着妈妈，
走！走！走！
小鸭，
跟着妈妈，
游！游！游！
小袋鼠，

还要妈妈抱,
羞!羞!羞!
(金志强)

## 55. 耳 朵

大象大耳朵,
小猴小耳朵,
兔子长耳朵,
松鼠短耳朵。
我的耳朵最好看,
好像两片小云朵。
小云朵,爱清洁,
洗脸不忘洗耳朵。
(许 浪)

## 56. 蜗牛出门

蜗牛出去串门子,
背着一间小房子,
雷声隆隆下大雨,
蜗牛拍拍小肚子:
"雨点来了我不怕,
我会躲进小屋子。"
(张秋生)

## 57. 夏天到来虫虫飞

**(1) 知了**

知了知了,
停在树梢。
不去采蜜,
不把屋造。
整天喊叫,

吵吵闹闹。
秋风一吹,
冷得难熬。
再想办法,
迟了迟了!

**(2) 蜜蜂**

花姐姐,过生日,
小蜜蜂,去做客。
东边花上停一停,
西边花上歇一歇。
"谢谢姐姐给花汁,
回去好酿香甜蜜。"

**(3) 蜻蜓**

说稀奇,
真稀奇,
蜻蜓停在半空里。

飞得高,
飞得低,
好像一架小飞机。

**(4) 蜘蛛**

蜘蛛婆,
织绫罗,
风一吹,
就扯破。

"扯破了,
再织过,
大风大雨,
吓不倒我!"

（5）**蜗牛**

小蜗牛，
爬着走。
爬呀爬，
走呀走，
眼看就要爬到头，
一下跌个大跟头。

小蜗牛，
爬着走，
爬呀爬，
走呀走，
不怕再跌大跟头，
爬呀爬呀爬到头。

（6）**螳螂**

小螳螂，学木匠，
两把锯子一个样。
去给娃娃盖新房，
盖的房子没开窗。
蜜蜂一见哈哈笑，
螳螂气得肚子胀。

（7）**萤火虫**

萤火虫，夜夜红，
飞到西，飞到东，
一闪一闪像只小电筒。
你拿电筒去照啥？
"隔壁纺织娘，
半夜回娘家，
我去送送她。"
（张继楼）

## 58. 一园青菜成了精

出了城门往正东，
一园青菜绿葱葱。
最近几天没人问，
它们个个成了精。
绿头萝卜称大王，
红头萝卜当娘娘。
隔壁莲藕急了眼，
一封战书打进园。
豆芽菜跪倒来报信，
胡萝卜挂帅去出征。
两边兄弟来叫阵，
大呼小叫争输赢。
小葱端起银杆枪，
一个劲儿向前冲。
茄子一挺大肚皮，
小葱撞个倒栽葱。
韭菜使出两刃锋，
呼啦呼啦上了阵。
黄瓜甩起扫堂腿，
踢得韭菜往回奔。
莲藕斗得劲头儿足，
胡萝卜急得搬救兵。
歪嘴葫芦放大炮，
轰隆隆隆三响声。
打得大蒜裂了瓣，
打得黄瓜上下青。
打得辣椒满身红，
打得茄子一身紫。
打得豆腐尿黄水，
打得凉粉战兢兢。
藕王一看抵不过，
一头钻进烂泥坑。

出了城门往正东,
一园青菜绿葱葱。
（传统儿歌）

### 59．什么美

什么美？
百灵美。
不打架,
不吵嘴,
天天多快乐,
唱着歌儿飞。

什么美？
蜜蜂美。
不贪玩,
不贪睡,
从小爱劳动,
采蜜不怕累。

什么美？
杨树美。
不弯腰,
不驼背,
身子站得正,
挡住风沙吹。

什么美？
莲花美。
不沾泥,
不沾灰,
水里洗洗澡,
花瓣笑微微。
（朱晋杰）

### 60．小小的船

弯弯的月儿小小的船,
小小的船儿两头尖,
我在小小的船里坐,
只看见闪闪的星星蓝蓝的天。
（叶圣陶）

### 61．红眼珠

小白兔,
真爱哭,
一不高兴呜呜呜。

它说自己尾巴短,
对着爸爸呜呜呜。

它嫌衣服没有花,
对着妈妈呜呜呜。

它说萝卜不好吃,
打个滚儿呜呜呜。

呜呜呜,
呜呜呜,
黑眼珠变红眼珠。
（李苏华）

### 62．月亮藏猫猫

月亮月亮藏猫猫,
躲进云里找不到。

风儿娃娃有办法,

鼓着嘴巴吹开了。

吹一下，云儿跑，
吹两下，云散了。

月亮月亮藏不住，
咧着嘴巴咯咯笑。
（滕毓旭）

# 幼儿诗

## 【阅读指导】

　　幼儿诗是适合幼儿听赏、诵读的自由体短诗。与儿歌相比较，它的形式更自由，不受句式、押韵、长短的限制，追求充满幼儿情趣的意境，感情的内涵更丰富，表达上比儿歌含蓄、细腻，更讲究语言的优美、形象、凝练，所以适合年龄稍大些的幼儿听赏、诵读。

　　幼儿诗由于涵盖面较广，常常包含幼儿文学的其他样式和内容，所以可以分为幼儿抒情诗、幼儿童话诗、幼儿叙事诗、幼儿题画诗、幼儿散文诗等。

　　幼儿诗的听赏和诵读，根据不同的艺术类别，要采用不同的方法。比如幼儿抒情诗侧重于抒发幼儿内心的情感，因此诵读前先要让幼儿理解诗中所表达的是什么情感，是对生活、对大自然的热爱，还是表现他们游戏、学习的快乐，或者是他们小小的烦恼等。只有理解了，才能用自己的生活体验去表达，所以家长或老师诵读前的讲解是很有必要的。幼儿童话诗是用诗的形式讲童话故事，幼儿叙事诗是用叙述事件来表达幼儿的情感，它们都有比较完整的故事情节，有比较鲜明的人物形象，所以诵读前可以先把故事讲给幼儿，分析一下诗中人物的性格，运用一定的技巧范读几遍，再让幼儿诵读，这样会有更好的效果。幼儿散文诗的诵读要注重诗中的意境美，用丰富的表情和动作、适中的语速和语调，把幼儿带入优美的意境中。篇幅短小的可采用整首跟读，篇幅长的可采用分节跟读，这样才不会破坏诗歌的完整性，切忌一句一句地跟读。要以完整的艺术形象感染幼儿，让他们领略诗歌的艺术美，从而激发他们诵读的兴趣和欲望。领读几遍之后，可采用家长和教师小声读、幼儿大声读的方法，最后让幼儿独立诵读。

## 1. 老师蹲班了

新学期的第一天，
力力背着新书包，
乐得直蹦高：
我是中班孩子了，
再也不是小班的"小豆包"。

力力高兴地告诉妈妈：
我们全班都升中班了，
王老师还把小班教。
老师蹲班了，
你说糟糕不糟糕？
（冯幽君）

## 2. 甜甜的咧

两个半边月亮，
合在一起，
月亮才是甜甜的咧。

两个半边贝壳，
合在一起，
贝壳才是美美的咧。

爸爸和妈妈的爱，
合在一起，
爱才是甜甜的咧。
（王光池）

## 3. 蒲公英

草地上，
风儿轻轻吹；

蒲公英，
正在打瞌睡。
忽悠，忽悠，
做的梦多么美！
梦见——
怀里小宝贝，
变成伞兵，
正在天上飞……
（吴 珹）

## 4. 小狮子理发

小狮子的头发长了，
他到理发馆去理发。
一进门，
他亮亮爪，龇龇牙：
"头发要染，胡子要刮！"
乌贼理发师忙得汗珠直滴答。
小狮子的胡子没啦，
小狮子的头发黑啦，
漂亮的小狮子回到家，
吓跑了亲爱的妈妈……
（高洪波）

## 5. 祝你晚上好

鸟儿倦了，
飞到枝丫间，
躲进了巢
祝你晚上好！

天鹅划过水面，
藏进芦苇睡觉，
愿天使与你同在

祝你晚上好!

树林静悄悄,
泉水叮咚敲,
花儿睡觉了
祝你晚上好!

月色正朦胧,
梦幻把一切笼罩,
和谐的世界
祝你晚上好!

(【罗】爱明内斯库  韦苇 译)

## 6. 春 天

春雷给柳树说话了,
说着说着,
小树呀,醒了。

春雨给柳树洗澡了,
洗着洗着,
小柳枝哟,软了。

春风给柳树梳头了,
梳着梳着,
小柳梢呵,绿了。

春燕给柳树捉迷藏了,
藏着藏着,
小柳絮儿,飞了。

春天陪柳树旅游去了,
走着走着,
泥土里的种子,动了……

(鲁 兵)

## 7. 我和妈妈

小鸟会飞啦,
飞得很高,
飞得很远。
从树林中飞出去,
还要飞回树林,
树林中有它的家。

我是小鸟,
妈妈是一片大树林。

大船下水啦。
跑得很快,
跑得很远。
从岸边出发的,
还要回到岸边,
岸边有它的家。

我是大船,
妈妈是海岸。
(刘丙钧)

## 8. 老房子

我真想老房子那个老地方,
所以搬家的那天我一声不响。
邻居的猫还像从前那样舔我的手心,
可我和它再不能一起捉迷藏。
趴在新房子的阳台边,
我真想老房子的老地方。

我一个人在新房子的楼梯上走,
孤单地从一楼走到三楼,
又从三楼走到六楼,
我走遍了漂亮的新大楼,
可家家都紧闭着房门,
连一个小朋友也没有。

我没有说新房子的坏话,
我没有说新房子不漂亮,
我只是趴在阳台一边,
想着老房子的那个老地方。
（班　马）

### 9. 蝉

蝉的歌儿很好听,
可是要到夏天才唱。
它们喜欢赞美——
金色的阳光。

蝉的歌儿很好听,
可是它们只管在树上唱。
所以,
一到了夏天,
树都变成了
会唱歌的伞。
（林焕彰）

### 10. 花瓣船

一片片花瓣飘落河面,
水上荡起一只只美丽的小船,
船儿轻轻,
船儿悠悠,

漂过竹林,
漂向蓝天。

一群孩子站在岸上,
对着河面不停地眨眼:
花瓣船,你能变成童话里的宝船吗?
把我们带到很远很远……
（梁子高）

### 11. 春天在奔跑

春天,
在田野上奔跑,
她的脚步,
是阵阵轻风,
吹醒了沉睡的小草。

春天,
在树林里奔跑,
她的汗滴,
是蒙蒙细雨,
染绿了林中的树梢。
（四　平）

### 12. 谁见过风

谁也没见过风
无论是你,
无论是我。
当树叶沙沙作响,
那是风在吹拂。

谁也没见过风
无论是你,

无论是我,
当树向你频频点头,
那是风在吹过。
(【英】克里斯蒂娜 马丽 译)

### 13. 芽苞

春天到了

天气暖和了

快点出来吧

小芽苞

别只露出个小头

树皮外面多美

快点出来吧

太阳会给你

穿上绿衣

春风会送给你

甜甜的露滴

(佚名)

### 14. 喷 泉

这是一棵树
——一棵水晶树
一棵不会枯黄
　　永远向上的
　　快活的树

这是一朵花
——一朵水晶花
一朵开不败的
　　洁白美丽的

快活的花
(常福生)

### 15. 蚂蚁搬家

瞧,蚂蚁的队伍,
拥拥挤挤,
是不是要在大雨前
把家搬到新的高地?

一趟一趟又一趟,
看着真着急。

真想把我的玩具汽车
借给蚂蚁用用,
可惜他们没有
会开车的司机。
(董恒波)

### 16. 森林月夜

小猴睡着了,
头下枕着个大蜜桃;
小松鼠睡着了,
尾巴弯过来当皮袄;
鸟儿睡着了,
鸟妈妈搂着鸟宝宝;
大树小树睡着了,
梦里刷刷齐长高。
猫头鹰警察值夜班,
追得田鼠逃不掉。
月亮阿姨在天上,
看着森林眯眯笑。
(杜 虹)

## 17. 落 叶

树根是落叶的妈妈，
妈妈从地下打来电话，
她告诉树叶娃娃，
天要凉了，
赶快回家。

树叶听了妈妈的话，
都纷纷地从树枝上落下。
（郑青山）

## 18. 要造就一片草原

要造就一片草原，
只需要一株苜蓿，
一只蜂。
一株苜蓿，
一只蜂，
再加上白日梦。

有白日梦也就够了，
如果找不到蜂。
【美】狄金森 江枫 译

## 19. 急性子汽车

急性子的汽车——
脾气暴，
一路"哇哇"叫，
大人躲，孩子逃，
它可得意了，
有棵大树不肯让，
汽车气得脸发烧。

咬咬牙，冲过去，
"轰"，糟了！
民警叔叔走过来，
要让汽车做检讨——
"喂，
要是脾气不肯改，
下次一定更糟糕！"
（蒋应武）

## 20. 鸟儿翻译家

大森林并不寂寞可怕，
那里生活着许多鸟娃娃，
吱吱喳喳，吱吱喳喳，
那是鸟儿在同我们讲话。

讲了半天，我们谁也听不懂，
大伙儿急得直拍自己的脑瓜；
我们多想同鸟儿交个朋友，
可美好的愿望该怎样表达？

如果鸟儿们有自己的学校，
请一定收下我这个娃娃；
我要在那儿学习它们的语言，
好做一个鸟儿的翻译家！
（尹世霖）

## 21. 我和小鸟和铃铛

我伸展双臂，
也不能在天空飞翔，
会飞的小鸟却不能像我，
在地上快快地奔跑。

我摇摆身体,
也摇不出好听的声响,
会响的铃铛却不能像我,
会唱好多好多的歌。

铃铛、小鸟、还有我,
我们不一样,我们都很棒。
（[日]金子美铃 吴菲 译）

## 22. 小 花

路旁,
有朵小花,
悄悄开了,
没人知道。
悄悄谢了,
没人知道。
种子落了,
没人知道。
后来,
小花开满山坡,
人们都说:
真美呀!
（蓝 星）

## 23. 风

妈妈把洗好的衣服
晾在绳子上
蜻蜓来看看就走了
蝴蝶来看看就走了
白云来看看也走了

只有风最好奇了

悄悄地试穿着
爸爸的上衣跟裤子
妈妈的洋装跟裙子
弟弟的制服跟鞋子
他们互相看着彼此的怪模样
呼呼地笑得喘不过气来

哎呀——风好坏喔
还拿了我的毛巾跟手帕
擦过了汗
都扔在地上了
又拿了妹妹的圆帽子
当作铁环滚走了
害我跑了好远才追回来
（谢武彰）

## 24. 雨,是云的娃娃

雨,是云的娃娃,
蹦蹦跳跳自天而下。

走到大海,
大海笑起浪花。

走到沙漠,
沙漠张开嘴巴。

走到森林,
森林沙沙。

走到屋檐,
屋檐哗哗哗。

听,雨在讲话:

"我来啦！我来啦！"
于是，大地牵上
小树、小草、小花，
还有小苗苗、小豆荚，
满山遍野出来迎接它。
（黎焕颐）

## 25. 小星星

我最喜欢夏天——
满地的鲜花：
这里一朵，
那里一朵，
真比天上的星星还多。

到了晚上，
花儿睡了，
我数着满天的星星：
这里一颗，
那里一颗，
又比地上的花儿还多。
（金 波）

## 26. 露 珠

早晨，小花园里
闪闪发光的露滴，
像美丽的珍珠
撒满一地。

咦，那一颗颗晶亮的露滴，
怎么不见了？
它们都跑到了哪里？

小草说：
在我绿油油的叶子里。
小花说：
在我红艳艳的花瓣里。
（樊发稼）

## 27. 大海睡了

风儿不闹了，
浪儿不笑了。
深夜里，
大海睡觉了。
她抱着明月，
她背着星星。
那轻轻的潮声啊，
是它睡熟的鼾声。
（刘饶民）

## 28. 浪 花

浪花家在哪？
　　家在大海中。
浪花几时开？
　　请你去问风。
浪花什么色？
　　朵朵如白云。
浪花开多少？
　　千万千万朵。
（刘饶民）

## 29. 风 铃

风铃是一座
漂亮的小房子。

小房子藏着
一个小小子。
小小子高兴的时候,
又伸胳膊又蹬腿儿:
"我在这里呢!
叮当!
叮当!
我是风孩子!"
(姚业涌)

### 30. 彩色的篱笆

青青的篱笆,
是爷爷编扎的;
篱笆上金色的丝瓜花,
是爸爸种的;
那几朵红色的牵牛花呢?
是我栽的。
早晨,雾已经散去,
湿漉漉的篱笆上,
一轮太阳
正慢慢升起。
(马及时)

### 31. 稻 田

稻田
这本书
风好爱翻
太阳好爱读
风翻来翻去
太阳一读再读
一直读到——
熟

(朱邦彦)

### 32. 会飞的花朵

蝴蝶,蝴蝶,
你飞过田野,
飞过山冈,
在我们春天的土地上,
到处有鲜花开放。
你像会飞的花朵,
你飞呀飞,飞向远方,
远方也是鲜花的海洋……
(金 波)

### 33. 星 星

晚上,
我看星星的时候,
星星也在眨着眼睛
看我。

我想,
如果星星看我,
一定会把我的眼睛,
当作两颗
闪烁的小星星……
(张学义)

### 34. 太 阳

在大海,
太阳是从水里跳出来的;
在平原,
太阳是从草里冒出来的;

在山村，
太阳是被雄鸡叫出来的；
在森林，
太阳是被鸟声闹出来的。
哦！整个美的世界，
是被太阳照出来的。
（梁上泉）

### 35. 小　猫

午睡时
风走过窗口
摇了几下风铃
——叮当地
就走了

我养的一只
小猫
跳上床来
很惊奇地瞧着
窗外

那时
一片白云飘过
以为是一条鱼
它很快地
冲出去
（林焕彰）

### 36. 林　中

小鸟飞上树梢，
唧唧喳喳地叫。
它说，是它的歌，

唤醒了绿的嫩芽，
红的花苞。

小树不停地摇，
不停地摇。
它说，是它
绿的嫩草
红的花苞，
引来了小鸟。

你听，树林里，
整个春天，夏天，
就这样热闹。
（金　波）

### 37. 轻　轻

轻轻的云朵，
轻轻的风。
轻轻的柳条，
轻轻地动。
轻轻的小船，
轻轻地划，
轻轻的桨声响不停。
我轻轻地唱支划船歌，
"轻轻是我，
我是轻轻。"
（寒　枫）

### 38. 夕　阳

太阳公公走了一天，
累得面红耳赤。
他跳到清净的湖中，

把一天的疲劳浴洗。

哎呀,他不见了,
是不是沉进了湖底?
不,他扎了一个猛子:
第二天又从湖东冒起。
(管用和)

### 39. 蝴蝶花

一只小小的花蝴蝶,
自由自在地飞翔。
她飞过花园,
有一棵小草哭得很悲伤。
小草说:"我没有花朵,
日子过得真孤单!"
说着,眼泪掉在了泥土上。

花蝴蝶往草尖上一站,说:
"让我来陪伴你,
日夜留在你的身旁!"
人们经过花园,惊奇地说:
"啊,多么美丽的蝴蝶花!"
阳光下,
小草乐得轻轻地歌唱……
(张秋生)

### 40. 听雨点说话

"沙沙,沙沙,"
我爱听
雨点在树林里说话;
"嘀哒,嘀哒,"
我爱听

雨点在楼顶说话。
树林在远处,
楼顶太高啦,
让我和雨点,
更亲近些吧。
"叮咚,叮咚,"
雨点在我头顶说话。
哈哈!哈哈!
它在伞上,
我在伞下。
(佚名)

### 41. 下巴上的洞洞

从前,
有个奇怪的娃娃,
娃娃,
有个奇怪的下巴,
下巴,
有个奇怪的洞洞,
洞洞,
谁知道它有多大。
瞧他,
吃饭饭往嘴里划,
饭从洞洞往下撒。
如果,
饭桌是土地,
如果,
饭粒会发芽,
那么,
一天三餐饭,
他呀,
餐餐种庄稼。
可惜,

啥也没有种出来,
只是,
粮食白白被糟蹋。
你们,
听了这笑话,
都要,
摸一摸下巴。
要是,
也有个洞洞,
那就,
赶快塞住它。
（鲁 兵）

## 42. 美丽的童话

一个冬天的早晨,
窗外的大风呜呜地刮,
我向窗外一看,
什么也看不见啦,
只见玻璃窗上,
那么多美丽的图画。

那图画丰富多彩,
神奇得会变化。
有层层高山,有密密森林,
有不知名的小鸟、小花……
它把我给迷住啦,
看呀,看呀,眼都不想眨。
我要做一个小画家,
忙着把画儿描下,
我把纸贴到玻璃上,
轻轻地一笔笔描画,
这一下,坏啦,
画图很快融化……

气得我真想哭呀,
唉,这可怎么办哪?
爸爸却说:"不怕,
冬天是天才的画家,
天天夜里来作画,
你可要耐心地观察……"

真的,以后每天早晨,
窗子上总出现新的图画,
我可高兴啦,
像读着美丽的童话。
我每天观察、学画,
长大了好做个画家。
（刘 章）

## 43. 我给小鸡起名字

一、二、三、四、五、六、七,
妈妈买了七只鸡。
我给小鸡起名字:
小一、
　小二、
　　小三、
　　　小四、
　　　　小五、
　　　　　小六、
　　　　　　小七。

它们一下都走散,
一只东来一只西。
于是再也认不出,
　　　谁是小七、
　　　　小六、

小五、
　　小四、
　　　小三、
　　　　小二、
　　　　　小一。
（任溶溶）


### 44. 小海螺

海妈妈有许多娃娃——
小鱼、小蟹、小虾……
只有小海螺最喜欢
跑到沙滩来玩耍。
湿润润的沙……
小海螺玩得痛快，
忘了早点儿回家。

海妈妈请风姨
在耳边提醒它，
可是小海螺
不听风姨的话，
在沙滩上爬呀爬……

最后，海妈妈着急了，
鼓起雪白的浪花，
一声一声呼唤：
"哗啦啦！哗啦啦！
我的小海螺
快回家！快回家！"
（黎焕颐）


### 45. 爱玩水的小青蛙

夏天才刚开始，
小青蛙就吵着妈妈说：
好热！好热啊！
我们要到池塘去玩水。
好啊！好啊！……
青蛙妈妈话还没说完，
它们就扑通！扑通！跳下水。
这个夏天，
小青蛙玩得真快乐。
我们家附近那个大池塘，
就装满了它们玩水的声音：
咕呱！咕呱！
我们是快乐的小青蛙……
（林焕彰）


### 46. 黄　叶

一片黄叶，
离开了大树妈妈，
飞哟，飞哟，
飘落在窗下。
小佳佳拾起黄叶
看呀，看呀……
"小佳佳，
你在看啥？"

"在看一封信。
你知道吗？
秋天来了，
该给布娃娃
添新衣服啦！"
（郑春华）

## 47. 小树谣曲

小树
在春风里摇，
绿了嫩芽，
绿了树梢。

小树
在春风里摇，
红了花蕊，
红了花苞。
它召唤来
爱唱歌的小鸟，
和它说：
等我长成大树，
狂风来了，
也吹不倒；
你就在
我的枝叶间，
筑温暖的巢。
（金 波）

## 48. 小鱼睡在哪里

夜里很黑，
夜里很静，
小鱼小鱼，
你睡在哪里？

狐狸的脚印通向洞里，
小狗的脚印通向窝里。
松鼠的脚印通向树洞，
老鼠的脚印通向地洞。

河里没有，
水里没有，
你的脚印，
哪儿也没有。

黑糊糊的，
静悄悄的，
小鱼小鱼，
你睡在哪里？
（【俄】托克玛科娃　王少生 译）

## 49. 大口罩

如果要我选最不喜欢的人
我一定要选那个
戴大口罩的阿姨

戴大口罩的阿姨不乖
别人头痛
她还用针扎别人屁股
叫别人头痛屁股还痛
不乖不乖戴大口罩的阿姨

可是大口罩上面的眼睛为什么
像妈妈呢
可是大口罩漏出的声音为什么
像妈妈呢
大口罩你藏着什么秘密
藏着什么秘密你大口罩

后来我的头不痛了
后来阿姨咳嗽了
后来阿姨睡在我睡过的床上
后来妈妈牵着我和梨子去看阿姨

阿姨乖阿姨听话
阿姨夜里好好睡觉
再不要戴着大口罩
　　守着别人的床
　　去扎别人的屁股了
（傅天琳）

## 50. 小虎问路

有一只骄傲的小老虎，
在大森林里迷了路。
向谁去问个清楚呢？
他找到蒙头大睡的野猪：
"喂，快停止你难听的呼噜，
指给我一条回家的路途。"

野猪生气地眨眨眼，
转给小老虎半个屁股。

小老虎讨个没趣儿，
又去问忙碌的松鼠：
"嘿！如果你告诉我的住处，
我让妈妈给你最好的食物！"

松鼠像压根儿就没听见，
照样晾它的大蘑菇。

小老虎勃然大怒，
冲向一只戴眼镜的老白兔：
"哼！花了眼的兔老头，
快给我指一条回家的路！
我的腿已经走得发软，
我的肚子已经饿得打鼓！"

白兔慢吞吞地抬起头：
"森林里的路大家都熟，
可像你这样不懂礼貌，
哪怕踩着路，你也问不出……"
（高洪波）

## 51. 快乐的鸟儿

**（1）鸟孩子**

树公公，树婆婆，
从早到晚乐呵呵。
他们的孩子最美丽，
蓝、绿、花、白、红、黄、褐。
他们的孩子最活泼，
飞来飞去唱着歌。
千千万万鸟孩子，
最爱树公公、树婆婆。

**（2）大雁**

蓝天召开运动会，
大雁表演团体操：
排"一"字，
笔笔直；
排"人"字，
呱呱叫。
百鸟齐鼓掌，
裁判哈哈笑。
金牌奖给大雁队，
天上地下都叫好！

**（3）孔雀**

这鸟美，
那鸟美，
谁也比不了孔雀美。

宝石般的长羽翎,
根根像翡翠。

孔雀喜欢谁?
穿花衣的小妹妹。
孔雀开屏唱着歌:
咱俩一样美!

(4) 鸵鸟
我问你,
大鸵鸟:
你不能飞,
光会跑;
应该叫你骆驼、马,
不该叫鸵鸟!

鸵鸟说:
我有一双鸟翅膀,
当然是只鸟。
那天沙漠运动会,
我张开翅膀赛长跑。
骆驼追不上,
骏马比不了。
我为鸟类争了光,
你知道不知道?
(尹世霖)

## 52. 绿色的和灰色的

绿色的森林里,
有块绿色的草地;
绿色的草地上,
有条绿色的小溪。

有只灰色的狐狸,
躺在草丛,
等待着小兔经过这里。
一只绿色的翠鸟,
向小兔们报告了这个秘密。

绿色的森林里,
有块绿色的草地;
绿色的草地上,
有条绿色的小溪。

一群小白兔,
轻手轻脚
经过这里。

它们头上,
顶着一张张棕榈。
穿过了森林,
穿过了草地,
蹚过哗哗的小溪。

灰色的狐狸,
等啊,等啊,
它只看见——
绿色的森林
绿色的草地
和绿色的小溪……

你听,风儿送来了
——狐狸的叹气。
(张秋生)

## 53. 兔子和乌龟第二次赛跑

### 一

小溪乐得又蹦又跳,
狗尾草喜得头儿摇。
小兔子和大乌龟,
在这儿举行第二次赛跑。

第一次比赛的结果,
大家都已知道。
由于兔子骄傲,
乌龟得到了锦标。

这次胜败如何,
都想看看热闹。
赤脚蚂蚁挤满路旁,
光屁股青蛙又蹦又跳。

### 二

猴大哥喊一声"预备——跑!"
小兔子箭一般往前直跳。
大乌龟懒懒地望了一眼,
不慌不忙地爬上了小道。

蚂蚁弟弟拍手叫:
"乌龟大叔加油跑!"
乌龟摇头笑了笑:
"急什么,反正它会睡一觉!"

光屁股青蛙跺着脚儿叫:
"小兔子已跑到前面了!"
乌龟摇头笑了笑:
"怕什么,反正这小子会骄傲!"

### 三

小兔子连蹦带跳过山坳,
乌龟还在山下摇头晃脑。
小兔子叮嘱自己:
"一定要把缺点改掉!"

它一想到自己跑得多快多好,
耳边就想起妈妈的教导:
"不要只看到自己的优点,
要把别人的长处学到!"

它刚想到树下去睡一觉,
马上想起山羊公公的劝告:
"能改正缺点的人才会进步,
老抱着错误就会摔跤!"

### 四

想起妈妈的教导,
想起山羊公公的劝告,
小兔子把嘴唇咬成三瓣,
下狠劲往山顶飞跑!

翘尾巴小猫说:"歇一会儿吧,
这儿离山顶不远了。"
小兔子把头摇摇:"不能歇啊,
不远了并不等于已经跑到!"

花蝴蝶说:"小兔子玩一会儿吧,
这锦标肯定飞不了。"
小兔子把头摇摇:"不行啊,
难道比赛就是为了锦标!"

### 五

跑完一条又一条小道,
翻过一座又一座山包,

小兔子一口气跑上山顶,
百花都向它祝贺叫好。

松鼠妹妹捧来鲜花,
熊猫姐姐给它拍照。
小兔子连忙摇手:
"应该感谢大伙对我的帮助和劝告!"

小伙伴们正在欢乐地舞蹈,
乌龟大叔才呼哧呼哧爬到。
大伙罚乌龟回答个问题
"小兔转败为胜有什么奥妙?"
乌龟眨巴一阵眼睛,
忙把头缩进去了。
小溪见了哗哗大笑,
一路飞奔,把消息报告……
（罗 丹）

## 54. 春天的舞蹈家

燕子在枝头穿来穿去,
蝴蝶在花间飞上飞下,
杨柳在河边摆动长裙,
鱼儿在水中摇着尾巴。
大地举行迎春的舞会,
请来了这么多的舞蹈家。
（江 日）

## 55. 小山上的风

没有一个人知道
没有一个人能告诉我:
风从什么地方来,
风到什么地方去。

它从某个地方飞来,
以它最快最快的速度;
我总是没法留住它,
我拼命跑也赶不上它的脚步!

如果我放掉手中
那系在风筝上的绳索,
那么风筝就会随着风,
飘上一天一夜也难说。

我将去寻找风筝
看它停落在哪个山坡;
我知道那就是风,
曾经在那儿留下脚步。
因此我就能告诉大家:
风到什么地方去过。
但风是从什么地方来的,
还是没有谁能说个清楚
（【英】米尔恩　楼飞甫 译）

# 幼儿童话

## 【阅读指导】

童话是具有浓厚幻想色彩的虚构故事，多采用夸张、拟人、象征等手法来组织奇异的情节。童话中的幻想是以现实为依据，但又不仅仅是现实生活的反映，它给现实生活插上了想象的翅膀，这一点恰恰契合了幼儿想象力极为丰富的特点。童话中所特有的拟人形象、超人形象、常人形象，加之独特的艺术表现手法，使得童话所创造的境界更富有神奇瑰丽的色彩，更能体现无拘无束的自由精神，也更能带给幼儿无限的快乐。

作为家长和幼儿教师，在辅导幼儿阅读童话时要注意几点：（1）要遵从循序渐进的原则，为幼儿选择童话。比如在幼儿2～3岁时，选择篇幅短小、情节简单重复的故事。4～5岁时选择情节稍微复杂一些的故事，但主题应当充满快乐，不会让他们感到压力和烦恼。而5～6岁时所选择的范围可更广泛些，一些主角遭遇挑战、遭受磨难的故事也可以适当介绍给他们，但要正确引导，以培养他们坚强、勇敢的意志品质。（2）正确运用童话故事中的道理教育幼儿。童话故事中善良、勤劳、坚强、乐观、永不放弃的人物比比皆是，正义战胜邪恶、光明压倒黑暗的情节，也是很多童话的主题，这些都是幼儿成长的精神养料，幼儿在欣赏童话的同时，就能潜移默化地接受。而无需生硬、过多地说教，不要生硬地把道理塞进故事里。有时只需适时点拨一两句，就可对幼儿起到启迪作用，而千万不能因生硬的说教而影响孩子欣赏童话的兴趣。（3）利用童话的幻想性培养幼儿的创新能力。在充满想象力的童话故事的启发下，孩子会有一些主动创造的行为，比如自己改编情节和结局，这时家长和教师要及时鼓励，给他们勇气和力量，让他们尽情体验成功的快乐。（4）借助童话生动的语言激发幼儿语言表达的兴趣。童话的语言大都是优美生动、富有童趣的，如生活中的太阳、月亮、打雷、下雨，在童话语言中的表述则是太阳公公、月亮姐姐、雷伯伯、风婆婆等。孩子在认识事物的同时，会积累不少词汇，家长和教师要循序渐进地引导幼儿用童话语言描述所见事物，锻炼他们的语言表达能力。

## 1. 不来梅的乐师

从前，有个人养了一头驴。这头驴辛勤地劳动了很多年，整天不停地把米袋背到磨房。但是现在他的力气已经用完了，不适合干活了，因此，主人就想饿死他。驴看出了主人不怀好意，于是逃了出来，踏上了去不来梅的路。他想，他在不来梅也许能成为音乐家。

他走了一小段路，发现一只猎狗躺在路上，大口大口地喘着气，好像已经走累了。"嗨，你为什么这样喘气呀，朋友？"驴问。

"唉，"猎狗说，"因为我老了，一天不如一天了，打猎时也跑不动了，我的主人就想把我杀死，于是我就逃了出来。但是我该怎样赚钱养活自己呢？"

"你知道吗？"驴说，"我要去不来梅，我要在那儿当音乐家，你和我一起去吧，也当音乐家。我弹琉特（琵琶），你打鼓！"

猎狗对此很满意，然后他们一起继续走。不久，有一只猫在路边，脸色阴沉沉的，好像下了三天雨一样。"嗨，谁让你不高兴了，老猫？"驴说话了。

"谁高兴得起来呀，如果有人要杀他的话？"猫回答道，"因为我老了，我的牙齿也不锋利了，比起到处去抓老鼠，我情愿待在壁炉后面打呼噜。于是我的女主人就想淹死我。我虽然逃了出来，可是现在不知道该怎么办了。我应该去哪儿呢？"

"和我们一起去不来梅吧。你对夜晚的音乐很在行，一定可以当一名乐师！"

猫觉得这主意很好，就和他们一起走。走了不多久，他们经过一个农庄，一只公鸡蹲在大门上，用尽全身力气在啼叫。"你叫得让人听了真难过。"驴说，"你想干什么呢？"

"我很会预报天气。"公鸡说，"天气好的时候，我亲爱的女主人们就会洗耶稣圣婴的小衬衫，把小衬衫晾干。可明天是星期天，有客人要来，我的女主人真无情，她对女厨师说，她想明天把我做成汤喝。今天晚上我的头就要被切下来了，于是我现在就放开嗓门叫，能叫多久就叫多久。"

"唉，红脸公鸡，你真可怜！"驴说，"还是和我们一起走吧，我们去不来梅，你到处都能找到有意思的事情，总比待在这儿等着杀头好！你有一副好嗓子，如果你和我们一起演奏，肯定棒极了！"公鸡听了这个建议十分高兴，于是他们四个一起继续走。

可是他们在一天里是到不了不来梅的，晚上他们来到一片森林里，想在这里过夜。驴和狗睡在一棵大树下，猫钻进了树枝桠，而公鸡则飞上树顶，认为那儿对他来说最安全。

公鸡在睡觉前，朝四周看了看，他似乎看见不远的地方亮着微光，就朝同伴们喊，不远的地方肯定有一座房子，因为好像有亮光。驴说："那我们就上路去那儿吧，因为在这儿过夜太糟糕了。"狗想："如果能有几根肉骨头也不错哩！"

于是他们又上路了，朝着有光的地方走。不一会儿，他们就看见闪闪灯光，而且灯光越来越明亮，最后他们走到一座亮堂堂点着灯的房子跟前，这座房子里住着强盗。四个伙伴中驴的个头最大，他走到窗户旁边，偷偷朝屋子里面看去。

"你看见什么了，驴子？"公鸡问。

"我看见什么了？"驴回答道，"一张布置得很漂亮的桌子上，放满了各种好吃的好喝的东西，强盗们正坐在桌子周围，吃得可舒服了。"

"这该是为我们准备的。"公鸡说。

"是啊！唉，如果我们在那儿就好了！"驴说。

于是动物们动起脑筋来，商量该怎么办，才能把强盗赶走。终于他们想出一个办法。驴把前腿搭在窗台上，狗跳到驴的背上，猫又爬到狗身上，最后公鸡飞起来，落到猫的头上。一切都准备好了，约定了一个信号，然后他们就一起演奏起音乐来：驴哇呜哇呜吼叫，狗汪汪汪地吠，猫喵呜喵呜叫喊，公鸡尖声啼鸣。然后他们打破窗户，冲进屋里。玻璃碎裂声，可怕的喧闹声，把强盗们吓得跳了起来，以为肯定是什么鬼怪来了，拼命地逃进了森林。

现在这四个伙伴坐到了桌子一边，拿起剩下的东西，随心所欲地吃了起来。

音乐家们吃完后，熄了灯，就去找自己觉得舒服的地方睡觉。驴躺在干草堆上，狗趴在门后头，猫蜷曲在灶台上热乎乎的灶灰边，公鸡飞上房顶的屋梁。因为他们走了很远的路都非常疲惫，很快就睡着了。

过了十二点，强盗们远远地看见屋子里没了灯光，一切都显得静悄悄的。强盗头说："我们是不是上当受骗了？我们不应该吓成这样！"于是就派一个强盗前去打探，看看房子里还有没有人。

派去的强盗发现一切都静悄悄的，就走进了厨房，想点燃灯。他看见猫的眼睛，亮亮的，红红的，以为是烧着的煤球，便拿了一根小火柴去点火。但是猫却不懂得开玩笑，猛地朝强盗的脸扑去，又是吐唾沫又是抓。强盗吓了一大跳，急忙往后门跑。但是睡在门边的狗跳了起来，在他腿上咬了一口。强盗穿过院子里的干草堆时，驴用后腿狠狠地踢了他一脚。而公鸡也被吵醒了，从屋顶上朝下"咯—咯—咯—咯"地叫。

强盗拼命地跑了回去，对强盗头说："唉，屋子里有一个十分可怕的巫婆，她朝我吹气，用她长长的手指把我的脸都抓破了。在门口站着一个人，手里拿了把刀，一下刺在我的腿上。院子里站着一个黑糊糊的怪物，拿着一根木棒向我乱打。而屋顶上还坐了一个法官，他喊道：'把那个无赖带到我这儿来！'于是我就赶紧逃走了。"

从此以后，强盗们再也不敢走进那座房子了，而那四个不来梅的音乐家在里面住得十分舒服，再也不想出来了。

（格林童话）

## 2. 灰姑娘

从前有个富人，他的妻子病得很重，她感到自己活在世上的日子不长了，就把自己唯一的女儿叫到床前，对她说："亲爱的孩子，我快要死了，你要永远相信上帝，敬仰上帝，做一个善良的人，那么，我们仁慈的上帝就会永远保护你。我也会在天堂里看护你，我的爱一直伴你左右。"话音刚落，她就闭上眼睛，死去了。女孩每天都到她妈妈的坟前，想她想得掉眼泪。她听了母亲的话，保持着一颗虔诚而善良的心。冬天到了，雪花飘落在母亲的坟上，像给它盖了一块洁白的布。春天来了，暖暖的太阳又把布掀走了。那个有钱人为自己娶了另一门亲。

这个妻子进门的时候带了两个自己的女儿。她们长得都很美，脸蛋儿漂亮，但心灵却既冷酷又恶毒。从此，前妻的女儿就更加可怜，日子也更加不好过。"瞧这个木讷的蠢货！为什么她要和我们一起坐在客厅里？"她们说，"如果她想吃面包，她就得自己赚！给我们滚出去！去跟厨房的女佣待一起！"她们把她的漂亮衣服全都抢走了，给她穿上一件灰不溜秋的旧罩衫，又扔给她一双木头做的鞋子。"嗨，来看看这个骄傲的公主呀！瞧她这身打扮，多棒呀！"她们在一旁大笑大叫，把前妻的女儿撵进了厨房。在厨房里，小女孩每天要干许多又脏又累的活儿，从早上一直干到天黑。天刚蒙蒙亮就要起床，赶紧挑水、生火、做饭，还要洗衣服。除此以外，两个异母姐姐变着法子伤害她，那些法子稀奇古怪，只要她们想得出。她们故意拿她逗乐，把豌豆和扁豆撒到炉灰里，她只好坐下来，一粒粒地把它们重新捡出来。到了晚上，她已经累得不行了，还不能到床上去睡觉。她们让她睡在火炉旁的炉灰里。因此，她成天身上裹着一层灰，看起来脏兮兮的，她们就管她叫"灰姑娘"。

一天，父亲正好要去赶集市，他就问妻子带来的那两个姑娘，想要他带点什么回来给她们。

"漂亮的裙子。"一个说。

"珍珠和宝石。"另一个说。

"你呢，灰姑娘，"他说，"你想要什么？"

"爸爸，在您回来的路上，当第一根嫩树枝拂过您的帽子时，您就把它折下来，带回家给我。"

于是，做父亲的给他的两个继女买了漂亮的裙子、珍珠和宝石。在他回家的路上，他骑马穿过一片浓密的树丛，一根榛子树的枝丫从他头上拂过，把他的帽子碰到了地上。于是，他折断了这根枝条，把它带在身边。到家后，他把两个继女要的东西给她们，又给了灰姑娘那根榛子树枝。灰姑娘谢过了父亲，来到她母亲的坟前，把这根树枝种在了坟上，她哭得那么伤心，眼泪哗哗地流了下来，滋润着那根树枝。它很快地长大了，成了一棵美丽的树。每天，灰姑娘都要去看那棵树三次，在树下一边哭一边祈祷。每次，都有一只白色的鸟飞到树上，不管什么时候，只要她许了愿，那只鸟儿都会把她想要的东西从树上给她扔下。

正巧有一天，国王宣布举办一次盛大的舞会，舞会将持续三天。这个国家所有年轻貌美的女孩都被邀请到舞会上做客，那样，他的儿子就可以在里面挑一个做新娘了。当继母的两个女儿听说她们也受到了邀请时，便欣喜若狂，兴奋极了。她们不停地使唤着灰姑娘，说："给我们梳头发。把我们的鞋子刷干净，把鞋带给我们系紧喽！我们可是要去王宫里参加盛宴呢。"灰姑娘不停地干活，眼泪却流了下来，因为她也想和她们一道去跳舞呀。她只有求她的继母，希望她能答应让她去。"你？灰姑娘？"她说，"你，浑身上下都是灰，脏得一塌糊涂，你还想去参加舞会？你，既没有衣服也没有鞋子，可你还想去跳舞！"不过，既然灰姑娘不停地求她，继母最后说："我已经把一碗扁豆撒到了灰里。你要是能在两小时之内把它们都捡出来，那么你就可以跟我们一起去。"灰姑娘穿过后门，走进花园，冲着天空大声喊："嗨！温顺的小鸽子，咕咕叫的小斑鸠，天底下所有的小鸟，你们都来帮我捡豆子吧！

　　好的捡进盆子里，

　　坏的给你当粮食！"

两只洁白的鸽子从厨房的窗户里飞了进来，小斑鸠随后也到了，最后，天底下所有的小鸟都成群结队扑棱棱地飞了进来，围在炉灰旁，好不热闹！小鸽子不停地点着头，一下，一下，一下地啄着豆子。其他的小鸟也开始了，一下，一下，一下地捡豆子。它们把所有的好豆子都集中起来，放进碗里。一个小时刚过，它们就把活儿干完了。于是它们又拍拍翅膀飞走了。灰姑娘端着一碗豆子去见继母，快活极了，心想：这下子该可以跟她们一起去参加舞会了。但继母却说："不行，灰姑娘，你没有衣服，你也不知道怎样跳舞。每个人都会嘲笑你的。"灰姑娘哭了起来，继母于是说："好吧，如果你想去的话，就要给我在一个时辰里，从炉灰中再捡起两碗豆子来。"她心里却在想，"这回她可永远办不到了。"

灰姑娘穿过后门，走进花园，冲着天空大声喊："嗨！温顺的小鸽子，咕咕叫的小斑鸠，天底下所有的小鸟，你们都来帮我捡豆子吧！

　　好的捡进盆子里，

　　坏的给你当粮食！"

从厨房的窗户里又飞进两只洁白的鸽子，小斑鸠随后也到了，最后，天底下所有的小鸟都成群结队扑棱棱地飞了进来，围在炉灰旁，热闹极了！小鸽子不停地点着头，一下，一下，又一下地啄着豆子。其他的小鸟也开始了，一下，一下，又一下地捡豆子。它们把所有的好豆子都集中起来，放进两只碗里。半个小时不到，它们就把活儿干完了。于是它们又拍拍翅膀飞走了。灰姑娘端着两碗豆子去见继母，快活极了，心想：这回该可以跟她们一起去参加舞会了。但继母却说："还是不行！你不能跟我们一起去，因为你没有衣服，你不会跳舞。你那副样子怎么见人？我们会被你羞死的。"说完后，她就把背一扭，带着她那两个骄傲的女儿匆匆离开了家，再也不理灰姑娘了。

现在，除了灰姑娘，家里一个人也没有。她走到母亲的坟前，坐在那棵榛树下，边哭边喊：

小小树儿，摇呀摆，

金子、银子抖下来！

接着，那只鸟儿便给她扔下一件金丝银线缝的裙子，还有一双用丝线和银线绣成的舞鞋。她飞快地把裙子穿上，换上新鞋子，立即去参加舞会。她的那两个姐姐和继母根本就没有把她认出来。她们想：她肯定是外国的一位公主，因为她穿着那件金光闪闪的裙子，实在是太漂亮了。她们压根儿就没想到，那会是灰姑娘，因为她们认为她还脏兮兮地待在家里，坐在炉灰边捡豆子呢。王子朝她走了过来，握着她的手，邀请她跳了一支舞。此后，他再也不和别的女孩跳了。他一直握着她的手，不肯松开。无论何时，无论是谁来请她跳舞，他都会说："她是我的舞伴！"

她一直这么跳下去，很晚了，她突然想起必须回家了，但王子却说："让我陪着你，护送你回去吧。"他其实是想知道，这个美丽的女孩是打哪儿来的。然而她却趁机躲了起来，跳进了一个鸽子笼里。王子在外面等啊等，直到女孩的父亲来了，于是王子告诉他，这个不知名的姑娘跳进了鸽子笼里。那人心想："难道会是灰姑娘？"他叫人给他拿来一把斧头和一个凿子，那样，他就可以把鸽子笼劈成两半，但他劈开一看，里面什么也没有。他们回到家，灰姑娘已经躺在灰堆里了，还是穿着她那件脏衣服，壁炉上依旧点着那盏昏暗的小油灯。原来，灰姑娘飞快地从鸽笼的背面跳下，跑到了榛子树前，把那身漂亮的衣裙和那双鞋子脱了下来，把它们放在坟上，那只鸟儿又把它们衔走了。然后，她穿上那件灰色的罩衫，回到厨房的煤灰堆里。

第二天，舞会重新开始，她的双亲和两个异母姐姐又出发了，灰姑娘走到榛树前，说：

小小树儿，摇呀摆，

金子、银子抖下来！

只见鸟儿扔下一件比前一天更华美更高贵的裙子。当灰姑娘穿着这身裙子出现在舞会上，所有的人都被她的美惊呆了！王子一直在等她，一见她出现，马上就抓住她的手，只和她一个人跳舞。当别人过来请她跳舞时，他说："她是我的舞伴！"

又到深夜了，她又要离开了，王子跟在她后面，想知道她进了哪户人家。不过，她很快就跑开了，钻进了一所房子的后花园里。那里有一棵高大而又枝繁叶茂的树，树上结满了鲜美无比的果实。她像一只松鼠一样轻快地爬到了树上。

王子根本就不知道她上哪儿去了。他就在那里等着，灰姑娘的父亲过来了，于是王子对他说："这个不知名的女孩躲开了我，我相信，她肯定是爬上这棵梨树了。"这位父亲想：该不会是灰姑娘吧？他叫人拿来一把斧头，把树砍倒了，但上面什么人也没有。当全家人回到家，往厨房里一看，灰姑娘正像往常一样，躺在煤灰堆里。其实，她很快就从树的另一边跳了下来，把那套美丽衣裳还给了榛子树上的鸟儿，又穿上了她的那身灰罩衫。

第三天，当她的父母和姐姐都走远了，灰姑娘又一次来到了母亲的坟前，冲着大树说：

小小树儿，摇呀摆，

金子、银子抖下来！

这一回，鸟儿从树上给她扔下了更为华丽和珍贵的衣裳，比她以前的任何一件都要漂亮，还有一双纯金制成的舞鞋。当她光彩照人地出现在舞会上，所有的人都惊呆了，一句话都说不出来！王子只和她跳舞，要是有人来请她跳舞，他就会说："她是我的舞伴！"

夜深了，灰姑娘又想离开了，王子拼命地说服她，好让自己可以送她回去，但她一下就跑开了，他追也追不上。不过，王子早就设了个计。他让人把沥青涂在所有的楼梯上，当她跑下楼时，左边的那只舞鞋被沾在了沥青上，匆忙之中，灰姑娘落下了一只鞋。王子把它捡了起来。这是一只小巧玲珑，做工精细的舞鞋，还是纯金的！

第二天早上，王子来到那个富人家里，拿出这只舞鞋，对他说："你看到这只金鞋子了吧，如果谁的脚正好能穿进这只鞋子里，谁就可以成为我的妻子。"灰姑娘的俩姐姐听见了，高兴极了，因为她们都长着一双漂亮小巧的脚。老大先来试了，她把鞋拿到自己的卧室里，她的母亲站在一旁帮她，但她的大脚趾却怎样也塞不进去，因为这只鞋对她来说实在太小了！于是，她母亲就拿给她一把小刀，说："把你的大脚趾头削下来。等你成了王后，你还用得着走路吗？"女孩就把她的大脚趾给削了下来，硬把她的脚塞进了鞋子里。她深深地吸了口气，忍住痛，从房间里出来见王子。王子一看她能把鞋穿上，就以为她是那个和他跳舞的姑娘，便认定了她做新娘。王子于是把她扶上马背，带着她一起骑马回王宫了。当他们从灰姑娘母亲的坟前经过时，榛子树上的两只小鸽子突然鸣叫起来：

咕咕！咕咕！骗子！

鞋子里面鲜血滴。

这只鞋子可太紧，

真的新娘不是你！

王子于是低头看了看女孩的脚，发现血正从鞋里滴答滴答往下掉。他立刻掉转马头，把这个假新娘送回她家里去，对她父母说她不是真正的那一位。那么，另一位姐妹应该来试试这只鞋子。女孩走进卧室，这回，她的脚趾头倒是一下子穿进去了，但她的脚后跟可实在太大了，还是没法把整只脚往里放。于是，她的母亲拿给她一把刀，说:"来,把你的脚后跟削掉一块肉。等你做了王后,你就用不着走路了。"女孩就把脚后跟削了一块肉,然后硬把自己的脚塞进了鞋子里。她深深地吸了口气,强忍疼痛,出了卧室,走到王子跟前。王子看她把鞋穿进去了,便认定她是新娘,就把她扶上马背,带着她骑马离开了。他们路过那棵榛子树时,两只小鸽子又在树上鸣叫:

咕咕!咕咕!骗子!

鞋子里面鲜血滴。

这只鞋子可太紧,

真的新娘不是你!

王子于是低头看了看女孩的脚,发现血正在不停地往外淌,瞧,她那白袜子全都被染红了。于是,他又掉转马头往回走,把这个假新娘送回她的家。"她也不是真正能穿这只鞋的姑娘,"他说,"你们还有女儿吗?""没了,"富人说,"只有一个脏兮兮的灰姑娘,是我那过世的前妻生的,不过她可成不了新娘。"王子让他去把灰姑娘带来,但这个继母却说:"哦,不行,她太脏了,见不得人的。"

但王子却一定要见见这位灰姑娘,他们只好去把她叫来了。她赶紧洗了把脸,把她的小手和脸都洗得干干净净的,然后低着头来到王子跟前。王子把那只金舞鞋递给她,让她也试一下。灰姑娘在一张小板凳上坐下,先脱下脚上那只沉甸甸的木鞋子,再把脚放进那只金舞鞋里,她一下就穿进去了,鞋子不大也不小,可真合她的脚啊!她穿好鞋子,站了起来,王子仔细地看着她的脸,终于,他认出来了,这不就是与他一起跳舞的美丽姑娘吗?他高兴得叫了起来:"她就是我真正的新娘!"继母和两个姐姐大惊失色,气得脸都白了。而王子呢,把灰姑娘扶上马背,带着她骑马离开了。当他们经过那棵榛子树时,那两只小白鸽在树上唱起歌来:

咕咕咕!咕咕咕!

鞋子里面没血滴。

不大不小正合适,

真正新娘就是你!

它们把歌唱完后,就双双飞到了灰姑娘的肩上,一只停在右边,一只停在左边,不走了。

王子和灰姑娘正要举行婚礼的时候,两个坏心眼的姐姐来了,她们虚情假意地讨好灰姑娘,希望能从她这儿得点好处。新婚夫妇走进教堂,两个姐姐也跟着进去了,大的走在他们的右边,小的走在他们的左边,站在灰姑娘肩上的两只鸽子,正好一边对一个,把她们俩各自的一只眼睛给啄了出来。就这样,这一对坏心眼儿的姐妹受到了惩罚。以后,她们就只有瞎着一只眼睛过日子啦,谁叫她们那么狠毒又那么虚伪呢!

(格林童话)

## 3．魔鬼的三根金发

从前，有个穷苦人家的妇人，她生了一个小男孩。他出生的时候身上裹着一层胎膜，有人便预言，在他十四岁时会娶公主为妻。不久，国王恰好到这个村子里来，可没有人知道他就是国王。当他打听村子里的新鲜事儿时，人们对他说："有个小孩刚出生，身上裹着一层胎膜，这样儿出生的人命都很好。还有人预言，这个小孩十四岁的时候就会娶国王的女儿做老婆呢！"

国王的心肠很坏，听了这话非常生气，他走进那户人家里，假装很和气地对那对夫妇说："你们过得很苦吧，把你们的孩子给我吧，我会好好儿地对他的。"开始时他们不同意，但这个陌生人给了他们很多金子，他们想：这个孩子命好，凡事都会很幸运的，这也是他的好运到了吧。于是他们同意了，把这个孩子给了陌生人。

国王把男孩放在一个纸盒里，骑着马一直往前走，最后到了一处水很深的河边，他把纸盒往水里一扔，心里想：这下子我可把女儿的这个莫名其妙的未婚夫甩掉了！

但是，这个盒子并没有沉下去，而是像一艘小船一样浮在水面，一点儿水也没有溅进盒子里。它在水上漂啊漂，漂到了离京城两里路的地方，这里有个磨坊，磨坊的堤坝挡住了它的去路。幸运的是，磨坊主的小伙计碰巧站在那儿，看到了这个盒子，就用一个大钩子把它拉了过来，心想自己要发大财了。不过，当他把盒子打开，里面却躺着一个漂亮的小男孩，活泼可爱。他把孩子抱到磨坊主夫妇那儿，他们正好没有孩子，见到这个男孩非常高兴，说："这是上帝将他赐给我们的。"他们精心地照顾这个弃儿，把他当成自己的孩子。小男孩快快乐乐地在磨坊主的家里长大了。

一次，外面正好下着大暴雨，国王走进了这家磨坊，看见了这个男孩，就问磨坊主夫妇，这个小伙子是否是他们的儿子。"不"，他们回答说，"他是个弃儿，十四年前，一个盒子装着他顺水漂流而下，被堵在了我们的堤坝上，我们的小伙计把他从水里救了出来。"

国王一下子就明白了：这个年轻人就是曾经被他扔到河里的幸运儿！于是他说："我那好心的臣民啊，能否让这个年轻人帮我送一封信给王后？我将赏给他两块金币。"国王刚一下令，夫妇俩就答应了，赶紧叫男孩收拾停当。国王于是写了封信给王后，信里说："这个送信的男孩一到，立即把他处死，然后埋掉，这一切必须在我回来之前干完。"男孩带着信出发了，但他却迷了路，到了晚上，他来到一个大森林里。在黑暗中，他看见了一点点亮光，就朝它走去，原来是一间小茅屋。

他走进里面，一个老婆婆正独自坐在火炉旁。当她看到这个男孩时，吓了一跳，说："你打哪儿来？要往什么地方去呢？""我打磨坊那儿过来，"他回答说，"要到王后那儿去，我要送封信给她，但我却在森林里迷了路。请您让我在这儿过一夜吧。""可怜的孩子，"老婆婆说，"你闯到贼窝里来了，他们回来后会把你给杀了的。""由他们去，"男孩说，"我什么都不怕，但我太累了，一步也走不动了。"说着，他就躺在一张长凳上睡着了。

不久，这伙强盗就回来了，看到有个陌生的男孩躺在那儿，非常生气地问："怎么会有个不认识的家伙躺在这儿？""啊，"老婆婆说，"这是个善良单纯的孩子，在森林里迷了路，我看他怪可怜的，就让他进来了，他要去给王后送封信呢。"强盗们把信打开一看，却发现里面写着男孩一到就要杀死他的命令。这一下，连这些铁石心肠的强盗们也可怜起他来，他们的头头把信撕了，重新写了一封："这个男孩一到，立即把女儿嫁给他。"他们让他躺在长凳上睡了一个安稳觉。第二天早上，男孩醒来后，强盗们把这封信交给他，又指给他到王宫去的正确方向。

当王后看完这封信后，马上就按信照办，还举办了一个盛大的结婚典礼。宴席上宾朋满座，很是气派。公主嫁给了这个幸运儿，她看到小伙子长得那么英俊，对人既和气又体贴，就喜欢上他了，他们在一起过得真快活！

隔了些日子，国王回到宫里，看到男孩还是娶了他的女儿，预言实现了！"这是怎么搞的？我在信里可不是这样对你交待的。"

王后把信拿给他看，说："看看你自己在信里都写了什么！"国王读了信之后，才知道信被别人掉换了。他就问男孩："我交给你的那封信到哪里去了？为什么你带给王后的是另一封信？""是吗？我一点儿也不知道有这回事儿，"年轻人回答说，"信可能是那天晚上被人换了，当时我是在森林里过的夜。"国王气急败坏地冲着他吼："没那么便宜的事！谁要娶我的女儿，就必须给我到地狱里去，从魔鬼头上拔下三根金发来见我！"国王想："这下你可该为难了吧。"但幸运儿却答应了："我不怕魔鬼，我会把金发带回来见您的。"于是，他就离开王宫，开始上路了。

他来到一个大镇子上，城门的守卫就问他："你是干什么买卖的？都知道些啥？""我知道天底下所有的事儿。"幸运儿回答。"那么请你帮我们一个忙吧，"守卫说，"我们集市上的那口喷泉，以前能流出葡萄酒，但现在却完全干涸了，别说酒，就连一滴水都流不出。你能告诉我们这是为什么吗？""好的，"男孩说，"等我回来时告诉你们。"

他又往前走了很远，来到另一个镇子上。镇上的守门人同样问他："你是干什么买卖的？都知道些啥？""我知道天底下所有的事儿。"他回答说。"那么你能帮个忙吗？我们镇上的一棵树以前会长金苹果，但现在却光秃秃的，连树叶都没有。这是为什么呢，你能告诉我们吗？""好的，"男孩说，"等我回来时告诉你们。"

于是他继续朝前走，来到一条大河前，他必须过这条河。河里有个正在摆渡的船夫问他："你是干什么买卖的？都知道些啥？""我知道天底下所有的事儿。"他回答说。"那么你能帮我个忙吗？"船夫说，"请你告诉我，为什么我一直要把船撑过来又撑过去，从来就没有个停歇？""好的，"男孩说，"等我回来时告诉你。"

过了河，他就找到了到地狱去的入口，地狱里又暗又黑，伸手不见五指。魔鬼不在家，但是他的老祖母坐在一把大椅子里，她瞧见了男孩，"你想干什么？"她问男孩，但她看上去却没有那么可怕。"我想要魔鬼头上的三根金发，"他回答说，"不然就没法和我的妻子在一起。""这事儿可真不好办，"她说，"如果魔鬼回来发现了你，他会要你的命的。但我很同情你，让我试试，看能不能帮你一把。"

她把男孩变成一只蚂蚁，对他说："爬进我裙子的褶缝里，你待在那里会很安全的。""这再好也没有了！"他回答说，"但我还想知道三件事情：为什么有个喷泉曾经会流出葡萄酒，可现在干得连一滴水也没有了？为什么有棵树曾经长着金苹果，可现在连片树叶都长不出了？为什么有个摆渡的船夫必须把船在河里撑过来又撑过去，永远没个停歇？""这些问题太难了，"魔鬼的老祖母回答说，"不过你安安静静地待在这儿，等我从魔鬼头上拔三根金发下来时，仔细听他怎么说。"

夜晚来临了，魔鬼回到了家。他一走进来就觉得屋子里的气味不对劲。"我闻到了人肉的气味，"他说，"不对劲！"

他把每个角落都仔仔细细地搜了一遍，但什么也没找到。他的老祖母责骂他："这里刚刚打扫过，"她说，"所有的东西都理得整整齐齐，你现在又来翻箱倒柜，把这儿弄得一团糟！还不是你自己鼻子里总带股人肉味儿！坐下来吃你的晚饭吧。"

魔鬼吃完了饭，又喝了点酒，他太累了，就把头枕在老祖母的大腿上，要她帮忙抓抓虱子。不一会儿，魔鬼就进入了梦乡，呼噜噜地打着鼾。于是，老婆婆就从他头上拔下一根金发，放在她身边。"噢！"魔鬼痛得叫起来，"你在干吗？""我做了个噩梦，"老祖母回答说，"害怕得扯了一下你的头发。""你梦见什么了？"魔鬼说。"我梦见集市里的一口喷泉完全干枯了，它曾经能流出葡萄酒，但现在一滴水也流不出来。这是怎么回事儿呢？""哦，嗨！别人当然不知道！"魔鬼说，"井底的石头上蹲着一只癞蛤蟆，如果人们把它杀死，葡萄酒就又会流出来了。"

老祖母又给他抓虱子，魔鬼很快又睡了，鼾声响得连窗户都在震动。于是她又拔了一根头发。"哎哟！你这是干什么？"魔鬼气得直叫。"别发火，"她说，"我这是在梦里干的。""这回你又梦见什么了？"他问。"我梦到了一个王国，那里有一棵苹果树，以前结着金苹果，现在却连片树叶都长不出了。你想，这是什么原因呢？""哦，别人知道才怪！"魔鬼回答说，"一只老鼠在咬它的树根，如果人们把它杀了，他们就又可以得到金苹果了。但如果老鼠一直这么啃下去的话，这棵树就会完蛋。别再拿你的梦来烦我了！如果你再让我睡不着，我就会给你一个耳光！"

老祖母一边轻声细气地哄着他，一边帮他抓虱子，直到魔鬼再次打起了呼噜。于是，她拔下了第三根金发。魔鬼一下子跳了起来，暴跳如雷，冲她大吼大叫，差点就要对她动手了！老祖母赶紧哄他安静下来，说："没想到又是个恶梦。""那你梦见什么了？"魔鬼问道，并感到非常奇怪。"我梦见一个摆渡的船夫在抱怨说，他必须天天在河里摆渡，从这一边划到那一边，从来就没有停歇。这是怎么回事儿呢？""啊，这个笨蛋！"魔鬼回答说，"有人来过河，他只要把桨往那个人手里一放，那个人就必须划船了，而他不就可以自由了吗？"老祖母这时已经拔下了三根金头发，也得到了三个问题的答案了，她就让这个魔鬼安安稳稳地睡到了大天亮。

当魔鬼出去之后，老婆婆让蚂蚁从她裙子的褶缝里爬出来，给这个幸运儿恢复了人形。"这三根金发是给你的，"她说，"魔鬼所回答的那三个问题，想必你也听到了。""是的，"他回答说，"我听到了，我会用心记住的。""你已经得到了你想要的，"她说，"你现在可以走了。"男孩感谢老婆婆在他需要时给他的帮助，满心欢喜地离开了地狱，一切都那么幸运！

当他来到大河边，摆渡的船夫希望他能履行诺言，给他一个答案。"先把我送到河对岸，"幸运儿说，"然后我会告诉你怎样就可以自由了。"当他到了对面的河岸上时，就对船夫说了魔鬼的办法："下一次有人来过河时，你就把船桨塞到他手里。"

他继续往前走，来到了一个镇子上——不结果的树就在那儿，看门人同样想知道答案。于是他就把从魔鬼那儿听来的告诉看门人："把那只咬树根的老鼠杀死，树就又会长金苹果了。"看门人很感激他，就送给他两头驮着沉甸甸的金子的驴，跟他回去。

最后，他来到有着枯井的镇子上。把魔鬼说的话告诉守卫："一只癞蛤蟆蹲在井底的石头上，只要找到它并把它杀死，这口井就又会往外大量地喷葡萄酒了。"守卫谢过他，同样又给了他两头驴，驴背上驮着沉甸甸的金子。

幸运儿终于回家与妻子见面了，她满心欢喜，能再次见到他是多么高兴啊！而且听到他把每一件事都办得顺顺利利、妥妥当当，她打心底感到快乐！他把国王下令索要的东西——魔鬼的三根金发，呈献给了国王。当国王看到驮着沉甸甸金子的四头驴子，他十分满意，说："现在，所有的条件你都达到了，你可以拥有我的女儿了。"

"不过跟我说说，我亲爱的女婿，你的这些金子是从哪里来的？这可是一大笔财富啊！""我划船过了河，"他回答说，"就在那儿，河岸上一点儿沙子都没有，满是金子！""我也能去拿一些吗？"国王问道，他非常渴望金子。"能行！要多少有多少！"男孩回答说，"河里有个船夫在摆渡，让他把你送过去，你就能到对岸，那儿的金子能让你把袋子装得满满的！"贪婪的国王立即出发，他来到河边，冲船夫招招手，要他把他送过去。船夫把船划了过来，叫国王上船，当他们到了河对岸时，船夫把船桨往国王手里一塞，跳下船就跑开了。打那以后，国王就只有在那儿划船摆渡了。这是罪有应得，或许他现在还在那儿摆渡呢！因为再也没有人从他手里接过船桨了。

（格林童话）

## 4. 睡美人

很久以前，有一位国王和王后，每天都要说："唉，我们要是有个孩子，那该多好呀！"但他们却一直未能如愿。但恰好有一次，王后正在池塘里洗澡，一只青蛙从水里爬到岸边，对她说："王后，您的愿望会实现的，过不了一年，您就会生个女儿啦！"青蛙说的话真实现了，王后生了一个小女儿，长得实在太美了，连国王都按捺不住内心的喜悦，想要大家和他一起分享。于是，国王就下令举行一场盛大的宴会，来庆祝小公主的诞生。他不但邀请了王公贵族、亲朋好友，还把那些聪明的女先知也请来了，因为她们会把美好的希望和祝福赐给这个小女孩。他的国家里有十三位这样的女先知，不过，王宫里却只有十二只用来招待她们的金餐盘，那么，肯定要有一个人不被邀请了。宴会办得隆重体面，宾客们在一起彬彬有礼。就在宴会即将结束的时候，这些聪明的女先知把她们神奇的礼物送给小公主——一个赐她以高尚的道德，一个赐她以美貌，第三个是财富，就这样，她们一个接一个，把世界上人们最渴望拥有的东西，都赐给了小公主。当第十一位女先知刚刚祝福完毕，第十三位突然闯了进来。因为没有被邀请参加宴会，她发誓要替自己报仇，于是她向谁也不打招呼，甚至看都不看别人一眼，就在那里大叫："国王的女儿将在她十五岁的时候，被一个纺锤刺破手指，倒地而死。"然后，一句也不说，闭着嘴转身就离开了王宫。人们都惊呆了，但那第十二位女先知，幸好她的美好祝福还没有说出口，这时走上前去，但她也没有办法把这个魔咒解除，只能是减轻它的作用，于是她说："公主不会死，不过是从那时起，要睡上一百年罢了。"

国王竭力让爱女免遭不幸，就下令把整个国家的纺锤都烧掉。女先知们的礼物也在小姑娘的身上一一实现了，她美丽、端庄、和蔼、聪明，人们只要见了她，都会喜欢她的。

就在她十五岁生日的那一天，国王和王后都不在家，少女被一个人留在了王宫里。于是她就到王宫的每一处去走走，看看那些她喜欢的房间和卧室，最后，她来到一个旧塔下。她顺着宝塔那狭窄的螺旋楼梯往上爬，来到了一扇小门前。一把锈迹斑斑的钥匙插在锁孔里，她把钥匙一拧，门就弹了开来，里面是一个小房间，一位老婆婆坐在那儿，手里拿着一只纺锤，正忙着纺她的亚麻线呢。"你好，老奶奶，"公主说，"你在这里干什么呢？""我在纺线，"老婆婆一边说，一边点点头。"那是个什么东西？旋转得那么欢快？"女孩一边说，一边拿起纺锤，也想来试试。但她刚一碰到那个纺锤，那个魔咒就起作用了，她的手指被刺了一下。

就在她感到刺痛的那一瞬间，她就倒在房里的那张床上，深深地睡了过去。整个王宫都弥漫着这种浓浓的睡意，国王和王后刚刚回宫，一走进大殿，就开始沉睡过去了。整个朝廷里的人，不管是大臣还是随从，都紧随其后睡着了。马儿呢，走进马厩里开始睡觉。院子里的狗，屋顶上的鸽子，墙上的苍蝇，甚至是火炉里正燃得旺旺的火苗，都变得悄无声息了，睡着了！烤肉也不再嗞嗞作响。厨师呢？本来正要去揪那小伙计的头发，因为他做错事了，可现在他却放过他，自个儿睡着了。风也不再呼呼地刮了，王宫前面树上的叶子也一动不动了。

　　围绕着宫殿，开始长出一圈带刺的篱笆，一年比一年长得更高，最后把整个王宫都包在篱笆里面，从外面一点都看不出来了，甚至连飘扬在屋顶上的旗帜也盖了个严严实实。但睡美人的故事——现在大家都这么称呼公主了——在全国上下传开来了。因此，时不时就会有王子到这里来，想穿过这道带刺的篱笆到宫殿里去，但他们却发现根本就进不去。因为这些刺长得又密又多，仿佛长着手一样，紧紧地拉拢在一起，谁要进去就都被困在里面，无法脱身，直到凄惨地死去。许多许多年之后，一个王子又来到了这个国家，听到有个老人正在讲带刺篱笆的故事：在那篱笆墙后面的王宫里，有一位异常美丽的公主，名叫睡美人，她已经在那儿沉睡了一百年了，国王和王后，还有整个王宫里的人们，也都陪着她一起沉睡了这么久。老人还听他的祖父说过，许多国王、王子都到这里来过，想要穿过这道刺篱笆，但最后都被牢牢地钉在了篱笆墙里，死得可惨了！于是王子说："我不怕，我想去那里看看漂亮的睡美人。"好心的老人赶紧劝他，千万不能试，但他一句话也听不进。

　　不过，这时正好刚满一百年，是睡美人苏醒的时候了。当王子走近那道带刺的篱笆时，看到的却只是一朵朵很大的鲜花，盛开在墙上。它们自动地朝两边分开，让他安然无恙地走进去，接着，又在他身后合拢成一道篱笆。在王宫的庭院里，他看见那些马儿和长着斑点的猎狗都躺在地上睡觉，屋顶上蹲着小鸽子，把它们的头缩在翅膀下，睡着了。他走进了房子里，苍蝇在墙上睡觉，厨房里的厨师还伸着一只手，想抓住他的小伙计，女佣正坐在一只黑母鸡旁边，看得出来，当时她正要给它拔毛呢。他再往里走，来到大殿上，看到所有的大臣们都躺在那儿，睡得正香。在高高的宝座旁还躺着国王和王后。于是他再朝里走，一切都是那么寂静，连呼吸的声音都听得见。最后，他走进了塔里，推开那门进了那个小房间，睡美人就躺在里面，沉睡着。她躺在那儿，是那么的美，让他舍不得把眼睛移开一下。他俯下身子，轻轻地吻了她一下。就在吻她的那一瞬间，睡美人睁开眼睛醒过来了，非常温柔地看着他。

　　于是，他们一起从塔楼上下来，国王苏醒了，接着是王后，然后便是所有的大臣和侍从，他们奇怪地你看看我，我看看你，一点也摸不着头脑。院子里的马儿站起来，抖了抖身子，猎狗们跳起来，摇了摇尾巴，房顶上的小鸽子从翅膀下面探出脑袋，左瞧瞧右看看，便扑棱棱地向外面的田野飞去了，苍蝇又在墙上爬来爬去，厨房里的炉火又重新燃烧，用旺旺的大火烤起肉来，大块的烤肉呢，又开始在灶台上翻动，嗞嗞作响了，厨师给了小伙计一个耳光，痛得他大叫，女佣已经把鸡毛拔干净。

　　王子与睡美人的结婚典礼隆重而又盛大，从那以后，他们就过着快快乐乐的日子，一起白头到老。

　　（格林童话）

## 5. 白雪公主

　　从前，在一个很冷的冬日里，雪花像羽毛一样从天上飘落下来，有一位王后坐在窗前做着针线活，炉中那乌黑的檀木正在燃烧着。她一边缝着，一边抬起头来看看这场大雪，一不小心，针尖刺进了她的手指。三滴鲜血落在飘进窗子的雪花上。红白相衬看起来分外美丽，她心想："如果我有一个孩子，她的皮肤像雪花一样白，嘴唇像鲜血一样红，头发像这火焰中的乌木一样黑，那该有多好啊！"

　　不久，她生了一个小小的女儿，她的皮肤就像雪花一样白，嘴唇像鲜血一样红，头发像黑檀木一样黑，因此，人们就叫她小白雪。但孩子刚一出生，王后就死了。

　　一年之后，国王为自己娶了另一个王后。她是一个美丽的女人，但却骄傲自大，目空一切。她无法容忍别人的美貌胜过自己。王后有一面魔镜，每天早上，她总要站在镜子前面，看着镜中的自己，然后说：

　　镜子，镜子，墙上挂，

　　这个国家谁最美丽呀？

　　这面魔镜回答说：

　　就是您呀，我的王后，

　　您是天下最美的人。

　　她听了非常满意，因为她知道，这面镜子不会说谎。

　　白雪公主渐渐长大了，变得越来越漂亮。当她长到七岁时，她美得就像那白天的光芒，甚至比王后还要美丽。一天，当王后问她的魔镜：

　　镜子，镜子，墙上挂，

　　这个国家谁最美丽呀？

　　镜子回答说：

　　王后您啊，很美丽；

　　但那小小白雪公主，

　　比您还美一千倍！

　　王后听了大吃一惊，她嫉妒得要命，气得脸色一会儿发黄，一会儿发青。打那一刻起，不管什么时候见到白雪公主，她就气不打一处来。她是那么憎恨这个小姑娘！嫉妒和傲慢就像杂草似的在她心里疯长，搅得她日夜不得安宁。

　　于是，她叫来一个猎人，对他说："你把白雪公主带到森林里去。我再也不想见到她。把她给我杀了！为了证明她已经死了，你还要把她的肝和肺带回来见我。"

　　猎人遵命，把白雪公主带到了森林里。他拔出猎刀，正要把它刺进白雪公主那纯洁无辜的心，她哭了起来，说："哦，亲爱的猎人，放我一条生路吧。我会跑进森林的深处，永远不再回来。"

因为她是那么美丽,猎人对她产生了同情之心,他说:"快逃吧,可怜的孩子。"

他想:"那些野兽很快就会把你吃掉,你还是逃不了的。"但他还是觉得心里要轻松一些,就像一块大石头落了地,因为他可以不必自己动手去杀她了。

正好有一只小野猪从他身边跑过。猎人把它杀死,割下它的肝和肺,好作为白雪公主已死的证据,带回去见王后。厨子遵命加上盐把肝和肺煮了,狠毒的王后把它们吃了下去,心想:我吃的可是白雪公主的肝和肺!

此时,这个可怜的孩子正孤孤单单地在大森林里,她害怕极了,呆呆地看着树上的叶子出神,不知道该怎么办才好。

她突然跑了起来,踩着尖硬的石头,穿过带刺的荆棘,野兽向她扑来,却伤害不到她。她使出了全身的力气,不停地向前跑,黑夜降临的时候,她看到了一所小小的房子,便跑了进去,好让自己歇歇脚。

在这所小房子里,所有的东西都是小小的,但却有种说不出的干净和整洁。屋子里有一张小桌子,铺着洁白的桌布,上面摆着七只小碟子,每只碟子里都有一只小汤匙,旁边还摆着七副小刀叉和七只小杯子。靠墙摆放着七张小床,排成一条直线,都盖着雪白雪白的床单。

白雪公主又渴又饿,她就从每个小碟子里拿了一点蔬菜和面包来吃,又在每个小杯子里喝了一口酒。之后,她太累了,就想躺在床上睡一觉,但没有哪一张床是适合她的。一直到最后,第七张床才算合适。她就躺在那儿,向上帝做完祷告后便睡了。

天黑了,房子的主人回来了。他们是七个小矮人,每天在山里寻找和挖掘矿石。他们点燃了七根蜡烛,屋子里亮堂起来,小矮人们马上就发现有人来过这儿,因为有些东西有过移动的痕迹,不是他们离开时的那个样子了。

第一个小矮人说:"谁坐过我的椅子?"

第二个小矮人说:"谁吃过我碟子里的东西?"

第三个小矮人说:"谁吃过我的面包?"

第四个小矮人说:"谁吃过我的蔬菜?"

第五个小矮人说:"谁动过我的叉子?"

第六个小矮人说:"谁用过我的刀?"

第七个小矮人说:"谁从我的杯子里喝了酒?"

接着,第一个小矮人又看见他的床上有一个小脚印,就说:"谁踩过我的床?"

另一个跑过来大叫:"也有人在我的床上躺过!"

但当第七个小矮人看看他的小床时,却发现白雪公主正在那儿睡觉。七个小矮人都跑了过来,他们惊讶得叫了起来。他们举着七根蜡烛,照向白雪公主。"哦,天哪!哦!我的天!"他们不停地叫着:"这个孩子多美呀!"

他们看着她,感到非常快乐,不忍心把她叫醒,就让她继续躺在床上睡觉。第七个小矮人只好挤到伙伴们的床上,在每个人那里睡上一小时,就这样,黑夜过去了。

第二天早上,白雪公主醒来了,当她看到这七个小矮人时,吓了一跳。但他们却友好地问她:"你叫什么名字?"

"我叫白雪公主。"她说。

"你怎么到我们这里来的?"小矮人又问道。

于是她告诉他们:她的继母想杀死她,是猎人放了她一条生路,她跑了一整天,最后才到了他们的房子里。

七个小矮人说:"如果你帮我们打扫房子、做饭、铺床、洗衣服、干针线活儿、织毛衣,把一切收拾得干干净净、整整齐齐,那么你就可以留下来,和我们待在一起,我们不会亏待你的。"

"好啊!"白雪公主说,"我从心底愿意这样。"

于是,她替他们做家务。每天早上,七个小矮人到山里去找矿石和黄金;晚上,当他们回到家时,晚饭已经准备好了。整个白天都是小姑娘一个人待在房子里。

好心的小矮人提醒她:"白雪公主,要小心你的继母啊!她很快就会知道你在这里。千万别让任何人进来。"

再说王后相信她已经吃了白雪公主的肝和肺,就理所当然地成了最美丽的女人。她走到镜子前面,问道:

镜子,镜子,墙上挂,

这个国家谁最美丽呀?

镜子回答说:

王后您啊,很美丽,

但在那遥远的山林里,

与七个小矮人在一起的白雪公主,

仍要比您美一千倍!

魔镜的话让王后吓了一大跳,她知道这面魔镜不会撒谎,肯定是猎人骗了她,而白雪公主还活着!她还不是这个国家最美丽的女人,白雪公主比她还美!对白雪公主的嫉妒终日让她无法安宁。她绞尽脑汁地想呀,想呀,怎样才能杀死白雪公主呢?

最后,她想出一个法子。她化上装,把自己扮成一个沿街叫卖的老太婆,这样就没有人会认出她来了。打扮停当后,她来到了七个小矮人的房子前面,一边敲门,一边嚷嚷:"卖东西啰!有好东西卖哟!"

白雪公主探出头,看着窗外,说:"亲爱的婆婆,您好!您卖什么好东西呢?"

"好东西,漂亮的东西!"老婆婆回答说:"各种颜色的漂亮丝带。"她拿出一根用彩色的丝线织成的带子,递到白雪公主面前:"你喜欢这根吗?"

白雪公主心想:"这是个诚实的老婆婆,我可以让她进来。"于是打开门,买下了这根漂亮的丝带。

"孩子,"老婆婆说,"你真好看!来,让我帮你把丝带系上。"

天真的白雪公主站在老婆婆的面前,让她来系这根新丝带。但这个老太婆一下就把丝带拉得紧紧的,让白雪公主无法呼吸。

"你曾经是最美的人。"老太婆说完,匆匆离开了。不久,天黑了下来,七个小矮人回到了家。当他们看到亲爱的白雪公主躺在地上,一动也不动,仿佛她已经死了,他们是多么惊慌!他们马上把她扶起来,发现她被丝带紧紧地勒住了,就把丝带剪断。于是,白雪公主可以稍稍呼吸了,渐渐地,她又活了过来。

小矮人们听了事情的经过之后,他们说:"卖东西的老太婆就是那狠毒的王后!当我们不在你身边时,千万要注意,不要让任何人进来。"

而这个邪恶的女人一回到家,马上就走到镜子跟前,问它:

镜子,镜子,墙上挂,

这个国家谁最美丽呀?

魔镜又一次回答说:

王后您啊,很美丽,

但在那遥远的山林里,

与七个小矮人在一起的白雪公主,

仍要比您美一千倍!

当她听到镜子的话,气得血直往头上涌。因为她知道白雪公主又活过来了。

"这一回,"她说,"我要想个法子让你彻底完蛋!"于是,她就用她知道的巫术,做了一把带毒的梳子。然后,把自己打扮成另一个样子的老太婆。就这样,她翻过了七座大山,来到七个小矮人的屋前,敲了敲门,大声说:"卖东西啰!有好东西卖哟!"

白雪公主探出头来说:"你走吧,我不会让任何人进来的。"

"你真该来看看,"这个老太婆一边说,一边掏出那把毒木梳给她看。这个小姑娘是那么喜欢它,一下子又上当了,她就把门打开了。

当她们谈好价钱后,这个老太婆说:"让我来帮你梳头吧。"

她刚把梳子插进白雪公主的头发,梳子里的毒就起作用了,小姑娘马上就倒在地上,不醒人事。

"现在,你只是一个美人标本了,"这个恶毒的女人说,"你完蛋了!"说完她便走了。

幸好天很快就黑了,七个小矮人回到了家。当他们看到白雪公主躺在地板上,就像死了一样,马上就猜到是她的继母干的。他们将她身上找了个遍,最后发现了这把毒木梳。刚把这把梳子拔下来,白雪公主就苏醒了,并告诉了他们事情发生的前前后后。小矮人们再一次警告她:必须警惕,千万别再为任何人开门了。

回到家后,王后就走到魔镜前面,问:

镜子,镜子,墙上挂,

这个国家谁最美丽呀?

镜子回答说:

王后您啊,很美丽,

但在那遥远的山林里,

与七个小矮人在一起的白雪公主,

仍要比您美一千倍!

当王后听到镜子的回答,气得浑身发抖,她大叫起来:

"白雪公主必须死!我要不惜一切代价让她死!"

于是,她来到自己最秘密的一个房间——任何人都不许进来——她做了一只很毒很毒的苹果。它的外表看起来很漂亮,青里透红,无论哪个人看了,都会想咬一口。但只要吃一小口,它就会置人于死地。然后,她往脸上涂上颜色,把自己打扮成一个农妇,翻过七座山,来到七个小矮人的屋前敲了敲门。

白雪公主把头伸出窗外,说:"我不会同意任何人进来的。小矮人不让我这么做。"

"没关系,"农妇说,"我很快就可以把苹果卖完,哎,给你一只吧!"

"不,"白雪公主说,"我不要任何东西。"

"你是怕它有毒吧?"老妇人说,"看,我把这个苹果切成两半。你吃这边红的,我吃这边青的。"

这个苹果是王后特意做的,只有红的那一半才放了毒。白雪公主很想要这只好看的苹果,当她看到这个农妇吃起了另一半,她再也忍不住了,就把手伸出窗外,拿了那有毒的一半。她刚刚吃了一口,就倒在地上,死了。

王后恶狠狠地朝她瞟了一眼,哈哈大笑,说:"什么白得像雪花,红得像鲜血,黑得像乌木!这一次小矮人也让你醒不了!"

她一回到家,就问魔镜:

镜子,镜子,墙上挂,

这个国家谁最美丽呀?

镜子终于回答说:

就是您啊,我的王后,

您是天下最美的人。

嫉妒心只有这样才能平静。她那颗满怀嫉妒的心就是如此,直到没人比她更美了,才平静下来。

那天晚上,七个小矮人回到家,发现白雪公主躺在地上。她已经完全停止了呼吸,她死了。他们把她扶起来,想找出毒死她的东西。他们解开她的丝带,替她梳头发,用水和酒擦洗她的身子。但却一点用也没有。这个可爱的孩子死了，她不再醒来了。他们把她放进棺材里，七个人都坐在她旁边，悼念她，为她哭了整整三天三夜。他们打算把她安葬起来，但她看上去仍然活生生的，两颊还带着美丽的红晕，仿佛没有死去。

　　小矮人说："我们不能把她埋进黑暗的泥土里。"于是，他们为她做了一个透明的玻璃棺材，这样，无论从哪个角度，他们都能够看得见她。他们还在上面用金字写上她的姓名，让人们知道她是个公主。然后，他们把棺材放到一座山上，每天都让一个小矮人守在她身边，看护着她。野兽们也来悼念白雪公主，首先是一只猫头鹰，之后来了一只乌鸦，最后是一只鸽子。

　　白雪公主在棺材中躺了很久很久，一点也没有腐烂的迹象，看上去就像睡着了一样：皮肤仍然像雪花一样白，嘴唇像鲜血一样红，头发像乌木一样黑。

　　一天，一个王子走进了这片森林，碰巧走进了小矮人的房子，想找个过夜的地方。他看到了山上的棺材，和躺在里面的美丽的白雪公主，还把写在棺材上的金色的字读了一遍。

　　然后，他对这些小矮人说："让我拥有这个棺材吧，你们要什么我都答应。"

　　但小矮人说："就是用世界上所有的金子来换，我们也不会同意让她离我们而去的。"

　　于是王子又说："请求你们把她给我吧，因为见不到白雪公主，我就活不下去。我会像对我最心爱的人那样，尊敬她，爱护她。"

　　听他这么一说，这些好心的小矮人都很同情他，就把棺材给他了。王子叫他的仆从把棺材抬在他们肩上，但其中有个仆从被树枝绊了一下，棺材也猛地一震，就这一下，卡在白雪公主喉咙里的那块毒苹果被冲了出来。过了一会儿，她睁开了眼睛，掀开棺材的盖子，坐了起来，她又活过来了。

　　"我的天啊，我这是在什么地方啊！"她叫了起来。王子高兴极了，说："你和我在一起。"他告诉她发生的一切，又说："我爱你胜过这世上的一切。和我一起去我父亲的城堡吧，我要你做我的妻子。"白雪公主也爱上了他，就和他一起走了。他们的婚礼办得既隆重又盛大。

　　白雪公主那狠毒的继母也被邀请参加这个宴会。她穿上漂亮的衣服，走到魔镜前面，说：

　　镜子，镜子，墙上挂，

　　这个国家谁最美丽呀？

　　镜子回答说：

　　王后您啊，很美丽；

　　但那年轻的王后，

比您还美一千倍！

这个狠毒的女人张嘴就是一句咒语，但她心里却是如此害怕，害怕极了，她不知该怎么办。她不想去参加婚礼，但她却发现自己一刻也无法安宁。她必须去看看那年轻的王后。当她来到婚礼上，认出了白雪公主，她恐惧地站在那儿，呆住了。

于是，人们把一双铁鞋扔进火里烧红，然后用钳子夹住放到她的前面。她只好穿上这双又红又烫的鞋子，不停地跳舞，直到最后倒地而死。

（格林童话）

## 6. 桌子、金驴和棍子

很久以前有个裁缝，有三个儿子。家里养了一头羊，三个儿子轮流去放羊。一天，大儿子把羊赶到了草长得十分茂盛的教堂院子里，羊欢蹦乱跳地吃了个够。傍晚，大儿子问羊："你吃饱了吗？"羊儿回答："我已经吃了许多，一根都不想再碰。"男孩就拉起绳子把羊牵回了家。老裁缝问："羊吃饱了没有？"大儿子回答："它吃得很饱，一根都吃不下了。"父亲想证实一下，抚摸着心爱的牲口问："羊啊，你吃饱了没有？"

"我哪里能吃得饱？跳越小沟一道道，没见到一根草。"

"太不像话了！"老裁缝喊着跑上楼，将儿子一阵痛打赶出了家门。

第二天轮到二儿子放羊。他在花园的篱笆旁找到一片肥嫩的鲜草，傍晚羊也同样对二儿子说自己吃饱了。回家后，老裁缝又来到羊圈证实，结果羊又说了一模一样的谎。老裁缝以为二儿子也骗了他，把他赶了出去。现在轮到第三个儿子去放羊了。他找到一片水草茂盛的灌木丛，让羊在那里吃个够。回到家后，老裁缝又听信了羊的谎言，把三儿子也打跑了。

家里只剩下他和羊了。第二天，他亲自带着羊来到绿油油的草地上，让羊吃到夜幕降临时分，然后问："羊啊，你吃饱了吗？"羊回答说："我已经吃了许多，一根都不想再碰。""那我们回家吧。"老裁缝说，"这下你总算吃饱了！"但是羊回答说："我哪里能吃得饱？跳越小沟一道道，没见到一根草。"

裁缝听了大吃一惊，立刻知道自己错怪了三个儿子，便喊道："你这没良心的家伙！我要在你身上做个记号，让你没脸见诚实的裁缝！"他将羊头剃得像手掌心一样光，还狠狠地抽了羊一顿，羊发疯似地逃走了。

裁缝孤身一人在家，心里十分惦念三个儿子。大儿子到了一个木匠那里当学徒，期满之后，师傅送给他一张小餐桌，并告诉他：只要对它说"小餐桌，快撑开"，听话的小餐桌就会摆满一盘盘美味佳肴和一杯杯美酒。年轻人觉得应该回家给父亲看看这个小餐桌。

晚上，他住进一家旅店，他将小餐桌摆到房间中央说："小餐桌，快撑开！"顿时，一桌丰盛的酒菜出现了，店主看呆了，羡慕得要死。深夜，年轻人睡着以后，店主拿出一张相似的普通桌子，小心翼翼地将魔桌换走了。

第二天木匠回到了家里，父亲见了他格外高兴。儿子说："我带回来一张小魔桌，把我们的亲戚朋友都请来尽情享受一下吧。"大家都应邀而来，他将桌子摆在房子中央说："小餐桌，快撑开！"可桌上仍是空空如也。小伙子这才发现桌子被人调包了。

再说二儿子来到一个磨坊师傅那里当学徒。期满时，师傅说："我送你一头会吐金子的驴，只要对它说'布里科布里特'，它前面吐的后面拉的全是金币。"于是他谢过师傅就去周游世界了。一段日子后，他想：该回去看看父亲了，他看到这头会吐金的驴子一定会高兴的。

他刚巧也来到他大哥曾住过的那家旅店。他付房钱时，钱刚好用完了，他就让店主稍等一下，拿起一块台布走了。店主很好奇地悄悄跟在后面。只见陌生人将桌布铺在驴子下面，喊了声"布里科布里特"，驴子立刻前吐后拉，金币像雨点般落下来。

夜里，店主偷偷用一匹普通驴子调换了金驴。第二天，小伙子回到了父亲身边，对父亲说："我带了一头会吐出金子的驴回来。"裁缝又跑去将亲戚都找了来，二儿子把驴子牵来。对驴子喊了声"布里科布里特"。然而驴子也同样让他们失望了。

老三在一个旋工那儿当学徒，他的两个哥哥写信将他们的不幸遭遇告诉了他。出师时，师傅送给他一个口袋，说："口袋里有根棍，如果有人欺负了你，只要说声'棍子，出袋！'它就会跳出来对欺负你的人乱敲乱打，直到你说'棍子，回袋！'它才会打住。"

徒弟谢过师傅，背上口袋走了。傍晚，他来到两个哥哥受过骗的那家旅馆。他将背包放在面前的桌子上说："人们不难找到一张会摆酒菜的小餐桌，一头会吐金币的驴子，可它们和我包里这宝贝比起来就差远了。"店主尖起耳朵听着，想："我一定要把袋子弄到手！"夜里，店主估摸着他已经睡熟了，就溜过来，小心翼翼地想把口袋换掉。三儿子早在等着他了，喊了声："棍子，出袋！"小棍子立刻跳了出来，对着店主就是一阵痛打。店主一个劲儿地求饶，三儿子要他交出了两个哥哥的宝贝。

第二天，三儿子带着小魔桌，牵着会吐金子的驴回到了家。他对父亲说："我带回来一根非同寻常的棍子，就是靠它把哥哥们被店主骗去的餐桌和会吐金子的驴夺回来了。"

亲友们又被召来了。二儿子牵来驴子，说了句"布里科布里特"，金币立刻像下暴雨一样落下来。大儿子取出餐桌，刚说出"小餐桌，快撑开"，只见桌上已经摆满了美味佳肴。亲友们到深夜才走，个个兴高采烈，心满意足。裁缝从此和三个儿子愉快地生活在一起。

那头说谎的羊怎么样了？我这就告诉你们：它为自己被剃光了头感到难为情，就跑到一个狐狸洞里藏了起来。狐狸回来时，看到黑暗中有两道光向它逼来，吓得逃跑了。一只熊听说了狐狸的遭遇后，就和狐狸一起来到它的洞穴，谁知它也被那只长着冒着火似的眼睛的野兽吓得掉头跑了。小蜜蜂听了它们的故事后，飞进狐狸的洞穴，在羊的头上狠狠地蛰了一下，疼得羊疯了似的冲出来，逃走了。这会儿谁也不知道它在哪儿了。

（格林童话）

## 7. 月 亮

古时候，有个地方夜晚总是漆黑一片，天空就像笼罩着一块黑布。因为月亮从来没有在这里升起过，星星也不闪烁。

有一次，四个年轻人离开了这片国土，来到了另一个国度。在那里，当太阳消失在山后时，树梢上总会挂着一个光球，洒下一片柔和的光华。它虽然不如太阳那样光彩明亮，但一切还是清晰可见。这些旅客停下来问一个村夫那是什么。

"这是月亮，"他回答说，"我们市长花了三块钱买下它，并把它拴在橡树梢上。他每天都得去上油、打扫卫生，使它能保持明亮。然后他就每周从我们身上收取一块钱。"说完，村夫推着车走了。

四个人当中的一个说："我们也可以用这盏灯，我们家乡也有棵一样高的橡树，可以把灯挂在上面。那样我们夜晚就不用在黑暗中摸索，该有多痛快呀！"

第二个说："我来告诉你该怎么办：我们去弄辆马车来，把月亮运走。这里的人会再买一个的。"

第三个说："我很会爬树，我来取下它。"

第四个去找了辆马车。第三个人爬上树，在月亮上钻了个洞，穿上一根绳子，然后把月亮从树上放了下来。他们把这个闪闪发光的圆球放在马车上，用一块布盖在上面，以免别人发现是他们偷的。

他们顺利地把月亮运到了自己的国家，把它挂在了一棵高高的橡树上。这盏新灯立刻光芒四射，照耀着整个大地，所有的房间都充满了光亮，老老少少都喜笑颜开。矮子走出了石洞，小孩们也穿着小红衣服在草地上围着圈子跳起舞来。

那四个人负责给月亮添油，并每周收取一块钱。但他们慢慢地老了，其中一个生了病，眼看着不久于人世了。他要求把四分之一的月亮作为他的财产，埋进他的坟墓里。等他死后，市长爬上了大树，用篱笆剪子剪下了四分之一的灯，放进了他的棺材。月亮的光芒减弱了，但仍然发光。第二个人死时，又有四分之一陪了葬，月光又减弱了。第三个人死后，他也带走了他那一份，月亮更暗。当第四个走进坟墓时，原来的黑暗又回来了。

但是月亮的各部分在阴间又重新拼合在一起，照亮了那个黑暗的世界。死去的人们又都醒来了，又能睁眼看世界了。淡淡的月光对他们已是绰绰有余，因为他们的眼睛已经变得很衰弱，经不起太阳的强光。他们兴奋地爬起来，又开始了从前的生活：一些人去看戏跳舞，一些人去客栈要酒喝，醉了就争吵，最后拳脚相加。吵闹声越来越大，最后传到了天堂。

守卫天堂大门的圣彼得以为下界在造反，就招集了天兵天将，准备迎击来犯的恶魔。但是没有恶魔来，于是他便骑上马穿过天门，下到凡间。他叫死去的人们安静下来，让他们重新回到坟墓，并从他们手中拿走了月亮，把它重新挂在了天上。

（格林童话）

## 8. 渔夫和金鱼

从前，有一个年老的渔夫，和他的妻子住在蔚蓝色的海边。每天，渔夫出海打鱼，他的妻子则在他们破旧的泥棚里纺纱结线。

这天，老渔夫像往常一样带着网出海打鱼。他习惯每天撒三次网，可今天他好像运气不佳，前两网都一无所获。渔夫无奈地撒下第三网，打上了一条金光闪闪的小金鱼。小金鱼突然开口说起话来："放了我吧，老爷爷。我是这大海的王子。如果您放了我，今后您有什么要求，只要到海边呼唤我，我会尽量满足的。"善良的渔夫放了小金鱼，并嘱咐他以后不要到浅海边来了。

渔夫两手空空地回家了，他把今天的奇遇告诉了老太婆。老太婆听后突然指着老渔夫骂了起来："你这傻瓜，真是个老糊涂，你为什么不敢拿金鱼的报酬？你哪怕是要只木盆也好，你看看我们的那只木盆破成什么样子啦。"

渔夫很不情愿意地来到海边。海水又绿又黄，微微地起着波浪。渔夫站在海边，怯怯地呼唤着金鱼："海里的小金鱼，请你出来吧，我的老太婆把我大骂一顿，不让我这个老头儿安宁。"只见海边起了一个水漩，小金鱼游到了老渔夫面前："请问您要什么啊，亲爱的老爷爷？"

渔夫对金鱼行了个礼，回答说："小金鱼啊，我真不愿意打扰你，可是我的老太婆骂得我没办法，她让我向你要一只新的木盆。"金鱼回答说："老爷爷，别难受，上帝保佑善良的人，你们马上就会有一只新木盆。"

渔夫告别了金鱼回到他们破旧的泥棚，果然那只旧的木盆不见了，窗子下面放着一只崭新的木盆。可是老太婆却数落他："你真是个不折不扣的老糊涂。你真的就只要个木盆回来？老笨蛋，你给我赶快回到海边去，向他要座木房子。"

老太婆的凶样吓得渔夫赶忙跑到海边，海水有些骚动，掀起了一尺高的波浪。渔夫站在海边，怯怯地把金鱼呼唤："海里的小金鱼，请你出来吧，我的老太婆把我大骂一顿，不让我这个老头儿安宁。"只见小金鱼出现在浪尖上，说："请问您要什么啊，老爷爷?"

　　渔夫对金鱼行了个礼,说:"小金鱼啊,我真不愿意打扰你,可是我的老太婆让我向你要一座木房子。"金鱼回答:"老爷爷,上帝保佑善良的人们,你回去吧,你们就会有一座新的木房。"

　　渔夫从海边回来,果然看见那破旧的泥棚变成了一个崭新洁净的木房子。木房里应有尽有,屋后的院子里长满了蔬菜和果木。渔夫和老太婆都很高兴有这么好的木屋。

　　以后的两个星期他们在平静与满足中度过。可是有一天,渔夫打鱼回来,老太婆见到他就破口大骂:"你这傻瓜,难道你就只满足要座木房子?赶快滚到海边去,告诉金鱼我要做世袭的贵妇人,我要住宫殿。"

　　渔夫又被逼到了海边,海水翻滚着两尺多高的波浪,颜色变得又黑又浓,还不时发出臭味。渔夫站在海边,又一次呼唤着金鱼:"海里的小金鱼,请你出来吧,我的老太婆对我大发脾气,她不让我这个老头儿安宁。"小金鱼立刻出现在浪尖上,说:"请问您要什么啊,老爷爷?"

　　渔夫向金鱼行了一个礼,回答说:"小金鱼啊,我的老太婆在家大发雷霆,她要做世袭的贵妇人,住进豪华的宫殿。"金鱼说:"老爷爷,上帝保佑善良的人,你回去吧,你的愿望马上就会实现。"

　　渔夫回来时,原来的地方变成了一座漂亮的宫殿,老太婆看上去非常满足。

　　就这样又过了两个星期。一天,老太婆又对渔夫大发脾气:"滚到海边去告诉金鱼,我要做国王。"渔夫听了大惊失色:"老太婆,你疯了吗?你说你想当这里的国王,你是想全国的人看你的笑话吧。"老太婆听了火冒三丈,狠狠地说:"老笨蛋,我看你是活得不耐烦了,竟然敢跟我顶嘴,去不去可由不着你。"

　　渔夫只好再一次来海边,只见大海波涛汹涌,海水又黑又浓,海上刮着很大的风。渔夫就站在海边,又一次呼唤小金鱼:"海里的小金鱼,请你出来吧,我的老太婆变得蛮不讲理,她不让我这个老头儿安宁。"小金鱼又出现在岸边的浪尖上,说:"请问您要什么啊,我亲爱的老爷爷?"

　　渔夫对金鱼行了一个礼,满面羞愧地说:"小金鱼啊,不是我想打扰你,可是我的老太婆变得蛮不讲理。她现在要当这个地方的国王。我没有办法,只有请你帮助我。"小金鱼回答说:"老爷爷,上帝保佑你这样善良的人,你现在回去吧,你的妻子马上就是这里的国王了。"

　　渔夫离开海边,回到家中,看到了金碧辉煌的宫殿,他的老太婆成为了国王,被侍女和大臣们侍候着。渔夫说:"啊,老太婆,你应该知足了吧。"

　　老太婆突然又发了脾气,急躁地说:"不,我已经住得不耐烦了。你赶快给我到海边去,告诉那金鱼,我不要做国王了,我要做女皇。"渔夫非常吃惊,着急地说:"哎哟,我尊敬的国王,金鱼不能让人做皇帝,再说一个国家也只有一个皇帝。"老太婆根本不听他的，气势汹汹地吼道："老笨蛋，你要不马上去海边，我就叫人缝上你的嘴。"

渔夫只好又走到海边，只见大海卷起了四尺高的大浪，海水变得很黑很浓。渔夫很害怕，站在海边大声呼唤着金鱼："海里的小金鱼，请您出来吧，我的老太婆变得很疯狂，她不让我老头儿安宁。"

小金鱼又出现在岸边的浪尖上，说："请问您要什么啊，老爷爷？"渔夫对小金鱼深深地行了一个礼，非常抱歉地说："小金鱼啊，我不愿打扰你，可是我那老太婆要做这个国家的女皇。"小金鱼回答道："老爷爷，不要难过，上帝保佑您这样善良的人，您的夫人已经是这个国家的女皇了。"

渔夫和金鱼说了再见，回到老太婆那里。果然，眼前已经是皇家的宫殿：整个宫殿由水磨的大理石做成，门前有军队在操练，老太婆则威风凛凛地坐在用黄金制成的宝座上。老太婆对渔夫不予理睬，将他赶到马房去铡草。

平静的生活持续了两个礼拜。一天，一位武士将他带进了宫殿。老太婆高高在上，一见渔夫就勃然大怒："老笨蛋，这些天你躲在马房里干什么？还不赶快给我滚到海边去，告诉你，现在我要做教皇。"渔夫一听犯了愁，"尊敬的女皇，您怎么能够做教皇呢？基督教世界里一共只有一位教皇，金鱼他不会答应的。"老太婆怒火中烧："你敢不服从我的命令？你还是乖乖地给我去海边，要不然我就让人砍了你的脑袋。"

渔夫愁眉苦脸地来到海边。天上乌云密布，狂风四起。大海奔腾咆哮，海水又黑又浓，散发着刺鼻的臭味。渔夫吓得全身发抖，他站在海边，使劲地呼唤："海里的小金鱼，请你出来吧，我的老太婆动了怒，她让我这个老头儿发愁。"

小金鱼立刻出现在岸边的浪尖上，说："请问老爷爷，您要什么啊？"渔夫对金鱼深深地行了个礼，满面忧愁地说："小金鱼啊，不是我想打扰你，可是我不来，老太婆就要砍掉我的头。她要当这基督教世界的教皇。"

小金鱼回答："老爷爷，愿上帝保佑您这样善良的人，您现在回去吧，您的夫人马上就是这世上的教皇了。"

这次老太婆真的成为了教皇，住在高大雄伟、灯火通明的教堂中。老太婆穿着金制的衣服，接受皇帝和国王的朝拜。可是平静的生活只维持了三天，老太婆又要渔夫到海边告诉金鱼，她要做大海的主人，并且让小金鱼伺候她。

可怜的渔夫不敢顶嘴，更不敢开口违抗，他又一次来到海边。海风呼呼地吹着，海上奔腾着八尺高的巨浪，海水乌黑，散发着腐烂的臭味，天上雷电交加，漆黑一团，渔夫使出最后一丝力气叫喊："海里的小金鱼，请你出来吧，我的老太婆发怒了，她让我这老头儿忧愁。"

只见小金鱼出现在岸边的浪尖上，说："请问您要什么啊，老爷爷？"渔夫给金鱼磕了个头，满面忧愁地说："小金鱼啊，不是我想打扰你啊，可是我的老太婆动了怒，她说这海风的味道好闻，她要做这海上的女霸王，要你亲自去侍候她。"

小金鱼听了渔夫的话,摇了摇尾巴,游回了深深的大海,再没有出现过。渔夫只好提心吊胆地回去了,他惊讶地发现,教堂、宫殿全消失了,一切恢复了原貌:破旧的泥棚,破旧的木盆,还有坐在门槛上纺纱结线的老太婆。

(【俄】普希金)

## 9. 公鸡和手磨

从前,有个老公公和老婆婆,家里很穷,只能以森林里的橡树果为食。

这天,老婆婆不小心将一个橡树果掉到地板上,眼睁睁地看着它滚入了地板缝,落到土地上。没想到橡果在地下生根发芽,很快就顶到地板了。

老婆婆说:"老头子,咱们在地板上劈一个洞吧,让橡树自由生长,到时,咱们在屋里就能有橡果吃了。"洞劈好后,橡树飞快地生长,不久,它就顶住天花板了。老婆婆又说:"老头子,在天花板上开个洞,让橡树继续长吧。"这次,老公公索性拆掉了屋顶,橡树越长越高,直耸云霄。

老公公想看个究竟,就顺着树向上爬。爬呀,爬呀,一直爬到了天上。在云彩之中,隐隐约约有一座小屋。老公公禁不住走了进去,看到一只头顶金色鸡冠的公鸡,还有一个手转的磨盘。于是老公公就把他们带回了家,吩咐老婆婆小心照管好这两件天上的宝贝。

老婆婆把公鸡放到炉台上,试着转动了一下磨盘。这一转,意想不到的事情发生了:磨盘口自动流出了蛋糕和馅饼。老婆婆满心欢喜地磨了一天,她和老公公享受了一顿丰盛的晚餐。

从此,他们结束了吃不饱的生活,和那只头上长着金色鸡冠的公鸡愉快地生活在一起。

消息传开来,被附近的一位老爷听说了。他吃了用石磨磨出的蛋糕和馅饼后,被神奇的磨盘吸引住了,想买下它。

"不卖,"老婆婆说:"磨盘是我家的命根子,我们决不会卖的。"

诡计多端的老爷一声不吭地离开后,趁晚上偷走了磨盘。老两口发现后非常伤心,却又无可奈何。

这时,头上长着金色鸡冠的公鸡对他们说:"老爷爷,别伤心;老婆婆,别难过。我一定把磨盘找回来。"公鸡从炉台上飞下来,冲向那位老爷家。

路上,公鸡遇见一只狐狸,狐狸问道:"金鸡冠的公鸡,你上哪儿去?"

"上贪婪的老爷家要磨盘去。"

"带我去吧,也许我能帮助你。"

"你到我的嗉囊里来吧,这样老爷就看不见你了。"

这只神奇的公鸡有一个很大的嗉囊，好像什么都能装下。

公鸡继续赶路，遇见一只狼，狼问道："金鸡冠的公鸡，你上哪儿去？"

"向卑鄙的老爷要磨盘去。"

"带我去吧，必要时我可以帮你。"

"好，你到我的嗉囊里来吧。"

公鸡继续向前走，遇见了熊，熊问道："金鸡冠的公鸡，你上哪儿去？"

"向无耻的老爷要磨盘去。"

"带我去吧！必要时我可以帮你的忙。"

公鸡又把熊藏进嗉囊里。

带着三个动物的公鸡走起路来依然轻松自如，它三步两步冲到老爷的院子前面，大声嚷道："喔喔喔！贪心的老爷！把磨盘还给我！" 老爷见只是一只公鸡，不以为然，便吩咐仆人说："把这只公鸡抓住，关进鹅栏，让鹅啄死它。"仆役们捉住公鸡，把它扔进鹅栏。

公鸡从嗉囊里叫出了狐狸，狐狸吃掉了所有的鹅。

公鸡飞到大门上，继续喊道："喔喔喔！卑鄙的老爷！把磨盘还给我！"

老爷听见喊声，暴跳如雷，将公鸡投进牛棚。公鸡把狼从嗉囊里叫出来，狼把牛全部咬死，正好美餐一顿。

公鸡再次飞上大门："喔喔喔！可恶的老爷！把磨盘还给我！"老爷更加愤怒，叫人把公鸡扔进了马厩。藏在嗉囊中的熊爬了出来，把马统统抓伤了。

公鸡又飞上大门："喔喔喔！恶毒的老爷！把磨盘还给我！"老爷气得七窍生烟，他声嘶力竭地狂叫，拳头擂得咚咚响："公鸡呀，你毁了我全部牲畜，使我倾家荡产，我要宰了你！"

恶毒的老爷把整只鸡吞入肚中，以为万事大吉了。哪知道金鸡冠的公鸡在老爷肚子里又叫了："喔喔喔！贪婪的老爷呀！把磨盘还给我。"老爷感到非常恐惧，抄起一把尖刀，想刺死公鸡，却刺破了自己的肚子。

金鸡冠的公鸡从老爷的肚子里飞出来，抓起磨盘像离弦的箭似地跑回了家。老两口看到磨盘都非常开心。从此，他们用磨盘磨出好多的蛋糕和馅饼，和金鸡冠的公鸡一起过上了无忧无虑的日子。

（【俄】阿·托尔斯泰）

## 10. 坚定的锡兵

从前有25个用锡做的士兵，他们都是亲兄弟，因为他们是用同一把旧锡匙浇铸出来的。他们的肩上扛着枪，正正地对着前方。他们穿的制服，一半是红的，一半是蓝的，看上去非常漂亮。

他们躺在一个精致的盒子里，当这个盒子盖被揭开的时候，他们在这个世界上听到的第一句话是："锡兵！"这句话是一个小男孩喊出来的。他一边喊，一边拍着自己的双手。这一天是小孩的生日，这些锡兵是他得到的生日礼物。现在，他把这些锡兵全都摆到了桌子上。

乍一看，这些锡兵全都是一模一样的，只有一个稍微有点不同。他只有一条腿，因为他是最后一个浇铸出来的，而锡已经不够用了。不过，他仍然能够用一条腿坚定地站着，就像别人用两条腿站着一样，这样一来，他成了最特别的一个。

他们站着的那张桌子上还摆着许多别的玩具，其中最引人注目的是一个用纸做成的美丽宫殿。透过宫殿小小的窗子，可以一直看到里面的厅堂。外面的一小块镜子算是一个湖，四周有几棵小树。几只蜡做的小天鹅在湖上游来游去，它们的影子倒映在镜子里。一切都是这么可爱，不过，最可爱的却是一位姑娘，她是用纸剪出来的。她站在敞开着的宫殿门口，穿着漂亮的花布裙子，肩上飘着窄窄的蓝色缎带，看起来好像一条长丝巾。缎带的中央插着一块亮闪闪的金片，这块金片足有她的脸蛋那么大。姑娘伸展着双臂，因为她是一位舞蹈艺术家。她还把一条腿高高地抬起，高得连那个独腿锡兵都没有看见。因此，他以为她也像自己一样，只有一条腿呢。

"她做我的妻子倒是很合适呢！"他心里想，"不过，她的出身太高贵了。她住在一座宫殿里，而我却住在一个盒子里，我们还是25个人挤在一起住的，这地方可不是她住得惯的。不过，我倒要想办法认识认识她。"

于是，他在一个鼻烟壶后面躺了下来。从这个角度，他可以清楚地看到这位高贵的姑娘。他看见她一直都是用一只脚站着，一点也没有失去平衡。

到了晚上，其他的锡兵都回到盒子里躺下了，屋子里的人也都上床休息了。这时，玩具们开始做起了游戏，他们走亲访友、打仗、举行舞会。锡兵们也在他们的盒子里不安地抖动着，因为他们也想出来参加这些活动，可他们没办法把盒盖揭开。

胡桃夹子在桌上翻起了跟斗，石笔在石板上乱写乱画，真是热闹极了。金丝鸟也被他们吵醒了，她也开始与大家交谈起来，而且一出口就是诗。唯一在原地保持不动的只有那个独腿锡兵和那位小舞蹈家。她直挺挺地用足尖站着，双臂向外伸展着。而他也是用一只脚稳稳地站着，他的眼睛一刻也没有从她的身上移开。

忽然，时钟敲了12下，只听得"咔嚓"一声，那个鼻烟壶的盖子打开了，不过，那里面没有鼻烟，而是装着一个黑色的小魔法师，简直精巧极了。

"锡兵！"魔法师说，"你那双眼睛规矩一点好不好！"可是，锡兵装作没听见。

"好吧，明天你就等着瞧吧！"魔法师说。

第二天早晨，孩子们都起床了。他们把这个锡兵移到了窗台上。不知是魔法师在搞鬼，还是一阵穿堂风在作怪，窗子忽然一下子被吹开了。锡兵从三层楼高的屋子里，头朝下掉了下去。摔下去的速度很快,他重重地掉到地上,枪上面的刺刀插到了街上的石缝里。女佣人和那个小孩立刻跑到楼下去找他,虽然他们差一点就踩到了他的身体,可是,他们仍然没有发现他。要是锡兵大叫一声"我在这里"的话,那么,他们就会看见他了。不过,他觉得,自己穿着军装,要是高声喊叫的话,是有失身份的。

这时,天空开始下起了雨。雨点越来越急,最后竟是倾盆大雨了。雨停了以后,两个在街上闲逛的男孩走了过来。

"嗨,你瞧,"一个男孩说,"这儿躺着一个锡兵呢。""咱们让他坐船去漂流一番吧!"

于是,他们用报纸叠了一只船,把锡兵放在纸船的正中间。锡兵就这样沿着路边的水沟一直漂下去了。这两个孩子一边在岸边跟着他跑,一边拍着手。天啊,沟里的波涛是多么汹涌,水流得是多么急啊!可不是嘛,雨本来就下得很大。纸船一上一下地波动着,不时被水冲得在原地直打转转,把锡兵搞得晕头转向的。但是,他仍然很坚定,脸上的表情一点也没有改变,他的肩上仍扛着枪,眼睛直直地望着前面。突然,这只小船流到了路边一条很长很宽的阴沟里去了。里面一片漆黑,就像他又回到了自己的盒子里一样。

"我倒要看看,我究竟会流到一个什么地方去!"他想,"是的,这肯定是那个魔法师搞的鬼。唉,要是那位姑娘也坐在这条船上就好了,那么,有多黑我也不在乎!"

这时,跑来一只老鼠,他就住在这条阴沟里。"你有通行证吗?"老鼠问,"把你的通行证拿出来看看!"可是,锡兵一动也不动,他只是把自己手里的枪握得更紧了。小船继续向前冲去,老鼠在后面不停地追着,张牙舞爪地对着树枝和断草喊着:"抓住他,抓住他,他还没有留下过路钱呢,还没有检查通行证呢!"

水越流越急了,锡兵已经看到了阴沟尽头的阳光。不过,他同时听到了一声巨响,原来,他被冲到一条大运河里去了,就像我们的船被水冲到一条大瀑布里去了一样。

现在,他几乎站不住了。小船一直向前冲去,可怜的锡兵尽可能地站在那里一动不动。小船在水中打了三四个转,河里的水一直漫到了船边,它马上就要沉没了。锡兵站在已经淹到脖子的深水中,只有头伸在水面上。纸慢慢地被水泡软了,船已经开始往下沉。现在,水已经淹过了锡兵的头,这时,他不禁想起了那个美丽可爱的小舞蹈家,他永远也不可能见到她了。他的耳朵里响起了这样的声音:"冲啊,冲啊,士兵,迎着死亡向前冲!"

纸已经完全被水泡烂了,锡兵一下子沉到了水底。正在这时,一条大鱼把他吞到了肚里。糟了,这里面是多么黑啊,比在阴沟里还糟,而且这里面的空间是那么狭小!不过,锡兵仍然十分坚定,他直挺挺地躺在那里,肩上仍然扛着他的枪。

这鱼东窜西撞,可怕地扭动着自己的身子,最后,它躺在那里一动不动了。一道亮光像闪电似的射了进来,阳光照得很亮,同时有人喊着:"锡兵!"原来,这条鱼被人捉住,送到市场上卖掉了。然后,它又被人带进了厨房,女佣人用一把大刀子把它剖开了。她用两个手指把锡兵拦腰夹住,把他拿到客厅里来了,让大家都来看看这位在鱼腹里作了一次惊险旅行的、了不起的锡兵。不过,锡兵一点也没有露出骄傲的神情。

他们又把他放到桌子上来了。啊,世上竟会有这样的怪事呢,锡兵发现自己又来到了他原先住过的那个房间。他看到了从前的那几个孩子,看到了桌上那些熟悉的玩具,他还看到了那座美丽的宫殿和那位可爱的小舞蹈家。

她仍然用一条腿站着,另外一条腿高高地翘在空中,她也是同样地坚定呢。这副神情使锡兵看了深受感动,几乎要流出眼泪来了,但是,作为一名军人,这样做是很不合适的。他看着她,她也看着他,但是,他们没有说一句话。

突然,一个小孩把锡兵拿起来,扔到火炉子里去了。他没有说出任何理由,这一定又是鼻烟壶里的那个魔法师挑唆的。

锡兵站在火里,浑身上下被火照得通明透亮。他觉得,这里热得可怕极了,这究竟是真正的火呢,还是炽热的爱情呢,他已经搞不清楚了。他身上的色彩也褪掉了,是在旅途中失去的,还是因为忧伤失去的,谁也说不上来。他望着那位小姑娘,而她也在望着他。他觉得自己的身体正在慢慢地融化,不过,他仍然扛着枪,坚定地站在那里。这时,火炉的门忽然打开了,一阵风吹了进来,把这位小姑娘也吹到了火炉里,飞到了锡兵的身边,化为一道火焰,立刻就消失了。

第二天,当女佣把炉灰倒出去的时候,她发现,锡兵已经融化成了一颗小小的锡心。在锡心的身边,那位舞蹈家只剩下了那块亮片,而且已经被烧得乌黑了。

【丹麦】安徒生

## 11. 莴苣姑娘

从前有一对夫妇,他俩想要一个孩子很久了,都没有得到,最后他们只好把希望寄托在上帝身上。他们的窗口对着一个围着高墙的花园,它属于一个可怕的女巫,所以尽管里面的花草非常美丽,也没有人敢进去玩。

一天,妻子从窗口望去,看到一块菜地上长满了碧绿水灵的莴苣,这让她非常动心。可是她知道自己无论如何也不可能吃到那些莴苣,非常难过,变得很憔悴。她的丈夫非常担心,心里想:"我一定得弄些莴苣来。"

傍晚,他飞快地翻过高墙来到女巫的花园里,偷偷挖了好几株莴苣带回了家。妻子立刻把它们做成莴苣沙拉,几口就吃光了。这莴苣的味道实在太好了,她第二天还想吃双倍的莴苣。

为了满足妻子的愿望,第二天傍晚,丈夫又翻进了女巫的园子。可是女巫已经在菜地边等着他了,她怒气冲冲地说:"好大的胆子,竟敢到我的园子里来偷莴苣!"

"啊！"丈夫回答说："饶了我吧，我可怜的妻子很想吃这些莴苣，吃不到会死掉的。"

女巫说："如果事情真像你说的那样，那这些莴苣你可以随便拿，但我有一个条件，你必须把你未来的孩子给我，我不会亏待她的。"

被吓坏了的丈夫答应了女巫的条件。不久，他的妻子生下了一个女孩，孩子刚一生下来，女巫就出现了，她给孩子取名叫"莴苣"，然后就把她带走了。

"莴苣"慢慢长大了，虽然除了女巫，没有人见过她，但是她真的是世界上最漂亮的女孩。当她长到十二岁，巫婆就把她关进了森林里的一座高塔里。那高塔孤零零地坐落在森林的深处，既没有楼梯也没有门，只在塔顶上开了一个小小的窗户。每当女巫想进去，就站在塔下叫道：

"莴苣，莴苣，把你的头发放下来，让我上去。"

莴苣姑娘有着世界上最美丽的金发，又长又密。每当女巫一叫，她便松开发辫，女巫就顺着头发爬了上来。

时间过得很快，莴苣姑娘已经在高塔里生活了两年。一天，一个王子骑马经过这里，当他来到森林的高塔下时，突然听到了歌声。这歌声实在是太动听了，他不由得从马上下来，在塔下静静地听着。那当然是莴苣姑娘的歌声——她在这高塔里很寂寞，只好通过唱歌来打发无聊的时光。

王子很想见见这个唱歌的人，但他找了很久，都没有找到高塔的门。王子被动听的歌声深深吸引住了，从此以后，他每天都要骑着马来这里听一阵。一天，他正站在一棵树下入神地听着，巫婆来了。只听见巫婆对着高塔上的窗户喊：

"莴苣，莴苣，把你的头发放下来，让我上去。"

莴苣姑娘听到喊声，马上放下了她浓密美丽的金发，女巫就顺着头发爬了上去。站在树后的王子想："如果这就是梯子的话，也许我也可以试试。"于是，第二天黄昏的时候，他来到窗下喊起来：

"莴苣，莴苣，把你的头发放下来，让我上去。"

莴苣姑娘果然把头发垂了下来，王子爬上去了。

莴苣姑娘看到王子，吓了一跳，因为她除了女巫谁也没见过。王子一见到美丽的莴苣姑娘，就立刻爱上了她。王子一向很直爽，他问莴苣姑娘愿不愿意嫁给他。莴苣姑娘听到王子温柔的声音，觉得他又年轻又英俊，就说："我非常愿意，但我不知道怎样才能离开。以后你每次来都给我带一把丝线吧，我好用它们编个可以下去的梯子。"

老女巫总是在白天来，所以王子就在每天傍晚的时候来，过了很久，女巫也没有发现。直到有一天，莴苣姑娘问她："教母，你怎么比那个年轻的王子还要重？我拉他的时候，他可是很快就上来了。"

女巫听了很生气，觉得莴苣姑娘欺骗了她，就一把抓住莴苣姑娘漂亮的辫子，咔咔的把它整个剪了下来。然后，她又把莴苣姑娘赶到一片荒野中，想让她吃点苦头，知道自己的厉害。然后，女巫把那莴苣姑娘的漂亮辫子固定在窗钩上。傍晚，王子来到窗下，喊道：

"莴苣，莴苣，把你的头发放下来，让我上去。"

可是当王子顺着头发爬上去时，他见到的只是姑娘的教母，而那个教母正恶狠狠地瞪着他呢。

"呀，你的心上人呢？"女巫气呼呼地说，"美丽的鸟儿已经被猫抓走了，不会再在窝里唱歌了。而且猫还要把你的眼睛挖出来——你别想再亲眼见到她了！"

绝望的王子伤心地从塔上跳了下来，他掉到刺丛里了。尖刺虽然没能要他的命，但却刺瞎了他的眼睛。他跌跌撞撞地在森林里走着，饿了就吃草根和浆果，每天都要为失去心爱的人痛哭很久。

他就这样在森林里转来转去，几年后的一天，他终于来到了一片荒野，莴苣姑娘就在这里受苦，她为王子生的双胞胎都已经慢慢长大了。王子听到了熟悉的说话声，就朝他们走去，莴苣姑娘一眼认出了他，抱着他大哭起来。她的泪水湿润了王子的眼睛，王子又重新看到了心爱的人。他们回到了自己的王国，受到了人们最热烈的欢迎。从此以后，他们一直在这里幸福地生活着。

（【德国】格林）

## 12. 玻璃瓶中的妖怪

从前有个樵夫对他的儿子说："我每天干活，吃饭和穿衣都很节省，存了这点钱。你是我唯一的孩子，你拿去读书吧。等到我老了的时候，就靠你养活我了。"

儿子便拿着这些钱上学去了。他时刻记着父亲的话，学习很勤奋，一直读到了大学。但那些钱不够他读完大学的，他只好回家。樵夫伤心地说："我没有钱再供你读书了，以后能挣口饱饭吃就不错了。"

"亲爱的爸爸，"儿子安慰他说，"上帝这样安排一定有他的道理，我们会有好日子的。"

第二天，樵夫去砍柴，儿子也要去。樵夫悲伤地说："孩子，你干不了这样的重活，再说我们只有一把斧子，这怎么行呢？"儿子说："不用担心，邻居一定愿意借一把斧子给我们的。"说完就去借来了一把锋利的斧子。

一大早，父子俩就来到森林里。中午的时候，他们停下来吃饭。儿子拿着自己的面包对父亲说："我去林子里转转，也许能遇见一个鸟窝。"

父亲对儿子很不放心，可小伙子还是往森林深处走去。他一边走一边寻找着鸟窝，直到走到一棵大橡树下面。这棵橡树在林子里已经长了好几百年了，高大的枝干仿佛要伸到云层里去。

"这上面一定有不少鸟窝。"小伙子想。这时,他听见了一个微弱的声音:"放我出去,放我出去。"小伙子很好奇,仔细听了听,发现那声音仿佛是从地下发出来的,于是他对着地面大喊:"你在哪里啊?"

"我在橡树的树根底下,快放我出去!"那声音回答说。

小伙子在树根下挖啊挖啊,终于找到了一个小玻璃瓶。他把玻璃瓶对着太阳晃了晃,看到一个绿色的小东西在瓶里跳来跳去,一副很焦急的样子,还不停地叫着,"放我出去!放我出去!"小伙子想也没想,就把瓶塞打开了。那小东西呼的一下就从瓶里蹿了出来,在一片烟雾中越长越大,不一会儿就长成了一个巨人,身材足有老橡树那么高,长得十分可怕。小伙子不禁大吃一惊。

"喂,"那巨人开口说话了,他粗声粗气地问:"你知道放我出来将会得到什么回报吗?"

小伙子一点也不怕,大声地说:"我怎么会知道呢?"

"哈,我得扭断你的脖子!"巨人说。

"你要早点告诉我就好了,那么我一定不会放你出来。至于我的脖子嘛,你不可能随便碰,好歹得找个人商量一下呀!"小伙子毫无畏惧地回答。

"什么乱七八糟的,不管怎样,你得接受报应。告诉你,我威力无比,不管是谁放我出来,我都要扭断他的脖子。"巨人说。

"既然你一定要这么干,那么好吧。"小伙子镇静地说,"不过你得向我证明你就是瓶子里的那个小东西,是我把你救出来的,那样我就任你处置。其实我才不相信你能钻进那个瓶子里去呢!"

"那太容易了。"巨人说着就越变越小,最后变回那个小东西的样子钻到瓶子里去了。他刚一钻进去,小伙子就飞快地拿起塞子把瓶口牢牢地塞住,扔到树根底下去了。

魔鬼巨人就这样被收服了!

小伙子在橡树下制服了巨人,准备回到父亲那儿去了。可瓶子里的小东西却发出凄厉的喊叫:"放我出去!放我出去!"

"决不!"小伙子坚定地说。

"放我出去,我发誓决不扭断你的脖子——不,碰都不碰你——还要给你一大笔财富!"那小东西叫着。

"你想骗我放你出来?别做梦了,我不会再犯同样的错误了!"

"我发誓!你如果不愿意,就错过了发财的机会!"巨人说。

小伙子决定冒险看看,因为魔鬼刚才已经领教到他的厉害了。他打开瓶子,小东西又变成了巨人的模样。

"这是你该得的,"巨人拿过一块膏药样的东西对小伙子说,"这东西可以使任何伤口愈合,如果用它碰碰铁,铁就会变成银子!"

小伙子拿起借来的斧子在树上砍了一个口子，然后用那膏药在口子上一贴，那创口马上就完好如初了。

"谢谢你的礼物，"小伙子说，"现在我可以走了吧？"

"当然可以，也谢谢你救我出来。"巨人回答。

于是两人各走各的路。当小伙子回到父亲那里时，父亲很不高兴："我就知道你干不了这重活，还是我来干吧！"

"我这就干活！"小伙子说着，想和父亲开个玩笑，就拿起那膏药在斧子上擦了擦，然后举起斧子砍树。谁知才砍了一下，斧子就卷刃了——那斧子真的变成银的了！

"你把邻居的斧子弄成什么样子了？"可怜的父亲愤怒地大声嚷道，"我们现在拿什么去还人家？！"

"别担心，爸爸。"儿子说。

可是不明白真相的父亲还在喋喋不休地说他不懂事，甚至不肯和他一起回家。看到天色晚了，父亲才带着不认路的儿子一起向家里走去。

回到家，儿子把那把银斧子拿到城里的金店。金匠对他说："你的斧子值400个银币，不过我手头只有300个。"

"没关系，"小伙子说，"那100个就算我借给你的吧。"

小伙子拿着钱高兴地回到家，以双倍的价钱赔偿了邻居的斧子，

然后拿出100个银币对他的父亲说："爸爸，你看，以后不用担心了。"

"天哪，你从哪里弄来那么多钱？"

儿子把事情的经过给父亲讲了一遍，并且拿着剩下的钱去读大学了。因为巨人给他的膏药能治愈任何伤口，所以小伙子很快便成了举世闻名的神医。

（【德国】格林）

## 13. 小熊睡不着

今天，小熊不要妈妈陪着睡了，他要自己睡。瞧，他把小床铺得多好呀。小熊脱下衣服，爬上小床，关了灯睡觉啦。

小熊在床上翻来翻去睡不着，喔，原来他忘记脱鞋子了。小熊脱了鞋子又躺下，还是睡不着，哇，原来他忘记脱背带裤了。小熊脱了背带裤又躺下睡觉了。小熊望着窗外一闪一闪的星星，还是睡不着。小熊想：小老鼠晚上不睡觉，要是把我的鞋子穿了去，怎么办？小熊又想：猫头鹰晚上也不睡觉，要是把我的背带裤穿了去，怎么办？小熊爬起来，又穿上自己的背带裤和鞋子。小熊在屋子里走来走去，一点儿也不想睡觉。

忽然，吱吱吱！几只小老鼠穿着漂亮的绒布鞋出来。"晚安，小熊，你该睡觉了。

我们要去参加宴会了。"小熊朝小老鼠们点点头,轻轻地说:"瞧,他们穿的绒布鞋多漂亮呀。"

"晚安,小熊,你该睡觉了。我们要去散步了!"两只猫头鹰说。小熊向猫头鹰招招手,轻轻地说:"哟,猫头鹰也穿着漂亮的背带裤。"当!当!当!钟敲了12下。"啊——",小熊太困了,打了一个大大的哈欠。小熊脱下鞋子和背带裤,爬上自己的小床,一会儿就呼呼呼地睡着了。

(陆 弘)

## 14. 迷路的小花猫

一个冬天的夜里,刮着大风,下着大雪,天气很冷很冷。家家屋里都生了火炉。孩子们都躺在暖和的被窝里睡着了。

这时候,有一只小花猫迷了路,找不着自己的家了。他在大风大雪里慢慢地走着,冻得喵呜喵呜地叫:

我嘴里渴,

我肚子饿,

要睡觉

没有被窝!

小花猫走着走着,抬起头来一看,啊,前面有一间小房子。

小花猫走到小房子那儿,爬上窗台往里看,看见一张方桌子上摆着一只花碗。

小花猫心里想:这是一碗热粥吧?唉!就是一口热水也好啊!

小花猫这样想着,就用爪子去敲门。这房子里住着一只鸭子,他听见有人敲门,就"嘎嘎"地叫起来:

"这么冷,谁也不会起来给你开门!"

迷路的小花猫只好走开。他一边走,一边喵呜喵呜地叫:

我嘴里渴,

我肚子饿,

要睡觉,

没有被窝!

小花猫走着走着,抬起头来一看,啊,前面又有一间小房子。小花猫走到小房子那儿,爬上窗台往里看,看见一张方桌子上摆着两只花碗。小花猫心里想:咦,两只花碗!要是有一碗热粥,一口热水,该多么好啊!小花猫这样想着,就用他的爪子去敲门。这房子里住着一只黄狗,他听见有人敲门,就汪汪地叫起来:

"这么冷,谁也不会起来给你开门!"

迷路的小花猫只好走开。他一边走一边喵呜喵呜地叫：

我嘴里渴，

我肚子饿，

要睡觉

没有被窝！

小花猫走着走着，抬起头来一看，看见前面又有一间小房子。

小花猫走到小房子那儿，爬上窗台往里看，看见一张方桌子上摆着三只花碗。

小花猫心里想：咦，三只花碗呢！要是有一碗热粥，一碗热水，一碗鱼儿，该多好啊！

小花猫这样想着，就用他的爪子去敲门。这房子里住着鸡爸爸、鸡妈妈，还有他们的孩子——一只黄嘴黄毛的小鸡。

小鸡先听见有人敲门，就叫醒了鸡妈妈；鸡妈妈又叫醒了鸡爸爸。

"天这样晚了，外边刮着这么大的风，下着这么大的雪，是谁来敲门呢？"鸡妈妈起来，走到门口，轻轻地问："是谁敲门呀？"

小花猫站在门外回答说："是我，我是迷路的小花猫。我——

我嘴里渴，

我肚子饿，

要睡觉

没有被窝！"

鸡妈妈听了，赶紧把门打开，说：

"快进屋里来吧。我们这儿还有热粥，先喝碗热粥暖和暖和吧。"

小鸡给小花猫盛了满满的一碗粥。粥锅是炖在火炉上的，还冒着热腾腾的气呢。

小花猫喝了热粥，身上暖和多了，肚子也不饿了。

鸡爸爸、鸡妈妈和小鸡一齐说："今天晚上就住在我们这儿吧。"

鸡妈妈分给小花猫一床被窝。

小花猫钻进被窝，一会儿就睡着了。

第二天，鸡爸爸、鸡妈妈和小鸡带着小花猫找到了他的家，找到了小花猫的妈妈。

（左 文）

## 15. 小熊买糖果

有只小熊记性很不好，什么话听过就忘记。

一天，小熊家里来了客人，妈妈让小熊到商店去买苹果、鸭梨、牛奶糖。小熊担心忘了，一边走一边念叨："苹果、鸭梨、牛奶糖，苹果、鸭梨、牛奶糖……"

他光顾着背那句话，一不留神，"扑通！"绊倒了。这一摔不要紧，小熊把刚才背的话全都忘啦！"妈妈让我买什么来着？"他拍着脑门想呀，想呀，"噢，想起来了，是气球、宝剑、冲锋枪！"

小熊挎着宝剑，背着冲锋枪，牵着红气球回家了。妈妈说："哟，你怎么买回玩具来啦？"

妈妈又给了小熊一些钱，对他说："这回可别忘记了！"小熊点点头："妈妈放心吧！"

"苹果、鸭梨、牛奶糖，苹果、鸭梨、牛奶糖……"小熊一边走一边念叨，他光顾着背了，忘了看路，"咚！"一头撞在大树上。撞得头上起了包，撞得两眼冒金花。这一撞不要紧，小熊又忘了妈妈让买的东西了。"妈妈让我买什么来着？"他想呀，想呀，"噢，想起来了，是木盆、瓦罐、大水缸！"

小熊夹着木盆，顶着瓦罐，抱着大水缸呼哧呼哧地回到家里。妈妈见了大吃一惊，知道他又把话忘记了。只好再给他一些钱，说："这次可千万记牢啊！"

小熊提着篮儿点点头："妈妈放心吧！"

这回，小熊避开了石头，绕过了大树，来到食品店，总算买好了苹果、鸭梨、牛奶糖。

小熊高高兴兴地朝家里跑去。正跑着，忽然，一阵风刮来，把他的帽子吹掉了。小熊连忙放下手中的竹篮儿，去捡帽子。

等他捡起帽子往回走的时候，忽然看见了地上的竹篮儿，里面还装着苹果、鸭梨、牛奶糖呢！他大声喊起来："喂，谁丢竹篮子啦？快来领呀！"

……

你瞧这个小熊，多好笑！

（武玉柱）

## 16. 大公鸡和漏嘴巴

一只大公鸡在院子里走来走去，这里啄啄，那里啄啄。找不到虫子吃，急得咕咕咕咕叫。

小弟弟捧着饭碗，坐在院子里吃饭。他一边吃，一边瞧着花蝴蝶飞来飞去。饭粒撒了一身，撒了一地。

大公鸡看见了，可高兴啦！它连飞带跑地奔了过去，嘴里嚷着："好运气！好运气！今天遇到一个漏嘴巴的小弟弟。"

大公鸡跑到小弟弟身边，啄起地上的饭粒来，笃、笃、笃、笃，啄得可快呢。真好玩！小弟弟越看越高兴，连吃饭也忘了。

一会儿，大公鸡把撒在地上的饭粒吃光了。他还没吃饱呢。大公鸡抬起头来看了看，好咪，小弟弟的裤子上也有饭粒，就来啄小弟弟的裤子了。

小弟弟说："大公鸡，大公鸡，你怎么啄我呀！"

大公鸡说："小弟弟，小弟弟，我不是啄你，我是啄饭粒呢！"

一会儿，大公鸡把撒在裤子上的饭粒吃光了，它还没吃饱呢。大公鸡抬起头来看了看，好咪，小弟弟的衣服上还有饭粒，就来啄小弟弟的衣服了。

小弟弟说："大公鸡，大公鸡，你怎么啄我呀！"

大公鸡说："小弟弟，小弟弟，谁啄你了，我是啄饭粒呢！"

一会儿，大公鸡把撒在衣服上的饭粒吃光了，它还没吃饱呢。大公鸡抬起头来看了看，好咪，小弟弟的嘴巴旁边有一粒饭，就来啄小弟弟的嘴巴。

小弟弟害怕了，端起饭碗就跑："大公鸡，大公鸡，别啄我，别啄我！"

大公鸡说："小弟弟，小弟弟，别跑，别跑，我不啄你，我不啄你，你嘴巴旁边有粒饭，让我吃了它！"

大公鸡张开金翅膀，一跳，跳到小弟弟的肩膀上，朝着小弟弟的嘴边就啄。

小弟弟哭了起来："奶奶来呀，奶奶来呀！"

大公鸡可高兴呢，他说："小弟弟是个漏嘴巴，掉下饭来让我吃得乐哈哈。"

奶奶来了，小弟弟问奶奶，"奶奶你说，我的嘴巴漏吗？"

奶奶说："傻孩子，哪有漏嘴巴呀。是你吃饭的时候，东看看，西瞧瞧，把饭撒了。"

奶奶又给小弟弟盛了半碗饭，"快吃，快吃，可别再撒了。"

小弟弟端着饭碗吃饭。大公鸡又来了，它说：

"我还没吃饱呢。漏嘴巴，漏嘴巴，撒点儿饭粒让我吃呀！"

大公鸡等呀，等呀，怎么了？一粒饭也没吃到。哦，小弟弟这回吃饭，可不东看看西瞧瞧了！

小弟弟把饭吃得干干净净，拿着空碗让大公鸡瞧了瞧，对它说："我是好弟弟，不是漏嘴巴。"

大公鸡没办法，耷拉着脑袋，只好去找虫子吃了。

（姚正平）

## 17. 笨狮洗头

有一头笨狮，在一棵老松树的树身上使劲蹭它的脑袋，"嚓啦啦嚓啦啦，"闹醒了正在树上打盹儿的小松鼠。

"喂，你怎么啦？"小松鼠问。

"我的头皮痒痒嘛！"笨狮说。

"你为什么不洗头？"

"我知道洗头，可是上哪儿去洗呀？"

"山下不是有个池塘吗？那儿可以洗呀。"

"我知道山下有个池塘，可是从哪儿走下去呀？"

"哎，这儿不是有条路吗？可以走下去呀。"

"我知道有条路可以走下去，可是我现在怎么去呀？我正在蹭痒痒呢！"

"嘻！"小松鼠暗暗笑了，"真是头笨狮哩。"它只好再闭上眼睛。

笨狮还在松树上蹭脑袋，蹭啊蹭，蹭够了，才想到去洗头。它沿着小路，走下山坡，来到池塘边，望着池塘发呆。

一条小金鱼从水里伸出脑袋。

"你要干吗？"小金鱼问笨狮。笨狮说："我要洗头。"

"那你把头伸进水里来好了。"

"我知道把头伸进水里，可是伸进水里以后怎么办呀？"

"洗呗。"

"我知道洗嘛，可是洗的时候怎么办呀？"

"唉，"小金鱼在心里叹口气，"真是头笨狮哩。"它只好游开了。

"哼！"笨狮心里很生气，"不说就不说，谁要你说啦？"它把头伸进水里，嘿，凉丝丝的，怪舒服！它乐了，张开大嘴要笑。哟，不好！它把一池塘的水都吞到肚子里了，池底只留下一条小金鱼，肚子一鼓一鼓，嗷嗷地叫唤："救命啊！救命啊！"

来了一只大象。"怎么啦？"大象看看干了的池塘，看看小金鱼又看看笨狮那又大又圆的肚子，它明白了。

"你快躺下。"它对笨狮说。

"我知道躺下嘛。"笨狮躺下说，"可是躺下以后怎么办呀？"

"把嘴张开。"

"可是张开以后怎么办呀？"笨狮张开嘴说。

"不用动，等着。"

"可是等着又怎么办呀？"

"唉，真是头笨狮。"大象抬起一只脚在笨狮的肚子上重重踩了一下。哇——笨狮把水都吐出来了，流进了池塘。

"好了，好了！"大象和小金鱼都叫起来。

"好了怎么办呀？"大象和小金鱼终于忍不住说出了心里话："你真是头笨狮哩。"

——笨狮是真的笨吗？不！是懒呀！

（曹菊铭）

## 18. 和狮子握手的老鼠

一清早，胖胖鳄鱼就来问他的好朋友们："我们今天一起玩什么游戏呢？"

"玩捉迷藏吧！捉迷藏最开心了。"小老鼠说，小老鼠最喜欢玩捉迷藏游戏。他个子小，往哪儿一躲，别人怎么也找不到。

"不玩捉迷藏。"小兔子说，"昨天刚玩过。"

胖熊说："我们来画画吧，我的好朋友狮子，是一只非常漂亮非常棒的狮子。"

"好啊！"小刺猬和胖胖鳄鱼都说，"这是个好主意，画画太有意思了。"

"我害怕。"小老鼠说，"假如狮子发起脾气来，会不会把我们都吃掉？"

"才不会呢，他是一只挺温和的狮子。"胖熊说着就出门去找他的好朋友狮子了。

不一会儿，胖胖鳄鱼和他的伙伴们，就来到大橡树下，给狮子画像。狮子很客气地和大家打个招呼，就坐在大橡树下，让大家给他画像。

伙伴们都围着狮子，举起画笔认真地画了起来。

只听见画笔在纸上刷刷地响着……

胖胖鳄鱼检查一下大家画得怎么样，兔子、刺猬、胖熊画得都不错。胖胖鳄鱼在小老鼠身边停下了，他说："小老鼠，你这是画的什么呀？"大家围过来一看，小老鼠把狮子画成了一只凶巴巴的猫，都笑了起来。

听到大伙的笑声，狮子说："能让我也看看吗？"

胖胖鳄鱼把小老鼠的画，递给了狮子。

狮子看着画也张嘴笑了，他说："我是猫吗？我有这么凶吗？我可是一只挺温和的狮子。"

"狮子从来也不欺侮谁！"小胖熊说。

"连老鼠也不欺侮吗？"小老鼠大胆地问。

"我从来不欺侮老鼠。我有很多老鼠朋友。"狮子还是温和地笑着。小老鼠不好意思地说："我要重画一张。"

大家的画都画完了，狮子一张张地看着。

他指着小老鼠的画说："我最喜欢这张，小老鼠把我画得又威武又温和。这张画能送给我吗？我想把它挂在我家墙上呢。"

"当然愿意。"小老鼠高兴地说，"我以后还要画一张更好的。"

"谢谢你，小老鼠！"狮子伸出他的大手和老鼠的小手使劲握了握。

（张秋生）

## 19. 超级感冒

达达感冒了，一上午打了 80 个喷嚏。

妈妈要领他去打针，达达怕疼，不去；妈妈又找来药片，达达嫌苦，把药片偷偷扔掉了。

下午，妈妈去上班。达达一个人在屋里摆积木。哦，真棒！一座大楼房很快就盖好了。达达高兴得正要拍手，突然，"啊嚏！"屁股下面的小椅子打了个喷嚏，椅子掀翻了，达达也摔了个跟头。

"哦，椅子也感冒了？"达达赶紧扶起椅子。这时，又听得"啊嚏"——积木也感冒了。"哗啦"一声，积木楼房倒塌了。

不一会儿，屋里的东西都感冒了：

"啊嚏！啊嚏！"锅碗瓢勺蹦得老高；

台灯、闹表、小木偶……全都在跳。

家里不能待了，达达只好到街上去玩。

达达从小树下走过，小树打了个喷嚏，把一千张树叶震落到地上。

达达从邮局门前走过，邮筒打了个喷嚏，一万个信封像蝴蝶似的飞到了空中。

唉，街上也不能走了，达达只好去挤公共汽车。

"笛笛——啊嚏！"达达刚上车，汽车也打开了喷嚏，真险哟，公共汽车差点儿撞在了交通警的岗楼上……

后来，达达溜进了动物园，去看河马。

河马的喷嚏真厉害，一下子把达达吹到了天上。飘呀飘呀，达达落到了一所房子上。真巧，这房子正是医生的诊室。医生一把按住了达达，说："感冒是要传染的，赶紧打针。"

打过针，吃过药，达达的感冒好了。现在，要是不闻点儿胡椒面儿，他连半个喷嚏也打不出来，真的！

（武玉柱）

## 20. 春天在哪里

呼，呼……冷风吹。大地光秃秃。都说春天美丽，春天在哪儿呢？小公鸡去找春天。

砰砰砰！"请开门。"

小白兔正忙着和面做馅儿饼，顾不上开门。

"我是小公鸡。"

"小公鸡，欢迎你来做客。今天请你吃馅儿饼。"

"我可没时间做客。我要去找春天。你知道春天在哪儿吗？"

"我知道，我知道。春天在青草丛里。美丽的春天，大地一片绿。"

"谢谢你。我去找春天了。"

小公鸡走了又走。春天在哪儿呢？

砰砰砰！"请开门。"

"谁呀？"小蜜蜂正忙着做蜜糕，顾不上开门。

"我是小公鸡。"

"小公鸡呀，欢迎你来做客。今天请你吃蜜糕。"

"我可没时间做客。我要去找春天，你知道春天在哪儿吗？"

"我知道，我知道。春天在鲜花丛里。可爱的春天，花儿遍地开放，风儿吹送着阵阵清香。"

"谢谢你。我去找春天了。"

小公鸡走了又走，春天在哪儿呢？

砰砰砰！"请开门。"

"谁呀？"小青蛙正在睡觉，从梦中醒来。

"我是小公鸡。"

"小公鸡呀，欢迎你。请到屋里坐。"

"我可没时间坐。我要去找春天。你知道春天在哪儿吗？"

"我知道，我知道。春天在快活的小河里。温暖的春天，小河流啊流，鱼儿游啊游，浪花蹦跳像珍珠。"

"谢谢你。我去找春天了。"

小公鸡走了又走。春天在哪儿呢？

砰砰砰！"请开门。"

"谁呀？"小鸟儿在窝里正忙着铺床。

"我是小公鸡。"

"小公鸡呀，欢迎你。我这就出去跟你玩。"

"我可没时间玩儿，我要去找春天。你知道春天在哪儿吗？"

"我知道，我知道。春天在茂密的树叶里。美丽的春天，大树小树都穿上新衣，柔软的枝条在风里摇来摆去，唱歌跳舞做游戏。"

"谢谢你。我去找春天了。"

小公鸡走了又走。

青草在哪里？花儿在哪里？

奔流的河水在哪里？绿色的树叶在哪里？

在哪里？在哪里？

"在这里。我在为春天准备绿色的地毯。"地下的草芽儿细声细气地叫着。

"在这里。我在为春天准备芳香的花朵。"枝上的花芽慢言慢语地说。

"在这儿呢！我要为春天撒下可爱的绿阴。"树上的嫩芽儿楞头楞脑地喊。

"在这儿哩！我在准备为春天松软土地。"冰下的河水发出清脆的声音，像吹奏短笛。

小公鸡呀小公鸡，你为春天准备了什么？

"我吗？我为春天准备了一支美丽的歌。我还要啄害虫，让春天更美丽，更快乐。"

一阵温暖的风吹过。呀！草儿青青，花儿朵朵，尖尖的树叶绿了，河面上碎裂的冰块像小船一样漂着，悠悠荡荡好快活。小兔子在草地上跑来跑去打滚儿，小鸟儿飞来飞去唱着动听的歌，蜜蜂和着蝴蝶飞舞，小青蛙跟鱼儿比赛游泳多快乐。

小公鸡呢？他伸长了脖子喔喔啼，唱着一支美丽的歌。

（葛翠琳）

## 21. 妈妈，我很丑吗

小青蛙在池边玩，一个奇怪的声音对他唱：

突眼睛，

阔嘴巴，

你是个丑八怪小青蛙。

晚上，小青蛙对着妈妈哭："妈妈，我很丑吗？"

妈妈说："不，在妈妈眼里，你是好看的。"

第二天，青蛙又到池边，高兴地唱：

咯咯咯，

呱呱呱，

妈妈说我是好看的小青蛙！

那个怪声音又嘲笑他：

哈哈哈，

妈妈像你你像她。

妈妈说好不算数，

别人说好才是顶呱呱。

你们这副丑样子，

只配在锅里煮冬瓜。

晚上，小青蛙又对妈妈哭了。

妈妈说:"孩子,妈妈给你的样子是改变不了的,可妈妈教你的本领,你还可以超过妈妈呢。学会了本领,人人都会喜欢你的!"

小青蛙听妈妈的话,跟着妈妈努力学捉虫子。一连十天,那怪声音对他唱什么,他都不理。到了第十一天,那怪声音换了个好听的声音,对他唱:

小青蛙,

小青蛙,

天天捉虫太苦啦,

不如认我做妈妈。

我的本领比你妈妈大,

人家见我都害怕,

我的舌头会开花,

快快到我的怀里来吧!

那怪东西吐出她那红色的、开叉的舌头,一闪一闪,引诱着小青蛙。正在这时,青蛙妈妈在后面大叫:"孩子,别上当,那是凶恶的毒蛇,她要吃你呀!"

毒蛇咝咝响,青蛙咯咯叫。一个小朋友听见声音走过来了。他说:"可恶的毒蛇,你别想伤害我的好朋友小青蛙,他天天给我们捉害虫呢。"

说着,他用石头把那毒蛇砸死了,又回头朝跳进水里的小青蛙说:"你真是个好样的!"

"好样的!好样的!好样的!"山那边响起了回声。

"咯咯咯。"小青蛙快乐地回答着。他的声音,在水面上荡起了一个个小圆涡。

(黄庆云)

## 22. 小懒猪会朋友

小懒猪快要睡觉的时候,电话响了,原来是羚羊约他明天上午九点在红土坡头的老松树下相会。

"你能来吗?"电话里问。

"能来能来。"小懒猪答。

"你不会偷懒吧?"电话里又问。

"不懒不懒。"小懒猪答。

接完电话,小懒猪睡觉了。

不料,第二天小懒猪起床时,天竟下起了大雨。

小懒猪对自己说:"如果今天不下雨,我是要去会羚羊的;但是下雨了,就不必去了吧?"

小懒猪又想：既然不去，何必起这么早？再睡一会儿吧！

他回到床上，却怎么也睡不着。他的耳边老是响着"能来能来"、"不懒不懒"。

他想：说出去的话，应该坚决做到。他爬起床，就要去会见羚羊朋友。可他刚走出卧室，院子里的雨下得更大了。他对自己说："到底还去不去会朋友呢？不去了吧。如果不是我去会他，是他来会我，碰上这么大的雨，他也不会来的。"

小懒猪拉过躺椅，斜靠着在堂屋里休息。

他的耳边又响起了"能来能来"、"不懒不懒"。

小懒猪戴上农家用的斗笠，披上农家用的蓑衣，跨出了门槛，锁上了门，决定见羚羊朋友去。

小懒猪走出了山村，沿着大山脚下的路走着。雨越来越大，斗笠被雨珠打得噼噼啪啪响，从斗笠四周流下的雨水同天空降下的雨水一齐落到蓑衣上，又顺着蓑衣直浇到小懒猪的脚上。田野、山路到处都是水，而且灰蒙蒙一片，不见丝毫亮光。小懒猪身上一阵阵冷起来，他多么想回家生个火取暖啊！但他没有回头，坚决向前走去。爬坡爬得他把腰一躬一躬，嘴里哼哧哼哧地喘着气儿。正当他累得需要休息的时候，坡越来越陡了，雨也越下越大了，浑浊的洪水沿山坡冲下来，连个坐的地方都找不到，怎么休息呢！再说，会见羚羊的时间快到了，还有时间在中途休息吗？

"我不休息！也不退回家去！我是能来的猪！我是不懒的猪！"小懒猪自己鼓励着自己，在大雨中继续赶路。

当路最难走的时候，预示着前面会有好走的路；当雨下得最大的时候，预示着雨快要停了。不一会儿，雨真的小了，接着停了，接着便出了太阳。雨后的太阳光特别明亮，它把野草和野花都照耀得亮堂堂的。原先落在野草上和野花上的雨珠，亮晶晶地闪着光。雨后的阳光太美了，雨后的野草和野花太美了。小懒猪站在这么美的环境中，感到无比高兴，无比快乐。

更使他高兴和快乐的是，他听到了羚羊的喊声："我的好朋友小懒猪！你真守信用啊！你准时来了！"原来小懒猪已经不知不觉地走到了红土坡头，羚羊正在老松树下喊他。

（普 飞）

## 23. 好邻居

小湖边，一座新楼盖成了。玩具动物们高高兴兴地开始往里搬家。木马说："我住二楼，不高也不矮。"

布熊说："我住三楼，不冷也不热。"

泥猴说："我住四楼，能看见全城的风光。"

剩下一楼，谁都不愿意住，塑料小猪夹着他的气筒兄弟，悄悄地搬了进去。他在屋里架起床，铺上厚厚的褥子，盖上厚厚的棉被，舒舒服服地睡到了大天亮。

第二天，三楼的布熊洗衣服。哗，哗，她洗了一盆又一盆，再把湿淋淋的衣服晾在阳台上，水滴答滴答流下来，正好落在小猪晒的棉被上。

小猪说："布熊姐姐，你把衣服拧干再晾吧！"

布熊说："衣服一拧要坏的。"

小猪没办法，只好把棉被又悄悄抱进了屋。

到了晚上，二楼的木马在屋里跳舞，踩得楼板"咚咚"响，像敲鼓，像打雷。小猪没法睡觉，便从窗口探出脑袋对二楼的木马说："木马大哥，该休息了，明天再跳吧！"

木马说："我在我屋里跳，关你什么事！"

小猪没办法，拿把大蒲扇到湖边乘凉去了，等木马不跳了，才回来睡觉。

又一天，四楼的泥猴用望远镜看够了四周的风景，忽然想起来要吓唬一下小猪，就站在阳台上点着一个鞭炮，朝一楼扔。结果，"嗤、嗤"地冒烟的鞭炮没有扔到一楼，却掉到了二楼阳台上。二楼阳台，堆着木马吃的草，一会儿工夫，就烧起了熊熊大火。

木马吓坏了，"咚咚咚"，跑上三楼，去找布熊。

火越烧越大，很快烧到了三楼，引着了布熊晾在阳台上的衣服。布熊也吓坏了，和木马连滚带爬又跑上了四楼。

泥猴见自己闯了祸，也吓坏了。他看着正在窜上四楼的大火，和木马、布熊一起喊起来："救命啊，救命啊！"

小猪听见呼喊，跑出来一看，火已烧到四楼，泥猴、布熊、木马待在上面，谁也下不来。

小猪是个塑料吹气玩具，他朝楼上大喊一声："别害怕，我来救你们！"说完，他跑进屋，拔开屁股上的塞子，对墙角的气筒兄弟说："快给我打气，越多越好。"气筒听了，"噔噔噔"跳起来，对准小猪屁股上的气门，"嗤、嗤"地往里灌了比平常多好几倍的气，小猪立刻变得像一个圆滚滚的球，一下子朝天上飞了起来。

小猪飞到四楼，木马抱住了小猪的脖子，布熊拽住了小猪的一条腿，泥猴一伸手，揪住了小猪的尾巴，和小猪一起离开了着火的大楼，向天上飞去。

飞呀飞呀，不知怎的，小猪飞不动了，带着大家一点儿一点儿往下掉，越落越快，越落越快，一会儿就落到了地上。怎么回事呢？原来，往上飞的时候，几颗火星溅到了小猪身上，小猪身上被烧了几个小洞，气都漏光了，他站也站不起来。大家连忙把他送到医院。

过了两天，布熊、泥猴、木马修好烧坏的楼房，又一起到医院接回了补好洞的塑料小猪。

木马说："小猪兄弟，你住二楼吧，不高也不矮。"

布熊说:"小猪兄弟,你住三楼吧,不冷也不热。"

泥猴说:"小猪兄弟,你住四楼吧,那里能看见全城的风光。"

小猪笑了笑说:"谢谢大家。"说完,又悄悄地走进了一楼,铺上厚厚的褥子,盖上厚厚的棉被,呼呼地睡觉了。

(常 瑞)

## 24. 甜甜的棍子

豪猪先生做客回来。

他看见自己院里的花木被人踩倒了,放在窗台上的一只浇水用的瓦罐,也被撞到了地上摔成了三片儿,院子里乱糟糟的。豪猪先生气极了,浑身的刺都竖了起来。

他高声叫嚷,又蹦又跳。豪猪先生是多么婉惜自己的花草和瓦罐,他挥舞着一根棍子说:"我非教训教训那个闯祸的家伙不可!"

左邻右舍都吓坏了——

大家管住自己的孩子,千万别上豪猪院里去,说不定会挨上一棍子的。

这时,有一只小黑熊挣脱了熊奶奶的怀抱,他跑到了豪猪先生的院里,轻声轻气地说:"豪猪伯伯,您生气了吧?"

"怎么不,我找出了那个家伙,非用棍子打他,用刺刺他不可!"豪猪先生的眼睛瞪得很大。

"我知道是谁弄的。"小熊搔搔头说。

"是谁?"豪猪粗着嗓门问。

"是我。"小熊难为情地说,"还有我的伙伴们,我们一起玩捉迷藏游戏,不小心碰坏了花木和瓦罐……"

"是吗?"豪猪先生说,"这太惹我生气了!"

"我代表大伙儿向您道歉,我们太淘气了。"小熊望望豪猪先生的眼睛,不好意思地低下了头。

豪猪先生想了一下说:"请你把那些小淘气都找来,我要见见他们。"小熊、小鹿、小羚羊,还有小兔和松鼠,挨个儿排着队来了,他们向豪猪先生鞠躬道歉。

豪猪先生放下手中的棍子说:"本来我要好好教训教训你们的,可是现在不行了,谁能处罚表示道歉的客人呢?相反,我要亲你们一下,懂得道歉的人是让人喜欢的。"

豪猪先生挨个儿亲了大伙儿一下,轮到小熊了,豪猪在他左右脸蛋上使劲地亲了两下,还说:"我把这棍子送给你们吧,你们吃了它!"

"吃棍子!"大伙儿惊奇地嚷了起来。

"对了,吃棍子!"豪猪先生假装生气的样子说。

大伙儿接过棍子一看，不由得笑了起来。原来豪猪先生去河马爷爷家做客的时候，河马爷爷送给他一根又粗又长的甘蔗，他刚才生气时挥舞的就是这根甘蔗。

小熊把"棍子"分成几段，他们和豪猪先生一起吃起来，大伙儿边吃边喊："好甜好甜的棍子啊！"

（张秋生）

## 25. 小象转学

小象贝托在大象学校上学。有一天，他气呼呼地跑回家，从长鼻子里喷着气，对妈妈说："大象学校太糟糕了，成天教我们搬木头，把我们累得半死，我要到别的学校去上学！"

象妈妈把贝托送到猫咪学校去。猫老师教贝托抓老鼠。老鼠们在贝托脚边跳来跳去，贝托笨手笨脚地踩呀踩，可怎么也踩不着。他又用长鼻子去卷，可老鼠们一跳，就跳到他的鼻子上，在鼻子上跳起舞来。一只淘气的小老鼠还钻进他的鼻孔里，慌得他连打了好几个喷嚏，才把小老鼠赶出去。

贝托不喜欢猫咪学校，象妈妈又把他送到猴子学校去。

猴老师教贝托学爬树，可贝托身体太笨重，刚刚趴到树干上，就滑了下来，怎么也上不去。

贝托对妈妈说："猴子学校没意思！公鸡啼鸣很好听，我还是到鸡学校去上学！"

公鸡老师教贝托啼鸣。贝托拼命拉长他的短脖子，憋着嗓门想叫："喔喔喔！"可他发出的总是粗嗓音"噢——噢——"

贝托又改变主意了，说："马儿跑起来多威风！我还是到马儿学校去吧！"

马老师教贝托跑步，对他说："跑步的时候要撒开蹄儿，跑得像云那么轻，风那么快。"

贝托跑了起来，"咚！咚！咚！"他那粗笨的脚儿踩在地面上，就像在打鼓。他刚跑一会儿就累坏了，不停地喘着粗气。

贝托不好意思地对妈妈说："不管学什么都不容易，我还是回到大象学校去吧。"

这回，贝托认真学习搬木头，终于学会了。只见他用长鼻子把树干一卷，使劲一拔，大树就拔下来了！接着，他又把一根根木头堆在一起，用长鼻子卷着，运出了树林。

大家都说："贝托干得不错，真是大象学校的好学生！"

贝托高兴地翘起了长鼻子，眯着眼睛笑了。

（杨 楠）

## 26. 快乐新村

小猴聪聪和小熊安安从建筑学校毕业了，他们一起回到动物城当了建筑设计师。大象市长请小猴聪聪在城市的南边造一个快活新村，请小熊安安在城市的北边造一个快乐新村。

小猴聪聪拍拍胸脯说："看我的吧，过不了多久就让大家住上新房子。"小熊安安却望着远处，一声也不响。

没过多久，小猴聪聪设计的快活新村果然造好了。一幢幢房子都是一样的颜色，一样的长方形，像连成一排的火柴盒子。居民们看了，都夸小猴挺卖力，活儿干得快。于是大家兴高采烈地开始搬家了。

兔子爸爸一蹦一跳地走进新房。他觉得房间太大、太高了，空荡荡的，让人觉得怪冷清的。更使他发愁的是，大门又大又重，开门关门就累得他出了一身汗。

长颈鹿阿姨又觉得房子太小太低了。她弓着身子进门，到了屋里，再也直不起腰了。她只好躺下，可长脖子又扭得发酸，没办法，只得打开窗户伸出头，把脖子枕在窗台上。

河马大叔为了挤进大门，磨破了大肚皮。

大象市长一见，愁得长鼻子乱晃，要是自己住这样的新房子，那房门还不是要给挤塌了吗？可是，让大象市长更不安的事还在后头呢！

第二天，下了班、放了学的居民们，都各自回家了。不一会儿，新村里就热闹开啦。因为房子造得一样，许多人都走错了门。

山羊爷爷走到了袋鼠妈妈的家里，见小松鼠和小白兔正在吵个不停。小白兔大声叫："这是我的家！"小松鼠也大声嚷："这是我的家！"简直把嗓门都快扯破了。

斑马和梅花鹿也走进了同一个房间。斑马说："你上我家来做客吗？"梅花鹿生气地说："瞎扯，你才是客人呢。这可是我的家啊！"

哎呀呀，不得了啦，快活新村里，大人吵孩子叫，你窜我跑，简直乱成一锅粥啦。直到天黑，每个人才找到自己的家。

深夜了，快活新村里传来一阵阵"砰砰砰"的响声，干什么呀？居民们都在忙着给新房子做各种各样的记号，钉上门牌号码呢！

不过，不管怎么样，大家终究还是住上了新房子，所以谁也不埋怨谁。可是，住在快活新村，大家觉得并不怎么快活、舒服。

过了些日子，小熊安安设计的快乐新村也造好了。大家闻讯后，不约而同地说，要去参观参观。

大伙儿刚走进快乐新村，就禁不住啧啧赞叹起来。一幢幢新房子，高低不一，有大有小，形状各异，色彩不同，真是丰富多彩。一眼看去就令人觉得新鲜、别致。

兔子一家被一座蘑菇形的房子迷住了。这座小房子远看就像一个红底白点的大蘑菇。小兔子发现门上镶着妈妈的头像，高兴地跳着说："妈妈，妈妈，我太喜欢这个家啦。"兔子爸爸轻轻一推，塑料小圆门就开了。

长颈鹿阿姨一个劲儿往前跑，哟，原来她看见了一幢又高又漂亮的尖顶房子，高高的门，高高的窗。她昂着头，跨进屋子，快活地扭动着脖子，心里舒畅极了。

河马大叔大摇大摆地走进一幢大房子，东瞅瞅，西望望，哈哈，房间里还有一个大水池呢，河马大叔"忽"地一下跳进水池里去了。别人叫他，他怎么也不肯上来，还乐呵呵地说："这里才是我的家，我在这里真快乐！"

斑马远远地看见有一幢房子，墙壁的花纹一条白、一条黑，他飞快地朝那里跑去。梅花鹿也跟着他一起跑，斑马有点儿不高兴了："你干吗老跟着我？"梅花鹿说："你看，那座房子上站着我呢！"真的！在斑马花纹的房子旁边，耸立着一座塔形的房子，塔顶上矗立着一只可爱的梅花鹿塑像。斑马和梅花鹿都笑了，他们飞快地朝自己看中的新房跑去。

不一会儿，小乌龟、小狐狸、小刺猬……都找到了自己喜欢的房子。这一天晚上，大家都没有回到小猴聪聪的快活新村去，他们谁也不愿意离开小熊安安的快乐新村了。

晚上，天上所有的星星都来做快乐新村的彩灯，把快乐新村映照得像宫殿一样美丽、灿烂。大象市长也来了，他笑呵呵地说："看来，这里才是真正的快乐新村啊！"

（赵　明）

## 27. 兔子背包

林林到树林里去玩，背着一个兔子背包。

不！不是兔子背包，是背包兔子。

那不一样吗？

不一样，不一样。兔子背包是一只背包，背包兔子是一只兔子，瞧，他耷拉着长耳朵，还抿着嘴笑呢。

背包鼓鼓囊囊——不，是兔子的肚子鼓鼓囊囊，里面装着许多好吃的东西。

林林踩着满地的黄叶子走，沙沙，沙沙……

一只狐狸来了，跟在林林后面。狐狸心里说：呀，这兔子多肥，一定很好吃。

背包兔子害怕起来，轻轻说："林林快跑！"

林林一转身，可把狐狸吓呆了。奇怪！眼睛一眨，兔子变成个小男孩啦。

林林问："狐狸，你跟着我，想干吗？"

狐狸能说"我想吃兔子"吗？他结结巴巴说："我，我有点儿饿！"

"你有点儿饿？"林林从背包里掏出一包花生豆，说："给你。"

狐狸接过花生豆，吃一颗，嘎崩响，好吃，真好吃，就走了。

林林踩着满地的黄叶子走，沙沙，沙沙……

一只大狼来了，悄悄地跟在林林后面。大狼心里说：呀，这兔子多肥，一定很好吃。

背包兔子更害怕了，急忙说："林林，快跑！"

林林一转身，也把大狼吓呆了。这是怎么回事？我明明看见是一只兔子，怎么会是个小男孩呢？

林林问："大狼，你跟着我，想干吗？"

大狼也不好意思说"我想吃兔子"啊，他吞吞吐吐地说："唉，我两天没吃东西了。"

"你两天没吃东西了？"林林从背包里掏出一包牛肉干，说："给你。"

大狼接过牛肉干，咬一口，香喷喷，好吃，真好吃，就走了。

林林踩着满地的黄叶子，还往前走，沙沙，沙沙……

一群野兔来了，跟在林林后面。野兔们说："呀，那兔子准是从城里来的，还穿花衣服呢。咱们跟他玩去。"

背包兔子把耳朵竖起来了，把嘴张开了，叫道："林林，林林，停一停。"林林一转身，野兔们一齐叫起来："城里的兔子会变戏法，变成个小男孩了。"

林林一听乐了："不是兔子变戏法，是我会变戏法。你们瞧，我把兔子变回来。"他把背包拿下来，给野兔们看，可不是，兔子又回来了。

野兔围着林林和背包兔子，又蹦又跳，还唱歌。接下来，大伙儿一起做游戏，表演节目，玩得非常高兴。

林林对背包兔子说："快把你肚子里的东西拿出来，请朋友们吃呀。"

背包兔子翻了个跟头，把肚子里的东西全倒出来了，苹果、香蕉、葡萄干……可惜没有胡萝卜。

野兔哪吃过苹果、香蕉、葡萄干？尝一尝，味道好极了。

呀，太阳下山了。

呀，月亮挂在树梢上。

该回家了。林林对背包兔子说："快跟朋友说'再见'呀。"

可是背包兔子怎么也不开口，他不愿意说"再见"，不愿意离开朋友们。野兔们也不让他走，还要开月光晚会呢。

林林也不愿意离开朋友们，可是他不能老待在树林里，明天还得上幼儿园呢。他对背包兔子说："那你待着，参加月光晚会吧，我要回家了。朋友们，再见，再见！"

林林走出树林，走到家门口，好像还听见背包兔子和野兔们一起唱歌：

月亮圆圆，

像只小盘；

月亮弯弯，
像只小船；
坐坐小船，
天上玩玩。

（鲁 兵）

## 28. 两只棉手套

冬天的西北风呼呼地刮个没完，刮到脸上，就像用小刀子一下一下地割着，真疼啊。

松鼠妈妈要生小娃娃了，可是她还没找到一个避风的地方。

松鼠爸爸很着急，他在树枝上蹿来蹿去，想找一个暖和的树洞。

找呀找呀，终于找到了一个很大很圆的树洞。他刚往里一探头，就听到一声粗嗓门：

"对不起，我已经住上了。"

松鼠爸爸一听就知道是大黑熊。他赶忙走开了。

找呀找呀，他又找到了一个很小很圆的树洞。他刚往里一探头，就听到一声尖嗓门：

"对不起，我已经住上了。"

松鼠爸爸一听就知道是小刺猬。他赶忙走开了。

风越刮越大了，还夹带着雪花。

松鼠妈妈蜷缩着身子，抱着圆鼓鼓的肚子，蹲在树枝上，愁得直想哭。

松鼠爸爸叹了一口气，跳下大树，又为松鼠妈妈寻找生娃娃的地方去了。

他走在雪地上，这里看看，那里找找，连个草窝都找不到。他的脚都冻麻了，却毫不在意。他只想快点儿给松鼠妈妈找个窝，好让她平平安安地生下小娃娃！

走着走着，他忽然踩着了一个软绵绵的东西。他用大尾巴把覆在上面的雪一扫，就露出了一只棉手套。他知道，这一定是哪个小朋友不小心丢在这里的。

他可顾不得那么多了，赶忙让松鼠妈妈钻进去。她一连生下了五只小松鼠。

五只松鼠一生下来就淘气极了，这里钻钻，那里拱拱。最后，五只小松鼠钻进了棉手套的五个指头窝里，呼呼地睡起大觉来。松鼠妈妈睡在娃娃们的身边，守护着他们。

松鼠爸爸也想钻进棉手套里暖和暖和，可是里面太挤了，他只好又出来，卧在手套外面，用自己蓬松的大尾巴盖在自己的身上取暖。

风，越刮越猛；雪，越下越紧。五只小松鼠依偎着妈妈还喊冷，松鼠爸爸就用自己的大尾巴堵在棉手套的口上，为他们挡风雪。他迎着风雪卧在棉手套的外面，冻得发僵了，也不肯离开一步。

忽然，他听见远处传来吱吱的脚步声，越来越近，随即看见两只踏雪鞋停在面前。他仰起头一看，见一个男孩子站在跟前，一只手戴着棉手套，另一个手光着。

松鼠爸爸一看就明白了：就是这个男孩子丢了棉手套，他是来取他的手套的。男孩子正要蹲下来拾他丢失的棉手套，松鼠爸爸说：

"谢谢你的棉手套。"

男孩子却说：

"我该谢谢你，是你替我看管着手套啊！"

"不，"松鼠爸爸说，"我该谢谢你。我的五只松鼠娃娃和他们的妈妈正躲在这只棉手套里面呢！要不，他们会冻死的。"

"你怎么不进去呢？"小男孩问。

"里边太挤了。我在外边给他们挡住风雪。"

小男孩发现松鼠爸爸全身覆盖着雪。

他毫不犹豫地脱下另一只棉手套，放在地上，然后不声不响地走了。

松鼠妈妈和五只小松鼠探出头来想谢谢他，只见他已踩着雪，吱吱吱地走远了。

松鼠爸爸说："好好保存这两只棉手套，明年春天，我们一定要送还给他。"

五只小松鼠探出头来，望着那个男孩子远去的背影一齐说：

"我们长大了，跟着爸爸妈妈一起去！"

（金 波）

## 29. 神奇的药箱

鼹鼠大夫有一只神奇的箱子，只要对它呼喊疾病的名称——比如"感冒""拉肚子"，再念上一段咒文"拉拉卡卡咕咕啦……"疾病就能完全治愈，因为疾病被箱子关起来了，这样就不用打针吃药了。鼹鼠大夫居住的树林里，疾病差不多都被关进箱子里了，所以他很空闲。

冬天到了，没有什么病人来。鼹鼠大夫想，可以不必当医生了吧。没人生病是好事，可是没有人来，又感到寂寞。

这时，"咚咚咚"，有人敲门，不是风。

"哎，谁会来呢？难道是病人吗？"鼹鼠大夫戴上了眼镜。

是兔妈妈。她的身体雪白雪白的，眼睛红通通的，"大夫，我家孩子病了。"

"啊，不要着急，慢慢说。"

"我家孩子，一直不笑。"

"不笑？"

"是的，一直不笑。"兔妈妈红通通的眼睛里充满了泪水。

"不笑可不是病呀。没什么好笑的事情，我也不会笑的。"大夫笑着说，让兔妈妈回去了。

过了一会儿，"咚咚咚"，又有人敲门。

老青蛙抱着小青蛙进来了。

"冬眠已经过去了，大夫，可这孩子一点儿都不笑，该怎么办呢？"鼹鼠大夫瞅了一下小青蛙，说："那当然啰，你家孩子还没有睡醒呢。春天到了，他会笑的。"说完，也让青蛙回去了。

鼹鼠大夫想："莫非是疾病消除了，大家觉得没劲儿了？"

"咚咚咚"，又有人敲门了。

"啊，狐狸先生，你身体可好？"

"别提了，我家小鬼已有两个月不笑了，给他变戏法、扮小丑，他都不笑。"

鼹鼠大夫有点儿吃惊了：已经有三个人说不笑的事了，难道真有这种病？

"这样吧，您把孩子带来，让我诊断一下。"

狐狸走了。鼹鼠查了百科全书，上面写道："孩子爱笑，无论什么事情都喜欢笑，不笑的孩子不能算是孩子。"鼹鼠"嗯嗯"点着头。

这时，"乒乒乒！""乓乓乓！"门响得厉害。

"喂喂，我是乌鸦，肚子饿了，想吃你神奇箱子里的东西！"乌鸦冲着鼹鼠直嚷嚷。

鼹鼠说："那不行，里面装满了疾病。请原谅。"

"骗人！你这个小气鬼！"

乌鸦用尖尖的嘴撬开了箱子："什么，什么东西也没有！你这个小气鬼！"望着空空的箱子，乌鸦气呼呼地走了。

"啊呀，疾病统统要逃走了！"鼹鼠大夫坐在箱子盖上，拼命想压住。

可是各种各样的疾病全从箱子里逃出去了，什么"感冒"呀，"拉肚子"呀，"气喘病"呀，全逃出去了。

"这下完了……"

这时，神奇的箱子里传出了笑声，那是孩子们的笑声。

笑声很快地响亮起来，响彻整个房间，有"嘿嘿嘿"的笑，有"咯咯咯"的笑，有"吃吃吃"的笑，还有"哈哈哈"的笑，都是孩子们的笑声。

噢，对了，对了，鼹鼠想起来了，去年秋天有一只小田鼠吃了种"笑蘑菇"，一刻不停地笑，他念了好几遍"拉拉卡卡咕咕拉……"就把孩子的笑声和疾病一起关进神奇的箱子里了。

鼹鼠大夫哈哈哈哈地大笑起来，他想："虽然疾病逃出了箱子，可是孩子们又能笑了。"

疾病逃进了树林，鼹鼠大夫又开始忙起来了。

（【日】关川日出雄　李道荣　译）

## 30. 狐狸和葡萄

山中，一只狐狸在窝里哭：

"呜——呜——，肚子饿了。"

狐狸妈妈说：

"等着，妈妈这就去给你找好吃的。"

小狐狸不哭了，乖乖地等着。等了一个小时，妈妈没有回来，等了两个小时，妈妈还是没有回来。小狐狸终于忍不住，又哭起来。

"肚子饿了。"

狐狸妈妈干什么去了？原来，她打算去村里摘一串葡萄，这会儿，正拼命地跑着赶路呢。

翻过一座山，翻过两座山，又翻过第三座山，终于来到了长着葡萄的村庄。"我的孩子饿得直哭，对不起，让我摘一串葡萄吧。"

狐狸妈妈这么说着，跳到葡萄架上，摘了一大串葡萄。然后她叼着葡萄，急急忙忙往山里跑。

翻过第一座山，翻过第二座山，又翻过第三座山，家就在眼前了。孩子一个人在家，不会被凶恶的老鹰抓走吧？不，那不是呜呜的哭声吗？狐狸妈妈放心了。可是这么一来，她忽然觉得累了。这葡萄沉得要死。

"唉，累啦累啦。"狐狸妈妈把葡萄放在一棵树下，打算歇一会儿。

可是，哪儿有她喘气的工夫，忽然传来"汪汪"的狗叫声。猎人带着狗，正往这儿跑来呢。怎么办？这会儿哪还顾得上葡萄，小狐狸要挨枪啦！狐狸妈妈喊起来：

"呜——危险！快逃呀！"

听见这声音，小狐狸大吃一惊，赶忙窜出洞，跑呀跑呀，向深山里逃去。

从那以后过了多少年呢？很长很长的岁月过去了。可是狐狸妈妈始终没有回来，小狐狸在山中走呀走呀，到处寻找妈妈，不知不觉中长大了。

有一天，他来到以前和妈妈一起住过的窝附近，看见在一棵树下长着葡萄。葡萄藤绕着树干，一串串又大又圆的葡萄耷拉下来。

"怎么这种地方会有葡萄？"小狐狸觉得很奇怪，一边想，一边尝了一颗。

"啊，好甜呀，好甜呀。"

小狐狸吃了一串又一串，吃得喉咙咕噜咕噜地响。这时候，他忽然记起了妈妈的声音：

"等着，妈妈去给你找好吃的。"

于是，小狐狸明白了这棵葡萄藤是怎么来的。

"原来是这么回事。"

想到这里，小狐狸放开嗓子，对现在不知在什么地方的妈妈喊道：

"妈妈，谢谢您！"

(【日】坪田让治　季颖 译)

## 31. 去年的树

一只鸟儿和一棵树是好朋友。鸟儿坐在树枝上，天天给树唱歌，树呢，天天听着鸟儿唱歌。

日子一天天过去，寒冷的冬天就要来到了。鸟儿必须离开树，飞到很远很远的地方去。

树对鸟儿说："再见了，小鸟！明年请你再回来，还唱歌给我听。"

鸟儿说："好的，我明年一定回来，给你唱歌，请等着我吧。"鸟儿说完，就向南方飞去了。

春天又来了。原野上、森林里的雪都融化了。鸟儿又回到这里，找她的好朋友来了。

可是，发生了什么事情呢？树，不见了，只剩下树根留在那里。

"立在这儿的那棵树，到什么地方去了呢？"鸟儿问树根说。

树根回答："伐木人用斧子把他砍倒，拉到山谷里去了。"

鸟儿向山谷里飞去。

山谷里有个很大的工厂，锯木头的声音"沙——沙——"地响着。

鸟儿落在工厂的大门上。她问大门说："门先生，我的好朋友——树在哪儿，您知道吗？"

门回答说："树吗，在厂子里给切成细条条儿，做成火柴，运到那边的村子里卖掉了。"

鸟儿向村子里飞去。

在一盏煤油灯旁，坐着个小女孩。鸟儿问女孩儿："小姑娘，请告诉我：你知道火柴在哪儿吗？"

小女孩回答说："火柴已经用光了。可是，火柴点燃的火，还在灯里亮着。"

鸟儿睁大眼睛，盯着火看了一会儿。

接着，她就唱起去年唱过的歌儿，给灯火听。

唱完了歌儿，鸟儿又对着灯火看了一会儿，就飞走了。

(【日】新美南吉　孙幼军 译）

## 32. 一颗小豆

从前有一只公鸡，一只母鸡。公鸡在地上扒了又扒，扒出了一颗小豆。

"喔喔喔，鸡婆婆，吃豆哇！"

"咯咯咯，鸡公公，你自己吃得啦！"

公鸡吃小豆，小豆噎在喉咙里，不上不下。公鸡赶快叫母鸡：

"鸡婆婆啊，快到小河那里去讨点儿水来，把小豆给冲下去吧。"

母鸡赶快跑到河边：

"小河啊小河，给我点儿水吧——公鸡叫小豆给噎住啦！"

小河说：

"到菩提树那里去，给我讨张树叶子来吧，那么，我就把水给你了。"

母鸡赶快到菩提树那里去：

"菩提树啊菩提树，给我张树叶子吧！我把树叶子拿去给小河，小河才肯把水给公鸡，好把小豆冲下去——公鸡叫小豆给噎住啦！"

菩提树说："到小姑娘那里去，给我讨根线来吧。"

母鸡赶快跑去："小姑娘啊小姑娘，给我根线吧！我把线拿去给菩提树，菩提树才肯把树叶子给我，我把树叶子拿去给小河，小河才肯把水给公鸡，好把小豆冲下去——公鸡叫小豆给噎住啦！"

小姑娘回答他说："到木梳匠那里去，给我讨把木梳来吧，那么，我就把线给你了。"

母鸡赶快来到木梳匠那里："木梳匠啊木梳匠，给我把木梳吧！我把木梳拿去给小姑娘，小姑娘才肯把线给我，我把线拿去给菩提树，菩提树才肯把树叶子给我，我把树叶子拿去给小河，小河才肯把水给公鸡，好把小豆冲下去——公鸡叫小豆给噎住啦！"

木梳匠说："到面包师傅那里去，给我讨些白面包来吧。"

母鸡赶快跑到面包师傅那里去："面包师傅啊面包师傅，给我些白面包吧！我把面包拿去给木梳匠，木梳匠才肯把木梳给我，我把木梳拿去给小姑娘，小姑娘才肯把线给我，我把线拿去给菩提树，菩提树才肯把树叶子给我，我把树叶子拿去给小河，小河才肯把水给公鸡，好把小豆冲下去——公鸡叫小豆给噎住啦！"

面包师傅说："到砍柴人那里去，给我讨点儿木柴来吧。"

母鸡跑到砍柴人那里去："砍柴人啊砍柴人，给我点儿木柴吧！我把木柴拿去给面包师傅，面包师傅才肯把面包给我，我把面包拿去给木梳匠，木梳匠才肯把木梳给我，我把木梳拿去给小姑娘，小姑娘才肯把线给我，我把线拿去给菩提树，菩提树才肯把树叶子给我，我把树叶子拿去给小河，小河才肯把水给公鸡，好把小豆冲下去——公鸡叫小豆给噎住啦。"

砍柴人把木柴给了母鸡。

母鸡把木柴交给面包师傅，面包师傅给他面包，面包交给木梳匠，木梳匠给他木梳，木梳交给小姑娘，小姑娘给他线，线交给菩提树，菩提树给他树叶子，树叶子交给小河，小河给他水。

公鸡咽下水去，小豆冲到肚子里去了。

公鸡唱起歌来啦："喔喔喔喔！"

（【俄】阿·托尔斯泰　任溶溶 译）

## 33. 七色花

有一个小姑娘叫珍妮。有一天，她的妈妈叫她到店里去买面包圈。珍妮买了七个面包圈，把它们串在一起，她一面走着，一面东张西望。就在这时，一只狗紧跟在她后面，吃着一只只面包圈。珍妮觉得手里轻起来，回头一看，啊，已经晚了，狗把最后一个面包圈也吃光了，正得意地舔着嘴唇呢。

"呸！你这馋嘴的狗！"珍妮气得叫着，就在狗后面追起来了。

追着，追着，狗跳过了一个草堆不见了。珍妮也跑得累极了。她停下来一看，这里完全是一个陌生的地方。周围全是树，连一个过路人也没有。珍妮迷路了。她急得哭了起来。

忽然，不知道从哪儿走出来一位老婆婆，她很关心地问："小姑娘，你为什么哭呀？"

珍妮就把迷路的事告诉了老婆婆。

老婆婆很可怜珍妮，就说："别哭了，我来帮你忙。我这儿有朵'七色花'，它什么事都能办得到。虽然你爱东张西望，但我知道你是个好姑娘，现在我把它送给你吧！"

话刚说完，一朵"七色花"就像小鸟一样飞到珍妮的手中。啊，这是一朵多美的花哟！它有七片透明的花瓣，每片花瓣的颜色都不一样，有黄的、红的、蓝的、绿的、橙色的、紫的和青的。老婆婆接着又说："这不是一朵平常的花，是一朵神奇的小花。你想要什么，只要撕下一片小花瓣，把它扔出去，就说：'飞哟飞哟，小花瓣哟，听我说呀，照我说的做哟！'再说出你要什么，它就会立刻做起来的。"珍妮刚谢过老婆婆，老婆婆就不见了。

珍妮想起应该回家了，可是怎么回家呀？她急得又要哭了。这时，她看到手中的"七色花"，想起了老婆婆的话，连忙撕了一片黄花瓣，把它扔出去，就说："飞哟飞哟，小花瓣哟，听我说呀，照我说的做哟！让我带着面包圈回家去！"她的话刚说完，珍妮已经提着面包圈到家了。

她把面包圈交给了妈妈，心里想着："这真是一朵神奇的小花，我要把它插到最好的小花瓶里。"

　　小花瓶是放在书架最高一格上的，珍妮人小，够不着，就站在椅子上，踮起脚，伸出小手去拿，一不小心，"当啷"一声，小花瓶打成碎片了。

　　珍妮打碎了妈妈心爱的小花瓶，怎么办呢？她连忙撕下一片红花瓣，把它扔出去，就说："飞哟飞哟，小花瓣哟，听我说呀，照我说的做哟！叫小花瓶像原来一样！"她的话刚说完，小花瓶又好好地放在原来的地方了。

　　珍妮不敢再拿小花瓶了，就带着"七色花"来到院子里，她看到许多男孩子站在小木板上玩到北极去的游戏。珍妮说："让我也玩玩吧？"

　　可是男孩子们说："我们不带小姑娘到北极去。"

　　珍妮生气了，说："这有什么稀奇，我马上就能到真正的北极去。"

　　珍妮走到大门口，从神奇的"七色花"上撕下一片蓝花瓣扔出去，就说："飞哟，飞哟，小花瓣哟，听我说呀，照我说的做哟！让我马上到北极。"她的话刚说完，忽然一阵大风吹来，太阳没有了，变成了黑夜。珍妮穿着夏天的裙子，光着脚，孤零零的一个人到了北极，那里冷极了，到处是冰雪。

　　"唉呀，好妈妈，我冻死了！"珍妮叫着就哭了起来，可是眼泪马上就成了冰柱。珍妮忙用冻僵的手指，抓起"七色花"，撕下一片绿花瓣，扔出去，大声喊着："飞哟，飞哟，小花瓣哟，听我说呀，照我说的做哟！马上让我回到院子里。"她的话刚说完，就到了院子里了。

　　她看到院子那边，女孩子们在玩各种各样的玩具：有小轿车，大皮球，还有会唱歌的洋娃娃。珍妮越看越喜欢，心想："我要叫她们看一看，到底谁的玩具多。"她从"七色花"上撕了一片橙色的花瓣，扔出去，说："飞哟飞哟，小花瓣哟，听我说呀，照我说的做哟！叫全世界的玩具都归我吧！"

　　这下可不得了啦，玩具从四面八方向珍妮拥来。一个个美丽的洋娃娃跑来了，千千万万辆大卡车、小轿车"嘟嘟嘟嘟"地开来了；那数不清的花皮球蹦蹦跳跳地赶来了；还有自行车、飞机、坦克、积木……许许多多玩具都来了，把大街、院子、屋子都堆满了，一直堆到屋顶上，可还在堆着、堆着……

　　"够了，够了！"珍妮吓得抱着头叫了起来。可是，没有用，玩具还在不断地拥来。珍妮连忙撕了一片紫色的花瓣，扔出去，很快地说："飞哟飞哟，小花瓣哟，听我说呀，照我说的做哟！叫所有的玩具赶快都回去！"于是所有的玩具立刻都不见了。

　　珍妮朝"七色花"一看，只剩下一片花瓣了。

　　"哟，我把六片花瓣都浪费了，连一点儿快乐也没有得到，多可惜呀！这最后一片可不能随便乱用了。"

　　珍妮想着，走到大门口。看到一个小男孩坐在门前的板凳上。他那圆圆的脸上有一双明亮的大眼睛，又和气又好看，珍妮很喜欢他，就走过去问："小朋友，你叫什么名字？"

"我叫威嘉。你叫什么名字？"

"我叫珍妮。我们来捉迷藏吧？"

威嘉皱着眉头，摇了摇头，说："不行，我的脚有毛病，只能坐着，我真想跑着玩，可是没法子，一辈子就这样了。"

"多可惜啊！"珍妮同情地望着他。

忽然，珍妮想起了那朵神奇的"七色花"。她非常小心地把它从口袋里掏出来，然后把那最后的一片青色的小花瓣撕了下来，看了看，又闻了闻，才松开手指，用好听的声音唱起来："飞哟飞哟，小花瓣哟，听我说呀，照我说的做哟！请你叫威嘉健康起来吧！"

就在那一分钟里，威嘉快活地从板凳上跳下来，拉着珍妮的手跑起来了。威嘉变得又活泼、又健康，他跑得很快，连珍妮也追不上，他们跑啊，跳啊，玩得可高兴啦！

（【俄】卡达耶夫　黄衣青　译）

## 34. 爱掐人的小女孩儿

谁都不喜欢埃尔西，她总是掐别人，太讨厌啦！

上课的时候，她掐坐在边上的小男孩儿，小男孩儿疼得都哭出声来了。在家里，她掐小妹妹，还掐邻居家一对双胞胎。出去玩的时候，她就掐站在她旁边的小朋友。谁也不愿意让人家掐，所以大家都讨厌埃尔西！

妈妈很生气，说："你怎么老是掐别人？这可是坏毛病，一定得改掉。"

埃尔西没有听妈妈的话，还是照样掐人。可她不敢掐大玛丽。大玛丽打起人来可厉害了。

有一天，老师带小朋友到很远的海边去玩。埃尔西可高兴了，坐在大客车上，一直不停地掐旁边的小朋友。车上没别的空位子了，这个小朋友只好可怜巴巴地让埃尔西掐了个够。

到了海边，埃尔西很快吃完饭，躺在海滩上晒太阳。埃尔西闭着眼睛，突然，她听到谁的说话声：

"这肯定是埃尔西，我们一直盼望着她来呢！"

"是的，是埃尔西。对，快去跟她握手！"

埃尔西很奇怪，睁开眼睛，啊，是两只大龙虾正背靠背坐着，一边说话，一边笑呢。

"您好，埃尔西！见到您太高兴了！"一只大龙虾伸出手来，噢，不是手，是大爪子。

埃尔西也很高兴，伸出手去和大龙虾握手。可是刚一握上，她"哇"地大叫起来。大龙虾钳子一样的爪子，一下子掐住埃尔西的手指，怎么也不肯松开。

"疼啊！快松手！"埃尔西眼泪也流出来了，"你这个坏东西！"

"真对不起！我只不过轻轻地掐您呀。您不也是很喜欢掐别人吗？正因为这样，我们才欢迎您来做我们的朋友。"

埃尔西好不容易才缩回手来。可把她疼坏了。这时，另一只大龙虾又伸出爪子，要和她握手。

"不，不，不跟你们握手。你们太凶恶了！"埃尔西气呼呼地说。

"这太不礼貌啦！"大龙虾也发脾气了。它走到埃尔西身边，伸出爪子掐她。啊，大龙虾掐得真狠呀！埃尔西疼得尖叫起来，"哎哟哟，疼啊！"她第一次明白，掐人是很疼的。

大龙虾很奇怪，忙问："怎么了，掐你，你不高兴吗？"

另一只龙虾忽然喊起来："瞧，螃蟹来了。螃蟹是我们的表哥，见到它们，您一定会高兴的。"

呀，真的有十几只螃蟹，一边朝她爬过来，一边还挥动着两只铁钳一样的大爪子在欢迎她。它们很快围住了埃尔西，开始掐她的腿，掐她的脚趾头。

"别掐了！疼死了，疼死了！讨厌呀，讨厌呀！"埃尔西赶紧把脚藏到身子下面。

"怎么，您不高兴吗？我们可太高兴啦。我们掐您，是欢迎您的到来呀！"一只螃蟹说，"您也应该掐我们。这是我们螃蟹的礼节！"

埃尔西狠狠地掐了这只螃蟹一下。可它的壳很硬，一点儿也不在乎。它反而抓住了埃尔西的大拇指，掐了一下。

"太有趣了，掐吧，轮流掐！"这只螃蟹大叫起来。

埃尔西和螃蟹轮流掐起来。大龙虾也参加了。你掐我一下，我掐你一下。这个游戏可真不合算。埃尔西的手、脚是软乎乎的，螃蟹、大龙虾每掐她一下，她都要疼得尖叫一声；她掐螃蟹它们一下，它们却像挠痒痒一样，都要"咯咯咯"笑起来。它们一边掐，一边说："欢迎，欢迎！欢迎埃尔西加入我们掐人的家族！"

"不，我不再掐人了！"埃尔西身上给掐得又红又肿。她哭了起来，"我不愿做你们的朋友。我再也不掐人了！"她拎起书包，朝这些可恶的家伙砸去。

"啊，埃尔西不掐人了，她不是我们的朋友啦！"螃蟹和大龙虾赶紧逃回海里去了。

从海边回来后，埃尔西再也不掐人了。因为小朋友的手脚都和她一样，是软乎乎的。

小朋友们也不觉得她讨厌了，大家都愿意跟她在一起玩了。

（【英】布莱特　马丽 译）

## 35. 百宝糖

糖果姑娘喜欢好宝宝,她送给好宝宝一盒百宝糖,对好宝宝说:"百宝糖里宝贝多,你要什么有什么。"

好宝宝脸蛋贴着盒子,说了一句:"我要飞!"盒子里就跳出一块泡泡糖,好宝宝含在嘴里,吹呀,吹呀,泡泡越吹越大,像一只大气球,带着宝宝飞上了天。

好宝宝在天上飞了大半天,觉得非常口干,脸蛋贴着盒子,喊了一声:"我口干!"盒子里跳出一粒橘子糖,橘子糖酸滋滋、甜蜜蜜,一吃,嘴不干了。

好宝宝在天上越飞越高,越高的地方越冷,冷得直发抖,他就拿出盒子抖了几抖,抖出了一团棉花糖,棉花糖又松又软,裹在身上,就像穿着一件大棉袄,再也不冷了。

好宝宝在天上玩得真开心,玩得有一点儿累了,忽然想起妈妈来了,他就拿出那团棉花糖当降落伞,飘飘荡荡地往下落,一落落到一座大山上。哪里知道这是一座猴山,猴子们看见从天上掉下个小朋友来,一起围过来,要他唱歌。好宝宝唱了一个歌,不行,还得唱第二个、第三个、第四个……好宝宝想不出来了,可是猴子们还叫他唱,不唱就不让他走。好宝宝有多着急呀,只好请百宝糖再帮忙,脸蛋贴着盒子,悄悄地说:"快,快给我想个法子!"盒子里忽然跳出一大把酒心巧克力,猴子们抢着吃,吃醉了,先是身子摇摇摆摆的,后来一个个倒在山坡上睡着了。好宝宝就趁这个机会,逃出这座猴山,跑回自己家里去。

好宝宝看到了好久不见的妈妈,大喊了一声"妈妈!"一边从盒子里拿出一颗甜心糖,塞到妈妈嘴里去,甜甜妈妈的嘴,甜甜妈妈的心,一边给妈妈讲了这盒百宝糖的故事。

(圣 野)

## 36. 狮子照哈哈镜

有件事情真好笑,小猫跟狮子比大小。

有一天,狮子抓住小猫,张开大嘴巴,想把他一口吞下去。

小猫喵呜喵呜叫:"你为什么吃我呀?"

狮子听了哈哈大笑:"那还用问,因为我大,你小。"

小猫说:"什么,什么,你大,我小?你一定是眼睛花了。明明是我大,你小。"

狮子听小猫这么一说,糊涂起来了。

小猫说:"你呀,眼睛只看见自己的爪子,你看不见自己的身子,怎么知道自己有多大呢?"

"对呀!"狮子想了一想说:"我看不见自己的身子,怎么知道自己有多大呢?"

小猫说:"我家有面镜子,你照一照,就知道自己有多大了。"

狮子从来没有照过镜子,他想,照镜子一定很有趣,就跟着小猫走,走呀走,一直走到小猫家门口。

小猫家的镜子可奇怪,正面可以照,反面也可以照,正面鼓起来,反面凹进去,电钮一按就转一转。

狮子,狮子,

快去瞧一瞧。

瞧瞧你自己,

是大还是小?

狮子走进屋子,在镜子前面一站,正好鼓起来的一面朝着他。他往镜子里一瞧,看见自己又矮又小,像只小老鼠。

小猫说:"你看明白了吧,你的个儿有多大?现在你站到旁边,让我来照镜子。"

小猫偷偷地把电钮一按,镜子转了一转,凹进去的一面朝着他。嗬,不得了,这镜子里的小猫比狮子还大呢。

狮子,狮子,

你快瞧一瞧。

我比你大呀,

还是比你小?

狮子站在旁边偷偷地瞧了一眼,看见镜子里的小猫这么大,这么高,嘴巴一张一张,真吓人。狮子以为小猫要来吃他了,转过身子就跑,一直跑到树林,再也不敢出来了。

你们见过小猫家的镜子吗?这种镜子叫作哈哈镜。你们在凹进去的一面照一照,就会变成个巨人,可是在鼓起来的一面照一照,恐怕要变成一只小跳蚤了。

(冰 子)

## 37. "小伞兵"和"小刺猬"

秋天,蒲公英妈妈的孩子们都长大了。他们每人头上长着一撮蓬蓬松松的白绒毛,活像一群"小伞兵"。许多小伞兵紧紧地挤在一起,就成了个圆圆的白绒球!

小伞兵有许多好朋友,那就是隔壁苍耳妈妈的孩子——小苍耳。小苍耳长得真奇怪,身体小小的,像个枣核,全身长满了尖尖的刺。小伞兵亲热地把他们叫作"小刺猬"。

有一天,一个顶小的小伞兵,对一个顶小的小刺猬说:"我妈妈说,我和哥哥们不会老在这儿住下去的。"

"为什么呢？"小刺猬不明白。

"妈妈说，我们必须分散到别处去，藏在泥土里，才会像妈妈那样，长成一棵真正的蒲公英。"

小刺猬听了，想了一想说："可是，你们怎么到别处去呀？"

小伞兵还没有来得及回答，突然一阵秋风吹来，把小伞兵头上的白绒毛吹得飘呀飘地。白绒球儿一下子散开了，一个个小伞兵就像真的伞兵那样，张着降落伞飞到天上去了。

顶小的伞兵飞在天空中，快乐地大声喊道："小刺猬，瞧，风伯伯带我们去旅行了！再见，再见！"

好朋友走了，小刺猬真冷清呀！他们也想出去旅行，可是他们没有小伞，不能跟着风伯伯走。

有一天，来了一只小鹿。小鹿轻轻地从苍耳妈妈身边擦过，没想到许多小刺猬就挂在小鹿的毛上了。因为小刺猬身上全是刺呀！

小刺猬好像骑着一匹大马，也快快乐乐地出门旅行去了。

小鹿不停地跑着，跑着。他忽然觉得身上有点儿痒，就靠在一棵小树上，轻轻地擦起痒来。擦呀擦的，这个顶小的小刺猬被擦了下来，落在一片草地上。

小刺猬刚想看看这里是个什么好地方，却听见有谁在说："咦，小刺猬，你怎么也上这儿来啦？"

小刺猬回头一看，啊呀，原来就是那个顶小的小伞兵！小伞兵躺在地上，已经有一半给土埋上了。

看到好朋友，小刺猬真是高兴极了。他连忙回答说："是小鹿把我带来的……"小伞兵和小刺猬又在一起了。风伯伯吹起又松又软的土，轻轻地盖在小伞兵和小刺猬的身上。

明年春天，小伞兵和小刺猬就会从泥土里钻出来。

到那个时候，小伞兵就是一棵真正的蒲公英了，像他的妈妈那样，长着有刺的叶子，开着美丽的小黄花。

小刺猬也是一棵真正的苍耳了，像他的妈妈那样，长着带锯齿的心脏形的叶子，开着绿色的小花。

（孙幼忱）

## 38. 不用嘴巴的歌唱家

"知了！知了！"

知了穿着绿衣服，背部夹杂棕色，披上薄纱般的翅膀，六只脚抓住柳树的树干。

天气越热，歌儿唱得越响亮。好像嚷着：

"热呀，热呀！"

蝴蝶在花丛间飞舞，听见知了的歌声，张开美丽的翅膀飞过来，远远地招呼他："喂，你的歌儿唱得太响亮，会把喉咙喊哑的。"

知了停止唱歌，说："你说什么，喉咙怎么会喊哑！"

"你用嘴巴唱歌，唱得太响亮了，会把喉咙喊哑呀！"

"嘿，"知了笑了出来，伸出又硬又尖的嘴巴，说，"我不用嘴巴唱歌，知道吗？"

蝴蝶飞呀飞，绕着知了兜圈子，可没有发现他怎么唱歌的。"不用嘴巴唱歌，怎么发出声音来？"

知了侧转身体，腹部是淡淡的绿色，说："喏，在这里。"

"肚子也会唱歌？"蝴蝶惊奇地问。

"对啦！我的肚子上，有两片圆形的盖板，里面长着薄薄的声鼓，一收一缩，就能唱出嘹亮的歌声。"

"好家伙，不用嘴巴用肚子唱歌，真能干！"

"不用嘴巴唱歌的不仅是我，还有蝈蝈呢！"

蝴蝶飞去找蝈蝈。蝈蝈的家，在碧绿的大豆地里。微风轻轻地吹着，豆叶像碧绿的波浪起伏翻滚，发出一阵阵清脆的歌声。蝴蝶飞呀飞，细心地寻找，可蝈蝈穿的一套绿衣裳，跟豆叶的颜色一模一样，多难找哇。找哇找，蝴蝶飞累了，停在一张豆叶上透口气，说："找了老半天找不到，真难找。"

"你找谁？"旁边的豆叶丛里，蝈蝈竖起两根细长的须须——触角；长方形的头部，黑亮的眼睛忽闪忽闪的。

"就找你，蝈蝈！"

"天气这么热，找我干吗？"

"找你就是有事情呀！"

"什么事情你说出来吧。"

蝴蝶不回答，只是飞到蝈蝈的身边，向他上下左右地打量。蝈蝈的翅膀短短的，后腿特别粗壮而长，肚子又胖又光滑，生有一些小斑点。

"朋友，尽呆看干啥！"

"你不用嘴巴唱歌吗？"

"是的。"

"我以为你也用肚子唱歌呢。"蝴蝶说，"可你的肚子上不生盖板，当然也没有声鼓。你是怎么唱歌的？"

"嘻嘻，你为什么不早说。"蝈蝈扇动那短短的翅膀，一开一合，"刮刮刮"的歌声响了，怪轻松的样子。

蝴蝶欣喜地说："你的翅膀能发声，是用翅膀唱歌的歌唱家，多能干！"

"不，"蝈蝈说，"蝗虫也不用嘴巴唱歌的。"

"我去看看蝗虫是怎样唱歌的，再会！"蝴蝶说，"蝗虫的家在哪里？"

"蝗虫是个流浪汉，飞东飞西，你到各处找找吧！"

蝴蝶飞来飞去，到处的找，找不到蝗虫。她没精打采地经过稻田，听见稻株折断的声音。她飞下去一看，不错，正是蝗虫。

蝗虫头大，头顶有粗大的条纹，深黄的牙齿尖利无比，肚子光滑，后腿粗长有劲。

"蝗虫！"

"……"

"蝗虫，你不用嘴巴唱歌吗？"

"你看看，我并不闲着。"

"那你用什么唱歌的？"

"小东西，别急。"蝗虫粗暴地打断他的话，自顾自贪心地啃咬稻叶，咬呀咬，直到塞得肚皮胖鼓鼓的，装不下了，才对蝴蝶说："你说些什么？"

"你也用翅膀唱歌吗？"

"我唱歌，单靠翅膀不行，还得请后腿帮忙。"

蝴蝶更惊奇啦："翅膀和后腿唱歌！"

"看！"蝗虫举起后腿，像一张小提琴的弓，靠近翅膀不断地摩擦——拉着，唱着歌："沙拉拉，沙拉拉！"

蝗虫说："你一定听到了美妙的歌声。"

"听到了。"蝴蝶说，"可是，还有不用嘴巴唱歌的虫儿吗？"

蝗虫不回答，跳到别处去了。

蝴蝶飞呀飞，飞了一段路，累了，停在金黄色的向日葵花朵上。忽然传来一阵"嗡嗡嗡"的歌声，越近越响。一会儿，几只蜜蜂从半空中降落下来：

"蝴蝶，你好！"

"你们都是歌唱家，一路唱着歌飞来，歌儿唱得不错。"蝴蝶说，"'嗡嗡嗡'朋友，你们是用嘴巴唱歌的吗？"

一只蜜蜂说："我不用嘴巴唱歌。"

"你们的肚子没有盖板，也没有声鼓，想来是用翅膀唱歌的。"

"也不是。"另一个蜜蜂说："我们大伙儿，飞行时翅膀振动很快，每秒钟振动两百多次，振动时就会发出声音——唱歌。"

"这倒不错。我也有宽大的翅膀，让我学习振动翅膀唱歌吧！"蝴蝶飞离向日葵，扑开翅膀使劲地飞呀飞。她认真地听，怎么也听不到声音。

"朋友，我的翅膀比你们大得多，为什么发不出声音？"蝴蝶失望地问。

"你飞行的时候,每秒钟振动翅膀五六次,最快不超过十次,太慢了。"蜜蜂回答。

蝴蝶羡慕地说:"蜜蜂是空中的歌唱家!"

(阳 光)

## 39. 浪娃娃

大海妈妈有许多许多孩子,它们就是浪娃娃。

浪娃娃爱蹦爱跳爱唱歌。它们的玩具多极了,单说贝壳就有千千万万种;它们还拿海带拔河玩呢。

浪娃娃常常跑到海边去玩,可是一到堤岸前就赶紧往回跑。大海妈妈说了又说:"孩子,你们可不能上岸去玩啊!"

一个最小的浪娃娃,哥哥姐姐都管它叫小不点儿。这个小不点儿看见岸上的房子、树木,还有穿得花花绿绿的小朋友,心想:要是上岸玩玩去该多好!它缠着大海妈妈说:"妈妈,你让我上岸玩玩去嘛!"大海妈妈说:"不行,不行!你不能离开妈妈,要不你会碰到危险的。""危险我不怕!""不怕也不行,反正妈妈不让你上岸去。"

可是小不点儿还是想上岸去。一天,它来到堤岸跟前,猛地一跳,跳得半天高,又往前一扑,就上了岸了。哥哥姐姐都来不及拉住它。

"浪娃娃来了,浪娃娃来了!"岸上的小朋友们拍着巴掌欢迎小不点儿,"浪娃娃,快来跟我捉迷藏好吗?"

小朋友们正说着话,咦,浪娃娃不见了。小朋友们找来找去没找着它。堤岸上有一座古老的石头房子,小朋友们问石头房子:"浪娃娃藏在你这儿吗?"石头房子说:"没有,没有。你们瞧,堤岸上一片湿淋淋的。是浪娃娃的汗水吧,可是它跑到哪儿去了呢?"

浪娃娃小不点儿到哪儿去了?只有太阳公公知道,是太阳公公把它一变,变成一个没有影子、谁也看不见的孩子,像一阵轻轻的风,飘来飘去。

小不点儿飘过田野,飘过草原,看到许多新鲜玩意儿。一天它飘到一个大城市里,这儿人可多了,车可多了,不过谁也看不见它,也碰不着它。

小不点儿在大街上飘来飘去,东瞧瞧,西瞧瞧。忽然一辆小车子开过来,嘟嘟……小不点儿心想:"我还没坐过车子呢。"就一跳跳到小车子里去。车子里一个小女孩正坐在妈妈身边,听妈妈讲故事。小不点儿就坐在小女孩和她妈妈的中间,听起故事来。小女孩和她妈妈都没看见小不点儿,只觉得车子里怎么挤了起来。

小车子开过玩具店的时候,正好故事讲完了。小不点儿从窗口跳出来,飘到玩具店里去。太棒了!那么多好看好玩的玩具,要是全玩过来,得花上一个月时间;要是全买回去,得装五十辆大卡车。小不点儿忽然看见架子上放着一只海螺,忍不住叫了起来:"这是我家的玩具呀!"它就把海螺拿在手里,呜呜呜呜吹起来。营业员阿姨看不见浪娃娃,只看见海螺自己从架子上飘下来停在空中,自己呜呜呜呜地叫,可不惊呆了。她赶快给电视台的叔叔打电话,请他把这件怪事拍下来。可惜等电视台的叔叔赶到,那只海螺已经自己回到架子上去了。当然,这是小不点儿放回去的。

浪娃娃小不点儿一吹海螺,就想起大海妈妈来了,想起哥哥姐姐来了,想得真厉害!回家去,得马上回家去!

还是太阳公公帮的忙,把浪娃娃小不点儿托得很高很高。"一二三,跳!"小不点儿从天空往下跳,正好跳在大海妈妈的怀里,它又变成看得见的浪娃娃了。

这会儿很静很静,哥哥姐姐都竖着耳朵,听小弟弟讲在岸上看见的事儿。大海妈妈也听着,听得咧开了嘴。

(鲁 兵)

## 40. 圆圆和方方

有一天夜里,象棋正好跟陆军棋放在一起。象棋棋子是圆的,叫圆圆;陆军棋棋子是方的,叫方方。圆圆跟方方没事儿就开始聊天啦。

圆圆觉得自己的本领大,对方方说:"你瞧瞧,世界上到处都是我圆圆的兄弟姐妹——汤圆是圆的,乒乓球是圆的,脸盆、饭碗、茶杯是圆的,就连地球、太阳、月亮也都是圆的!"

方方听了不服气,说道:"你瞧瞧,世界上到处都是我方方的兄弟姐妹——书是方的,报纸是方的,床是方的,毛巾是方的,铅笔盒、信封、汉字是方的,就连天安门广场也是方的!"

他俩都觉得自己的本领大,争着吵着,争累了,吵累了,就睡着了。圆圆睡着了,做了个梦,梦见自己来到农村。圆圆一看,成块成块的田都是方的。圆圆很不高兴,说声"变",就叫那些田都变成圆形的。这下子,圆圆可高兴啦。可是,他听见一个不高兴的声音:"是谁把田都变成圆的?这么一来,圆跟圆之间多出来一大块地。一大块空地,怎么行呢?太浪费土地啦!"圆圆一看,原来是农民伯伯在说话。只听见农民伯伯说声"变",田地重新变成方的,一块紧挨着一块,中间只留下一条细长的田埂,好让人们走路。

想不到方方睡着了,也做起梦来。方方梦见自己在公路上遇到一辆自行车。他一看见自行车的车轮圆圆的,心里就火了。他说声"变",自行车的车轮一下子就变成方的了。这时,自行车马上倒在地上。那骑自行车的阿姨从地上爬起来,非常生气,问道:"是谁把我的车轮变成方的?方的车轮怎么滚动呀?"阿姨说声"变",把车轮重新变成圆的,骑着自行车飞快地跑了。

嘿嘿，圆圆这时候又做起梦来。圆圆梦见自己来到建筑工地，一看，一大堆砖头，都是方的，他们是方方的小哥哥吧。圆圆气坏了，正想喊"变"，建筑工人叔叔不同意，说道："砖头不能做成圆形的。方的砖头能够挨个儿紧紧地砌在一起，墙壁才结实，所以我们要方的不要圆的！"圆圆听了，很不服气，还是大声地喊"变"，这一来可不得了，整座大楼轰的一声，倒下来，把圆圆压在下面……

圆圆大哭起来，哭声把方方吵醒了。方方问圆圆为什么哭，圆圆不好意思地把自己做的梦告诉了方方。

方方一听，脸也红了，不好意思地把自己做的梦也告诉了圆圆。

从此，圆圆跟方方再也不吵了，互相尊重，互相学习，因为他们俩懂得，圆圆有圆圆的优点，方方也有方方的优点。

他们俩开始愉快地合作。

在算盘里，圆圆的算盘球住在方方的算盘框里，三下五除二，飞快地计算着。在汽车中，方方的车厢坐在圆圆的车轮上，"嘟嘟——"飞快地前进。还有，方方的电子仪器住在圆圆的人造卫星里。这时，圆圆的卫星在天上飞行，方方的电子仪器用无线电波把天上的新鲜事儿，告诉你和你的小伙伴。

（叶永烈）

## 41."咕 咚"

湖边有棵木瓜树，树旁住着小白兔。一天，一只熟透了的木瓜，被风一吹，从树上掉下来，"咕咚"一声，正好掉在湖里。

小白兔听到那"咕咚"一声，吓了一跳，不知道发生了什么事情，拔腿就跑。一只狐狸看见小白兔慌慌张张逃跑，很是奇怪，忙问："你跑什么呀？出了什么事情了？"小白兔一边跑一边喘着气："'咕咚'——'咕咚'——"狐狸看到小白兔那副惊慌样子，以为"咕咚"是个很厉害的东西，吓了一跳，也跟着跑起来。

一只猴子看到小白兔和狐狸没命地跑，忙赶上去问："你们跑什么呀？出了什么事了？"狐狸说："'咕咚'来了！"猴子也不知道"咕咚"是什么，心想，狐狸吓得这个样子，"咕咚"一定是很厉害的东西，也跟着跑起来。

路上，它们又碰到狗熊、梅花鹿、老虎。老虎看它们没命地跑，忙问："你们跑什么呀？出了什么事了？"

狐狸说："'咕咚'来了！"它们一个个都说不清"咕咚"是什么，大家也都跟着没命地跑了。

最后，它们碰到了一只长毛狮子。长毛狮子拦住它们说："什么东西把你们吓成这个样子？"

这时候，它们已经跑得上气不接下气了："不得了，'咕咚'来了！"

长毛狮子又问："'咕咚'是什么？在哪里呀？"它问老虎，老虎说不知道；问梅花鹿，梅花鹿说不知道；狗熊、猴子、狐狸也都说不知道。最后问到小白兔，小白兔说："那'咕咚'就在我住的那湖边。"

长毛狮子说："那好，你带我们去瞧瞧。"

小白兔说："不行！不行！那个'咕咚'太可怕了。"

长毛狮子说："不怕，有我呢！"

小白兔没办法，只好带了大家来到湖边，大家东瞧瞧，西瞧瞧，咦，哪有什么"咕咚"啊！这时候正好有一只熟透了的木瓜，被风一吹，掉到湖里，又响了"咕咚"一声。这一来啊，大家才把事情弄明白了。

（根据西藏民间故事改编）

## 42. 破鸟蛋

斑鸠的爸爸和妈妈回家的时候，发现鸟巢里小心放好的蛋全被打破了！鸟巢的旁边，有马的脚印。于是，斑鸠夫妻就到马住的地方去。

斑鸠问："马呀，马呀！你为什么踩了我们的巢呢？我们心爱的蛋全都被你打破啦！"

马回答说："哎呀，真是太对不起了！都是因为鸡那家伙'咯咯咯'地大声嚷嚷，我吓得冲出去，才踩了你们的巢啊！"

斑鸠问："鸡呀，鸡呀！你为什么'咯咯咯'地大声嚷嚷呢？害马吓得冲出去，踩了我们的巢，把我们心爱的蛋都打破啦！"

鸡回答说："哎呀，真是太对不起了！都是因为猴子那家伙从树上丢椰子下来，我吃了一惊，才大声嚷嚷啊！"

其他的鸡也说："是呀！我们以为是地震，所以才大声嚷嚷啊！"

斑鸠问："猴子呀，猴子呀！你为什么从树上丢椰子下来呢？害鸡吃了一惊，大声嚷嚷，结果马吓得冲出去，把我们心爱的蛋都打破啦！"

猴子回答说："哎呀，真是太对不起了！我想摘椰子当点心，水牛'呼'地一声撞上椰子树，我吓了一大跳，不小心就让椰子掉到地上啦！"

斑鸠问："水牛呀，水牛！你为什么撞上椰子树呢？害猴子吓一跳，把椰子掉地下，害鸡吃了一惊，大声嚷嚷，结果马吓得冲出去，把我们心爱的蛋都打破啦！"

水牛回答说："哎呀，真是太对不起了！都是因为蛇那家伙忽然出现，想钻进我的鼻孔。我吓得拔腿就逃，'呼'地一声就撞上椰子树啦！"

斑鸠问："蛇呀，蛇呀！你为什么要钻进水牛的鼻孔呢？害水牛吓得拔腿就逃，撞上椰子树，害猴子把椰子掉地下，害鸡大声嚷嚷，结果马吓得冲出去，把我们心爱的蛋都打破啦！"

蛇回答说："哎呀，真是太对不起了！都是因为乌龟那家伙背着壳，往我身上踩。我怕被它踩扁了，只好赶快躲起来啊！"

斑鸠问："乌龟呀，乌龟！你为什么要去踩蛇呢？蛇为了躲开，就往水牛的鼻孔钻，水牛吓得撞上椰子树，害猴子把椰子掉地下，害鸡大声嚷嚷，结果马吓得冲出去，把我们心爱的蛋都打破啦！"

乌龟回答说："哎呀，真是太对不起了！都是因为萤火虫那家伙带着火把到处飞，我怕背上的壳给它烧了，才赶快动身搬家啊！"

斑鸠问："萤火虫呀，萤火虫！你为什么带着火把到处飞呢？害乌龟急着搬家，却踩到蛇，蛇赶紧躲进水牛的鼻孔，水牛吓得撞上椰子树，害猴子把椰子掉地下，害鸡大声嚷嚷，结果马吓得冲出去，把我们心爱的蛋都打破啦！"

萤火虫回答说："哎呀，真是太对不起了！都是因为蚊子那家伙要叮我们，我们不带着火把到处飞不行啊！"

斑鸠问："蚊子呀，蚊子！你为什么要叮萤火虫呢？萤火虫不得不带着火把到处飞，害乌龟急着搬家，却踩到蛇，蛇赶紧躲进水牛的鼻孔，水牛吓得撞上椰子树，害猴子把椰子掉地下，害鸡大声嚷嚷，结果马吓得冲出去，把我们心爱的蛋都打破啦！"

蚊子回答说："哎呀，真是太对不起了！都是因为小安安把蚊帐挂起来，我们除了萤火虫，就没有谁可以叮啦！"

斑鸠问："小安安呀，小安安！你为什么要挂蚊帐呢？害蚊子没有人可以叮，只好去叮萤火虫，萤火虫带着火把到处飞，吓到乌龟，乌龟急着搬家，却踩到蛇，蛇赶紧躲进水牛的鼻孔，水牛吓得撞上椰子树，害猴子把椰子掉地下，害鸡大声嚷嚷，结果马吓得冲出去，把我们心爱的蛋都打破啦！"

小安安回答说："我不想被蚊子叮嘛！"

斑鸠夫妻听了，就只好回到破鸟蛋的地方了。

（【日】小野薰　　林宜和 译）

## 43. 两只笨狗熊

狗熊妈妈有两个孩子，一个叫大黑，一个叫小黑，它们长得挺胖，可是都很笨，是两只笨狗熊。

有一天，天气真好，哥儿俩手拉手一起出去玩儿。它们走着，走着，忽然看见路边有一块干面包，捡起来闻闻，嘿，喷喷香。可是，只有一块干面包，两只小狗熊怎么吃呢？大黑怕小黑多吃一点儿，小黑也怕大黑多吃一点儿，这可不好办啊！

大黑说："咱们分了吃，可要分得公平，我的不能比你的小。"

小黑说:"对,要分得公平,你的不能比我的大。"

哥儿俩正闹着呢,狐狸大婶来了,她看见干面包,眼珠骨碌碌一转,说:"噢,你们是怕分得不公平吧,让大婶来帮你们分。"哥儿俩说:"好,好,咱们让狐狸大婶来分吧。"

狐狸大婶接过干面包,恨不得一口吞下去,可是它没有这样做,它一下子把干面包分成两块,哥儿俩一看连忙叫起来:"不行!不行!一块大,一块小。"

狐狸大婶说:"你们别着急,瞧,这一块大一点儿吧,我咬它一口。"狐狸大婶张开大嘴巴,啊呜,咬了一口。哥儿俩一看,又叫起来了:"不行,不行,这块大的被你咬了一口,又变成小的了。"

狐狸大婶说:"你们急什么呀,那块大了,我再咬它一口吧。"狐狸大婶张开大嘴巴,又啊呜咬了一口,哥儿俩一看急得叫起来:"那块大的被你咬了一口,又变成小的了。"

狐狸大婶就这样这块咬一口,那块咬一口,干面包只剩下小手指头那么一点儿了。它把一丁点儿大的干面包分给大黑和小黑,说:"现在,两块干面包都一样大小了。吃吧吃吧,吃得饱饱儿的。"

大黑和小黑你看看我,我看看你,一句话也说不出来。

小朋友说说看,它们是不是两只笨狗熊?

(匈牙利民间故事)

## 44. 聪明的阿凡提

从前,新疆有个非常非常聪明的人,名字叫阿凡提。那时候有个皇帝,皇帝很坏,尽欺压老百姓,可是老百姓不敢说皇帝的坏话,谁说了,谁就要被杀头。阿凡提可不怕,他骑了一只小毛驴,走到哪里,就在哪里说皇帝的坏话。这事儿给皇帝知道了,他就派人把阿凡提找来。

皇帝说:"阿凡提,有人说你很聪明,我要考考你。如果你回答不出我的问题,我就要杀掉你!"

阿凡提听了,说:"皇上,你考吧。"

皇帝问:"天上有多少星星?"

阿凡提回答:"天上的星星和你的胡子一样多。"

"那么我的胡子有多少呢?"

阿凡提想了一想,一手抓起他那小毛驴的尾巴,一手指着皇帝的下巴,说:"你的胡子就和这尾巴毛一样多。要是不相信,你就数一数。"

驴子的尾巴毛怎么数得清呀,皇帝发了火,就叫人把阿凡提绑起来,押出去杀头。

可是阿凡提一点也不害怕，他还哈哈大笑呢！

皇帝觉得奇怪，就问："阿凡提，你快要死了，为什么还哈哈大笑呀？"

阿凡提说："我早就知道自己今天要死了。我不光知道自己哪一天死，还知道你哪一天死呢。"

皇帝吓了一跳，说："真的？"

阿凡提说："当然是真的。"

皇帝急忙问他："快说，快说，我哪一天死？"

阿凡提说："你比我晚死一天。我今天死了，你明天就要死了。"

皇帝听了阿凡提的话，吓得浑身发抖，连忙喊叫："快把阿凡提放了，快把阿凡提放了。阿凡提呀，你千万不能死啊，你一死了，我第二天就要死了。你，你，你顶好再活一万年，那我就可以再活一万年零一天了。你行行好吧，我给你许多许多金银财宝。"

皇帝真的给了阿凡提许多许多金银财宝，阿凡提把这些金银财宝都送给穷苦的老百姓了。

## 45. 金色的房子

田野里有一座金色的房子，红的墙，绿的窗，金色的屋顶亮堂堂，太阳一出来，照得一闪一闪的，漂亮极了。有一个小姑娘，她就住在这金色的房子里。

每天早晨，她提着一只花篮，到草地上去采花。

一天，小姑娘又去采花了，一只小羊跑过来对她说：小姑娘您早！您那金色的房子真好，红的墙，绿的窗，金色的屋顶亮堂堂！

一只小鸟飞来对她说：小姑娘，您早！您那金色的房子真好，红的墙，绿的窗，金色的屋顶亮堂堂！

一只小狗跑过来对她说：小姑娘，您早！您那金色的房子真好，红的墙，绿的窗，金色的屋顶亮堂堂！

一只小猴跑过来对她说：小姑娘，您早！您那金色的房子真好，红的墙，绿的窗，金色的屋顶亮堂堂！

小姑娘听到小羊、小鸟、小狗、小猴都说她的房子好，心里真高兴，就带了小羊、小鸟、小狗、小猴一起唱歌，一起跳舞。

快到中午了，小姑娘要回家了，小羊、小鸟、小狗、小猴给她采了许多花，一直送她到金色的房子跟前。

小鸟说：小姑娘，让我进去玩吧！小姑娘说：不行，你扑棱扑棱地乱飞，会把我的房子弄脏的。

小狗说：小姑娘，让我进去玩吧！小姑娘说：不行，你汪汪汪地乱叫，会闹得我睡不着觉的。

小猴和小羊说：小姑娘，让我们进去玩玩吧！小姑娘说：那更不行，你们啪嗒啪嗒地乱跑，会把我家的地板踩坏的。

小姑娘说完了话，就自个儿走进房子里去，"嘭"的一声，关上了大门。小姑娘在家唱了一会儿歌，可是没人听她的；跳一会儿舞，可是没人看她的。她觉得闷极了。她打开窗子一瞧，小羊、小鸟、小狗、小猴在草地上玩得正热闹呢，小鸟飞着叫着，小狗跳着唱着，小猴骑在小羊的背上，像个猎人，多神气。

小姑娘悄悄地打开门，悄悄地走出去，悄悄地走近草地。小羊看见她，说：小姑娘，快来，快来，跟我们一起玩儿呀！小鸟看见她，说：小姑娘，快来，快来，跟我们一起玩吧！小狗和小猴也都欢迎她。小姑娘说：请你们到我家去玩吧！小鸟问：你不怕我弄脏你的房子？小姑娘摇摇头。小狗问：你不怕我闹得你睡不着觉吗？小姑娘摇摇头。小羊和小猴问她：你不怕我们踩坏你家的地板吗？小姑娘又摇摇头。大伙儿都高兴极了，一起跟着小姑娘到金色的房子里去。他们一起唱歌：红的墙，绿的窗，金色的屋顶亮堂堂。

（阳 光）

## 46. 猜猜我有多爱你

小兔子要上床睡觉了，他紧紧地抓住兔妈妈的耳朵，要妈妈好好地听他说。

"猜猜我有多爱你？"小兔子问。

"噢，我猜不出来。"兔妈妈笑眯眯地说。

"我爱你有这么多。"小兔子使劲地伸开手臂。

兔妈妈也伸开手臂，哇，兔妈妈手臂长多了。兔妈妈说："瞧，我爱你更多呢！"

小兔子想了想踮起脚，把手高高地举起来。"我爱你，就像我举的那么高。"

"我爱你，就像我举的那么高。"兔妈妈不用踮起脚，就把手举得很高很高，好像摸到天花板啦。

小兔子有了好主意，他爬到床上，倒立起来说："我爱你，就像我的脚指头那么高。"

兔妈妈抱起小兔子，把它高高地抛起来，说："我爱你，到你的脚指头那么高。"

小兔子笑起来说："我爱你，像我跳得那么高。"小兔子使劲地跳，使劲地蹦。

兔妈妈笑着说："我爱你，像我跳得那么高。"妈妈轻轻地一跳，就跳得很高很高，这回真的要到天花板了。

小兔子想，我要是能跳得像妈妈那样高就好啦。小兔子动脑筋想了一想叫起来："我爱你，出了门口，过了小路，一直到小河边上。"

兔妈妈哈哈笑起来，说："我爱你，一直过了小河，越过大山，到了山的那一边。"

小兔子说累了，他躺到床上打了个哈欠，轻轻地说："妈妈，我爱你，从这里一直到月亮。"

"噢，那么远。"兔妈妈和小兔一起躺下，搂着小兔子亲了亲说："真的非常远，非常远。"

兔妈妈听见小兔子打起了呼噜。给他盖上被子，小声地说："好孩子，我爱你，从这里到月亮，再……绕回来。"

（【英】山姆·麦克布雷尼　梅子涵 译）

## 47. 月亮，生日快乐

一天晚上，小熊看着天空，想给月亮送一份生日礼物，这难道不是件很棒的事儿吗？但是，小熊不知道月亮的生日是哪一天，也不知道给他什么礼物好。所以，他爬上一棵高高的树，要跟月亮聊天。

"嗨，月亮！"他大喊道。

可是月亮没有回答。

也许我离他太远了，小熊想，月亮听不见我说话。

所以，小熊划船渡过小河……穿过树林……爬上山冈。

现在我离月亮近多了，小熊想。他再次大喊道："嗨！"

这一回，从另一个山头传来了回声："嗨！"

小熊兴奋极了。哦，真棒！他想，我在和月亮说话呢。

"告诉我，"小熊问，"你的生日是哪一天？"

"告诉我，你的生日是哪一天？"月亮回答道。

"哦，我的生日刚刚好就是明天啊！"小熊说。

"哦，我的生日刚刚好就是明天啊！"月亮说。

"你想要什么生日礼物呢？"小熊问。

"你想要什么生日礼物呢？"月亮问。

小熊想了一会儿，回答说，"我想要一顶帽子。"

"我想要一顶帽子。"月亮说。

哦，真棒！小熊想，现在我可知道给月亮送什么生日礼物了。

"再见。"小熊说。

"再见。"月亮说。

小熊回到家里，把小猪储藏罐里的钱都倒了出来。然后，他跑到商店，给月亮买了一顶漂亮的帽子。

那天晚上，他把帽子挂在树梢上，好让月亮找到，然后就等在一边看。月亮慢吞吞地爬过来，穿过树梢，试了试帽子。

"哇！"小熊欢呼着，"戴起来刚刚好哎！"

小熊回去睡觉的时候，帽子从树上掉了下来。早晨，小熊发现帽子在自己的门口台阶上。

"这么说，月亮也送了我一顶帽子？"小熊吃惊地叫着。他试了试帽子，戴起来刚刚好哎。

但正在那时，风把帽子从他头上吹走了。他跟在后面追着，但帽子还是被吹走。

那天晚上，小熊划船渡过小河……穿过树林……爬上山冈，去跟月亮说话。

好长一阵子，月亮都没有跟他说话，小熊只好先开口了。

"嗨！"他大喊道。

"嗨！"月亮回答道。

"我把你送我的那顶漂亮帽子弄丢了。"

"我把你送我的那顶漂亮帽子弄丢了。"

"没关系，我还是一样爱你！"

"没关系，我还是一样爱你！"

"生日快乐！"小熊说。

"生日快乐！"月亮说。

(【美】弗兰克·艾许　匙河 译)

## 48. 大风天

风刮了起来。它刮弯了树枝，刮响了树叶，也刮掉了鼹鼠头上的草帽。哦，我们的鼹鼠先生刚从地洞里出来，想到外边走走呢。

"哟，天哪！"鼹鼠叫了起来，"天要下雨了！要是没草帽护着脑袋，准会感冒的。"于是，鼹鼠抬起腿，顺着风，去追赶自己的草帽。

鼹鼠在森林里跑啊跑，突然，老鼠毛蹄在一朵大蘑菇后面问他："哎，鼹鼠先生，风这么大，你往哪儿跑？"

"哦，我找我的草帽呢。我必须在下雨前找到它。"鼹鼠答道，"你能帮我一起找吗？"

"当然可以。"老鼠毛蹄说，"不过，知更鸟太太正在孵卵，我得把这朵大蘑菇送给她做伞。这样吧，知更鸟太太的家就在远处那棵大橡树下，我先陪你到那儿去吧。"

于是，鼹鼠先生和老鼠毛蹄一蹦一跳地穿过树林，来到小河边。在河边，他们遇到了青蛙蒂姆。

"你们两位到哪儿去？"青蛙蒂姆问。

"去找我的草帽。"鼹鼠说,"你能帮个忙吗?"

"当然可以。"蒂姆说,"不过,我得先给知更鸟太太送点草莓,给她当早点。这样吧,我可以先陪你们到那棵大橡树下。"

于是,鼹鼠先生、老鼠毛蹄、青蛙蒂姆一起急急忙忙地赶起路来。一会儿,松鼠萨利从树洞里探出脑袋,尖声问:"请问,你们三位去哪儿?"

"我的草帽被风刮走了,我得在下雨前把它找回来,"鼹鼠先生说,"不然我会感冒的。你能帮个忙吗?"

"没问题。"松鼠萨利说,"不过,我得先把这个核桃面包送给知更鸟太太。我可以先陪你们走到那棵大橡树下。"

这时,风在号叫,天色也越来越暗。鼹鼠先生不禁叹起气来:"看来,我的帽子怕是找不回来了。"他一面叹气,一面对伙伴说:"我们还是快点走吧,不然,都要挨雨淋的!"

不一会儿,他们就到了那棵大橡树下。知更鸟太太的家就在树上。他们停了下来,老鼠毛蹄送上了大蘑菇,青蛙蒂姆送上了草莓,小松鼠萨利送上了核桃面包。鼹鼠先生想:要是我也有一件东西送给知更鸟太太做礼物,该有多好!

想着想着,鼹鼠抬起了头。"哇!"鼹鼠差点儿叫起来。原来,他发现了自己的草帽就在那棵大橡树上。知更鸟太太就坐在草帽里,里边还传出叽叽叽的叫声。

"哎,鼹鼠先生,那是你的草帽吗?"青蛙蒂姆眼尖口快。

"没错,"鼹鼠说,"不过,它已经派上了用场。"

这时,知更鸟太太从草帽里伸出脑袋来说:"真感谢你们几个啦!这么大的风,你们还来看我。我的小宝贝们刚刚出壳,可大风把我的房子全刮坏了。也巧,这顶美丽的草帽飞来了,它正好可以当我的新家,我的小宝贝们得救了。要说礼物嘛,这顶草帽可是最好的礼物!"

听到这儿,鼹鼠先生笑了:"我的草帽真是派上了用场。草帽里暖暖和和的,你的小宝贝就不会感冒了。"

风还在吹打着树叶。鼹鼠先生灵机一动,摘下一片大树叶,遮在头上以防感冒。在回家的路上,他高兴地对伙伴们说:"草帽嘛,我还可以再做顶新的。"

(【美】盖·塞尔策　徐海涛 译)

## 49. 桃树下的小白兔

远远的,滚来一个雪球。

哟,不是雪球,是一只小白兔,连蹦带跳地跑了过来。

老桃树摇着树枝,说:"小白兔,你就住在我这儿吧!这儿多美呀,有草地,有鲜花。还有一条小溪,整天叮叮咚咚弹着琴。"

小白兔点点头,就在老桃树的树根旁边挖了个洞,住了下来。

一天,小白兔跑到水塘边,一瞧,它映着蓝天、白云。咦,怎么还有一片粉红色的东西?

小白兔抬头一望,啊,原来是一树桃花。暖和的风吹过,花瓣落了下来,好像下了一场粉红色的雪。

小白兔拾起花瓣,想起许多朋友。"我要把这些花瓣寄给我的朋友。"

小白兔在每一个信封里,装进一片花瓣,再把信往天上一撒,说:"飞吧,飞吧,快飞到朋友们的身边去!"

老山羊正在看书,小白兔的信飞来了。

老山羊拆开信封,一片花瓣轻轻地落在他的书上。

"啊,这是一张书签哪!往后,我一翻开书,就能看见这张漂亮的书签,有多好呀!"

小猫望着天空,她在想心思:明天是她的生日,得打扮得漂漂亮亮的,要是有只好看的发夹,那有多美。

小白兔来信了,那是一片花瓣。

小猫乐得跳了起来:"这正是我想要的发夹,还是粉红色的呢!"

小松鼠坐在树枝上,听妈妈给他讲故事。

小白兔来信了。

小松鼠见到那粉红的花瓣,嚷着说:"这是一把小扇子吗?真好真好!妈妈,到了夏天,你给我讲故事的时候,我给你扇凉风。"

小鸡们有了一顶太阳帽,那就是小白兔寄来的花瓣。

他们春游去。这顶太阳帽,你戴一会儿,我戴一会儿;你和我都变得更美丽了。

"睡吧,我的宝贝……"金龟子妈妈唱着摇篮曲。

可是小金龟子老睡不着,原来那果壳做的摇篮太硬了。

就在这时候,小白兔来信了。金龟子妈妈看见那片花瓣,说:"这是小宝贝的摇篮呀!"

小金龟子躺在新的摇篮里,软软的,还有点香味呢,他一会儿就睡着了。

小蚂蚁也收到了小白兔寄来的花瓣,他说:"这是一只小船呀!我正好乘了它,到水塘对岸搬粮食去。"

粉红色的小船,在水塘里漂呀,漂呀,风儿吹得它轻轻打转,真好玩。

一天早晨,一支有趣的队伍来到小溪边。

老山羊挟着书,书里露出半张粉红色的书签。

小猫戴着一只粉红色的发夹。

小鸡戴着一顶粉红色的太阳帽。

小松鼠拿着一把粉红色的扇子。

金龟子妈妈背着一只粉红色的摇篮，摇篮里，躺着她的小宝贝。

小溪里还漂来一只粉红色的小船，小船上乘坐着很多蚂蚁。这是到哪里去春游啊？他们说："我们要去小白兔的家！"

大家围着小白兔说："谢谢你寄给我们的礼物！"小白兔笑了，说："呀呀，我给你们寄去的，是桃花瓣呀！可是你们，嘻嘻，真逗！"

桃花？什么叫桃花呀？难道这不是书签吗？

难道这不是小船吗？难道……

小白兔说："你们没见过桃花吗？就是这株树开出的花。可是现在谢了……"大家抬起头，望着高大的老桃树。

小白兔的礼物，原来是桃花呀！

老桃树落完了粉红色的花，现在，又长出了绿色的叶子。在开过花的地方，长出了一颗颗淡绿色的桃子！

那些小桃子，是老桃树的孩子吗？

那些绿叶子，是桃子盖的被子吗？

大家围着老桃树，唱一支春天的歌，跳一个友谊的舞。

"明年春天，我们都要来看桃花！"大家说。

"来吧，来吧，"小白兔高兴极了，"明年，桃花会开得更美！"

（冰 波）

## 50. 小青虫的梦

夏夜的草丛里，音乐响起来了，它和月光一样，仿佛会流淌似的。"吉铃铃……"那是蟋蟀在开音乐会。他的琴弹得特别好，油亮亮的样子也特别神气。

"噢，伟大的音乐家！"到草丛里来听音乐的昆虫们都这么说。

躲在一片草底下的小青虫，动也不敢动，她在偷偷地听着。小青虫虽然长得难看，但她爱音乐，爱得那么厉害。

"唉……"每当蟋蟀弹完一曲，小青虫都会发出一声轻轻的叹息，"太美了……"

音乐，总会把小青虫带到一个遥远的梦境里。

可是，蟋蟀不喜欢小青虫，常常把她赶走。他挥着优雅的触须，不耐烦地说："我的音乐这么美，你这么丑，去去去！"

小青虫只好伤心地爬开去，躲在远远的地方流眼泪。眼泪里，映着满天冷冷的小星星。

"吉铃铃……"

音乐声又传来了。小青虫凝神听着,望着那远远的、朦胧的草丛,那里显得更加迷人了。

她轻轻地向前爬去,后脚小心地踩着前脚的脚印。她爬到一棵小树上,谁也没有发现她。

月亮那么圆,星星那么亮。蟋蟀就在这棵树下弹琴。

"这里就像是那个梦境。"小青虫心里说。

小青虫躲在一片树叶底下,悄悄地做了一个茧。她想:藏在茧里面听,蟋蟀就看不见我了。

一个淡灰色的茧,在风里轻轻摇晃着。

细丝织成的茧,把别的声音全挡在外面,只有音乐声能传进来,在茧里面轻轻回响。听着优美的音乐,小青虫睡着了。

她做了一个梦,梦见自己长出了一对可以跳舞的翅膀。音乐一直陪伴着这个好长好长的梦。

……当小青虫醒来时,她已经变成了一只美丽的蝴蝶,美丽得让她自己也吃惊。

蝴蝶从茧里面飞出来。

蟋蟀仰起头来,看着她。

"啊!像个仙女!仙女……"蟋蟀说。

蟋蟀大概还不知道,这美丽的蝴蝶就是那丑小青虫变的;蝴蝶大概也不知道,如果没有音乐,她会是什么样子。

琴声又响了。音乐溶在月光里,在草丛里流淌,蝴蝶合着音乐,翩翩起舞。

昆虫们都在想:是蟋蟀的音乐使蝴蝶变得更美呢,还是蝴蝶的舞蹈让音乐变得更美?

(冰 波)

# 51. 花 园

青蛙在他的花园里。蛤蟆从旁边路过,"你有一个多么漂亮的花园啊,青蛙。"

"是的,它很漂亮,但这也意味着一份艰苦的工作。"

"我希望我也能有个花园。"

"这儿有些花的种子,把它们撒在土中,很快你就会有一个花园。"

"多快?"

"非常,非常快。"

蛤蟆跑回家,撒下这些种子。

"现在,种子,开始生长吧。"蛤蟆说着,来来回回地踱着步。

种子还没开始长呢。

蛤蟆弯下腰，把脑袋贴近地面，大声说，"现在，种子，开始生长吧！"

蛤蟆再次看了看地上，那些种子还没开始长呢。

蛤蟆的脑袋几乎要贴在地上了，他捏着拳头，大吼着，"现在，种子，开始长吧！"

青蛙大老远地跑过来，"这都是些什么噪音啊？"

"我的种子长不出来了。"蛤蟆悲哀地说。

"你叫得太响了，可怜的种子害怕生长。"

"我的种子害怕生长？"

"当然，让他们独个儿待几天吧。让太阳照耀，让雨水下落。很快你的种子就会开始生长。"

那天晚上蛤蟆透过窗户往外看，"啊，我的种子还没有开始生长。他们一定是害怕黑暗。"

蛤蟆带着几支蜡烛走进花园，"我将给种子们读一个故事，这样他们就不再害怕。"

蛤蟆坐在石头上，给他的种子们读了一个长长的故事。

接下来一整天他都在给种子们唱歌。

接下来一整天他都在给种子们诵诗。

接下来一整天他都在给种子们奏乐。

蛤蟆看了看地上。种子依然还没开始生长。

"我该怎么办呢？"蛤蟆大叫，"这一定是全世界最胆小的种子，准是被什么吓坏了！"

然后蛤蟆感到非常累，然后他就睡着了。

"蛤蟆，蛤蟆，醒醒啊，"青蛙在叫，"看看你的花园！"

蛤蟆看了一眼，小小的绿芽儿开始从土里冒出脑袋来了。

"现在，我的种子终于不再害怕生长啦！"蛤蟆欢呼着。

"现在你也将有一个漂亮的花园了。"青蛙说。

"是的，不过你是对的，青蛙。这真是一份非常艰苦的工作呢。"蛤蟆忙不迭地擦着汗。

（【美】艾诺·洛贝尔  匙河 编译）

## 52. 讲故事

夏季里的一天，青蛙觉得身体有点不舒服。

蛤蟆说："青蛙，你的脸色有点发绿呀！"

青蛙说："我一直都是绿绿的，我是一只青蛙啊！"

蛤蟆说:"就算是一只青蛙,你今天的脸色也未免太绿了一点。快到我的床上躺下来,休息休息。"蛤蟆给青蛙泡了一杯热茶。

青蛙喝了茶,说:"我在这儿休息,你讲故事给我听吧!"

"好的。"蛤蟆说,"我来想想看。"蛤蟆想啊,想啊,可就是想不出一个故事来讲给青蛙听。

"我到门廊那儿走一走,"蛤蟆说,"这样也许我就能想出个故事来了。"

蛤蟆走到门廊那儿,来来回回地走了好久,可就是想不出一个故事来讲给青蛙听。然后蛤蟆回到屋子里,头朝下立着。

青蛙看了,就问:"你干吗在那儿立着?"

蛤蟆说:"我希望这样立着,能使我想出个故事来。"蛤蟆倒立了好久,可还是想不出一个故事来讲给青蛙听。

然后蛤蟆拿来一杯水,泼在自己的头上。

青蛙问:"你干吗往自己的头上泼水呢?"

蛤蟆说:"我希望往头上泼点水,能使我想出个故事来。"

蛤蟆接连往自己的头上泼了好几杯水,还是想不出个故事来讲给青蛙听。然后,蛤蟆又用头往墙上砰砰地撞。

青蛙问:"你干吗用头去撞墙呢?"

蛤蟆说:"我希望把我的头往墙上狠狠地撞,能让我想出个故事来。"

青蛙说:"我这会儿觉得好多了,我不想听故事了。"

蛤蟆说:"那你起来让我躺一下吧。我现在觉得很不舒服。"

青蛙说:"蛤蟆,要不要我来讲个故事给你听呢?"

"好啊!"蛤蟆说,"你有故事就讲吧!"

青蛙说:"从前有两个好朋友,一个是青蛙,一个是蛤蟆。有一天,青蛙有点不舒服,他要求他的好朋友蛤蟆讲个故事给他听。蛤蟆想不出什么故事。于是,他到门廊那儿走来走去,可就是想不出个故事来;他把头朝下倒立着,也想不出个故事来;他往头上泼水,也想不出个故事来;他又用头撞墙,还是想不出个故事来。结果青蛙好了,蛤蟆反倒病了,所以蛤蟆上床去休息,青蛙起来,给蛤蟆讲了一个故事。我讲完了,蛤蟆这个故事好听吗?"

可是,蛤蟆没有回答,他已经睡着了。

(【美】艾诺·洛贝尔　党英台 译)

## 53. 帽子

蛤蟆生日那天,青蛙送给他一顶帽子。蛤蟆好高兴。

"生日快乐。"青蛙说。

蛤蟆把帽子戴在头上，可是帽子把他的眼睛给遮住了。

青蛙说："对不起，这顶帽子你戴太大了。我送你别的东西吧。"

"不用啦，"蛤蟆说，"这顶帽子是你送我的礼物，我很喜欢，我愿意就这样戴着它。"

青蛙和蛤蟆一起去散步。

蛤蟆被一块石头绊倒了。他撞上了一棵树，又掉进了一个洞里。

蛤蟆说："青蛙呀，我什么都看不见，往后我大概不能戴你这个漂亮的礼物了，这是一个令人难过的生日。"

青蛙陪着蛤蟆难过了一会儿。青蛙说："蛤蟆，我替你想出了一个好主意。今天晚上你上床以后，千万记住，用你的脑子去想，想一些最大的东西。你想出的那些大东西，就会使你的脑袋变大。明天一早，也许你的新帽子就刚好合适了。"

"这个主意真棒。"蛤蟆说。

当天晚上，蛤蟆上了床，就挖空心思，想一些最大的东西。他想到了巨大的向日葵。他想到了高高的橡树。他想到了覆着白雪的高山。想着想着，蛤蟆就睡着了。

青蛙悄悄地溜进了蛤蟆的屋子。他找到那顶帽子，拿回自己家里。

青蛙在帽子上倒了点水，他把这顶帽子拿到火炉旁边烘干。帽子开始缩小了，缩得越来越小。

青蛙拿着帽子，回到蛤蟆家。蛤蟆还在呼呼大睡呢。青蛙把帽子挂在原来的帽钩上。

早晨蛤蟆一起床，就去戴他的帽子。不大不小，刚好合适！

蛤蟆赶紧跑到青蛙家。

"青蛙呀青蛙！"他大声地叫，"我想到的那些大东西好灵验，真把我的脑袋变大了许多耶。现在我可戴上你的礼物了！"

青蛙和蛤蟆去散步，蛤蟆没有被石头绊倒。他没有撞到树，也没有掉进洞里。

这一天成了蛤蟆生日过后非常愉快的一天。

（【美】艾诺·洛贝尔）

## 54. 寄给蛤蟆的信

蛤蟆坐在门口。

青蛙走过来说："蛤蟆，出了什么事啦？你好像在发愁嘛。"

蛤蟆说："是呀！每次我站在信箱旁边等我的信，总是很难过。"

青蛙问："那为什么呢？"

蛤蟆说："我从来没有等到过一封信。我的信箱里总是空空的。"

青蛙和蛤蟆一起坐在门口，他们都很难过。

青蛙说："我要回家了，蛤蟆，我有点事要做。"

青蛙一到家，马上写了一封信，装进信封。信封上写着："蛤蟆收"。青蛙跑出屋子，刚好碰见一只蜗牛，就对他说："蜗牛，请你把这封信送到蛤蟆家，放到他的信箱里去，好吗？"

"行。"蜗牛说，"我就去。"

于是青蛙马上跑到蛤蟆家。蛤蟆正躺在床上睡午觉。青蛙说："蛤蟆，该起床了，快去等信吧。"

"不！"蛤蟆伸个懒腰说，"不会有我的信，我不去等了。"

青蛙往窗外看了看蛤蟆的信箱，对蛤蟆说："会有的，会有人给你写信的。"

"不，不，不会有的。"蛤蟆说。

青蛙又看看窗外，蜗牛还没有到。他回头又对蛤蟆说："蛤蟆，今天一定会有人来这儿，来给你送信。"

"别骗我了，"蛤蟆还是不相信，"从来没人给我送过信，今天也不会有人来给我送信。"

青蛙又朝窗外看看，蜗牛还是没到。蛤蟆问："青蛙，你为什么老往窗外看？"

青蛙说："我在等信哪！"

蛤蟆说："别看了，不会有信的。"

青蛙说："嗯！会有的，一定会有的。告诉你吧，是我给你寄了一封信。"

"你写些什么？"蛤蟆听了很高兴。

青蛙说："我写着：'亲爱的蛤蟆：我有你做我的好朋友，真是幸福！你的好朋友——青蛙。'"

蛤蟆跳起来，拍着手说："喔！那是一封多么好的信啊。"

于是青蛙和蛤蟆一起，坐在门口等信。他们都非常快乐。等啊等啊，等了整整四天，蜗牛才到了蛤蟆家，带来了青蛙给蛤蟆的信。蛤蟆读着信，笑得合不拢嘴。

（【美】艾诺·洛贝尔　史济豪 译）

## 55. 泪水茶

猫头鹰把水壶从碗橱里拿出来，说："今晚我要做泪水茶。"

他把水壶放在膝上，静静地坐着，开始想令人伤心的事情。

"断了腿儿的椅子。"猫头鹰说着，眼睛开始潮湿。

"不能唱的歌，"猫头鹰说，"因为歌词忘了。"一大滴眼泪滴下来，落入壶里。

"掉到了火炉后边，很难找到的汤匙。"猫头鹰说着，更多的眼泪落入水壶。

"不能看的书,"猫头鹰说,"因为有页码被撕掉了。"

"停顿了的钟表,"猫头鹰说,"没有人上紧它们的发条。"

猫头鹰还想到其他许多令人伤心的事情。他哭啊哭啊,不久,水壶里装满了眼泪。"好啦,"猫头鹰说,"做成了。"他停止哭泣,把水壶放在火炉上,烧开了沏茶。

当猫头鹰把茶杯倒满的时候,他感到很快乐,就哈哈大笑。

(【美】艾诺·洛贝尔)

## 56. 惊 喜

十月了,树上的叶子纷纷落下,落得满地都是。

青蛙说:"我要到蛤蟆家去,帮他把草地上的叶子扫干净,给蛤蟆一个惊喜。"

蛤蟆望望窗外,说:"这些凌乱的叶子把什么都盖住了。"他从放杂物的柜子里拿出一把耙子,"我要到青蛙家跑一趟,把他家的叶子扫光。青蛙一定会高兴的。"

青蛙从树林里跑过去,这样蛤蟆才不会看见他。

蛤蟆从深深的荒草丛里跑过去,这样青蛙才不会看见他。

青蛙来到蛤蟆的家。他从窗户往屋里看了看。"正好,"青蛙说,"蛤蟆不在家。他绝对想不到是我把他家的叶子扫光了。"

青蛙努力地扫啊扫,他把叶子扫成一堆,不一会儿,蛤蟆家的草地就干净了。青蛙拿起他的耙子,走回家去。

蛤蟆拿着耙子辛苦地扫来扫去,他把叶子扫成了一堆。不一会儿,青蛙的前院连一片叶子也没有了。蛤蟆拿着他的耙子,走回家去。

一阵风吹来,吹过了这片土地,把青蛙帮蛤蟆扫好的叶子吹得到处都是,也把蛤蟆帮青蛙扫好的叶子吹得到处都是。

青蛙回到了家,他说:"明天我也该把自己家草地上的叶子扫一扫了。蛤蟆看见他家的叶子已经扫干净,不知道会多么惊喜呢!"

蛤蟆回到了家,他说:"明天我得干点活儿,把自家的叶子清扫一下。青蛙看见他家的叶子已经扫干净,不知道会多么惊喜呢!"

当天晚上,青蛙和蛤蟆都很快乐。他们各自关了灯上床睡觉了。

(艾诺·洛贝尔)

## 57. 战 栗

夜晚又冷又黑。

"听,风在树丛中像野兽一样吼着呢。"青蛙说,"这可是个讲鬼故事的好时光啊。"

蛤蟆赶紧往他的沙发椅里缩了缩。

"蛤蟆，你不喜欢被惊吓吗？你不喜欢感到战栗吗？"

"我可不太确定。"

青蛙煮了一锅热茶，然后坐下来，开始讲一个故事。

"当我还小的时候，爸爸妈妈带我去郊外野餐。回家的时候我们迷路了，妈妈很着急。'我们必须回家。'她说，'我们可不想碰到老黑蛙。''谁是老黑蛙？'我问。'一个可怕的妖怪，'爸爸说，'他老在夜里出没，拿小青蛙当晚餐。'"

蛤蟆呡了一口茶。"青蛙，"他问，"你是在编故事吗？"

"也许是也许不是。"

"爸爸妈妈去探路，"青蛙继续说，"他们告诉我要一直待到他们回来为止。我坐在一棵树下等着。树林子变黑了，我开始害怕了。然后我看到两只巨大的眼睛，那就是老黑蛙。他就站在我旁边。"

"青蛙，"蛤蟆问，"这事儿真发生过吗？"

"也许发生过也许没有。"

青蛙继续讲着故事："老黑蛙从他的口袋里拽出一根跳绳来，说：'我现在不饿，我刚刚吃了太多美味可口的小青蛙，但当我跳100下绳后，我也许会再次觉得饿，那时我就要吃掉你！'老黑蛙把绳子的一端系在树上，另一端呢，让我攥在手中。跳到20下的时候，他说：'我开始感到饿了。'跳到50下的时候，他说：'我变得更饿了。'跳到90下的时候，他说：'我现在非常非常饿啦！'"

"接下来呢？"蛤蟆问。

"我不得不救自己的命，"青蛙说，"我使劲地跑啊跑，带着绳子绕着树跑。老黑蛙就被结结实实地绑在树干上啦。他怒吼着，惊叫着。我逃得飞快飞快。我找到了爸爸妈妈，我们一起安全地回家了。"

"青蛙，"蛤蟆问，"这是一个真实的故事吗？"

"也许是也许不是。"

青蛙和蛤蟆坐在炉火旁，靠得近近的。

他们一起受到了惊吓，茶杯在他们手中战栗着。

他们分享着战栗。那是种美好的、温暖的感觉。

（艾诺·洛贝尔）

## 58. 滑下山

这回轮到青蛙跑去敲蛤蟆的门了。

"醒醒，蛤蟆！快出来看，多么美妙的冬天啊！"

是的，雪像云层一样，厚厚地挤在低低的屋檐上，光滑的地上，挤在青蛙的前前后后。挤得你都看不出天来了，或许你以为天早已被雪冻住了，而垂落不下来。

蛤蟆不知道天，不知道地。有什么办法呢？他是被宠坏的小孩儿。所以你都能想像得到他的回答，"我不！我正躺在暖和的床上呐。"

"冬天很美，出来找点乐子嘛。"

"糟糕，我一件冬天的衣服都没有。"也许这是蛤蟆的真心话。

可一大早就穿得鼓鼓囊囊的青蛙（他向来是瘦长的样子，像个哲学家）不仅不放过自己，也不会放过蛤蟆。瞧，他带来了什么？他把大外套给蛤蟆从脚套到头上，再把厚长裤给蛤蟆从头拉到脚上，再给蛤蟆戴上帽子，系上围巾。

"救命啊，"蛤蟆两眼上翻，大叫着，"我最好的朋友正在谋杀我！"

"我只是让你预备好过冬啊。"是的，为着在冬天也一样黏稠温暖的友谊而预备。

他们出门了，吱呀吱呀地踩着雪。

"我们要坐着雪橇，从这个大山丘上一路滑下来。"青蛙说。

"我可不坐。"蛤蟆从来都是个胆小鬼。

"别怕，我跟你一道坐着呢。这将是一次美妙的快速滑行。蛤蟆，你坐在前头，我坐在你正后头。"

"出发喽！"雪橇沿着山丘飞快地下滑。青蛙的围巾在脖子后面高高地扬起。蛤蟆紧紧抓着绳子，就像骑在马上一样。这时候，雪还是白的，天却是黄的，蛤蟆黄噢！

突然"砰"的一声，撞上一个小土包了吧，青蛙被摔在地上，手脚朝天（童话里的青蛙脚当然可以变成手了）。蛤蟆却浑然不知，正欢快地驾着雪橇穿过树丛和石堆。这回是他的围巾高高地在风中扬起了，非常神气的样子。

"青蛙，我真高兴你在这儿。"蛤蟆继续蹦过一道雪丘。雪丘真像汹涌的海浪啊，而蛤蟆是海上一往无前的舵手。"没有你我可没法独个儿驾着雪橇。"蛤蟆一直不知道他是在自言自语，"你说得对，冬天好玩极了。"

一只乌鸦飞过。

"嗨，乌鸦，看看青蛙和我，我们俩驾着雪橇，比世上任何人都要棒！"

"可是蛤蟆，你是独个儿坐在雪橇上啊。"

蛤蟆回头看了看，啊，青蛙真的不在。

"我是独个儿的！"蛤蟆尖叫着。

可想而知，"嘭！"雪橇撞上一棵树，蛤蟆的脑袋都歪了。"砰！"雪橇撞上一块岩石，蛤蟆的脖子都缩下去了。"扑通！"雪橇冲进一堆雪，蛤蟆整个儿地飞起来了。

那团团的雪，就像外袍一样，严严实实地裹着蛤蟆，好像很温情的样子。青蛙一路跑过来，把蛤蟆从雪中拽出来。

"我都看见了，你一个人干得很棒。"

"哦不，现在只有一件事我能独自做好。"

"那是什么？"

"我可以回家，冬天也许是美好的，但床更美好。"

蛤蟆头上顶着一簇雪，像披着块头巾似的，鼓突着肚子，耷拉着眼皮，深一脚浅一脚地走了。

我还是想替青蛙说，多么美好的冬天啊。

（艾诺·洛贝尔）

## 59. 冰淇淋

一个炎热的夏日，青蛙和蛤蟆坐在池塘边。

"我真希望现在能有些甜甜的冰淇淋。"

"好主意，"蛤蟆跳起来，"在这儿等着，青蛙，我很快就回来。"

蛤蟆总在跑腿，一气跑到小店，买了两个大大的甜筒冰淇淋，大得啊，跟两团蘑菇云似的。蛤蟆忍不住舔了舔左手上的那个，"青蛙最喜欢巧克力味儿的，我也一样。"

蛤蟆像举着火炬一样，高高地举着两个冰淇淋，欢快地跑着。一滴大大的冰淇淋淌在他手臂上。

"啊，这个冰淇淋正在太阳底下溶化。"蛤蟆加快了脚步，可是更多溶化的冰淇淋淌下来，落在他头上，滴到他的夹克上，泼在他的长裤上，溅到他的脚上。飞奔的蛤蟆已经看不见脚下的路了。

青蛙坐在池塘边静静地等着。一只老鼠仓皇地跑过他身边。

"我刚看见一个可怕的怪物，大大的，褐色的！"

"一个浑身沾满枝叶的怪物正往这条路跑来！"松鼠也慌不择路的。

"这儿来了个头上长角的怪物，"这回是野兔，"赶快逃命吧！"

"那会是什么呢？"青蛙躲在一块岩石背后，看到一个怪物来了，真是大大的，褐色的，浑身沾满枝叶，头上长着两只角（要知道，那两只锥形的纸筒变成了两只尖尖的角，而溶化的冰淇淋像妖怪的袍子一样罩着蛤蟆臃肿的身体）。

"青蛙，你在哪里？"这怪物大叫着，然后掉进池塘，沉到水底又浮上来。

"该死！咱们的冰淇淋全被水冲掉啦。"

"不要紧，"青蛙说，"我知道我们该怎么做。"

他们飞快地跑回小店，然后坐在凉凉的树荫底下，一起吃着他们的巧克力冰淇淋。

（艾诺·洛贝尔）

## 60. 卖火柴的小女孩

天气冷得可怕。天正下着雪，黑暗的夜幕开始垂下来了。这是一年中最后的一夜——新年的前夕。在这样的寒冷和黑暗中，有一个光头赤脚的穷苦小女孩儿正在街上走着。是的，她离开家的时候还穿着一双拖鞋，但那又有什么用呢？那双拖鞋是那么宽大，以前一直是她妈妈穿着的。在她匆忙越过街道的时候，两辆马车飞快地闯过来，吓得她把鞋子都跑落了。有一只鞋，她怎么也找不到；另一只又被一个男孩子拾起来抢跑了。他还说，等他将来有了孩子的时候，他可以把它当作一个摇篮使用。

现在小姑娘只好赤着一双小脚走路了。这双脚已经冻得又红又青。她的旧围裙里兜着许多火柴，她手中也拿着一束火柴。这一整天谁也没有向她买过一根，谁也没给她一个铜板。

可怜的小姑娘！她又饿又冷，哆嗦着向前走。这简直是一幅悲惨的画面。雪花落在她的金黄色的头发上——这头发卷曲地披散在她的肩上，看起来非常美丽。不过她并没有想到自己的美。所有的窗子都射出光来；街上飘着一股烤鹅肉的香味儿，因为今天是除夕。是的，她在想，今天是除夕。她在两座房子——一座比另一座更向街心凸出一点——所构成的一个墙角里坐下来，缩成一团。她把她的一双小脚也缩了进去，不过她感到更冷了。她不敢回家去，因为她没有卖掉一根火柴，没有赚到一个铜板。她的父亲一定会打她，而且家里也是很冷的。他们什么也没有，头上只有一个屋顶，风可以从顶上吹进来，虽然最大的裂口已经用草和破布堵起来了。

她的一双小手几乎冻僵了。唉！哪怕一根小火柴对她也是有好处的。只要她敢抽出一根来，在墙上擦一下，暖一暖手就好了！她终于抽出了一根。哧！火柴燃起来了，冒出火来了！当她把手覆在火上面的时候，它便成了一朵温暖的、光明的火焰，活像一根小小的蜡烛。这是一道美丽的微光！小姑娘觉得自己真像坐在一个有发亮的黄铜脚和铜把手的大火炉面前一样。火烧得多么旺，多么暖和，多么美好啊！唉，这是怎么一回事呀？小姑娘刚刚伸出她的一双脚，打算暖一下，忽然火焰熄灭了！火炉不见了。她坐在那儿，手中只有一根烧过了的火柴。

她又擦了一根。火柴燃起来了，发出光来了。墙上的那块被亮光照着的地方，现在忽然变得透明，像一片薄纱一样，她可以看到房间里的东西：桌上铺着雪白的台布，上面放着精致的盘碗，还有填满了梅子和苹果的、冒着香气的烤鹅；更美妙的是：这只鹅从盘子里跳下来，背上插着刀叉，蹒跚地在地上走着，一直向这个穷苦的小姑娘走来。这时火柴熄灭了，她面前只有一堵又厚又冷的墙。

她又擦了一根火柴。现在她是坐在美丽的圣诞树下。这株树比上次圣诞节她透过一个富有的商人家的玻璃门所看到的那一株还要大，还要美。它的绿枝上燃着几千支蜡烛；一些跟挂在商店橱窗里一样美丽的彩色图画在向她眨眼。小姑娘把她的两只手伸过去，于是火柴熄灭了。圣诞树的烛光越升越高，她看到它们现在变成一些明亮的星星。这些星星有一颗落下来，在天上划出了一道长长的红线。

"现在又有一个什么人死去了。"小姑娘说，因为她的老祖母——她是唯一待她好的人，但是现在已经死去了——曾经说过：天上落下一颗星，地上就有一个灵魂升到上帝那儿去。

她在墙上又擦了一根火柴。火柴把四周都照亮了，在这亮光中老祖母出现了。她显得那么光明、那么温柔、那么和蔼。

"祖母！"小姑娘叫起来，"啊！请把我带走吧！我知道，这火柴一灭掉，您就会不见的，您就会像那个温暖的火炉，那只喷香的烤鹅，那棵美丽的圣诞树一样不见的！"

于是，她急忙把整束火柴中剩下的那些都擦亮了，因为她非常想把祖母留住。这些火柴发出强烈的光芒，照得比大白天还要亮。祖母这次特别显得美丽和高大。她把小姑娘抱起来，搂在怀里，飞到既没有寒冷、又没有饥饿、也没有忧愁的地方去了——她们是跟上帝一起！

第二天的清晨，这个小姑娘却坐在这个墙角里，她的双颊通红，嘴唇上带着微笑，她已经死了——在旧年的除夕冻死了。新年的太阳升起来了，照着她小小的尸体！她坐在那儿，手中还握着火柴——其中有一束几乎都烧光了。"她想给自己暖一下。"人们说。谁也不知道：她曾经看到过多么美丽的东西，她曾经多么幸福地跟着她的老祖母一起走到新年的幸福中去。

(【丹麦】安徒生)

## 61. 快睡吧，小田鼠

"不早了，你该上床睡觉了！"田鼠妈妈对小田鼠说。

"不嘛，再等10分钟嘛！"小田鼠喊着，"奶酪的味道太棒了，我还想啃几口嘛！"

小田鼠在那美味奶酪上啃呀、咬呀，足足啃了10个洞。

"这下心满意足了吧！"田鼠爸爸说道，"你该去刷刷牙，快上床睡觉。"

"再等9分钟嘛！"小田鼠叫道，"我得把我的跑车开进来，看样子夜里会下雨哩。"

小田鼠跑出屋子，开上跑车绕着房子飞快地转了9圈，这才把它开进家门。

"换好睡衣，快快上床！"田鼠妈妈催促着。

"再等8分钟，"小田鼠答道，"我得先给仙人掌浇水呢！"

小田鼠跑到窗台前，给仙人掌滴了8滴水。仙人掌喜欢干燥，不需要太多的水。

"马上上床，不要磨蹭。"田鼠爸爸接着说。

"来啰，来啰！"小田鼠尖叫着，"我去邻居仓鼠大妈那儿说一声晚安，7分钟内我准回来。"

仓鼠大妈舒舒服服地躺在吊床上，正在打呼噜呢。

"晚安，仓鼠大妈！"小田鼠对她说。

睡着了的仓鼠怎么能听得见呢？

"晚安……"小田鼠一连说了7遍。可是仓鼠大妈鼾声如雷，哎，她睡得太沉了。

"再不上床，我可要生气了！"田鼠妈妈喊着。

小田鼠"呼啦"一声跳上床，可是他又想起了一件事。"我还得下床，我想喝水，妈妈，奶酪吃多了，我口渴得要命！等一会儿吧，喝水最多需要6分钟。"

小田鼠跑到厨房里，拿起杯子，足足灌了6大口凉水。

"去睡吧，小家伙！"田鼠爸爸说。

"晚安啰，我的乖乖鼠！"田鼠妈妈也在一旁说。

"等等，还有5分钟。"小田鼠又想起了一桩事，"我还想摸摸我的长毛绒玩具哩，妈妈，我的毛狮子哪里去了？我的毛狮子不见了！"

妈妈从沙发下面找出了毛狮子。这会儿5个长毛绒玩具都在小田鼠的床上集合了。小田鼠在它们的鼻尖上各给了一个吻。

"晚安！睡个好觉做个好梦！"田鼠爸爸说。

"睡前我还得上趟厕所啊！"小田鼠说，"刚才我水喝多了。"

"动作要快！"田鼠爸爸说。

"4分钟足够了！"小田鼠回答。

上完厕所，小田鼠放水冲了4遍抽水马桶。

"好啰，现在该闭上眼睛睡觉啰！"田鼠妈妈说。

"现在还不能睡！我还没刷牙呢！"

"那就快去吧！"田鼠妈妈说。

"3分钟足够！"小田鼠说。

在卫生间里，小田鼠刷着他仅有的三颗牙。鼠类嘛，只有两颗尖门牙和一颗长在后面的白齿。

"这会儿总可以睡觉了吧！"田鼠爸爸说。

"再有2分钟就行了！"小田鼠回答。

"还有什么要干呢？"田鼠妈妈问。

"还需要2分钟，告诉你们一个秘密。来，把耳朵凑过来，秘密只能悄悄说。"

小田鼠说起了悄悄话："你是世界上最好最好的田鼠妈妈！"

然后他又对着爸爸的耳朵说，"你是世界上顶好顶好的田鼠爸爸！"

"你是世界上最乖最乖的田鼠娃娃！"田鼠爸爸和田鼠妈妈齐声说道，"好啰，这下该睡了。"

"还有1分钟！"小田鼠恳求道，"你俩当中得有一个给我朗读一个故事，否则我无论如何也睡不着觉。"

"那好吧，我来吧！"田鼠爸爸叹了口气，从书架上拿下一本书，戴上眼镜。

"听着吧，我开始念了——从前有一个小田鼠，他总是不肯上床睡觉。'你该上床睡觉了，'田鼠妈妈说道，'不嘛，再等10分钟嘛，奶酪的味道太棒了，我还想啃几口嘛……'"

快快睡吧，小田鼠！

做个美梦，睡个好觉！

(【德】艾尔哈特·迪特尔　陈俊　译 )

## 62. 丑小鸭

乡下真是非常美丽。那时正是夏天，小麦是黄澄澄的，燕麦是绿油油的；干草在绿色的牧场上堆成垛，鹳鸟迈着又长又红的腿在散步，喋喋不休地讲着埃及话。这是它从它母亲那里学到的一种语言。在田野和牧场的周围有些大森林，森林里有一些很深的池塘。的确，乡间是非常美丽的。太阳光正照着一幢老式的房子，房子周围流着几条很深的小溪。大棵的牛蒡从墙角一直长到水边，它们长得那么高，连小孩都可以直着腰站在最高的一棵下面。这一带荒凉得好像最浓密的森林里一样。这儿有一只母鸭坐在她的窠里，得把她的几只小鸭孵出来。不过她到这时已经累坏了，而且来看她的客人又那么少。别的鸭子们都愿意在溪流里游来游去，不愿意跑来坐在牛蒡底下和她聊天。

最后，那些鸭蛋终于一个接着一个裂开了。"噼！噼！"鸭蛋叫起来。所有的蛋黄现在都变得有了生命，并且还把他们的小头伸出来。

"嘎！嘎！"她说。于是他们也就使尽他们所有的气力，嘎嘎地叫起来。他们在绿叶下向四周看。妈妈让他们尽量地东张西望，因为绿色对他们的眼睛是有益的。

"这个世界真够大啊！"这些年轻的小家伙说。的确，比起他们在蛋壳里的时候，他们现在的天地真是不同了。

"你们以为这就是整个世界吗？"妈妈问，"这世界伸到花园的另一边，一直伸到牧师的田里去，伸得才远呢！连我自己都没有去过！难道你们都去过了不成？"她站起来，"没有，我还没有把你们全都孵出来呢！最大的这只蛋还躺在那儿没有动静。它还得躺多久呢？我真有些烦了。"于是她又坐下来。

"唔，快孵出来了吧？"一只来拜访她的老母鸭问。

"这一个蛋费的时间真久！"坐着的母鸭说，"它老是不裂开来。请您看看别的吧。他们不是一些最逗人喜爱的小鸭吗？他们都像他们的爸爸——他这坏东西从来没有来看过我一次！"

"让我瞧瞧这个老是不裂开的蛋吧，"年老的客人说。"请相信我，这是一只吐绶鸡的蛋。有一次我也同样受过骗：你知道，那些小家伙不知给了我多少麻烦和苦恼，因为他们都不敢下水。我简直没有办法叫他们试一试。不管我怎么说，怎么骂，一点用也没有！——让我来瞧瞧这只蛋吧。哎呀！这是一只吐绶鸡的蛋！让它躺在那儿吧。你尽管教别的孩子去游泳好了。"

"我还是在它上面多坐一会儿吧。"鸭妈妈说，"我已经坐了这么久，就是再坐它一个星期也没有关系。"

"那么就随你便吧。"老鸭子说。于是她就告辞了。

最后这只大蛋裂开来了。"噼！噼！"新生的小家伙叫着，同时向外面爬，他又大又丑。鸭妈妈瞧了他一眼。"这个小鸭子大得怕人。"她说，"别的小鸭子没有一个像他，但是他绝不可能是一只小吐绶鸡！好吧，我们马上就来试试看吧。他得到水里去，我踢也要把他踢下去！"

第二天，天气很是晴朗美丽。太阳照在绿牛蒡上。鸭妈妈带着她所有的孩子走到溪边。扑通！她跳进水里去了。"咕！咕！"她叫着，于是鸭子就一个接着一个跳下来。水淹没了他们的头，但是他们马上就又冒出来了，游得非常漂亮。他们的小腿很灵活地动着。他们全都在水里，连那只丑陋的灰色小家伙也跟他们在一起游。

"唔，他不是一只吐绶鸡。"鸭妈妈说，"你看他的腿动得多灵活，他浮得多么稳！他是我亲生的孩子！如果你仔细看他的话，他长得还蛮漂亮呢。嘎！嘎！跟我一块儿来吧，我把你们带到广大的世界里去，把那个养鸭场介绍给你们看看。不过，你们得紧贴着我，免得别人踩到你们身上。你们还得当心猫儿！"

这样他们就走进了养鸭场。场里起了一片可怕的喧闹声，因为有两个家族正在争一个鳝鱼头，结果猫儿却把它抢走了。

"你们瞧，世界就是这样的！"鸭妈妈说。她的嘴角流出了一点水，因为她也想吃那个鳝鱼头。"现在使用你们的腿吧！"她说，"拿出精神来，碰到那边的那只老母鸭，你们要把头低下来，因为她是这儿最有声望的人物。她有西班牙血统——因此她长得那么胖！你们看，她的腿上有一块红布片。这是一件非常出色的东西，也是一个鸭子可能得到的最大光荣：它的意义很大，说明人们不愿意失去她，动物和人统统都得知道她是谁。打起精神来吧——不要把腿缩起来。一个有很好教养的鸭子总是把腿摆开的，像爸爸和妈妈一样。好吧，低下头来，说：'嘎！'"

他们都这样做了。不过别的鸭子站在旁边看，同时用相当大的声音说："瞧！我们这儿现在又来了一批食客，好像我们的人数还不够多似的！呸！瞧那只小鸭的一副样儿！我们看不惯他！"——于是马上就有一只鸭子飞过去，在他的喙上啄了一下。

"请你们不要管他吧，"妈妈说，"他并不伤害任何人呀！"

"对，不过他太庞大、太特别了，"啄过他的那只鸭子说，"因此他必须挨啄！"

"那个鸭妈妈的孩子都很漂亮,"腿上有一片红布的老母鸭说,"他们都很漂亮,只有一只是例外。这真是可惜。我希望她能把他弄得好看些。"

"那可不能,太太,"鸭妈妈说,"他虽然不好看,但是他脾气非常好。他游起水来也并不比别人差——我还可以说游得比别人好呢。我想他会慢慢长得漂亮的,也许到适当的时候,他可能变小一点。他在蛋里躺得太久了,因此他的形状有点不大自然。"于是她在他的颈上啄了一下,把他的羽毛理了一理。"而且,他还是一只公鸭呢,"她说,"因此,关系也不太大。我想他的身体很结实,将来他自己总会有办法的。"

"别的小鸭倒是很可爱的。"腿上有一片红布的老母鸭说,"在这儿你千万不要客气;如果你找到一个鳝鱼头的话,请把它送给我好了。"

现在他们在这儿就像在自己家里一样了。

不过那只最后从蛋壳里爬出来的小鸭子是那么丑陋,他处处挨啄,被排挤、被讪笑,不仅在鸭群中是如此,连在鸡群中也是这样。

"他实在太大!"大家都说。那只雄吐绶鸡一生下来脚上就有距,因此他就以为自己是一个皇帝。他把自己吹得像一条鼓满了风的帆船,来势汹汹地向他走来,瞪着一双大眼睛,脸涨得通红。这只可怜的小鸭子不知道站在什么地方或是走到什么地方去才好。他觉得非常悲哀,因为自己长得那么丑陋,而且成了全体鸡鸭的一个嘲笑对象。

这是头一天的情形。后来一天比一天更糟。大家都要赶走这只可怜的小鸭,连他自己的兄弟姐妹也对他生起气来。他们老是说:"你这个丑妖怪,但愿猫儿把你抓去才好!"于是妈妈也说:"我希望你走远些!"鸭儿们啄他,小鸡们打他,喂鸡鸭的那个女佣人也用脚踢他。

于是他飞过篱笆逃走了。灌木林里的小鸟们惊恐地向空中飞去;"这是因为我非常丑陋的缘故!"小鸭想。于是他闭起眼睛,仍然继续逃跑。他一口气跑到一块住着许多野鸭的沼泽地。他在这儿躺了一整夜,因为他非常疲乏和沮丧。

天亮的时候,野鸭都飞起来了。他们瞧了瞧这位新来的朋友。

"你是什么人呀?"他们问。小鸭一下掉向这边,一下掉向那边,尽可能对大家恭恭敬敬地行礼。

"你真是丑得厉害!"野鸭们说,"不过只要你不跟我们族里任何人结婚,这对我倒也没有什么大关系。"——可怜的小东西!他绝没有想到要结婚;他只希望人家准许他躺在芦苇里面,喝点沼泽里的水就够了。

他在那儿整整躺了两天。后来有两只雁——严格地讲,应该说是两只公雁,因为他们是两个男子——飞来了。他们从妈妈的蛋壳里爬出来还没有多久,因此他们非常顽皮。

"听着,朋友,"他们说,"你丑得可爱,连我都禁不住要喜欢你了。你跟我们一块儿飞走,作为一只候鸟好吗?离这儿很近的另一块沼泽地里,有好几只甜蜜可爱的雁儿，他们都是小姐，都会说：'嘎！'你那么丑，你可以跟她们碰碰你的运气！"

"噼！啪！"天空中发出一阵响声。这两只公雁落到芦苇里死了，把水染得鲜红。

"噼！啪！"又是一阵响声。整群雁儿都从芦苇里飞起来。于是另一阵枪声又响起来了。原来有人在大规模地打猎。猎人都埋伏在沼地的周围，有几个人甚至还坐在伸到芦苇上面的树枝上。蓝色的烟雾像云块似地弥漫在这些黑树之间，慢慢地在水面上向远方飘去。这时猎犬都扑通扑通地从烂泥里跳出来，灯芯草和芦苇向两边倒去，对于那只可怜的小鸭说来，这真是可怕的事情！他把头掉过来，藏在翅膀里。不过正在这时候，一只骇人的大猎犬跑来紧紧地站在他身边。它的舌头从嘴里伸出来，伸得很长，一双眼睛发出丑恶而可怕的光。它把鼻子顶在小鸭身上，露出它的尖牙齿，却又——扑通！扑通——跑开了，并没有把他抓走。

"啊，谢谢老天爷！"小鸭子舒了一口气，"我是这样地丑，连猎犬也不要咬我了！"

他安静地躺下来。枪声仍在芦苇里响，放完了一发，接着又是一发。

天快黑的时候，四周才恢复静寂，可是可怜的小鸭还是不敢站起来，他好几个钟头才敢向周围望一眼，急忙跑出这块沼地。他拼命地跑，向田野上跑，向牧场上跑。这时正刮着狂风，使他奔跑起来非常困难。

到天黑的时候，他来到一个简陋的农家小屋。它是那么残破，甚至连向哪一边倒塌都决定不了——因此它也就没有倒。狂风在小鸭周围呼号得那么厉害，他就只好迎风坐下来。风越吹越紧，他忽然看见门上的铰链有一个已经松了，门也歪了。他可以从一个空隙里钻进屋去，于是他便钻进去了。

屋子里有一个老太婆和她的猫儿以及母鸡住在一起。她把这只猫儿叫做"小儿子"。他能把背拱得很高，发出咪咪的声音。他还能迸出火花，不过要他这样做，你得反抚他的毛才成。那只母鸡的腿又短又小，因此她被叫做"短腿鸡"。她能下很好的蛋，所以老太婆把她爱得像自己亲生的孩子一样。

第二天早晨，人们马上注意到了这只来历不明的小鸭，那只猫儿开始咪咪地叫，那只母鸡也咯咯地喊起来。

"这是怎么一回事呀？"老太婆说，同时朝四周看。不过她的眼睛有点花，所以她就以为这小鸭是一只肥鸭，走错了路跑到这儿来了。"这真是少有的运气！"她说，"现在我可以有鸭蛋了。我只希望它不是一只公鸭才好！我们得弄清楚！"

这样，小鸭就受了三个星期的考验，可是他什么蛋也没有生下来。那只猫儿是这家的绅士，那只母鸡是这家的太太，所以他们一开口就说："我们和这世界！"因为他们以为他们就是半个世界，而且还是最好的那一半呢。小鸭觉得一个人也可以有相反的意见，但是这一点母鸡却忍受不了。

"你能够生蛋吗？"她问。

"不能！"

"那么就请你不要发表意见。"

于是雄猫说："你能拱起背，发出咪咪的叫声，和迸出火花吗？"

"不能！"

"那么，当聪明人在讲话的时候，你就没有发表意见的必要！"

小鸭坐在一个墙角里，心情非常不好。这时他想起了新鲜空气和阳光。他感觉自己有一种奇怪的渴望，想到水上去游泳。最后他实在忍不住了，他不得不把他的心事对母鸡说出来。

"你在起什么念头？"母鸡问，"你没有事情可干，所以你才有这些怪念头。你生几个蛋，或者咪咪地叫几声，那么你的这些怪念头也就没有了。"

"不过，在水里游泳是多么痛快呀！"小鸭说，"让水淹没你的头，往水底一钻，多么痛快呀！"

"是的，那一定痛快得很！"母鸡说，"你简直是在发疯。你去问问猫吧——他是我所认识的最聪明的人——你去问问他，是不是他喜欢在水里游泳，或者钻进水里去。我姑且不讲我自己。你去问问你的主人那个老太婆吧，世界上再也没有谁比她更聪明的了！你以为她想去游泳，让水淹没她的头顶吗？"

"你们不了解我。"小鸭说。

"我们不了解你？那么请问谁了解你呢？你决不会比猫和女主人更聪明吧——我姑且不提我自己。孩子，你不要自以为了不起！对于你现在所得到的照顾，你应该感谢造物主才是。你现在不是来到一间温暖的屋子里，有了一些朋友，而且还可以向他们学习很多东西吗？不过你是一个废物，跟你在一起真不是什么愉快的事情。你可以相信我，我对你说这些不好听的话，完全是为了帮助你。只有这样你才知道谁是你的真正朋友！请你注意学习生蛋，或者咪咪地叫，或者迸出火花吧！"

"我想我还是走到广大的世界里去好。"小鸭说。

"好吧，你去吧！"母鸡说。

于是小鸭便去了。他在水上游，钻进水里去，不过，因为他太丑陋，所有的动物都瞧不起他。秋天来了。树林里的叶子变成了黄色和棕色。风卷起它们，把它们带在空中飞舞。空中是很冷的，云块低悬着，沉重地载着冰雹和雪花。乌鸦站在篱笆上，冻得只管"刮！刮！"地叫。是的，你只须想想这幅情景也会觉得冷的。这只可怜的小鸭的确没有舒服的时候。

一天晚上，正当美丽的太阳下落的时候，有一群漂亮的巨鸟从灌木林里飞出来。小鸭从来没有看到过这样美丽的东西。它们白得发亮，它们的颈又长又软。这是一群天鹅。它们发出一种奇异的叫声。它们展着美丽的长翅膀，从寒冷的地带，向温暖的国度，向不结冰的湖泊飞去。

它们飞得很高——非常高，丑陋的小鸭不禁感到一种说不出的兴奋。他在水上，车轮那样不停地旋转着，同时把自己的颈高高地向它们伸着，发出一种那么奇异、那么响亮的叫声，连他自己也害怕起来。啊！他再也忘记不了这些美丽的鸟儿，这些幸福的鸟儿。当他看不见它们的时候，他就沉到水底去；但是再冒到水面上来的时候，他忽然涌起一种茫然的感觉。他不知道这些鸟儿的名字，也不知道它们要飞到什么地方去。不过他爱它们，好像他从来没有爱过什么东西似的。他并不嫉妒它们，他怎能梦想有它们那样美丽呢？只要别的鸭儿准许他跟他们生活在一起，他已经很满意了——可怜的丑东西。

冬天的天气越来越冷，非常的冷！小鸭不得不在水上游来游去，好使水面不至于完全冻结成冰。不过他活动的这个小范围一天比一天缩小了。水正在结冰，人们可以听到冰块的碎裂声。小鸭只好用他的两腿不停地游着，免得水完全被冰封住。最后，他终于昏倒了，躺着一动不动，跟冰块冻结在一起。

大清早，有一个农人从这儿经过，看到了小鸭。他走过去用木屐把冰块打破，然后，把他抱回来，送给他的妻子。小鸭在这儿渐渐恢复了知觉。

小孩们都想跟他玩，不过小鸭以为想要伤害他。他一害怕，就跳到牛奶盘里，把牛奶洒得满屋都是。女人惊叫起来，拍着双手。这么一来，小鸭就飞到黄油盆里去，然后又飞进面粉桶，最后才爬出来。这时他的样子才好看呢！女人尖声地叫着，拿着火钳要打他。小孩们挤做一团，想抓住他。他们又是笑，又是叫！——幸好大门敞开着，他便钻到灌木林中新下的雪里去。他躺在里面，几乎像昏倒了一样。

要是只讲他在这严冬所受的困苦和灾难，那么这故事也就太悲惨了。当太阳又开始温暖地照着大地的时候，他正躺在芦苇的沼泽里，百灵鸟唱起歌来了——这是一个美丽的春天。

忽然间，他举起他的翅膀，他的翅膀拍起来比以前有力得多，马上把他托起来飞走了。在他还没有发觉以前，他已经飞进了一座大花园。花园里苹果树正在开花，紫丁香散发着香气，它那长长的绿枝垂到弯弯曲曲的溪流上。啊，这儿真是美丽极了，充满了春天的气息！三只美丽的白天鹅从树荫下径直走到他面前来。它们轻飘飘地浮在水上，羽毛发出飕飕的响声，小鸭认出这些美丽的动物，于是他起了一种奇异的忧郁感。

"我要飞向他们，飞向这些高贵的鸟儿！他们会把我弄死的，因为我是这样的丑陋，还居然敢接近他们。不过这没有什么关系！被他们弄死总比被鸭子咬、被鸡群啄、被看管养鸭场的那个女佣人踢，和在冬天受苦要好得多！"于是他就飞到水里，向美丽的天鹅游去。这些动物看到他，马上就竖起它们的羽毛向他游来。"请你们弄死我吧！"可怜的小鸭说。他低低地把头垂到水上，只等着一死。但是他在这清澈的水上看到了什么呢？他看到了自己的倒影。那不再是一只粗笨的、深灰色的、又丑又令人讨厌的鸭子了，他是——一只天鹅！

只要你是天鹅蛋，就是生在养鸡场里也没有什么关系。

过去他遭受过那么多的不幸和苦难，可是现在他感到非常高兴了。他现在清楚地认识到，幸福和美好正在向他招手。——许多大天鹅在他周围游泳，用嘴来亲他。

花园里来了几个小孩子，他们向水里抛下许多面包片和麦粒。最小的那个孩子喊道：

"你们看那只新来的天鹅！"

别的孩子们也兴高采烈叫起来："是的，又来了一只新的天鹅！"于是他们拍着手，跳起舞来，向他们的爸爸和妈妈跑去。他们把更多的面包和糕饼向水里抛去，同时大家都说："这新来的一只最美！那么年轻，那么好看！"那些老天鹅不禁在他面前低下头来。

他感到非常难为情。他把头藏到翅膀里面，不知怎么办才好。他感到太幸福了，但他一点也不骄傲，因为一颗好的心是永远不会骄傲的。他想起他曾经怎样被人迫害和讥笑过，而现在他却听到大家说他是美丽的鸟中最美丽的一只。紫丁香在他面前把枝子一直垂到水里。太阳照得很温暖，很愉快。他竖起他的羽毛，伸出他细长的颈，从内心发出一个快乐的声音：

"当我还是一个丑小鸭的时候，我做梦也没有想到会有这么幸福！"

（【丹】安徒生）

## 63. 天蓝色的种子

雄治在原野里放模型飞机。

这时候，森林里的狐狸跑来说："呀，这飞机真好！雄治，把这飞机送给我吧！"

"不能给，它是我的宝贝嘛。"

"那，跟我的宝贝交换吧。"狐狸说着，从兜里掏出一颗天蓝色的种子。

雄治用飞机换了种子。

他回到家，把种子种在院子正当中，又浇了好多水，还用蜡笔在图画纸上写好"天蓝色种子"，立在那里。

"已经发芽了吧？"第二天大清早，他去一看，咦，呀，土里长出了天蓝色的房子，像豆粒一般大。

"长出房子啦，长出房子啦！"

雄治急忙拿来喷壶，给小小的房子浇上水。

"长大吧，长大吧。"

天蓝色的房子长大了一点。

"咦，真棒，这是我的家呀！"小鸡跑过来，进去了。

天蓝色的房子又长大了一点。

"咦，真棒，这儿有我的家！"小猫走来，也进去了。

天蓝色的房子不停地长大。

"咦，真棒，做我的家可真不坏呀！"小猪也来了。

"雄治呀，这真是好房子啊！"窗户上，小鸡、小猫和小猪，快乐的脸儿排成一行。

照着阳光，还浇上水，天蓝色房子长得更大了。

"真棒，是我的家呀！"这一回雄治进去了。

这时候，太郎和花子来玩了，阿茂、阿广和久美子也来了。

天蓝色的房子，一刻也不停地长大。

兔子、松鼠和鸽子来了，野猪和狸来了。大象爸爸、大象妈妈和小象也来了。

尽管这样，天蓝色房子还是越长越大，终于长成了像城堡一样的漂亮楼房。

"让我进来！"

"也让我进来！"

城镇中的孩子们，都来到房子里。

森林里的动物，也陆陆续续赶来了。

狐狸也跑过来，睁圆眼睛："呀，了不起，多大的房子啊！"

"喂——狐狸，这是天蓝色种子长出的房子噢！"

"呀——吓一跳！"狐狸跳起来说："雄治，飞机还给你，你也把这房子还给我！"

接着，它大声喊："喂——这房子是我的，请不要进去，大家都出来！"

门打开，出来一百个孩子、一百只兽和一百只鸟。

狐狸大摇大摆走进房子里，马上把门上了锁，满屋转着跑，把窗户一扇一扇全关上了。

天蓝色房子突然长得更大。

"啊，不得了，要碰上太阳了！"

正在雄治喊时，房屋猛烈摇动，好像天蓝色的花瓣散落一样，屋顶、墙壁和窗户，都崩塌了。

大家抱着脑袋，趴在地上。

等了一会儿，雄治抬起头一看，哪儿也没有天蓝色种子，只有写着"天蓝色种子"的图画纸立在那里。还有，那旁边，吓昏了的狐狸正直挺挺躺着呢。

（【日】中川李枝子）

## 64. 妈妈，亲亲！

有一天清晨，小狗抱抱很早就醒了。他的爸爸、妈妈和所有的姊妹都还在睡梦中。

他悄悄地溜到外面。他得弄清楚一件事。

"早安！"池塘里的两只鸭子招呼着。"你怎么这么早就起床啦？"

"我想弄清楚一件事，"抱抱说，"你们可以给我一个亲亲吗？"

"亲亲？"鸭子嘎嘎地回答。"当然可以啊。你想亲在哪里？"

"就在这里。"抱抱说，一边指着他的脸颊。于是鸭子们就从水里出来，分别给他一个亲亲：一个亲左脸，一个亲右脸。

抱抱闭上眼睛，微笑着。他从来没有被鸭子亲过！当然，这个亲亲有点硬，而且湿湿的，不过很清爽。抱抱谢谢鸭子后，又继续向前走。

在牧场边，抱抱看见一匹马。

"早安！"他大声说。

"早安！"马儿回答。"真高兴你来看我。"

"我在想……"抱抱害羞地说，"你可以给我一个亲亲吗？"

"亲亲？"马儿嘶嘶地问着。

"对呀，亲在这里。"抱抱指着自己的额头。于是马儿就弯下腰，给他一个很大的亲亲。

抱抱闭上眼睛，微笑着。他从来没有被马儿亲过！当然，这个亲亲感觉有点湿湿的，黏黏的，不过很温暖。抱抱谢谢马儿后，又继续向前走。

不久，抱抱发现一只猪在烂泥巴里打滚。"早安！"抱抱说。

"早！"猪回答。"你在这里做什么呢？"

"我想弄清楚一件事，"抱抱说，"你可以给我一个亲亲吗？"

"给你亲亲？"猪呼噜地问着。

"对呀，亲在这里。"抱抱指着自己的鼻尖。于是猪就从烂泥巴里出来，在他的鼻尖上亲了一下。

抱抱闭上眼睛，微笑着。他从来没有被猪亲过！当然，这个亲亲带着一些泥巴，而且猪嘴边的短毛扎得他痒痒的，不过这个亲亲很温柔。抱抱谢谢小猪后，又继续向前走。

抱抱来到花园的篱笆边，他瞧见玉米丛里有一只兔子。

"早安！"他大声说。

"你怎么跑到离家这么远的地方？"兔子问。

"我想弄清楚一件事，"抱抱说，"你可以给我一个亲亲吗？"

"给你亲亲？"兔子小声问。

"对呀，亲在这里。"抱抱指着自己的脖子。兔子跳到抱抱旁边，在他被风吹乱的毛上亲了一下。

抱抱闭上眼睛，微笑着。他从来没有被兔子亲过！当然，这个亲亲有点俏皮，而且只有一下下，不过感觉很柔软。抱抱谢谢兔子后，又继续向前走。

在路上，抱抱看见一只黄色的蝴蝶。

"早安！"他大声说。

"早！早！"蝴蝶在风中低声地说。"你出来好久喽！"

"我正要回家，"抱抱说，"不过，你可以先给我一个亲亲吗？"

"给你亲亲？"蝴蝶把他的翅膀放低。

"对呀，拜托，就亲在这里。"抱抱指着自己的嘴巴。于是蝴蝶轻轻地停在抱抱的嘴巴上，亲了他一下。

抱抱再一次闭上眼睛，微笑着。喔，太好了，蝴蝶的亲亲！他从来没有过这种感觉。当然，这个亲亲有点痒，不过感觉很美妙。抱抱很真诚地谢谢蝴蝶，然后赶路回家。

他的爸爸、妈妈和妹妹们都在等他。

"你上哪儿去了？"妈妈问。"我们很担心你呢！"

"喔，这真是个美丽的早晨，我睡不着，而且我想弄清楚一件事。"

"我的小宝贝，到底什么事这么重要？"妈妈用鼻子推推抱抱，给他一个大亲亲。

"就是这个！"抱抱说。"现在我知道了：鸭子的亲亲很清爽，马儿的亲亲很温暖，猪的亲亲很温柔，兔子的亲亲很柔软，蝴蝶的亲亲很美妙……不过最棒的亲亲就是你给我的亲亲！"

（【瑞】克里斯多夫·卢皮　　黄筱茵 译）

## 65. 路德特别高兴

路德是一只小兔子。一天，他得了一把漂亮的新锤子。现在他往一块木板上钉钉子。他觉得很好玩。

"唉哟！"路德用锤子碰到了自己的大拇指！特别的疼，路德绕着屋子蹦呀跳呀，尖叫着，"哎哟！哎哟！"

"你为什么叫呀？"哈斯问。他是路德最好的朋友，现在正好来串门。

"我用锤子砸到我的大拇指了，"路德答道："特别的疼，哎呦！"

"那不太要紧。"哈斯说："碰到自己的大拇指其实不算什么，你应该只是高兴呀！"

"高兴？"路德说，"我为什么应该高兴呀？"

"当然了！现在你听着，"哈斯说，"想想假如一只狐狸咬了你的大拇指！那可才觉得疼哪！或者再想想假如一只狮子咬住了你的耳朵。那才叫疼哪！所以，你应该感到高兴，你只是用锤子砸了一下自己的大拇指。或者，假如一头猪把你的鼻子拧了一圈。那可疼哪！你再想想假如一匹马踢了你的屁股。那才疼哪！你应该感到特别高兴，因为你只是砸到了自己的大拇指。假如一头牛坐在你的身上你会怎么想？那可才叫疼哪！再有假如一只熊给你肚子一拳。那才真叫疼！你想想假如一头大象踩在你的脚上，那才疼哪！没什么，你应该觉得特别地高兴，因为你只碰到了自己的大拇指。"哈斯说。

路德想一想后，他真的觉得特别高兴了。

"我可以借你的锤子用一下吗？那样我就能告诉你应该怎样用锤子钉钉子。"哈斯说。

"哎哟！哎哟！"哈斯用锤子狠狠地砸到了他自己的大拇指。"那真叫疼——疼——疼呀！"

"正好！哈斯，现在你也觉得特别高兴了！"路德说。

（【瑞】洛福根　寅妮、贺东　译）

## 66. 法兰西丝的睡觉时间

时针已经指向了7，法兰西丝的睡觉时间到了。爸爸妈妈说："该睡觉了。"

"我想喝杯牛奶。"法兰西丝说。

"好吧。"爸爸妈妈说。

"把我背到房间里。"法兰西丝说。

"好吧。"爸爸把她背到了房间里。

"我可以跟我的小熊睡觉吗？"

妈妈给她拿来了玩具熊。

"亲我一下吧，再亲我一下吧。"爸爸妈妈亲了又亲法兰西丝，然后关上门出去了。

法兰西丝闭上了眼睛，开始她睡不着。于是她唱了一首字母歌：A是苹果馅饼，B是熊，C是鳄鱼，正在梳他的头发……她唱啊唱啊，当她唱到T是老虎时，她突然想：我的旁边会不会有老虎呢？

法兰西丝不怕老虎，可她很想知道房间里到底有没有老虎。她睁大眼睛看了看，她能肯定角落里有老虎。于是，她跑到爸爸妈妈那里，"我的房间里有一只老虎。"法兰西丝说。

"他咬你了吗？"爸爸妈妈问。

"没有。"法兰西丝说。

"那他就是一只特别好的老虎。"爸爸妈妈说，"他不会伤害你的，回去睡觉吧？"爸爸亲了她一下，妈妈也亲了她一下。

法兰西丝回到床上，把字母歌唱完，闭上了眼睛。可她还是睡不着，只好再睁开眼，看来看去。

什么东西又大又黑？是巨人吧！法兰西丝赶紧又跑到爸爸妈妈那里。他们正在客厅里吃着蛋糕看电视呢！

"有一个巨人在我的房间里,我可以看一会儿电视吗?"

"不可以。"爸爸妈妈说。

"巨人要抓我,我可以吃一块蛋糕吗?"爸爸给了法兰西丝一块蛋糕,"你怎么知道巨人要抓你呢?"爸爸问。

"巨人不是总是要抓小孩的吗?"

"不总是这样,为什么你不问问他想干什么呢?"爸爸说。

法兰西丝回到房间。她径直朝巨人奔过去,"你想干什么?"她问道。哪里有巨人啊,那又大又黑的东西不过是她堆在椅子上的浴衣。

于是,她又上了床。可她还是不能闭上眼睛,她看着天花板,那里有一道细细的裂缝。

"啊,会不会有什么臭虫、蜘蛛之类的东西爬出来啊?"法兰西丝又去找爸爸了,爸爸正在刷牙。

"爸爸!有什么很怕人的东西正从裂缝里爬出来!哦,我忘记刷牙了。"

"你先刷牙,我去看看。"爸爸走进了房间。很快,他就出来了,"这么细小的裂缝里不可能爬出什么东西。不过,如果你真的很担心,你可以叫个人替你站一下岗。"法兰西丝决定请她的玩具站岗。

过了一会儿,法兰西丝又看见窗帘一直在动啊动。

"在窗帘后面会不会有什么东西在悄悄地监视我呢?"她又跑去找爸爸妈妈。这一次,爸爸妈妈都睡着了。法兰西丝静静地站在爸爸的床边,悄悄地推了推爸爸。

"哦!"爸爸睁开一只眼睛。

"那里的窗帘在动,我可以跟你睡在一起吗?"

爸爸说:"法兰西丝,你知道窗帘为什么会动吗?那是风在工作。每天晚上,风都要到地上来吹窗帘。"

"风为什么会有工作呢?"

"每个人都有工作,我的工作是每天早上9点到办公室去,你的工作是明天早上准时起床去学校。如果风不吹窗帘,那么它就要被解雇,如果我明天不去办公室,我就要被炒鱿鱼。你呢,如果你现在还不睡,你知道会发生什么吗?"

"我就不能去学校?"

"不。"

"我就要挨屁股?"

"对!"

"晚安!"法兰西丝赶紧回到自己的房间。她拉好窗帘,躺到了床上。

"嘭!""唰!"还是有声音传来。"我知道这次肯定有东西要来抓我了。"

她跳出了床,朝爸爸妈妈跑去。突然,她好像想起什么,决定先自己去看看。悄悄地，她走回了自己的房间。

她站到床上，拉开窗帘，看到一只飞蛾正扑打着窗户！

突然，一阵倦意袭来。她躺了下来，闭上了眼睛，心里在说："没有巨人和老虎，没有蜘蛛，只不过是风在工作，飞蛾在工作。我的工作是睡觉。"

她睡着了，睡得好香好香。

（【美】罗素·霍朋）

## 67. 三只蝴蝶

花园里有三只美丽的蝴蝶。一只是红的，一只是黄的，还有一只是白的。他们天天在花园里一块儿跳舞、游戏，非常快乐。

有一天，他们正在草地上玩，突然下起大雨来。他们一同飞到红花那里，齐声向红花请求说："红花姐姐，红花姐姐，大雨把我们的翅膀淋湿了，大雨把我们淋得发冷了，让我们到你的叶子下避避雨吧！"

红花说："红蝴蝶的颜色像我，请进来！黄蝴蝶、白蝴蝶，别进来！"

三只蝴蝶齐声说："我们三个好朋友，相亲相爱不分手；要来一块儿来，要走一块儿走。"

雨下得更大了。三只蝴蝶一同飞到黄花那里，齐声向黄花请求说："黄花姐姐，黄花姐姐，大雨把我们的翅膀淋湿了，大雨把我们淋得发冷了，让我们到你的叶子下避避雨吧。"

黄花说："黄蝴蝶的颜色像我，请进来！红蝴蝶，白蝴蝶，别进来！"

三只蝴蝶齐声说："我们三个好朋友，相亲相爱不分手；要来一块儿来，要走一块儿走。"

三只蝴蝶一同飞到白花那里，齐声向白花请求说："白花姐姐，白花姐姐，大雨把我们的翅膀淋湿了，大雨把我们淋得发冷了，让我们到你的叶子下避避雨吧。"

白花说："白蝴蝶的颜色像我，请进来！红蝴蝶，黄蝴蝶，别进来！"

三只蝴蝶一齐摇摇头说："我们三个好朋友，相亲相爱不分手；要来一块儿来，要走一块儿走。"

三只蝴蝶在大雨里飞来飞去，找不着避雨的地方，真着急呀！可是他们谁也不愿意离开自己的朋友。

这时候，太阳公公从云缝里看见了，连忙把空中的黑云赶走，叫雨别再下了。天晴了。太阳把三只蝴蝶的翅膀晒干了。三只蝴蝶迎着太阳，又一块儿在花园里快乐地跳舞、游戏。

（季 华）

## 68. 给狗熊奶奶读信

邮递员鸵鸟阿姨给狗熊奶奶送来了一封信。狗熊奶奶是那样的高兴，她盼信盼了好几天了，她是很想念远方的小孙子的。狗熊奶奶老眼昏花，她看不清信上说些什么。她来到河边，请河马先生帮她念一念信。当河马张开大嘴，高声地读了一句："奶奶您好"时，狗熊奶奶就不那么高兴了：

"他是这样粗声粗气地称呼我吗？连'亲爱的'也不加。这个没礼貌、不懂事的小东西！"

当信中说到他想吃奶奶做的甜饼时，狗熊奶奶更不高兴了：

"他就这样用命令的口气，叫我给他捎甜饼吗？这办不到！"

狗熊奶奶气鼓鼓地从河马先生手中拿回信，步履蹒跚地回家了。

走在半路上，她越来越想小孙子了。正巧，夜莺姑娘在树上唱歌。她请夜莺姑娘把信再念一遍。夜莺姑娘喝了点露水润润嗓子，当她念了第一句"奶奶，您好"时，狗熊奶奶听了浑身舒服：

"小孙孙你好！虽然你没用'亲爱的'，可是我从语气中听出来了，这比加'亲爱的'还要亲爱……"

当念到小孙孙想吃奶奶做的甜饼时，狗熊奶奶的眼眶湿润了：

"这多好，我可爱的小孙子，他没忘记我，连我做的蜂蜜甜饼也没忘记，他是一个有良心的孩子……"

狗熊奶奶乐呵呵地从夜莺姑娘手中接回了信，迈着轻快的步子，回家给小孙子做甜饼去了。

（张秋生）

## 69. 想当太阳的小狗

从前，有一只名叫格尼尼的小狗，它觉得自己比所有小狗都聪明。它每天都对着太阳想呀想的。

别的狗问他："你干吗老是看着太阳啊？"

"我要当太阳。"格尼尼回答，"为什么我不能当太阳，为什么太阳不能来当小狗？"

这是傍晚时分，太阳正慢慢从天上滑下来。它通身金红，光芒四射。太阳说："格尼尼，你想要什么？说吧！我听着呢。"

"我想，我想要当太阳。"

太阳默默地想了一会儿，说："好吧，从现在起，你可以当太阳，我来替你当小狗。"

于是，格尼尼当了太阳。它可真是干劲十足啊，整天整夜地发出耀眼的光芒。许多人晒伤了，疼得直叫唤，它还觉得很高兴，以为人们是在大叫着赞美自己呢。没不久，不管是人是动物，都得挖地洞，躲在洞里，才能避开格尼尼发出的可怕光线。

不少动物跑去找原来照亮大地，现在蹲在狗窝旁边的太阳。它们生气地大声嚷嚷："都是你的错！你也想得出，竟然让小狗来代替你。现在阳光这样凶猛，晒伤了我们好多伙伴；没有被晒伤的，也过得和蚂蚁一样。"

"也没那么糟糕吧？"太阳问。

"也许你觉得还挺好的，"一条老狗说，"可我们却是一天到晚提心吊胆。我们都害怕那只小狗，只好藏在洞里。现在也看不见人们在阳光下召唤我们，和我们一起玩啦。"

"耐心点。"太阳说，"一个人是不是幸福，要看他觉得什么是幸福。相信我吧，朋友们，一切都会好起来的。看，天空起了什么变化啦？"

它们抬起头，只见天空上出现了一块又大又厚的乌云。乌云横在太阳和大地之间，格尼尼没法再把阳光射到地面上了。

格尼尼气得不得了，大声叫道："太阳，你在哪儿？你当回你的太阳好了，我要去当乌云。"

"好吧，你可以去当乌云。"太阳一边说，一边像从前那样发着光，升上天空。

而格尼尼如愿以偿，变成了一块又大又厚的乌云，横在太阳与大地之间。阳光不能再照到地上，一切都笼罩在黑暗中。大家对着太阳大声抱怨："都是你的错！"

忽然间，刮来一阵大风，把乌云吹得四分五裂。

"我不要当云彩了，"乌云格尼尼大声嚷嚷，"我要当大风。"

"好吧。"太阳说，"你可以去当大风。"

格尼尼依旧干劲十足，用尽全力吹啊吹，吹得海上波涛翻滚，地上树断草折，吹散了想要挡住它的一切。它这样高高兴兴地刮了好多天的大风。但是有一天，它忽然发现，不管它怎么使劲儿吹，有一样东西始终一动不动。原来那是个土堆。

格尼尼再次大声要求："我要当土堆。"

格尼尼变成了小土堆，它很得意，觉得自己牢不可摧。然而有一天，一头水牛跑了过来，牛蹄来来回回踩了几下，小土堆就倒塌了，化成一片灰尘。

灰尘格尼尼飞到太阳面前，要求道："我要当水牛，我想当什么，就要让我当什么！"

"好吧。"太阳说，"你可以当水牛。"

于是，这头水牛到处乱跑，看见小土堆就上去踩扁，感觉十分开心。后来有一天，一个农夫的儿子看见了水牛格尼尼，就用绳子套住了牛角，把它拴在一棵大树上。

"太阳，"格尼尼喊着，"我要当一条结实的绳子！"

"好吧。"太阳微笑着，"你想当什么都可以。"

于是，格尼尼变成了绳子。它刚高兴了没多久，忽然跑过来一只棕色的小狗。这是一只很顽皮的小狗，它用锋利的牙齿把绳子咬得七零八落，然后就头也不回地跑掉了。

格尼尼再一次大声喊道:"我还要当我的小狗!"

于是,七零八落的绳子变成了一只名叫格尼尼的小狗,快快乐乐地跑来跑去。而温暖的太阳每天都照耀着它,就像过去一样。

(泰国民间故事 小乖 译)

## 70. 地毯下面

从前有一只老虎,他和一匹马是好朋友,他们都住在画室的地毯下面。

他们都喜欢住在画室里,因为他们喜欢绘画。

住在这座房子里的小女孩仙娜,有一次问他们道:"你们怎么会变得这么扁,可以待在地毯下面的?"

"因为我们是想象的动物。"他们说道。

"我是只想象的老虎。"

"我是只想象的马。"

"你把干草藏在哪里?"仙娜问马。

"藏在地毯下面。"他说,"是想象的干草。"

"你也把骨头藏在那里吗?"他问老虎。

"是的!"他说,"骨头!"他舔舔嘴唇,躲到地毯下面去不见了。马也跟着他走了,剩下仙娜一个人。

后来,她拿了一张纸出来,在上面画了许多块糖,放到地毯下面去。不一会她就听见嚼糖的声音,还有一种马的快乐的声音说着:"唔,唔,唔!"

之后,她在一张纸上写着"老虎喜欢什么东西?"放到地毯下面,一阵细语声之后,马伸出头来。

"干草三明治。"他说。

仙娜看他。"你这马真顽皮!干草三明治是马喜欢的,对不对?现在,去问老虎他喜欢什么。"

马走了,老虎出来了。"我想要只手表。"他说,"这样我才晓得时间。"

"好的!"仙娜说。她画一只手表给他,另外为马画了一些干草三明治。老虎不见了,一会儿他们两个都出来了。

"非常谢谢你!仙娜。"他们说着,给她一个吻。

"今天晚上你们还要什么别的东西吗?"她向他们说,"我的睡觉时间快到了。"

"我们还想要一样东西。"他们说,"一把雨伞。"

"一把雨伞!"仙娜说,"可是,地毯下面是不下雨的呀!哦!我忘记了!是想象的雨！"

"当然是想象的！"他们说。

于是，她为他们画了一把雨伞，交给他们。

"谢谢你！"他们说，"晚安！"

"晚安！"仙娜说。她上床去睡了。她又想道："有了一把漂亮的新雨伞却没有下雨，岂不扫兴？"所以，她在一张大纸上画了些雨，踮起脚走下楼，把画塞在地毯下面。

第二天早上，她下楼时，画室里的水有一英尺深。老虎和马把伞打开，倒过来坐在里面，就像坐在船里一样漂来漂去。

"雨一定画得太多了！"仙娜想道。

吃完早饭以后，她回到画室中去时，妈咪正在为地毯吸尘。没有水，没有雨伞，没有老虎，也没有马。

她坐下来，拿出绘画簿画一只熟睡中的老虎和一匹熟睡中的马，妈妈一会儿就走出去了。仙娜坐下来看着炉火，画室里除了地毯下面传出来的鼾声之外，没有别的声音。

（[英] 多纳·毕赛　　杨晓东 译）

## 71. 面包房里的猫

从前有一位上了年纪的琼斯太太，她养了一只猫，名叫莫格。琼斯太太在一个小镇里开了一家面包房，那个小镇就在两山之间的山谷下面。

每天早晨，镇上的人都还在睡觉，琼斯太太的灯就最先亮了，因为她得早起，起来烤白面包、甜面包、果酱面包和威尔斯蛋糕。

琼斯太太起床后先把炉子生旺，再用水、白糖、酵母来和面，然后把面团搁在盆里，放到火边上去发酵。

莫格也起得很早，它起来捉老鼠。等它把所有的老鼠都赶出了面包房，就想卧到炉子边上暖和暖和。可是琼斯太太不让它上那儿去，因为生面包正在那里发酵呢。她说："你可别坐到甜面包上，莫格。"

生面包发得很好，又光洁又大，这都是酵母的作用。酵母使面包和蛋糕膨胀起来，越胀越大。既然不让莫格在炉子边上坐，那它只好到水里去玩。

一般的猫都讨厌水，可是莫格不，它喜欢水，喜欢坐在水龙头边上，用爪子去打落下来的水滴，把水弄得满胡子都是！

莫格长得什么样儿呢？它的后背、身体两侧、四肢、脸、耳朵和尾巴都是橘子酱色的，肚皮、爪子都是白的。尾巴尖上有一缕白毛，耳朵上有一道白边，还长着白胡须。水湿了它身上的皮毛，看起来像狐狸皮一样，爪子和肚皮又白又光。

琼斯太太说:"莫格,你太淘气了。面团发得好好的,可你把水都甩到上面去了。快出去,到外边玩去。"

莫格觉得很委屈,耷拉着耳朵和尾巴(猫在高兴的时候都把耳朵和尾巴竖起来),走了出去。天上正下着倾盆大雨。

湍急的河水流过镇中心,河床里有很多石头,莫格蹲在水里找鱼吃。可是那段河里并没有鱼。莫格身上越来越湿,它没有在意。突然,它打了一个大喷嚏。

这时,琼斯太太开门喊着:"莫格!我已经把甜面包放进烤炉了,你可以回来坐在火炉边上了。"

莫格浑身都湿透了,发着亮,好像涂了一层油。它坐到火炉边上,一连打了九个大喷嚏。琼斯太太说:"哎呀,莫格,你着凉了吧?"

她用毛巾把莫格的毛擦干,喂它喝了一点掺着酵母的牛奶。人身体不舒服的时候,吃点酵母是有好处的。

她让莫格在火炉边上坐着,又动手做果酱面包了。等她把果酱面包放进烤炉,就带着雨伞去商店买东西。

可是你猜猜莫格出了什么事?

酵母把莫格发起来了。

它在温暖的火炉边打瞌睡的时候,身体胀得越来越大。

起初它大得像一只绵羊。

后来它大得像一头驴子。

后来它大得像一匹拉车的马。

后来它大得像一头大河马。

这时候,琼斯太太的小厨房已经装不下它了,它个子太大了,根本走不出门去,把墙壁都撑裂了。

琼斯太太提着篮子和雨伞回家一看,不禁大叫起来:

"天哪!我的房子怎么了?"

整座房子都膨胀起来,歪七扭八的,厨房窗户里伸出粗大的猫胡子,大门里伸出橘子酱色的大尾巴,白爪子从卧室里的一个窗户伸出来,另一个窗户里伸出带白边的耳朵。

"喵!"莫格睡醒了,伸了一个懒腰。这一来,整座房子都塌了。

"哎呀,莫格!"琼斯太太叫道,"看看你干了些什么。"

镇上的人们看到这情况非常震惊,他们让琼斯太太搬到镇公所去住,因为他们都非常喜欢她(和她的甜面包),但是他们对莫格可不大放心。

镇长说:"它是要没完没了地长,最后把镇公所也撑破了怎么办?要是它变得非常凶暴怎么办呢?它住在城里是很不安全的,它太大了。"

琼斯太太说:"莫格是一只很温和的猫,它不会伤害任何人的。"

镇长说:"那咱们等等再看吧。要是它一屁股坐在人头上怎么办呢?它饿了怎么办呢?给它吃什么呢?最好还是让它到城外去,到山上去住。"

人们都叫嚷着:"嘘!滚!呸!嘘!"于是可怜的莫格被赶出了城门。雨下得那么大,山上的水冲下来。莫格倒不怕这个。

然而可怜的琼斯太太伤心极了,她在镇公所里又和了一块面,眼泪流进去,面团变得又软又咸。莫格走进了山谷,这时候它已经胀得比大象还大了——几乎有鲸鱼那么大!山上的绵羊看到它走来,吓得要死,飞奔着逃命去了。莫格可没注意到它们,它正在河里捉鱼。它捉了好多好多鱼!心里真快活。

雨下得太久了,莫格突然听到山谷上边传来洪水的咆哮声,巨大的墙向它扑来。河水泛滥了。越来越多的雨水灌进河里,从山上奔流直下。

莫格心想:我要是不把水拦住,那些好吃的鱼就都得被冲走。

于是它一下子坐到山谷中间,把身体伸展开,活像一块又大又胖的大面包。

洪水被挡住了。

城里的人们听到洪水的咆哮声,害怕极了。镇长大声喊道:"趁着洪水还没冲到城里,大家都跑上山去,不然我们全都得被淹死!"

于是大家都往山上跑,有人跑到这边山上,有人跑到那边山上。他们看到什么了呢?

喔唷,莫格在山谷中间坐着,它身后是一个大湖。

"琼斯太太,"镇长说,"你能不能让你的猫先待在那儿别动,好让我们在山谷里修一条水坝,把洪水挡住?"

"我试试吧。"琼斯太太说,"在它下巴底下挠挠,它就会老老实实地坐着。"

于是大家轮流用干草耙在它下巴底下挠,一直挠了三天三夜,莫格高兴地呜呜叫着,它的叫声掀起了一个巨浪,从洪水湖上滚滚而过。

这些天,最好的工匠们不停地在修一座横跨山谷的特大水坝。

人们还给莫格带来各种各样好吃的东西——一碗碗的奶油、奶酪、肝、沙丁鱼,甚至还有巧克力!可它已经吃了好多鱼了,所以并不太饿。

到了第三天,水坝修好了,城市安全了。

镇长说:"现在我认为莫格是一只很温和的猫,它可以同你一起住进镇公所了,琼斯太太。把这个奖章给它戴上。"

奖章上有一条银链子,可以挂到脖子上。上面刻着:莫格救了我们的城市。

从那以后,琼斯太太和莫格就快活地住在镇公所里。假如你到卡莫格小镇去,就可以看到,早上莫格要去湖里捉鱼吃的时候,警察会断绝交通请它独自通行。它的尾巴在房顶上摆来摆去,胡须碰得楼上的窗户咋嘈咋嘈响。但是大家都知道它不会伤人,因为它是一只很温和的猫。

它爱到湖里玩,有时候把身上弄得太湿了还会打喷嚏,然而琼斯太太再也不给它吃酵母了。

莫格已经够大的了!

(【英】琼·艾肯　舒杭丽　译)

## 72. 犟龟

这是一个美丽的早晨,天空阳光灿烂。乌龟陶陶正坐在她那舒适的小洞前,从从容容地吃着车前草的叶子。

她的头顶上是一棵古老的橄榄树。母鸽苏莱卡正坐在树上,梳理着自己闪闪发光的羽毛。这时,雄鸽萨罗莫飞了过来,频频弯腰向母鸽致意,嘴里不停地叫道:"啊,苏莱卡,我的宝贝,你听说了吗?万兽之王——狮王二十八世要举行婚礼啦!他邀请我们前去参加庆典,我亲爱的!"

"我亲爱的丈夫,"苏莱卡娇滴滴地说道,"我们真的被邀请了吗?"

"别担心,我的心肝,"萨罗莫回答说,他又鞠了几个躬,"所有动物——大大小小、男女老少都被邀请了,其中当然也包括我们。结婚庆典一定会是最风光的。可是,我们得赶快,因为狮子洞路途遥远,而庆典不久就要开始啦。"

苏莱卡点了点头,马上和萨罗莫一道动身飞走了。

乌龟陶陶在一旁听见了他们的谈话,陷入了深思,连早餐都忘了吃完。陶陶自言自语地说:"如果所有动物——大大小小、男女老少都被邀请了,当然也会包括我。为什么我不该去参加这有史以来最热闹的婚礼呢?"

想了整整一天一夜后,陶陶终于拿定主意,第二天一大早便上路了。她一步一步向前爬去,虽然很慢,却一直没有停下。

当她爬了几乎整整一天后,路过一片荆棘丛。蜘蛛发发在丛中织了一张巨大的网。"嘿,陶陶。"蜘蛛发发喊道,"如果不介意的话,你能不能告诉我,你这么急急忙忙去哪儿呀?"

"晚上好,发发。"陶陶回答说,她正好可以停下来歇上口气,"你知道,狮王二十八世邀请所有的动物参加他的婚礼。我现在正往那儿赶呐。"

发发听完,用两只前腿抱着头,咯咯大笑,那巨大的蜘蛛网被她的笑声震得剧烈地颤动起来。

"噢,陶陶!"她终于忍住笑说,"你可是慢得出奇呀,怎么可能赶得上呢?"

"一步一步坚持往前走呗。"

"可你想过没有,婚礼两周后就开始了呀?"发发大声说。

陶陶满怀信心地看了看自己的腿——它们虽然短小，但很结实。她对发发说："我会准时赶到那里的。"

"陶陶！"发发充满同情地劝说道，"陶陶，连我都觉得路途太远了。可我的腿不但比你的灵巧，而且还多一倍呢。你还是清醒点儿吧！算啦，赶紧回家吧！"

"很遗憾，我不能这样，"陶陶友好地回答说，"我的决定是不可改变的。"

"不听他人言，吃亏在眼前！"说完，发发开始继续织自己的网，看得出她有些不高兴。

"没错，"陶陶回答说，"那么，再见，发发。"

乌龟又吭哧吭哧地开始赶路了。蜘蛛发发幸灾乐祸地嘲笑道："那你可千万别跑太快了，要不你会到得太早的！"

但是，陶陶仍然坚定地继续往前赶路，越过种种障碍，穿过树林和沙地，日夜不停地赶路。

有一天，当她经过一个池塘时，想停下来喝点儿水。在一片常春藤上，蜗牛师师正瞪着双眼打量着她。

"你好！"陶陶客气地跟蜗牛打招呼。

过了好一会儿，蜗牛才明白过来。"我的天！"蜗牛慢慢悠悠地说，"你居然能爬这么快！看着都让人眼晕。"

"我赶去参加狮王二十八世的婚礼呢。"陶陶解释说。

费了好一会儿功夫，蜗牛师师才把自己那迷迷糊糊的思绪理清楚，她慢腾腾地说："太糟了！你完全走反了方向。"说着，她用自己的触角到处乱指一气，"应该朝那边……那里…… 我是说……从那里过来！不是从这边！这里……"她不可救药地陷入一团混乱中，怎么也表达不清自己的意思。

"没关系，"陶陶说，"至少我现在知道了。请告诉我，到底该朝哪边走？"

蜗牛完全被自己搞糊涂了，她只好缩回自己的屋子，过了半个小时才爬了出来。

陶陶一直耐心地在一旁等着，直到师师开口。

"我的天！"蜗牛师师难过地叹了一口气，"真不幸！你应该朝南走，而不是朝北走。你应该朝完全相反的方向走。"

"非常感谢你给我指路！"说完，陶陶慢慢掉转方向。

"可是，后天就该举行婚礼了呀！"蜗牛几乎带着哭腔说。

"我会准时赶到的。"陶陶说。

"不可能！"蜗牛又叹了一口气，并十分担心地看着陶陶，"绝不可能！如果从一开始，你就走对了道，也许还有点儿戏。可这会儿是绝对没有指望了。这都是白费劲。真够惨的！"

"如果你想和我一道去，就坐到我壳上来吧！"陶陶向蜗牛建议道。

蜗牛师师难过地垂下她的眼睛。"已经没有意义了。现在去已经晚了，太晚了。我们绝对赶不上的。"

"会的，只要一步一步坚持走，一定会到的。"陶陶说。

"我现在心情很不好，"蜗牛哭哭啼啼地说，"请留下来安慰我吧！"

"可惜不行，"陶陶友好地说，"我的决定是不可改变的！"说着，她又重新朝另一个方向爬去。

蜗牛师师泪眼汪汪，她久久地望着陶陶离去的身影，继续用她的触角示意，恳求乌龟留下。

就这样，陶陶朝另一个方向又走了许多天。越过种种障碍，穿过树林和沙地，日夜不停地赶路。

后来，她遇到了壁虎茨茨。这会儿，他正躺在一块石头上打盹，阳光照在石头上，茨茨身上那绿宝石般的鳞片闪出耀眼的光。当乌龟靠近他时，他眯缝着一只眼睛，迷迷糊糊地说："站住！你是谁呀？打哪儿来？要上哪儿去？"

"我叫陶陶，"乌龟回答说，"我原来住在一棵古老的橄榄树下，现在想去狮子洞。"

茨茨打了个呵欠。

"哎，我说，你去那儿干嘛呀？"

"我去参加狮王二十八世的婚礼。因为他邀请了所有动物，当然也包括我。"陶陶说。

这次，茨茨吃惊地睁开另一只眼睛，居高临下地打量着乌龟。

过了一会儿，他才用带鼻音的声音说："现在还往那里赶？亏你这可怜虫想得出来！"

"只要坚持，一步一步总能走到的！"陶陶说。

茨茨一边用双肘支撑着身体，一边拿小爪敲着石头说："哎，你是说，你要用这种慢悠悠的方式，赶去参加一次也许一个星期前就已经举行过的婚礼吗？"

"也许？婚礼难道在一个星期前就举行了吗？"陶陶问。

"没有。"茨茨懒洋洋地说。

"太好了！"陶陶高兴地说，"那我就能准时赶到了。"

"肯定赶不上的！作为狮王王宫的高级官员，我现在正式通知你：婚礼暂时取消了。由于非常突然的原因，狮王二十八世不得不和老虎斯斯开战，你现在可以放心回家了。"

"很遗憾，我不能这样，"陶陶回答说，"我的决定是不可改变的！"说完，她从右边绕过壁虎，继续往前爬去。

茨茨愣住了，嘴里不断唠唠叨叨地说："你应该好好想一想……再好好想一想……"

就这样，陶陶又走了很多天。越过种种障碍，穿过树林和沙地，日夜不停地赶路。当她穿过一片岩石荒漠时，遇见了一群乌鸦，他们蹲在一棵干枯的树上，一副闷闷不乐的样子。陶陶停了下来，想问问路。

"阿嚏！"陶陶还没张口问，一只乌鸦便发出一种像打喷嚏一样的声音。

"祝你健康！"陶陶以为他感冒打喷嚏，便连忙友好地向乌鸦打了个招呼。

"我没有打喷嚏，"乌鸦不高兴地说，"我只是作一下自我介绍。我是智者阿嚏。"

"啊，对不起！"乌龟说，"我叫陶陶，是一只普普通通的乌龟。请告诉我，智者阿嚏，去狮王二十八世的宫殿，是从这儿走吗？我应邀去参加他的婚礼。"

乌鸦们彼此交换了一下意味深长的目光，发出了一种低沉的声音。

"我也许可以告诉你它在哪儿，"阿嚏解释道，并用爪子搔了搔头，"但是，这对你已经毫无意义了。我们伟大的狮王现在所在的地方，就连我们这些有头脑的智者都去不了。可是，你这可怜的、无知的小爬虫，以你这种短浅的见识，你怎么可能找到去那儿的路呢？"

"只要坚持，一步一步总能走到的！"陶陶固执地说。

乌鸦们又一次彼此交换了一下意味深长的目光，发出一种低沉的声音。

"啊，你这鬼迷心窍的家伙！"乌鸦阿嚏郑重其事地清了清嗓子说道，"你在说什么呀？！这事早就过去了。而过去的事情是谁也赶不上的。"

"我会准时赶到的！"陶陶充满信心地说。

"绝对不可能了！"阿嚏用阴森低沉的声音说，"你难道没看见，我们大家都穿着丧服吗？几天前，我们刚刚安葬了伟大的狮王二十八世。他在与老虎斯斯的拼杀中身负重伤，已经不幸去世了。"

"啊，"陶陶说，"这真的使我感到非常难过。"

"所以，你还是赶紧回家去吧！"阿嚏继续说道，"或者你也可以留下来，和我们一起哀悼狮王。"

"很遗憾，我不能这样。"陶陶客气地回答说，"我的决定是不可改变的！"说完，她又重新上路了。

乌鸦们疑惑不解地看着乌龟的背影，然后凑在一起叽叽呱呱地说："这个固执倔强的家伙！她居然想去参加什么婚礼，也不想想新郎早就死了。"

就这样，陶陶又走了许多天。越过种种障碍，穿过树林和沙地，日夜不停地赶路。

后来，她来到了一片森林中，这里树木茂盛。森林的中间，有一大片鲜花盛开的草地。草地上聚集了许多动物：大大小小，男女老少。大家都兴高采烈，充满期待的喜悦。

一只小金丝猴在陶陶身旁上蹿下跳，不停地鼓掌。"啊，对不起。"陶陶对小猴说，"去狮子洞该怎么走？"

"你现在不是就站在洞口面前吗？"小猴叫道（它叫杰杰，不过在这里名字已经不再重要了），"那边就是入口！"

"请问，这里是在庆祝狮王二十八世的婚礼吗？"陶陶非常不解地问。

"啊，不是！"小猴说，"你肯定是从很远的地方来的吧！大家都知道，今天，我们大家在这里庆祝的是狮王二十九世的婚礼。"

就在这时，狮子洞口出现了一位英武的年轻狮子，身上蓬松的鬃毛像太阳一样闪闪发光。他的身旁站着一位美丽动人的年轻母狮。

所有的动物都向他们欢呼："万岁！新王和王后万岁！"随后，大家便开始唱歌的唱歌，跳舞的跳舞，大吃大喝，一直狂欢到深夜。萤火虫送来点点光明，夜莺放开美丽的歌喉，蟋蟀奏出优美的音乐。总而言之，这的的确确是从未有过的、最美丽的庆典。

乌龟陶陶坐在参加庆典的客人中间，虽然有些疲劳，但感到非常幸福，她说："我一直说，我会准时赶到的！"

（【德】米切尔·恩德　何珊　译）

## 73. 咬咬

老鼠们的习惯是，遇到喜欢的东西，就张大嘴，凑过去，咬咬。

漂亮的桌子椅子，搬不动，咬咬它们的腿也好。

香香的蛋糕饼干，不能全带走，咬一角吞下肚就好。

好看的衣服帽子，穿不了，咬个小洞留个印记也不错。

老鼠宝宝就要出生了。

老鼠先生翻了好多个垃圾筒，找来一块白白的大泡沫板，又抓又咬，做成个小摇篮。

老鼠太太翻了好多个大衣柜，找到很多漂亮的衣衫，又在每件衣服最漂亮的地方咬咬，撕下来最好看的那一小条布。所有的布条都垫到小摇篮里去。

老鼠先生和老鼠太太翻了好多个厨房和食品柜，找出所有美味的食物。草莓蛋糕、巧克力饼干、松子、花生米、小黄瓜、红薯团子、紫菜卷……每样都咬一小角儿下来，不自己吞掉，带回家放好。这些都是给老鼠宝宝准备的。

老鼠宝宝终于出生了，躺在爸爸妈妈给她准备的小摇篮里，吃爸爸妈妈精心准备的食物。

老鼠先生和老鼠太太凑在摇篮边，把小老鼠宝宝从耳朵尖看到尾巴尖。多可爱的小老鼠呀，多圆的小耳朵，多亮的小眼睛，多细的小胡须，多凉的小鼻子，多软的小肚皮，多尖的小爪子，多翘的小尾巴……

老鼠先生和老鼠太太看得着了迷。他们太喜欢老鼠宝宝了，真想，凑过去，咬咬！

哎哟！

老鼠先生和老鼠太太一齐揉着头叫起来。他们都想凑过去咬咬宝宝的小脸，都没咬着，倒是撞到了头。也幸好撞了这么一下，要不真那么两口咬下去，老鼠宝宝嫩嫩的小脸蛋，还不被咬破皮。

老鼠先生和老鼠太太蹲在摇篮边，你看看我，我看看你，又再看看宝宝，都觉得老鼠宝宝实在太可爱，实在太喜欢她了，还是想咬……但是，也实在咬不下嘴啊。

他们在摇篮边蹲了很久。终于，老鼠太太探头过去，吧唧，在老鼠宝宝的脸上亲了一口。看到喜欢的都咬咬，特别特别喜欢的，还是只亲亲就好。老鼠先生也探头过去，吧唧，也亲宝宝一口。

（流 火）

## 74. 雪孩子

一

这场雪下得真大。雪花把树枝盖得满满的，压得弯弯的；地面上粉白粉白，积雪已经有几寸厚了；小木屋顶上，像铺了一条厚厚的白绒被。不过，到晌午时候，雪就渐渐地停了。

小木屋里住着兔妈妈一家。这一家也不过两口人：除了兔妈妈以外，就是她的孩子——小白兔了。现在，兔妈妈趁着雪停，打算上外面去找些吃的回来。她对小白兔说：

"孩子，家里萝卜没有了，妈……"

兔妈妈的话还没说完，小白兔就抢着说："妈妈，萝卜还有着呢！"说着，他挪动小板凳，爬了上去，伸手在墙上挂着的篮子里取下半个胡萝卜来，递给妈妈。

"这怎么够吃呀！孩子，"兔妈妈将胡萝卜放在桌上，"妈妈该到外面去找几个大萝卜来才行。"

她顺手从墙上取下篮子，"骨碌碌……"从里面滚出来两颗晶亮、乌黑的龙眼核。小白兔赶紧拾了起来，心疼地说：

"妈妈，这是雁姐姐从南方捎来送给我的。到了春天，我要把它们种在屋前，左边一棵，右边一棵，长出两棵龙眼树来呢！"说着，他把龙眼核小心地藏在胸前的衣袋里。

"噢，"兔妈妈一面应着，一面挎起篮子就往外走，"孩子，乖乖地在家里烤烤火吧……"话还没说完，就被小白兔一把扯住衣角。

"妈妈，我也去，我也去！"

"不，你不能去。"兔妈妈哄着小白兔说，"外面冷，冷得尾巴都会冻掉哩！孩子，家里多暖和！"说着，她蹲下来往火塘里添了几根柴。

"不，我要去，我要去！"小白兔扯住妈妈的衣角不放，并且哭起鼻子来了，"妈妈，你走了，我独个儿在家多寂寞呀！"

妈妈拉开屋门，凝望着外面一片白茫茫的积雪，忽然高兴地说："小宝贝，妈妈给你堆个雪人，你有了伴儿就不寂寞啦！"

"好，堆雪人！"小白兔揩着眼泪笑起来，跳着、蹦着。

于是，兔妈妈放下篮子，搀着小白兔走到外面，七手八脚地堆起雪人来。小白兔当小助手，捧着雪传递给妈妈。

不久，一个胖鼓鼓的、漂亮的雪孩子就站在他们的面前了。他的头顶上还长着几根褐色的头发，那是冬天仅有的野草。兔妈妈退后一步，对着雪孩子左看看，右看看，笑着说：

"多可爱的雪孩子，可惜没有眼珠儿，要不，他就活啦！"

小白兔摸摸胸前的口袋，忽然说："有，有眼珠儿啦！"说着，掏出那两颗龙眼核，攀住雪孩子的肩膀，小心地把它们安进他的眼眶。

雪孩子的眼珠儿刚刚安上，就转动起来了，他的鼻子和嘴唇也动起来。这时候，一只翠鸟飞来，站在他的头顶上喘着气。雪孩子摇了摇头，举起了右手，想去抓住头上的东西——他怎么能知道那是一个受不住寒冷、没法飞回家去的可怜朋友呢——翠鸟只得吃力地飞走了。

这一切，小白兔和兔妈妈都没注意，因为他们正低着头在扒开周围的积雪，好让雪孩子站在一块干干净净的空地上。小白兔顺手拾起一根小竹竿，想把它插在雪孩子的手里。雪孩子的右手抓了抓头，刚想放下，小白兔就已经来到他的面前。

"妈妈，快来！"小白兔奇怪地嚷着，"雪孩子的右手怎么举起来啦！刚才不是垂着的吗？"

趁小白兔回过头去说话的时候，雪孩子赶忙把右手放下。

兔妈妈走近一步，抬着头，对雪孩子仔细端详了一会儿，对小白兔说："小宝贝，刚才你说什么来着？雪孩子的右手不是好好地垂着吗？"她笑着继续说，"不过，我说得并不过分，他真像活了一样！"

雪孩子眨眨眼，调皮地笑了笑。

小白兔似乎在雪孩子的脸上又发现了什么怪事，他凝视着。他并没有看到雪孩子的眨眼和笑，却发现了雪孩子的脸上缺少了一件重要的东西——一个鼻子，于是拔腿就往屋里奔去。

一会儿，他取来了半个红红的胡萝卜，往雪孩子的脸上一安，变成了一个往上翘的红鼻子。

雪孩子早就看到安在他脸上的是半个胡萝卜，短短的。这个鼻子一点儿也不神气。趁小白兔背转身去的时候，他把鼻子拔下，"呼"的一声扔出去，恰好扔在小白兔的面前。"咦！鼻子怎么掉了？"小白兔拾起萝卜，回转身躯又安在雪孩子的脸上。雪孩子瞪了瞪眼，又把鼻子拔下来扔了。

小白兔再一次拾起萝卜，想了想，对雪孩子说："噢，我懂了，雪孩子，你嫌鼻子太短，是吗？不要紧，妈妈会给你找个最好的鼻子回来的；现在，你暂且用一用这个鼻子吧！"一面说，一面把萝卜又安上了雪孩子的脸。

雪孩子不再扔鼻子了，并且还满意地点了点头，虽然小白兔并没有看到。兔妈妈早就上屋里去了。这时候她正挎着篮子出门，对小白兔叫道："孩子，回屋里烤烤火，别着了凉！"

"噢！"小白兔大声说，"妈妈，给雪孩子找个最漂亮的鼻子回来！"

"知道了，快回屋去吧！"兔妈妈答应着，渐渐地走远了。

小白兔回到屋里，推上门，向火塘里添了一大把柴，这才坐了下来。

火苗热烈地跳跃着，火光给小白兔添上了一层玫瑰色。他浑身暖呼呼的，打起哈欠来。

## 二

屋外，雪孩子舒展着腿和臂，开始跳起舞来。他跳着、跳着，渐渐地离开了那块空地，跳到树边去了。他踩在雪地上没有留下一点痕迹，也不会发出"吱吱"的声响，因为他是雪孩子呀。

忽然，从前面传来一阵低低的声音，声音里还夹着喘息："哎哟！哎哟！我的腰给压坏啦！"

谁？雪孩子迎着声音悄悄地走近：原来是一棵小树。沉重的积雪压在他的枝条上、树干上，把他的腰压得弯弯的，像个驼背老公公，看样子实在是够累的。

"哎哟！我的腰杆儿直不起来啦！"小树呻吟着。他并没有看见雪孩子，因为雪孩子在他的背后。

雪孩子悄悄地用手里的竹竿把小树上的积雪轻轻刮去了，小树的腰就挺了起来。

"这可好了，我的腰挺起来啦！"小树轻轻地吐了一口气，"不过，是谁帮了我的忙呢？"

当小树回过头来的时候，雪孩子却悄悄地溜走了。干嘛要让小树知道呢？帮他这一点儿小忙算得了什么！

一棵老松树上有个树洞。小松鼠从树洞里探了探头，马上钻了出来。大雪天，他在洞里闷坏了，现在需要出来活动活动。当他跳上树杈的时候，冷不防脚下一滑，打从半空里摔下来。这时候正好雪孩子来到树下，他赶忙甩掉小竹竿，用双手把小松鼠托住，又立刻轻轻地把他放上树干。

小松鼠往上爬了两步，忽然想起，刚才他是从半空里摔下来的，怎么会站在树干上呢？他仿佛觉得是谁把他托住似的。

雪孩子正抬起右脚迈步，忽然听到小松鼠说："大概是你帮了我的忙吧？"就立刻不动了。那右脚还抬着呢。

"是你，是你！别装假了！"小松鼠笑着说。

雪孩子不动，也不吭声。

"噢，我明白了，你做了好事不想叫人知道，是不是？"小松鼠说，"好，我不看你，你去吧！要不，你的右脚抬着太累啦！"说着，连奔带跳地爬上树去，一头钻进了树洞。可是，他马上又从洞里探出头来，睁眼瞧雪孩子到底怎么着。

雪孩子快步向前走去，他一点儿也不知道全被小松鼠瞧见了。

雪孩子走着，忽然又停住了，因为他看见洁白的雪地里躺着一只美丽的翠鸟。雪孩子赶忙把她抱起，轻轻地拂掉了她羽毛上的残雪。

她冻僵了，现在该让她得到温暖才好。可是，雪孩子的怀里却很冷。

前面是一带灌木丛。常绿树叶掩盖着下面的一块泥地，干干净净的。让翠鸟躺到那儿去吧！雪孩子打定了主意。

当他把翠鸟安放在泥地上的时候，又觉得还需要给她盖上一些什么才好。

一阵风吹来，把无数枯叶卷在空中，忽上忽下地翻飞。雪孩子的晶亮、乌黑的眼珠儿一转，立刻就想出一个主意：去追捕那飞卷着的枯叶。那是多么好的被子呀！

枯叶一片片飘落下来，全到了雪孩子的怀里。他高高兴兴地捧着回来了。

泥土上，垫着一层厚厚的枯叶。雪孩子抱起翠鸟，轻轻地安放在上面，然后又用枯叶一片片地给她盖着。

当他盖上最后一片枯叶的时候，风又吹来了，把盖着的枯叶全都卷走。雪孩子立刻追去。

风刮着，翠鸟的美丽的羽毛在索索抖动。灌木丛的枝叶忽然渐渐地合拢，像帷幕那样严严地罩住了她——也许是雪孩子的善良的心感动了每一株灌木，他们也要尽自己的力量保护翠鸟，为她挡住寒风。

当雪孩子重新捧着一大堆枯叶回来时，灌木丛的枝叶又渐渐张开。雪孩子将枯叶厚厚地覆盖在翠鸟身上。

翠鸟微微地睁开眼睛，但马上又合上了。在这一瞬间，她已经瞧见了雪孩子。雪孩子笑了，他为翠鸟的苏醒而高兴。但是他却立刻往后退去，只是悄悄地在树边注视着。

翠鸟的眼又睁开了，身躯转动了。她扑了扑翅膀，飞了起来。她绕着雪孩子飞了三圈，叽叽地叫着，似乎在说："谢谢你啦！谢谢你啦！"

可是雪孩子却站着一动不动，好像他什么也没听见。

翠鸟飞走了。但是，也许因为还没有复原的缘故吧，她刚想往高高的树上飞去，回到自己的窝巢，却又跌落在雪地里了。

雪孩子立刻赶上前去，又忽然停住了脚步，因为他看到翠鸟动了一动，生怕被翠鸟瞧见；但是他终于奔到翠鸟眼前，轻轻地把她抱了起来。

那高高的树上就是翠鸟的窝巢。可是怎样把翠鸟送到窝里去呢？他在树下呆呆地仰望着。

"雪孩子，别着急，我来帮忙！"小松鼠从松树上"呼"的一声跳了下来，蓬蓬松松的大尾巴像顶降落伞。

雪孩子一动不动，一声不响。

小松鼠背向着雪孩子，蹲着说："来吧，翠鸟，快快爬上我的背脊，我送你回窝去！"其实这话是对雪孩子说的，但是他懂得雪孩子的脾气，所以只能对翠鸟说。雪孩子听了这话，果真把翠鸟轻轻地抱上他的背脊。小松鼠驮着，小心地爬上大树去了。

雪孩子马上就溜开了。他趁着小松鼠不注意的时候去捡枯叶。没多久就捡了一大堆，悄悄地回到大树下——小松鼠看不见的地方。

这时候，小松鼠已经把翠鸟驮到鸟窝边，让她在温软的窝巢里躺下。小松鼠刚要离开，忽然看到一片枯叶飞来，就一手接住，盖在翠鸟的身上。他低头一瞧，马上就明白是怎么回事了。

树下，雪孩子又将一片枯叶往上轻轻一抛，枯叶冉冉上升，飞到鸟窝边，又被小松鼠接住，盖在翠鸟身上……没多久，厚厚的枯叶就像一条大棉被那样盖在翠鸟的身上了。

翠鸟渐渐地苏醒了，"叽叽"地叫着。这叫声传到了在树下静静地守着的雪孩子的耳朵里。雪孩子放心地笑了，这才悄悄地迈步往小木屋的方向走去。

一棵红梅树被白雪覆盖着。雪孩子用嘴连连吹着气。花朵上的雪，化成粉末扬在空中，满树鲜艳的红梅花呈现在眼前，给雪地增添了美丽。雪孩子心里欢喜，一路跳着舞向小木屋前的那块空地走去。那就是他原来站立的地方。

三

小木屋里，火塘在吐着鲜红的舌头。小白兔在塘边烘得浑身热乎乎的，一连打了几个呵欠，伸伸胳臂，站起身来懒懒地走到屋角的小木床前，扑上床，一会儿就睡着了。

火，熊熊地燃烧着。火舌舔着旁边的干柴堆，"噼噼啪啪"地燃烧起来。可是小白兔还在甜甜地睡觉呢！

雪孩子刚刚回到屋前的空地上，就看见小木屋的窗口窜出火苗来，不由得惊慌起来。小木屋着火了，可是小白兔还在屋里呢！雪孩子心里好不着急，拔脚就向小木屋奔去。"小白兔！小白兔！你快出来呀！"雪孩子喊道。屋里没有回答，只听到"噼噼啪啪"的声响。

他用力把门一推，一个火舌猛地从里面卷来。雪孩子待了一会儿，他感到十分难受，满身流汗——其实那是他融化的水——他瘦多了。

火舌呼呼地迎面扑来。他不由得退后几步。尽管这样，他还觉得十分难受，不住地喘气。可是，眼看着屋里的火越来越旺，他的心也像被火燎着似的灼痛——小白兔还在屋里，怎么能不着急呀！

雪孩子又勇敢地冲了过去。火，像猛兽般扑来。他的头发燃着了，浑身湿淋淋的。可是他顾不上这些，猛地钻进了烈火。

屋里浓烟弥漫。他到处摸着、摸着，终于在小木床上摸到了小白兔。这时，烈火正在向他们包围。

雪孩子张开了两条细弱的臂膀——他的臂膀本来是粗壮结实的，可是火在融化他，使他的臂膀也越来越细小了。不过，它们还是那么有力，并不费多大劲就把小白兔抱起来了。他用身体抵挡着烈火的袭击，不让火舌燎着小白兔，一面摸索着往外跑。当他冲出被火焰封住的门时，被闷坏的小白兔在他冰凉的怀里苏醒过来了。小白兔睁开眼睛看了看，又微微地合上了。

那只曾被雪孩子救活的翠鸟飞来了——是这场大火把她召唤来的。现在，她所看到的雪孩子已经又瘦又小，随着汗水淋漓地流淌，他还在变，变得更瘦更小。翠鸟绕着雪孩子飞着、叫着，可是雪孩子连抬起头来看她一眼也不能了。他怀里抱着的小白兔渐渐往下沉、往下沉……终于，他把小白兔稳稳地放在空地上，喘了最后的几口气，就很快地融化——变成了一摊水，一摊洁净的水。那两颗乌黑、晶亮的龙眼核——雪孩子的眼睛，在洁净的水里闪着光亮；还有那半截胡萝卜——雪孩子的鼻子，竖立在两颗龙眼核的下边，就像一个鼻子应该在眼睛下边一样。

翠鸟焦急地来回飞着，忽然向远处飞去。她是去找兔妈妈的，也许兔妈妈回来会有办法吧？

小白兔完全醒来了。他想起，是雪孩子把他从烈火里救出来的。可是雪孩子呢？雪孩子到哪儿去了呢？

兔妈妈篮子里装着个大红萝卜，还有一个大胡萝卜——那是准备给雪孩子换上的漂亮鼻子——却还在雪地里找别的食物。翠鸟飞来，绕着圈儿叫着又往回飞。兔妈妈看了翠鸟一眼，又低头找她的东西。可是翠鸟又飞回来叫着、绕着圈儿。兔妈妈觉得很奇怪，说：

"噢，也许是家里出了什么事吧？"就跟着翠鸟"咯吱咯吱"地踏着雪回来了。

她远远地看见小木屋在燃烧，就慌张地奔去。可是已经迟了，小木屋已经快烧完了。

"我的孩子！你在哪儿呀！"她跺着脚在雪地里叫喊。

"我在这儿哪！妈妈！"

兔妈妈一听是小白兔的声音，就放了心；回过头来，小白兔正向她奔来。她慌忙放下篮子，张开了两只手臂迎着小白兔奔去。

"孩子，你没有被火烧伤吗？"兔妈妈抚摸着怀里的小白兔问。

"妈妈，是雪孩子把我从火里救出来的！"小白兔指指雪孩子原来站立的地方，"可是，妈妈，雪孩子不见了，他到哪儿去啦？"

翠鸟在空地上的那摊洁净的水的上空打转，鸣叫。

兔妈妈搀着小白兔走到空地边，眼望着那摊洁净的水里，两颗乌黑、晶亮的龙眼核在闪着美丽的光。这两只美丽的眼睛仿佛还在快乐地看着世界上的一切。

"雪孩子最怕热，他融化了，变成了水！"兔妈妈叹息着，"多么好的雪孩子！多么勇敢的雪孩子啊！"

云儿全都消散了。蓝天里挂着个大太阳，把暖气散给大地。那摊洁净的水化成了渐渐上升的水汽——那就是雪孩子啊！不过，他的身体已经变得很轻很轻，在空中飘呀，飘呀……

"妈妈，快瞧，雪孩子在那儿！"小白兔说着，飞奔过去，将雪孩子一把抱住。可是雪孩子却轻轻地从他的怀里飞向树梢去了。

小松鼠飞快地爬到树梢头，一把抱住了雪孩子，却扑了个空，雪孩子早已从他怀里袅袅上升了。小松鼠张开蓬松的大尾巴，降落到地面上。

现在只有翠鸟能赶得上雪孩子。她想用翅膀把雪孩子紧紧抱住，结果还是落了空。他直向蓝天里飞去了。

蓝天里立刻出现了一朵白云，一朵非常美丽的白云。

"妈妈，你快瞧！"小白兔指着白云说，"雪孩子在天上呢！"

是的，那朵白云，那朵纯洁的白云正是雪孩子，又健壮，又漂亮。兔妈妈用手背擦掉了两滴留在眼眶里的泪珠，笑着说：

"雪孩子是在天上呢！他现在变得更高大、更美丽了！你瞧，他……"

雪孩子在高高的天空里向小白兔他们挥手哩！

远远地，传来了一阵阵轻悄悄的声音——也许是林间的小鸟唱出了第一支迎春歌吧？不，这声音又仿佛在耳边。不，不，这声音分明就在小白兔和兔妈妈的心里，也在翠鸟和小松鼠的心里。

是的，这是打从他们心底里唱出的一支赞歌：

雪孩子啊，

雪花冰晶

是你的身躯，

你的身躯多么洁净！

雪孩子啊，

舍己为人

是你的心灵,
你的心灵多么美丽!

烈火把你融化,
阳光又使你飞升。
在那蓝蓝的天空里,
一朵美丽、洁净的白云
是你的化身。

风儿啊,
请不要再吹,
雪孩子啊,
——美丽、洁净的白云,
别离开我们!
(嵇 鸿)

## 75. 一个唬老虎的小男孩

印度有一个叫沙奇的男孩。他就喜欢唬老虎。

"你小心点!"妈妈对他说,"你唬老虎,老虎不乐意呢。"

可沙奇不听妈妈的话。有一次,妈妈上商店买东西去了,他跑出去找老虎,他偏要去对老虎放开嗓门吼叫。

沙奇跑不多远,就有一只老虎躲在一棵大树后头,正一眼不眨地盯着沙奇哩。

老虎只等沙奇一走近,就"嘣"一下蹦了出来,嘴里吼叫着:

"呼尔尔尔尔尔尔尔尔尔!"

沙奇也对着老虎吼叫:

"呼尔尔尔尔尔尔尔尔尔!"

老虎生气了。

"他把我当成什么啦?"他寻思道,"当成猫?当成兔子?当成玩熊?呜,不对,应该叫'浣熊'。"

过了几天,沙奇又到外面去,他正在路上走着,被老虎看见了,它一下从树后头蹦了出来,这回叫得比前回更响了:

"呼尔尔尔尔尔尔尔尔尔尔尔尔尔尔尔!"

"你好,老虎!"沙奇说,用手拍了拍老虎的肩膀。

沙奇拍着老虎的肩膀，老虎觉得太受不了啦，就撒腿跑了。它灰溜溜的，尾巴拖在地上。它磨了一阵爪子，学着吼得更响：

"我是老虎呀！"它说，"老虎！老虎虎虎虎！"

接着，它走到一口水塘边去喝水，它边喝边看水中自己的倒影。

它全身黄一条黑一条的花纹，一根长长的尾巴——好美丽的一只老虎。它又吼叫起来，声音响得把它自己都给吓了一大跳。

它自己把自己吓跑了。它跑呀跑呀，直跑到一点气力也没有为止。

"我怕哪个？为什么要跑？"它在心里问自己。"那可是我自己呀。唉，这个娃娃把我完全弄糊涂了！我弄不明白他为什么要唬老虎！"

有一天，沙奇从老虎身边走过，老虎拦住了他的去路。

"你为什么唬老虎？"老虎问。

"因为我怕老虎。"沙奇说，"可当我唬它们的时候，我觉得老虎怕我，你明白了吗？"

"明白了。"老虎回答说。

"你知道吗，老虎是世界上最让人害怕的野兽，"沙奇继续说，"只有勇敢的人才敢唬老虎。"

老虎感到十分荣耀，很是得意。"比狮子还让人害怕吗？"老虎问。

"那还用说！"沙奇回答说。

"那比狗熊呢？"

"要可怕得多。"

老虎开心地呼噜噜叫起来。它开始喜欢这个叫沙奇的男孩子了。

"你倒挺可爱的！"老虎说着，用舌头舔了舔沙奇。

从这天起，他们俩常在一块儿散步，还常常互相唬着玩儿。

（【英】唐纳德·比塞特　韦苇 译）

## 76. 狗熊进城

狗熊决定进一趟城。他在路上走着。今天他穿的是最漂亮的外套，戴的是最漂亮的礼帽，帽子的四周都镶着丝边，靴子锃亮锃亮的，直晃眼。

"今天我这身打扮，可够气派的！"狗熊自语道："这趟进城，我准能给人留下深刻的印象。"

乌鸦蹲在树枝上，听到了狗熊一路得意地走，一路自说自话，就对狗熊说：

"不过，请原谅我，我的看法跟你很不一样。按照你的身材和风度，你不应该穿这样的服装，不应该这样打扮。我刚刚从城里回来，你愿意听我告诉你，城里的气派人物如今可都是怎么打扮的吗？"

"哦，请快告诉我！"狗熊说，"我老早就想，我能穿上城里最有派头的人的新式服装进城就好了。"

"今年啊，"乌鸦说，"城里最有派头的人已经不戴帽子了，他们在头上顶个平底锅当帽子；外套呢，你这样的外套早过时了，如今时兴的是拿床单裹着身子当外套；靴子也早不穿了，而是拿两个纸袋套在脚上，嚓啦嚓啦地走路。"

"哦，糟糕！"狗熊惊叫道，"我这身打扮全过时了！亏得你提醒我，要不然我这样进城，可得让人家笑话死了！"

狗熊赶忙掉转头。一回到家，就毫不犹豫地甩掉外套，摘掉礼帽，脱下靴子。然后，他学城里气派人物的打扮，在头上顶个平底锅，拿床单上上下下裹住身体，往脚上套上两只大纸袋。他在镜子前面转着身子照了照，说："啊，城里有派头的人也真想得出，真会玩新鲜！"

狗熊进了城，来到大街上。人们对着狗熊指指戳戳，先是暗暗地笑，后来就放声哈哈大笑起来，笑得一个个都直不起腰。

"今天，这狗熊，啊哈哈，准是疯了！"

狗熊害臊得呀，真巴不得立刻寻条地缝钻进去！他立刻扭身逃出城，飞快地向家里跑去。

路上，他又遇到了乌鸦。

"乌鸦，你跟我说的那些，全是谎话！"狗熊气咻咻地说。

"我没有说我说的都是真的，可你为什么要相信呢？"乌鸦说完，从树上"嘟"一下飞起来。

乌鸦飞在天上，呱呱地大笑着。

狗熊傻傻地望着天空，直愣着，好半天回不过神来。

（【美】艾诺·洛贝尔　韦苇 译）

## 77. 小狐狸买手套

寒冷的冬天从北方来到了小狐狸母子所居住的森林。

一天早上，小狐狸刚从洞穴里走出来就突然"啊"地叫了一声，捂着眼睛滚到了狐狸妈妈身边叫道："妈妈，我的眼睛被什么东西给刺到了，请帮我拔出来，快点快点。"

狐狸妈妈吓了一跳，慌忙把小狐狸捂着眼睛的手拿开，提心吊胆地查看起来。不过，小狐狸的眼睛里什么刺也没有。狐狸妈妈走出洞口一看，马上就明白是怎么回事了。原来，昨天晚上下了一场鹅毛大雪，积雪被亮闪闪的太阳光一照，反射出耀眼的光芒。对雪一无所知的小狐狸，被那刺眼的反光一晃，还以为眼睛被什么东西给刺到了。

小狐狸跑到外面玩了起来。它在如同丝棉般柔软的雪地上，四处蹦啊跳啊，扬起的雪花就像小水珠一样四散开来，在阳光的映照下，形成了一道小小的彩虹。

突然，"嘎吱嘎吱，沙——"

从背后传来一阵巨响，好似面粉一般的雪"哗"的一下落到了小狐狸身上。小狐狸吓了一大跳，连滚带爬地从雪下面逃出十来米远。

那到底是什么呀？小狐狸这么想着，便回头望了一眼。可是什么东西也没有，不过是积雪从枞树枝上塌落了下来。白绢般的雪纷纷洒洒地自枝丫间飘落。

没过多久，跑回洞里的小狐狸把冻得通红的、湿漉漉的双手伸到狐狸妈妈面前，说："妈妈，我的手好冷啊，都冻麻木了。"

狐狸妈妈一边对着小狐狸的手哈气，一边用自己温暖的双手温柔地包裹住它。

"很快就会暖和起来了呀。碰过雪之后，很快就会变得暖和起来的。"狐狸妈妈这么说着，可心里却想：小宝宝的手要是生了冻疮就太可怜了，看来等到了晚上，得去镇子一趟，给小宝宝买双合适的毛线手套。

夜漆黑漆黑的，就像一块包袱皮似的，把森林和野地全都包裹了起来。不过雪地实在是太白了，不管怎么样包裹都会露出色来。

银狐母子走出了洞穴。小狐狸钻到妈妈肚皮底下，一双滚圆的大眼睛眨啊眨，一边走着，一边东瞧西望。

不一会儿，前方出现了一点亮光。小狐狸看到了，便叫了起来：

"妈妈，星星也会落到那么低的地方呀。"

"那可不是星星啊。"狐狸妈妈边走边回答，"那是镇上的灯。"

看到这镇上的灯光时，狐狸妈妈不经意间想起了以前和朋友一起出门时的情景。那个朋友不听狐狸妈妈的劝阻，偷了一户人家的鸭子，结果被农民们发现了。它们遭到了激烈的围追堵截，好不容易才捡回条命。

"妈妈，你在做什么呢？快点走呀。"小狐狸在妈妈肚皮底下说道，可狐狸妈妈却怎么都没法再往前挪动一步。没法子，她只好让小狐狸自个儿到镇上去。

"宝宝，伸一只手出来。"狐狸妈妈说道。她握住小狐狸的手，不一会儿，那只手就变成了一只可爱的小孩子的手。小狐狸把手握紧又松开，试着掐了掐，又闻了闻。

"好奇怪啊，妈妈。这是什么呀？"小狐狸说着，借助雪地的反光翻来覆去地看着那只变成人手的手。

"那是人的手呀。听好了，宝宝。到了镇上之后呢，会有很多很多的人家。你要先去找一家外面挂着圆帽子式样招牌的人家。找到后，你要咚咚咚地敲下门，道一声晚上好。这么做了之后，里面就会有人来把门打开一条缝，你就从那个门缝里把这只手，瞧好，就是这只人手伸进去，对里面的人说，请给我一双跟这只手差不多大小的手套。记住了吗？绝对不能把另外那只手伸出去。"狐狸妈妈叮嘱道。

"为什么呀？"小狐狸问。

"人类啊，如果知道对方是狐狸的话，就不会卖给它手套了呀。不仅如此，他们还会把你抓起，关进笼子。人类真的是很可怕的东西啊。"

"哦。"

"绝对不能把另外那只手拿出来啊。要把这只，看清楚了，就是这只人手拿出来啊。"

狐狸妈妈把带在身上的两个铜板，塞到了小狐狸变成人手的那只手里。

小狐狸把镇上的灯光当做路标，晃晃悠悠、晃晃悠悠地在明亮的雪地里走着。刚开始时就只有一盏灯光，接着出现了第二盏、第三盏，最后增加到了十多盏。小狐狸看着那些灯光心想，它们和星星一样，也有红色、黄色和蓝色的呢。

没过多久，小狐狸进了镇子。不过，所有的人家都已经关上了门，温暖的灯光从高高的窗户中流泻下来，照射在覆满道路的积雪上。

因为屋外的招牌上大多安装了小电灯泡，小狐狸就一边看着电灯，一边寻找着帽子店。那些自行车店招牌、眼镜店招牌还有其他各式各样的招牌，有的是刚刷上的油漆，有的则已经像破旧的墙壁一样斑驳了。不过，小狐狸还是第一次到镇上来，所以它什么都不知道。

帽子店终于找到了。那块妈妈在路上反复说过好多遍的黑色高顶大礼帽招牌，就悬挂在蓝色的灯光下。

小狐狸照妈妈说的那样，咚咚咚地敲了敲门："晚上好。"

没一会儿，门里面便传出了窸窸窣窣的声音。接着，门打开了一条一寸来宽的缝，一条光带投射在洁白的雪地上。

小狐狸被那道光晃了眼，慌乱中伸错了手，把妈妈千叮咛万嘱咐决不能伸出去的手，从门缝里伸了进去。

"请给我一双和这只手差不多大的手套。"

帽子店老板愣了一下，这是狐狸的手啊，狐狸的手说想要手套呢，不会是想要用树叶来买吧？

于是，老板便说道："那请先付钱吧。"

小狐狸老老实实地把紧握着的两个铜板，递给帽子店老板。

帽子店老板把铜板放到食指尖上弹了弹，铜板发出了清脆的叮铃声。好像不是树叶，是真钱。老板想着，便从架子上取下一双孩子用的毛线手套，交给小狐狸拿好。小狐狸很有礼貌地道了谢，沿着来时的路往回走。

"妈妈说人类是很可怕的东西，可是一点也不可怕呀。因为，就算看到了我的手也没做什么呀。"小狐狸还是很想看看人类是什么样的动物。

当它从某户人家的窗下走过时，听到里面传出人的声音。多么温柔，多么美丽，多么安宁的声音啊。

"睡吧，睡吧，
在妈妈的怀抱里；
睡吧，睡吧，
在妈妈的臂弯里。"

小狐狸心想，这歌声一定是人类的妈妈唱的吧。因为小狐狸睡觉的时候，狐狸妈妈也是这么温柔地唱啊摇啊的。

然后，这次是小孩子的声音：

"妈妈，这么冷的夜晚，森林里的小狐狸是不是会冻得呜呜哭呢？"

接着，是妈妈的声音：

"森林里的小狐狸啊，听着狐狸妈妈的歌声，在洞穴里面呼呼地睡着呢。好了，宝宝也快点睡吧。森林里的小狐狸和宝宝哪个会更快睡着呢？一定是宝宝更快睡着呀。"

小狐狸听了，忽然变得好想妈妈，它朝狐狸妈妈等着的地方飞奔而去。

狐狸妈妈一直在发着抖、提心吊胆地等着小狐狸回来。她一见小狐狸来了，马上喜极而泣地把它抱进自己温暖的怀里。

两只狐狸朝着森林的方向往回走。月亮出来了，月光照射在它们的皮毛上，发出银色的亮光。在它们身后，留下了一串蔚蓝色的脚印。

"妈妈，人类一点儿都不可怕呀。"

"为什么？"

"在镇上，我错把自己真正的手伸了出去。但帽子店的老板并没有来抓我呀，还给了我一双这么暖和的好手套。"小狐狸说着，"蓬蓬蓬"地拍着戴了手套的双手给妈妈看。

"哎！"狐狸妈妈惊讶地嘟囔着，"人类真的是善良的吗？人类真的是善良的吗？"

（【日】新美南吉　徐超 译）

## 78. 皇帝的新衣

许多年以前有一位皇帝，他非常喜欢穿好看的新衣服。他为了要穿得漂亮，把所有的钱都花到衣服上去了，他一点也不关心他的军队，也不喜欢去看戏，除非是为了炫耀一下新衣服。他每天每个钟头要换一套新衣服。人们提到皇帝时总是说："皇上在会议室里。"但是人们一提到他时，总是说："皇上在更衣室里。"

在他住的那个大城市里，生活很轻松、很愉快。每天有许多外国人到来。有一天来了两个骗子，他们自称是织工。他们说，他们能织出谁也想象不到的最美丽的布。这种布的色彩和图案不仅是非常好看，而且用它缝出来的衣服还有一种奇异的作用，那就是凡是不称职的人或者愚蠢的人，都看不见这衣服。

"那正是我最喜欢的衣服！"皇帝心里想，"我穿了这样的衣服，就可以看出我的王国里哪些人不称职；我就可以辨别出哪些人是聪明人、哪些人是傻子。是的，我要叫他们马上织出这样的布来！"他付了许多现款给这两个骗子，叫他们马上开始工作。

他们摆出两架织机来，装作是在工作的样子，可是他们的织机上什么东西也没有。他们接二连三地请求皇帝发一些最好的生丝和金子给他们。他们把这些东西都装进自己的腰包，却假装在那两架空空的织机上忙碌地工作，一直忙到深夜。

"我很想知道他们织布究竟织得怎样了。"皇帝想。不过，他立刻就想起了愚蠢的人或不称职的人是看不见这布的。他心里的确感到有些不大自在。他相信他自己是用不着害怕的。虽然如此，他还是觉得先派一个人去看看比较妥当。全城的人都听说过这种布料有一种奇异的力量，所以大家都很想趁这机会来测验一下，看看他们的邻人究竟有多笨，有多傻。

"我要派诚实的老部长到织工那儿去看看，"皇帝想，"只有他能看出这布料是个什么样子，因为他这个人很有头脑，而且谁也不像他那样称职。"

因此，这位善良的老部长就到那两个骗子的工作地点去。他们正在空空的织机上忙忙碌碌地工作着。

"这是怎么一回事儿？"老部长想。他把眼睛睁得有碗口那么大。"我什么东西也没有看见！"但是他不敢把这句话说出来。

那两个骗子请求他走近一点，同时问他，布的花纹是不是很美丽，色彩是不是很漂亮。他们指着那两架空空的织机。

这位可怜的老大臣的眼睛越睁越大，可是他还是看不见什么东西，因为的确没有什么东西可看。

"我的老天爷！"他想，"难道我是一个愚蠢的人吗？我从来没有怀疑过我自己。我决不能让人知道这件事。难道我不称职吗？不成，我决不能让人知道我看不见布料。"

"哎，您一点意见也没有吗？"一个正在织布的织工说。

"啊，美极了！真是美妙极了！"老大臣说，他戴着眼镜仔细地看，"多么美的花纹！多么美的色彩！是的，我将要呈报皇上说，我对于这布感到非常满意。"

"嗯，我们听到您的话真高兴。"两个织工一起说。他们把这些稀有的色彩和花纹描述了一番，还加上些名词儿。这位老大臣注意地听着，以便回到皇帝那里去时，可以照样背得出来。事实上他也就这样办了。

这两个骗子又要了很多的钱，更多的丝和金子，他们说这是为了织布的需要。他们把这些东西全装进腰包里，连一根线也没有放到织机上去。不过他们还是继续在空空的机架上工作。

过了不久，皇帝派了另一位诚实的官员去看看，布是不是很快就可以织好。他的运气并不比头一位大臣的好：他看了又看，但是那两架空空的织机上什么也没有，他什么东西也看不出来。

"您看这段布美不美？"两个骗子问。他们指着一些美丽的花纹，并且作了一些解释。事实上什么花纹也没有。

"我并不愚蠢！"这位官员想，"这大概是因为我不配担当现在这样好的官职吧？这也真够滑稽，但是我决不能让人看出来！"因此他就把他完全没有看见的布称赞了一番，同时对他们说，他非常喜欢这些美丽的颜色和巧妙的花纹。

"是的，那真是太美了。"他回去对皇帝说。

城里所有的人都在谈论这美丽的布料。

当这布还在织的时候，皇帝就很想亲自去看一次。他选了一群特别圈定的随员——其中包括已经去看过的那两位诚实的大臣。这样，他就到那两个狡猾的骗子住的地方去。这两个家伙正以全副精神织布，但是一根线的影子也看不见。"您看这布漂亮吗？"那两位诚实的官员说，"陛下请看，多么美丽的花纹！多么美丽的色彩！"他们指着那架空空的织机，因为他们以为别人一定会看得见布料的。

"这是怎么一回事儿呢？"皇帝心里想，"我什么也没有看见！这真是荒唐！难道我是一个愚蠢的人吗？难道我不配做皇帝吗？这真是我从来没有碰见过的一件最可怕的事情。"

"啊，它真是美极了！"皇帝说，"我表示十二分的满意！"

于是他点头表示满意。他装作很仔细地看着织机的样子，因为他不愿意说出他什么也没有看见。跟他来的全体随员也仔细地看了又看，可是他们也没有看出更多的东西。不过，他们也照着皇帝的话说："啊，真是美极了！"他们建议皇帝用这种新奇的、美丽的布料做成衣服，穿上这衣服亲自去参加快要举行的游行大典。"真美丽！真精致！真是好极了！"每人都随声附和着。每人都有说不出的快乐。皇帝赐给骗子每人一个爵士的头衔和一枚可以挂在纽扣洞上的勋章，并且还封他们为"御聘织师"。

第二天早晨，游行大典就要举行了。在头天晚上，这两个骗子整夜不睡，点起16支蜡烛。你可以看到他们是在赶夜工，要完成皇帝的新衣。他们装作把布料从织机上取下来。他们用两把大剪刀在空中裁了一阵子，同时又用没有穿线的针缝了一通。最后，他们齐声说："请看！新衣服缝好了！"

皇帝带着他的一群最高贵的骑士们亲自到来了。这两个骗子每人举起一只手，好像他们拿着一件什么东西似的。他们说："请看吧，这是裤子，这是袍子，这是外衣！"

"这衣服轻柔得像蜘蛛网一样，穿着它的人会觉得好像身上没有什么东西似的——这也正是这衣服的妙处。""一点也不错。"所有的骑士们都说。可是他们什么也没有看见，因为实际上什么东西也没有。

"现在请皇上脱下衣服，"两个骗子说，"我们要在这个大镜子面前为陛下换上新衣。"

皇帝把身上的衣服统统都脱光了。这两个骗子装作把他们刚才缝好的新衣服一件一件地交给他。他们在他的腰围那儿弄了一阵子，好像是系上一件什么东西似的：这就是后裾。

皇帝在镜子面前转了转身子，扭了扭腰肢。

"上帝，这衣服多么合身啊！式样裁得多么好看啊！"大家都说，"多么美的花纹！多么美的色彩！这真是一套贵重的衣服！"

"大家已经在外面把华盖准备好了，只等陛下一出去，就可撑起来去游行！"典礼官说。

"对，我已经穿好了，"皇帝说，"这衣服合我的身么？"于是他又在镜子面前把身子转动了一下，因为他要叫大家看出他在认真地欣赏他美丽的服装。那些将要托着后裾的内臣们，都把手在地上东摸西摸，好像他们真的在拾起后裾似的。他们开步走，手中托着空气——他们不敢让人瞧出他们实在什么东西也没有看见。

这么着，皇帝就在那个富丽的华盖下游行起来了。站在街上和窗子里的人都说："乖乖，皇上的新装真是漂亮！他上衣下面的后裾是多么美丽！衣服多么合身！"谁也不愿意让人知道自己看不见什么东西，因为这样就会暴露自己不称职，或是太愚蠢。皇帝所有的衣服从来没有得到这样普遍的称赞。

"可是他什么衣服也没有穿呀！"一个小孩子最后叫出声来。

"上帝哟，你听这个天真的声音！"爸爸说。于是大家把这孩子讲的话私自低声地传播开来。

"他并没有穿什么衣服！有一个小孩子说他并没有穿什么衣服呀！"

"他实在是没有穿什么衣服呀！"最后所有的老百姓都说。

皇帝有点儿发抖，因为他似乎觉得老百姓所讲的话是对的。不过他自己心里却这样想："我必须把这游行大典举行完毕。"因此他摆出一副更骄傲的神气，他的内臣们跟在他后面走，手中托着一个并不存在的后裾。

（【丹麦】安徒生　叶君健 译）

## 79. 萝卜回来了

雪这么大，天气这么冷，地里、山上都盖满了雪。小白兔没有东西吃了，饿得很。他跑出门去找。

小白兔一面找一面想："雪这么大，天气这么冷，小猴在家里，一定也很饿。我找到了东西，去和他一起吃。"

小白兔扒开雪，嘿，雪底下有两个萝卜。他多高兴呀！

小白兔抱着萝卜，跑到小猴家，敲敲门，没人答应。小白兔把门推开，屋里一个人没有。原来小猴不在家,也去找东西吃了。

小白兔就吃掉了小萝卜,把大萝卜放在桌子上。

这时候,小猴在雪地里找呀找,他一面找一面想:"雪这么大,天气这么冷,小鹿在家里,一定也很饿。我找到了东西,去和他一起吃。"

小猴扒开雪,嘿,雪底下有几颗花生。他多高兴呀!

小猴带着花生,向小鹿家跑去。跑过自己的家,看见门开着,他想:"谁来过啦?"

他走进屋子,看见萝卜,很奇怪,说:"这是从哪来的?"他想了想,知道是好朋友送来的,就说:"把萝卜也带去,和小鹿一起吃!"

小猴跑到小鹿家,门关得紧紧的。他跳上窗台一看,屋子里一个人也没有。原来小鹿不在家,也去找东西吃了。

小猴就把萝卜放在窗台上。

这时候,小鹿在雪地里找呀找,他一面找一面想:"雪这么大,天气这么冷,小熊在家里,一定也很饿。我找到了东西,去和他一起吃。"

小鹿扒开雪,嘿,雪底下有一棵青菜。他多高兴呀!

小鹿提着青菜,向小熊家跑去;跑过自己的家,看见雪地上有许多脚印,他想:"谁来过啦?"

他走近屋子,看见窗台上有个萝卜,很奇怪,说:"这是从哪来的?"他想了想,知道是好朋友送来给他吃的,就说:"把萝卜也带去,和小熊一起吃!"

小鹿跑到小熊家,在门外叫:"开门!开门!"屋子里没有人答应。原来小熊不在家,也去找东西吃了。

小鹿就把萝卜放在门口。

这时候,小熊在雪地里找呀找,他一面找一面想:"雪这么大,天气这么冷,小白兔在家里,一定也很饿。我找到了东西,去和他一起吃。"小熊扒开雪,嘿,雪底下有一只白薯。他多高兴呀!

小熊拿着白薯,向小白兔家跑去。跑过自己的家,看见门口有个萝卜,他很奇怪,说:"这是从哪来的?"他想了想,知道是好朋友送来给他吃的,就说:"把萝卜也带去,和小白兔一起吃!"

小熊跑到小白兔家,轻轻推开门。这时候,小白兔吃饱了,睡得正甜哩。小熊不愿吵醒他,把萝卜轻轻放在小白兔的床边。

小白兔醒来,睁开眼睛一看:"咦!萝卜回来了!"他想了想,说:"我知道了,是好朋友送来给我吃的。"

(方轶群)

## 80. 会打喷嚏的帽子

魔术团里，有一位老爷爷。老爷爷有一顶奇怪的帽子。他朝帽子里吹一口气，里面就会变出许多好吃的东西，有糖果、蛋糕，还有苹果……

"嗨！把这顶帽子偷来，该有多好啊！"这话谁说的？嗯，是几只耗子说的。晚上它们就溜到老爷爷家里去了。

老爷爷正在睡觉呢，那顶奇怪的帽子没放在柜子里，也没放在箱子里。在哪儿呢？就盖在老爷爷的脸上。

"好哇，我看还是叫小耗子去偷最合适，他个子小，脚步又轻。"大耗子挤挤眼睛说。

"吱……"小耗子害怕地尖叫起来，"我不去！我怕呼噜，你们没有听见，奇怪的帽子里藏着一个呼噜，它叫起来，地板、窗户都会动的，吓人！"

可不是，老爷爷在打呼噜，呼噜呼噜，像打雷似的。大耗子叫黑耗子去偷，黑耗子不敢，叫灰耗子去，灰耗子也不敢；反正叫谁去谁都说"不敢"。

大耗子生气了，摸着胡子说：

"好啦！好啦！都是胆小鬼，你们不去，我去。等会儿，我偷了帽子变出许多好吃的东西来，你们可别流口水。"

话是这么说，其实呀，大耗子心里也挺害怕的，它一步一抬头，防着帽子里那个呼噜突然钻出来咬他。也真巧，他刚走到老爷爷床前的时候，呼噜不响了。这下，大耗子可得意了，原来呼噜怕我呀！他轻轻一跳，跳上了床，爬到老爷爷枕头边，用尖鼻子闻了闻那顶帽子，喷喷，好香哟，有糖果的味儿、蛋糕的味儿……快！它把尾巴伸到帽子底下去，想用尾巴把帽子顶起来……咦？这是怎么啦？尾巴伸到一个小窟窿里去了……哎呀，什么小窟窿，是老爷爷的鼻孔哪！

"阿嚏——"老爷爷觉得鼻孔痒痒的，打了个大大的喷嚏，吓得大耗子连滚带爬，一口气跑到门口，对他的伙伴说："快跑，快跑！"

耗子们闹不清是怎么回事，跟着它跑哇，跑出好远，才停下来。它们问大耗子："这是怎么回事呀？你偷来的帽子呢？"

大耗子说："帽子里藏着一个阿嚏，这个阿嚏可比呼噜厉害多了。你一碰它，他就轰你一炮，要不是我跑得快，差点儿给炸死了。"

（蔺 力）

## 81. 尾 巴

苍蝇飞到人面前，向人说：

"你是动物之王,你什么都会做。你给我安一条尾巴吧!"

"你要尾巴来干什么?"人问道。

"所有的野兽都有尾巴,不就是为了好看嘛!"苍蝇说,"我要尾巴,也是为了好看。"

"我还没有听说过,有哪种野兽长一条尾巴是为了好看。再说,你没有尾巴,不也活得好好的么。"

苍蝇一听生了气,就给人捣起乱来了:一会儿落在甜点心上,一会儿落在人的鼻子上,一会儿在人的左耳旁嗡嗡叫,一会儿在人的右耳旁嗡嗡叫。真讨厌死了!人被他吵得再也受不了啦,就向他说:

"唉,好吧,苍蝇,你飞到树林里去吧,飞到河边去吧,飞到田野里去吧!要是你在那儿能找到一只有尾巴单是为了好看的飞禽走兽或者爬虫,那你就可以把他的尾巴拿去,我许可你拿。"

苍蝇听了很高兴,从小窗里飞了出去。

他飞过花园,看见树叶上有一条蛞蝓在爬,就飞到蛞蝓跟前,大声叫道:"蛞蝓,把你的尾巴送给我!你长这条尾巴是为了好看。"

"这叫什么话呀!这叫什么话呀!"蛞蝓说,"我根本没有尾巴——这是我的肚子。我把肚子一缩一放,一缩一放,才能往前爬。我是腹足动物。"苍蝇发现自己搞错了,就往前飞去。

他飞到小河边,小河里有一条鱼、一只虾——他们俩都有尾巴。

苍蝇向鱼说:"把你的尾巴给我吧!你长尾巴是为了好看!"

"才不是为了好看呢!"鱼回答,"我的尾巴是舵。你看:我需要往右拐弯的时候,就把尾巴往右摆,需要往左拐弯的时候,就把尾巴往左摆。我可不能把尾巴送给你。"

苍蝇向虾说:"虾呀,把你的尾巴给我吧!"

"我不能给你,"虾说,"我的脚又细又弱,我不能用脚划水。我的尾巴倒是宽大有力。我用尾巴一拍水,身子就往前一弹。拍着,拍着,我就往前游去了,乐意往哪儿游,就往哪儿游。我的尾巴是当桨用的。"

苍蝇继续往前飞。他飞到树林里,看见啄木鸟蹲在树枝上。苍蝇飞到啄木鸟跟前说:

"啄木鸟,把你的尾巴给我吧!你长这条尾巴,只是为了好看。"

"你这话才叫怪呢!"啄木鸟回答,"我要是没有这条尾巴,还怎么凿树干,还怎么给自己找食物吃,还怎么给孩子们造窝?"

"你用嘴好了。"苍蝇说。

"嘴当然是用得着的,"啄木鸟回答,"不过,没有尾巴也不成。喏,你看,我是怎样凿的。"

啄木鸟把又硬又结实的尾巴立在树皮上,把整个身子一晃,嘴照准树干凿了下去——只见木屑一阵乱飞！

苍蝇一看：不错，啄木鸟凿树的时候，的确是坐在尾巴上，他离了尾巴是不行的。尾巴是他的支柱。

苍蝇又往前飞。他看见矮树丛里有一只母鹿，带着几只小鹿，母鹿的尾巴很短，是白色，毛蓬蓬的。苍蝇嗡嗡地叫了起来，"母鹿，把你的小尾巴送给我吧！"

母鹿听了大吃一惊。"你在说什么！你在说什么！"母鹿说，"如果我把尾巴给了你，那我的小鹿都得丢了。"

"你的尾巴对小鹿有什么用处？"苍蝇惊讶地问道。

"当然有用，"母鹿说，"比方说，有狼来追我们的时候，我得藏起来，就往树林里跑。小鹿跟在我后头跑。在许多树木当中，他们看不见我。于是我就摇小白尾巴，像摇手帕似的。'往这边跑呀，这边！'他们看见前面有个白东西一闪一闪，就紧紧地跟在我后面跑。这样，我们一家子都可以逃命。"

没有法子，苍蝇只好再往前飞。

他飞了一会儿，碰见一只狐狸。嗬！这条狐狸尾巴真叫漂亮！蓬蓬松松，火红火红的，美丽极了！

"好呀，"苍蝇心想，"这条尾巴准得归我了。"

于是他飞到狐狸跟前去嚷道："给我尾巴！"

"苍蝇，你在说些什么呀！"狐狸回答，"我要是没有尾巴，就活不成了。我要是没有尾巴，狗追我的时候，一下子就把我捉住了。靠了这条尾巴，我可以把狗骗过去。"

"你怎样用尾巴骗狗呢？"苍蝇问道。

"等狗快要追上我的时候，我就甩尾巴！把尾巴往右甩，自己往左逃。狗看见我的尾巴往右甩，就往右追。等他明白是搞错了的时候，我已经跑远了。"

苍蝇看到所有的野兽的尾巴都是有用的，不论是在树林里，还是在河水里，都没有多余的尾巴。没有法子，苍蝇只有飞回家去了。他想道：我只好还是去给人捣乱，闹得他心烦，他就只好给我做一条尾巴。

人正坐在小窗口，眼睛望着院子里。

苍蝇落在人的鼻子上。人"啪"地一巴掌，打在自己鼻子上。哪知苍蝇已经飞上了他的脑门儿。人又"啪"地一巴掌，打在自己脑门儿上。可是苍蝇又飞回鼻子上去了。

"苍蝇，你别给我捣乱了！"人说。

"我就是不走，"苍蝇嗡嗡地说，"你干嘛取笑我，打发我去找没有用的尾巴？所有的野兽我都问过了——所有的野兽的尾巴，都是有用的。"

人摆脱不掉苍蝇的纠缠，觉得苍蝇实在太讨厌！就想了想，说：

"苍蝇，苍蝇，你看，院子里有一头牛，你去问问牛，他的尾巴是干什么用的。"

"好吧!"苍蝇说,"我再去问问牛,如果牛也不肯把尾巴送给我,人呀,我非把你烦死不可!"

苍蝇飞出小窗,落在背上,一个劲儿嗡嗡地叫:"牛呀,牛呀,你要尾巴来干什么?牛呀,牛呀,你要尾巴来干什么?"半天,牛也没做声,后来突然用尾巴往自己背上一抽,恰好打中了苍蝇。苍蝇摔了下去,六脚朝天断了气。

人从小窗口里说:"苍蝇,你这叫做活该!你不应该跟人捣麻烦,也不应该跟野兽捣麻烦。你太讨厌了!"

(【苏】维·比安基　王汶 译)

## 82. 小蝌蚪找妈妈

暖和的春天来了。池塘里的冰融化了。青蛙妈妈睡了一个冬天,也醒来了。她从泥洞里爬出来,扑通一声跳进池塘里,在水草上生下了很多黑黑的圆圆的卵。

春风轻轻地吹过,太阳光照着。池塘里的水越来越暖和了。青蛙妈妈下的卵慢慢地都活动起来,变成一群大脑袋长尾巴的蝌蚪,他们在水里游来游去,非常快乐。

有一天,鸭妈妈带着她的孩子到池塘中来游水。小蝌蚪看见小鸭子跟着妈妈在水里划来划去,就想起自己的妈妈来了。小蝌蚪你问我,我问你,可是谁也不知道。

"我们的妈妈在哪里呢?"

他们一起游到鸭妈妈身边,问鸭妈妈:

"鸭妈妈,鸭妈妈,您看见过我们的妈妈吗?请您告诉我们,我们的妈妈是什么样的呀?"

鸭妈妈回答说:"看见过。你们的妈妈头顶上有两只大眼睛,嘴巴又阔又大。你们自己去找吧。"

"谢谢您,鸭妈妈!"小蝌蚪高高兴兴地向前游去。

一条大鱼游过来了。小蝌蚪看见头顶上有两只大眼睛,嘴巴又阔又大,他们想一定是妈妈来了,追上去喊妈妈:

"妈妈!妈妈!"

大鱼笑着说:"我不是你们的妈妈。我是小鱼的妈妈。你们的妈妈有四条腿,到前面去找吧。"

"谢谢您啦!鱼妈妈!"小蝌蚪再向前游去。

一只大乌龟游过来了。小蝌蚪看见大乌龟有四条腿,心里想,这回真的是妈妈来了,就追上去喊:

"妈妈!妈妈!"

大乌龟笑着说:"我不是你们的妈妈。我是小乌龟的妈妈。你们的妈妈肚皮是白的,到前面去找吧。"

"谢谢您啦！乌龟妈妈！"小蝌蚪再向前游去。

一只大白鹅"吭吭"地叫着，游了过来。小蝌蚪看见大白鹅的白肚皮，高兴地想：这回可真的找到妈妈了。追了上去，连声大喊：

"妈妈！妈妈！"

大白鹅笑着说："小蝌蚪，你们认错了。我不是你们的妈妈，我是小鹅的妈妈。你们的妈妈穿着绿衣服，唱起歌来'咯咯咯'的，你们到前面去找吧。"

"谢谢您啦！鹅妈妈！"小蝌蚪再向前游去。

小蝌蚪游呀、游呀，游到池塘边，看见一只青蛙坐在圆荷叶上"咯咯咯"地唱歌，他们赶快游过去，小声地问："请问您看见了我们的妈妈吗？她头顶上有两只大眼睛，嘴巴又阔又大，有四条腿，白白的肚皮，穿着绿衣服，唱起来'咯咯咯'的……"

青蛙听了"咯咯"地笑起来，她说："唉！傻孩子，我就是你们的妈妈呀。"

小蝌蚪听了，一齐摇摇尾巴说："奇怪！奇怪！我们的样子为什么跟您不一样呢？"

青蛙妈妈笑着说："你们还小呢。过几天你们会长出两条后腿来，再过几天，你们又会长出两条前腿来，四条腿长齐了，脱掉了绿衣服，就跟妈妈一样了，就可以跟妈妈跳到岸上去捉虫吃了。"

小蝌蚪听了，高兴地在水里翻起跟头来："啊！我们找到妈妈了！我们找到妈妈了！好妈妈，好妈妈，您快到我们这儿来吧！您快到我们这儿来吧！"

青蛙妈妈"扑通"一声跳进水里，和她的孩子蝌蚪一块儿游玩去了。

（方慧珍、盛璐德）

## 83. 蜗 牛

一只大蜗牛的背上趴着一只刚刚出生的小蜗牛。小蜗牛小得几乎看不见，简直就像透明的。

"儿子啊，儿子，已经是早晨了，快把眼睛露出来吧。"大蜗牛叫着。

"没有下雨吗？"

"没有。"

"没有刮风吗？"

"没有。"

"真的？"

"真的。"

"那好吧。"小蜗牛脑袋上面悄悄地露出了一双细细的眼睛。

"儿子，你脑袋上面有个很大的东西，对吧？"蜗牛妈妈问。

"嗯，这个刺眼的东西是什么呀？"

"是绿色的叶子。"

"叶子？是活的吗？"

"是活的，不过不会把你怎么样的。"

"啊，妈妈，叶子梢上有个闪亮的圆球。"

"那叫朝露。漂亮吧？"

"好漂亮啊！好漂亮啊！圆圆的。"

这时，朝露突然离开了叶梢，掉到了地上。

"妈妈，朝露逃跑了。"

"是掉了。"

它还会再回到叶子上来吗？"

"不会回来了。朝露一掉下去就会摔碎的。"

"哼，真没劲。啊，白叶子飞走了。"

"那可不是叶子，是蝴蝶。"

蝴蝶从叶子和叶子之间穿过，高高地飞上了天空。当蝴蝶不见了之后，小蜗牛问："那是什么呀？叶子和叶子之间，远远可以望见的？"

"是天空。"蜗牛妈妈回答说。

"谁在天空里呢？"

"那妈妈就不知道了。"

"天空上面有什么东西呢？"

"那我也不知道了。"

"哼！"小蜗牛使劲儿地伸长了细细的眼睛，久久地望着远处的、连妈妈也不知道的奇妙天空。

## 84. 树的节日

树上开满了美丽的白花。树为自己的姿容是如此的美丽，感到格外高兴。可是谁也不来夸它一声"好漂亮"，它觉得很没劲。这也难怪，树孤零零地立在没有人走过的绿色原野当中。

柔和的风从树边轻轻吹过。风带走了树上的花香，花香穿过小河，越过麦田，又滑下山崖。最后，飘到了群蝶飞舞的土豆田里。

"啊！"一只落在土豆叶子上的蝴蝶抽动着鼻子说，"好香啊！啊，好醉人的香味啊！"

"准是什么地方开花了吧？"落在另一片叶子上的蝴蝶说，"一定是原野当中的那棵树开花了。"

接着，随着一声声惊叹，土豆田里的一只只蝴蝶全都发觉了随风飘来的馥郁的花香。

蝴蝶最喜欢花香了，飘来了这么芬芳的花香，它们怎能无动于衷呢？

于是，蝴蝶们共同商量着，决定一起飞到树那里去，并且要为树举行一个节日舞会。

就这样，在一只最大的、翅膀上有花纹的蝴蝶的率领下，白蝴蝶、黄蝴蝶，有的像一片枯叶，有的如同一只小小的蚬贝，千姿百态的蝴蝶朝着花香飘来的方向翩翩飞去。它们飞越山崖，飞越麦田，又飞过了小河。

其中最小的那只蚬贝蝶翅膀还没长结实，所以要在小河边休息一下。当蚬贝蝶落在小河边的水草叶子上休息时，发现旁边的叶子后面有一只从未见过的虫子正在那里迷迷糊糊地打瞌睡呢。

蚬贝蝶问："你是谁呀？"

那只虫子睁开眼回答说："我是萤火虫。"

蚬贝蝶邀请它说："原野当中的那棵树那里要举行一个节日庆祝舞会，你也一起去吧！"

萤火虫说："可我是夜里的虫子，大家不会让我参加的。"

"不会的。"蚬贝蝶再三劝导，终于把萤火虫也带去了。

多么愉快的节日啊！

蝴蝶们宛如漫天的鹅毛大雪，在树周围飞旋。飞累了，就落在白花上，饱食甜美的花蜜。可是四周的光线渐渐暗了下来，很快就到了傍晚。

"真想再多玩一会儿啊！可是天马上就要黑下来了。"大家无奈地叹息说。

就在这时，萤火虫飞回小河边，把自己的伙伴们全都带来了。

每朵花瓣上都落了一只萤火虫，简直就像树枝上点燃了一盏盏小灯笼，辉煌明亮。就这样，蝴蝶们欢欢喜喜，一直玩到了深夜。

## 85. 马棚边上的油菜花

马棚的窗外长着油菜。

油菜还没有开花，但是已经结满了花蕾。

春天马上就要到了。马棚前面的阳光，一天比一天温暖，黑土里开始冒出白白的地气。

在芬芳的香味中，油菜的花蕾渐渐地鼓了起来。

"就快了！"一个花蕾悄声说。

"是啊，马上就可以看到外面了！"另一个花蕾回答说。

花蕾们还没看到过这个世界。它们不知道,这个世界分成地面和天空,中间住着叫人的聪明的生物和叫小鸟的温柔的生物,也不知道,自己将成为一种叫作花的美丽的东西。

于是,每朵花蕾都在想:外面是个什么样的地方呢?

就在这时,从对面的麦田里,今年的第一只云雀飞上了天空。

云雀高高地飞了起来,当它快要看不见了的时候,它用悦耳的声音唱起了歌。

"啾啾——啾啾——啾啾——啾啾——"

云雀的叫声,就像天上下起了金色的雨,落在了马棚旁边的油菜上。

"多么好听的声音啊!"

"是谁能用那么美妙的声音歌唱呢?"

油菜的花蕾们听入了迷,互相悄声说。

这时,花蕾们的头顶上响起了一个粗粗的声音:"是云雀。"

花蕾们吃了一惊,不说话了。过了一会儿,当镇静下来时,它们又互相悄声说开了:"刚才那个粗声粗气的声音,是谁啊?"

"准是一个可怕的家伙。"

这时,刚才那个粗声音又响了起来:"我是马,不是一个可怕的家伙。"

可是,花蕾们还是不知道马是一个什么样的东西。

薄雾一样柔和的春雨,一连下了两三天。雨一停,阳光照下来,比以前更加温暖了。

就在这时,最上面的一朵花蕾终于睁开了眼睛,变成了花朵。紧跟着,花蕾们一个接一个,从上到下,全都开了。

"哎哟,好晃眼啊!"

每一个花蕾开始都是这样叫道。那是因为它们最初看到的世界,太灿烂了!

不久,当习惯了强烈的光线之后,油菜花们开始环视四周,它们看到了树、田地和道路,看到了房子、天空和水。因为看上去太美丽了,所以,花朵们为能降生到这样一个世界而感到高兴。然后,花朵们互相看着彼此的样子,互相闻着彼此身上发出的香味儿。当知道它们都穿着一样的黄衣裳,跟其他树木呀花草呀一样美丽时,它们就更加高兴了。

就在这时,花朵们的头顶上传来了一个声音:"哎呀,你们开得好漂亮啊!"

花朵们觉得这声音好熟悉,一看,一匹亲切的大马从马棚的窗口里探出头来。还以为有多可怕呢,原来马这么和善!

"马大婶,这个世界真是一个美丽的好地方啊!"一朵花说。

"可不是嘛,我也很想让儿子赶快看看这个美好的世界呢!"马回答道。

"什么?大婶,你要生小宝宝了?"

"已经生出来了。不过,还闭着眼睛睡觉呢!"

花朵们很想看一看马的小宝宝。可是,窗户那么高,怎么看得到啊!

"哎呀,花朵们!"这时,马大婶说话了,"怎么还有一个花蕾没有开花呢?"

花朵们吃惊地看了一圈,"哪里?在哪儿?"

"瞧,在那儿呢!"

它们一看,油菜株上果然还有一个没有开花的花蕾。

"怎么回事?"

"还在睡觉吧?"

"它大概还不知道我们已经都睁开眼睛了吧?"

"它大概还不知道春天已经到了吧?"

于是,花朵们便去叫还没有开花的花蕾。

"还没有开花的花蕾,春天已经到了!快到外面来吧!"

这时,就听花蕾回答说:"我已经醒来了。"

"哎呀,是吗?那就快到外面来吧。"

不一会儿,那朵花蕾分成了两瓣儿,从里面露出来一个东西。花朵们非常吃惊,因为它不像花朵们一样穿着黄衣裳,而是穿着洁白的衣裳。

"哎哟,这是怎么回事?你的花瓣儿怎么是白的?"一朵花惊奇地说。

这时,窗户里的马大婶告诉花朵们:"它是蝴蝶。"

那真的是一只蝴蝶。蝴蝶跟花朵不同,它有翅膀,可以飞来飞去。等这只蝴蝶翅膀硬了,它就会乘风飞翔,一会儿飞过马棚的屋顶,一会儿朝小河上飞去。不过,因为蝴蝶是跟油菜花的花朵们一起长大的,所以它跟油菜花的花朵们非常要好。

"蝴蝶!"不会飞的花朵们说,"不知道马宝宝的眼睛睁开了没有,你去看看好吗?"

蝴蝶立刻从窗口飞进了马棚。

"马大婶,你好!"

"哎哟,是蝴蝶啊,你好!"

"小宝宝的眼睛睁开了吗?"

"今天早上才睁开。"

蝴蝶一看,马宝宝正在地上的干草里,乖乖地睁着圆圆的眼睛呢。

## 86. 舒克和贝塔(节选)

舒克驾驶直升机来到一片花丛上空,他看见许多蜜蜂在采蜜。

"今天的蜜真多,都运不回去了,怎么办呢?"一只蜜蜂对同伴说。

"就是,怎么办呢?"大家都很着急。

舒克把头探出窗外："我帮你们运吧？"

蜜蜂们吓了一跳，抬头一看，是一架米黄色的大直升机悬在空中。

"你是谁？"

"我是飞行员舒克。"

蜜蜂们一看有飞机帮他们空运蜜，高兴了。

直升机在花丛中着陆，蜜蜂们把蜂蜜运进机舱。

"你自己送去吧，我们还得采蜜。我们家就在小河对岸那棵最高的树上。"一只金翅膀蜜蜂对舒克说。

一只白翅膀蜜蜂不放心，小声说："咱们又不认识他，要是他……"

"你别把人都想得那么坏，我看不会。"

舒克看见金翅膀蜜蜂这么相信他，很感动，说："你们放心，我一定送到。"

直升机起飞了。机舱里充满了蜂蜜的香味儿。小时候妈妈给舒克吃过蜂蜜，很香。舒克回头看了几眼蜂蜜，咽了一下口水，心想人家这么相信自己，自己可不能偷吃。

舒克看见了小河，他驾驶飞机转弯向小河对面飞去。

飞机转弯的时候，盆里的蜜洒出来一点儿。

舒克用手指蘸着一尝，味道不错。原来，这是没有加工过的花粉蜜。舒克想，这不算偷吃，是它自己洒出来的。这么想着，他又操纵飞机在小河上面做了一个更急的转弯，这回洒出来的蜜更多了。

"这倒不错，既没偷，又能解馋。"舒克满意地想。

舒克把蜂蜜安全地送到了蜜蜂的家。他来来回回帮助蜜蜂空运了十几次，蜜蜂们都很感谢他，收工时，蜜蜂给舒克搬来了一大盆蜂蜜。

"我说他是好人吧！"金翅膀对白翅膀说。

舒克想起自己在飞机上吃人家的蜜，有点儿后悔。

"我不要蜂蜜了。"舒克说。

"那不行，一定得留下。"蜜蜂们不容分说，将蜂蜜搬进了机舱。

"你以后想吃蜂蜜就来，咱们是朋友了，我们对朋友一点儿不吝惜。可上次有只老鼠来偷蜜，我们就狠狠地教训了他一顿。"金翅膀说。

舒克真怕蜜蜂看出他是老鼠，他向蜜蜂们告别后，急忙起飞了。

舒克开着直升机在天上转悠，他知道，只要人家认不出他是老鼠，都会对他友好。可一旦人家知道他是老鼠，一定不会理他了。想到这儿，舒克把飞行服整了整，再摸摸腰里的尾巴缠得牢不牢，又将飞行帽戴好。

"砰！"地面传来一声枪响。

舒克往下一看，一个小男孩拿汽枪将一只麻雀从树上打下来。麻雀的翅膀被打伤了，在地上一蹦一蹦地跳着，小男孩从远处追过去。

舒克驾驶直升机来了一个俯冲，落在小麻雀身旁。他打开舱门，喊："快！快上来！"

小麻雀来不及细想，上了直升机。

好险！小男孩刚跑到跟前，米黄色的直升机腾空而起，小男孩愣在那里。

"你很勇敢！"小麻雀望着舒克说。

"伤得重吗？"

"翅膀伤了，特疼。"

"他干吗打你？"

"我也不知道，他总拿枪打我们。妈妈就是让他们打死的。"

"人比老鼠还坏吧？"舒克问。

"老鼠？老鼠最坏。"

"可老鼠没用枪打死别人呀！"舒克提醒小麻雀。

"老鼠名声不好。"

名声，就是这个名声！害得舒克整天穿着飞行服，戴着飞行帽，还把尾巴缠在腰里，热死了，也不敢脱。舒克恨死"名声"这个东西了。

"你怎么了？"小麻雀看到舒克不吭气了，"对了，我还忘了问你是谁呢？"

"飞行员舒克。"舒克不大情愿地回答。他不明白，自己救了他为什么不能理直气壮地说真名字——小老鼠舒克！

"你真好，谢谢你，飞行员舒克！"

这次听到人家谢他，舒克心里不是滋味儿。他想听"谢谢你，小老鼠舒克"。

不过，舒克一会儿就把不愉快的事忘了，他请小麻雀吃蜜，小麻雀说不喜欢吃蜜，喜欢吃虫子。舒克答应帮他抓。

天快黑了，舒克将直升机停在一座楼房的房顶上。他让小麻雀在机舱中休息，自己跑出去给他抓虫子。

舒克从来没抓过虫子，他费了九牛二虎之力，总算抓到了几条。

小麻雀看到虫子，高兴地吃了起来。舒克笑了。

第二天，舒克把小麻雀送回家。

舒克经常为大家办事。渐渐地，谁都知道有位飞行员舒克开着米黄色的直升机，爱帮助别人。

这天，经小麻雀提议，大家宴请飞行员舒克。主办宴会的是蚂蚁国王、蜜蜂皇后，还有许许多多受过舒克帮助的朋友都来了。

宴会很丰盛，有很多好吃的食物。大家坐好了在等舒克。

舒克开着直升机去参加宴会。这些日子，他通过自己的劳动，交了许多朋友。舒克看见下面有一片花丛，他操纵飞机在花丛中着陆，舒克要给朋友们带点鲜花。

舒克摘了一朵红花。

"这朵送给小麻雀，"他想。

舒克又摘了一朵黄花。

"这朵送给金翅膀小蜜蜂。"

忽然，舒克身后刮来一阵急风，他感到一阵战栗，浑身发软，他还没明白是怎么回事，就觉得自己的肩膀已经被牢牢地抓住了。

"我当什么飞行员舒克，原来是只老鼠！"舒克身后传来一阵大笑。

舒克回头一看，天哪，是只小花猫！小时候，舒克就听妈妈说过，猫是老鼠最大的敌人，祖祖辈辈是冤家。

"你以为化装了，就能逃过我的眼睛？走，我要让小麻雀他们看看你的真面目，然后再处决你。"

一听说要带他去见小麻雀他们，舒克急了，他哀求道：

"我求求你，现在就把我处死吧，千万别让他们知道我是老鼠。"

舒克宁可死了，也要保个好名声。

"想得倒美！走！"小花猫不理会舒克的苦苦哀求，用手轻轻一提，就把舒克拎走了。

"这下完了。"舒克闭上眼睛，想像着一会儿大家骂他的场面。

"你们的飞行员是只老鼠，看看吧！"小花猫把舒克往地上一扔，大声宣布。

舒克站起来，他不敢睁眼睛。

大家都愣了。

"我现在就去处决他！"小花猫像审判长一样宣布，他说完又抓起舒克。

"住手！"小麻雀飞到小花猫跟前，"你干吗要处决他？"

"因为他是老鼠！"

"可他没干过坏事呀！"

"老鼠都是坏蛋！"

"不对，舒克就不是坏蛋！"

"对，舒克不是坏蛋！"大家一起嚷道。

"他是一只老鼠呀！"小花猫急了。

"老鼠不老鼠我们不管，他是我们的朋友舒克！我们的朋友舒克！"小蚂蚁大声说。

"对，他是我们的朋友舒克，不许你伤害他！"金翅膀蜜蜂飞起来，只要小花猫敢动舒克一根毫毛，他就要蜇他。

舒克再也忍不住了，眼泪刷地流了下来，他不怕把脸上的牙膏冲掉了。

小麻雀过去给他擦干眼泪。

"舒克，来，宴会开始。"小麻雀宣布。

舒克笑了，他把飞行帽摘掉，坐在餐桌正中央。

"他们疯了！和老鼠一起会餐！"小花猫讨了个没趣，怏怏地走了，他实在想不通。

从那以后，舒克再也不怕别人知道他是老鼠了，他每天驾驶着米黄色的直升机，为朋友们做事。

（郑渊洁）

## 87. 舒克和贝塔（节选）

飞行员舒克和坦克兵贝塔决定成立舒克贝塔航空公司，他俩在一条小河旁选择了一块平地作为机场，朋友们都来帮助舒克和贝塔建造机场。蚂蚁挖地基，小麻雀运木料，咪丽盖塔台和候机室，小蜜蜂为餐厅准备食物。

经过一个月的努力，机场终于竣工了。漂亮的塔台矗立在停机坪和跑道之间，宽敞明亮的候机室四周绿草如茵。舒克的直升机停在停机坪上，机身在阳光的照射下闪闪发光。

舒克担任飞行员，贝塔担任地面指挥，航空公司还缺机械师和空中小姐，舒克和贝塔决定招聘机场工作人员。

招聘广告贴出后，有70多只小老鼠前来报名。

他们早就听说舒克和贝塔的大名，很是羡慕，也想摆脱"小偷"的坏名声。

舒克和贝塔坐在办公室里，他们见到这么多同胞，挺高兴，他们想帮助所有的老鼠同胞改邪归正，靠自己的劳动生活。

"咱们好像不需要这么多工作人员吧？"贝塔问舒克。

舒克感到为难，可他不忍心拒绝同胞。

"咱们算算。"舒克同贝塔商议，"机务人员五个，空中小姐四个，扫跑道的八个，餐厅厨师两个……"

七算八算，70多名老鼠都收下了。经过智力测验，舒克和贝塔给他们分了工，有的当地勤机务人员，有的当空中小姐，有的当货运员，还有清洁工、广播员、警卫……

舒克为机务人员举办了训练班，教给他们怎么修理和维护直升机。五名机务人员中，舒克挑选了一个叫臭球的小老鼠担任机械师，全面负责直升机的维修。舒克觉得臭球脑子灵活，一点就通。

经过一个月的准备，这天，舒克贝塔航空公司正式营业。首航运送七只小松鼠去远方探亲。

机场上一派繁忙景象：餐厅往飞机上运送饮料，机务人员最后一次检查飞机，空中小姐招呼旅客登机，贝塔手持话筒站在塔台上，舒克钻进飞机驾驶舱。

朋友们都赶来祝贺舒克贝塔航空公司首航。咪丽和哥哥挥舞着彩旗，蚂蚁王和蜜蜂皇后送来精美的食品，小麻雀要为直升机护航。

"起飞!"贝塔发令。

直升机的螺旋桨慢慢旋转起来,它越转越快,逐渐形成一股巨大的魔力,把直升机拉上了天空。

"请各位系好安全带。"空中小姐关照旅客。

小松鼠们还是头一次坐飞机,他们感到新鲜和有趣,有一只老松鼠有点儿害怕,他问空中小姐会不会有危险。

"没问题,绝对安全!是我亲自检查的飞机。"臭球机械师走过来说。

松鼠点点头,放心了。

直升机朝目的地飞去。

舒克不时同贝塔保持联系。

"请报告飞行状态。"贝塔问。

"一切正常。"舒克回答。

就在这时,舒克忽然看见仪表盘上的发动机转速指示表的指针来回抖动,紧跟着,飞机开始急剧下降。

"不好,发动机停车!"舒克大喊一声。

"快采取措施迫降!"贝塔急了。

机舱里乱成一团,旅客们吓得面如土色,他们很清楚和飞机一同掉到地上是什么后果。空中小姐们也慌了,尽管她们已乘坐过几次飞机作适应性训练,可万万没想到头一次飞航班就遇上了空难。空中机械师臭球后悔没带降落伞。

舒克打开了应急开关。想重新起动发动机,无效。飞机像秤砣一样往下掉。

"让飞机挂在树上!"舒克仗着自己经验多,大胆地操纵飞机朝一棵大树降下去。舒克明白,要是头一次飞行就出大事故,那以后谁也不敢乘坐舒克贝塔航空公司的飞机了。舒克要不惜一切代价保住公司的声誉。

直升机迅速下坠,机舱里一片混乱。

飞行员舒克沉着地操纵飞机朝一棵大树降下去,飞机奇迹般地挂在了树枝上。

松鼠旅客们拥到机舱门口,拼命想往出挤,可谁也打不开门。

"别挤!别挤!"空中小姐喊道。她打开舱门,让松鼠们离开飞机。

松鼠们站到树枝上,都松了一口气。

"我以后再也不坐飞机了。"一只松鼠说。

"真可怕!"另一只松鼠说。

"谢天谢地,舒克的驾驶技术真不错。"又一只松鼠说。

"咱们怎么回家呀?"一只松鼠望着这陌生的地方,说。

这时,舒克在机舱里把臭球机械师和空中小姐召集到一起,说:"咱们抓紧时间排除发动机故障,然后把旅客送到目的地。"

"飞机挂在树上，怎么排除故障？"臭球机械师说，"这飞机太老了，该换新的了。"

"别说挂在树上，我在烟筒里还开过飞机呢！"舒克瞪了臭球一眼。

臭球不吭气了，他知道舒克的厉害。

"你去照看旅客。"舒克对空中小姐说。"让他们放心，飞机一会儿就能修好。"

空中小姐离开机舱。

这时，话筒响了：

"舒克！舒克！我是贝塔，我是贝塔！请回答！"

舒克戴上耳机。

"我是舒克！我是舒克！请讲。"

"飞机现在何处？"

"发动机停车，我把飞机迫降在一棵大树上。乘员无伤亡。正准备排除故障。"舒克说。

"随时报告情况，祝你顺利。"

舒克摘下耳机，同臭球机械师一起检查发动机。

"起飞前你检查过发动机吗？"舒克一边打开发动机的盖一边问臭球机械师。

"检查了好几遍。"臭球毫不含糊地说。

舒克从发动机里找出一把改锥。

"这工具是你丢在发动机里吧？"舒克的脸一沉。

臭球机械师傻眼了。的确，这改锥是他的，干活时马虎，留在发动机里了。

"胡闹！差点儿把大家的命都送了！"舒克火了，训斥臭球机械师。

"我……"臭球机械师无言以对。他总觉得自己聪明，是从几十位同胞中选拔出来当机械师的，没想到头一次出航就栽了。

"不让你当机械师了，回机场后，扫跑道去！"舒克解除了臭球的机械师职务。

臭球没意见，谁让自己粗心大意呢！他赶紧帮助舒克更换损坏的发动机零件。

经过一个小时的工作，发动机修好了。

直升机得从树枝上起飞，这很危险。舒克让臭球离开飞机。臭球不干。

"为什么不离开？"舒克问。

"要死一块死。"臭球说。

舒克心说，别看这小子粗心，还挺仗义，就同意了。他让臭球观察四周的情况。

空中小姐把旅客都领到地面上。

舒克按下了启动按钮。螺旋桨转起来了。树叶纷纷落下，树枝剧烈地摇晃着。

直升机挣脱了树枝的束缚，升到了空中。舒克驾驶飞机在空中转了一圈儿，平稳地落在地上。

臭球打开舱门，招呼旅客上飞机。可松鼠们谁也不敢上，都怕再出事。

"请你们相信我。"舒克对旅客说。

松鼠们望着舒克真诚的目光,他们感到必须信任舒克,必须信任这种目光。

乘客们登上了飞机。空中小姐关好舱门。

舒克戴上耳机,向贝塔请示:"飞机故障已排除,请求起飞。"

耳机里传来贝塔的声音:

"同意起飞!"

直升机稳健地升到空中,朝目的地飞去。

空中小姐给乘客端来了汽水。松鼠们一边喝饮料一边观看窗外的景色。

经过一个多小时的飞行,直升机终于到达了目的地。松鼠们的亲戚早就等在那里了。

舒克、臭球和空中小姐帮助旅客把行李搬下飞机。旅客依次紧紧握着舒克的手,感谢他临危镇静,保证了大家的安全。

舒克为航空公司赢得了荣誉和信任。

臭球惭愧地低下了头。

当直升机降落在舒克贝塔航空公司的机场时,受到机场全体工作人员的热烈欢迎,大家像迎接凯旋的勇士一样迎接舒克。

"我去扫跑道。"臭球小声对舒克和贝塔说。

"我看还让他当机械师吧!"舒克说。他相信,臭球不会再马虎了,他是聪明人,不会在同一件事上犯两次错误。

贝塔同意了。

(郑渊洁)

## 88. 小鸭子学跳舞

每天,月牙湖边都要举行舞会。孔雀就在月牙湖畔跳舞,小动物们就会热烈鼓掌,观众群里发出一阵阵欢乐的叫声。小肥鸭是一个忠实的观众,他认真地把孔雀的每一个动作牢牢记在心里。

有一天,他悄悄地对芦花母鸡说:"我也很想跳舞。"谁知道芦花母鸡听了哈哈大笑起来:你和我一样,长的那么肥,跳起舞来一摇一摆,太可笑了。谁知这件事传开了,大家都笑了起来,小鸭子伤心极了。

从此,小鸭子再也不敢学跳舞了,它只能躲在芦苇丛里流眼泪。小青蛙跳过来安慰他:"小鸭子,别伤心,我来和你一起跳舞。"小鸭子和小青蛙一起跳起舞来。

可是,跳舞没有音乐,小鸭子和小青蛙又跳又唱实在太累。湖畔的芦苇见了说:"让我们来为你们伴奏吧!"说着,摇摆着身子,发出呜呜、西西、簌簌……动听的音乐来，小青蛙和小鸭子随着音乐蹦跳起来。

小青蛙说："如果再有敲鼓的声音，就更带劲了！""我为你们敲鼓。"啄木鸟梆梆地敲打着树干，声音清脆又响亮。小青蛙和小鸭子跳得很开心，小兔子也忍不住跟着蹦跳起来。

湖边的音乐声被孔雀听见了，孔雀飞来，和小鸭子他们一起跳起摇摆舞来，许多动物见了都来参加，小鸭子还是跳鸭子舞，小青蛙还是跳青蛙舞，每个动物都随着音乐跳自己的舞蹈，越跳越热闹。孔雀高兴地说："每个人都来跳自己的舞蹈，比我一个人跳舞给大家看，有劲多了。"以后，每天傍晚，湖边总有许多动物来跳舞，其中有孔雀，也有小鸭子。

（葛翠琳）

## 89. 踢拖踢拖小红鞋

天上挂着一轮圆圆的大月亮。

胖妈妈背着小胖小在月亮地里走路，一边走一边唱着歌儿：

　　月亮地，
　　白花花，
　　照着娘儿俩走回家。

小胖小趴在妈妈背上，听着听着就睡着了。

啪！小胖小的一只小红鞋从脚上掉下来了。小胖小不知道，胖妈妈也不知道。

小红鞋掉在马路上，大声嚷道："喂，等等我！喂，等等我！"

小胖小没听见，胖妈妈也没听见，她们走远了。

小红鞋踢拖踢拖往前追，追了好半天好半天，也没追上。

小红鞋坐在马路边呜呜呜地哭起来。

正巧这时候，有一位白胡子白头发白眉毛的老爷爷从这里经过。

老爷爷问："小红鞋，你哭什么呀？"

小红鞋说："小胖小把我掉在马路上了，我再也见不到我的好朋友了。"

老爷爷又问："谁是你的好朋友呀？"

小红鞋说："另一只小红鞋就是我的好朋友呀！我们俩一起走路，一起睡觉，谁也离不开谁。可是现在呢，我孤零零，它也孤零零。"说着说着，又呜呜呜地哭起来。

老爷爷赶紧劝它："别哭别哭。我带你往前追，说不定能追上呢！"

小红鞋就跟着老爷爷踢拖踢拖往前走。走呀走呀，走了好久好久也没追上。

小红鞋想坐在马路边等小胖小。老爷爷不放心："要是有人把你捡走了怎么办？还是先跟我回家吧，明天我再帮你找。"

小红鞋就跟着老爷爷踢拖踢拖回家了。

小红鞋来到老爷爷家，到了半夜也睡不着，想哭也不敢大声哭，它怕吵醒了老爷爷。

正在这时候，有一只小老鼠从床底下哧溜哧溜跑出来了。

"小红鞋，你哭什么呀？"小老鼠问。

小红鞋说："我找不着我的好朋友了。"

小老鼠就安慰它："别难过，别难过。我先做你的好朋友吧，明天我帮助你去找好朋友。"

小红鞋又不好意思地说："天黑，我怕。"

小老鼠说："别怕别怕，我和你做伴儿。"

说完，小老鼠就钻进小红鞋里。不大会儿，小老鼠和小红鞋就暖暖和和睡着了。

第二天，天还不亮，小老鼠就醒了。它和小红鞋一起去催老爷爷起床。

老爷爷见小老鼠热心帮助小红鞋，直夸它是一只好老鼠。他们就一起走出家门，帮助小红鞋去找好朋友了。

小红鞋踢拖踢拖走在最前面，后面跟着老爷爷，老爷爷后面跟着小老鼠。

院子里有一只小花猫，听说他们要帮助小红鞋去找好朋友，也不和小老鼠打架了，就跟在它的后面，踢拖踢拖走出了院子，来到小巷里。

小巷的墙角下，卧着一只小巴狗，听说他们要帮助小红鞋去找好朋友，也不和小花猫打架了，就跟在它的后面，踢拖踢拖走出了小巷子，来到大街上。

大街上，有好多小娃娃要去幼儿园，他们听说要帮助小红鞋去找好朋友，就跟在小巴狗后面，踢拖踢拖往前走。

去上学的小哥哥、小姐姐也来了。

去上班的叔叔、阿姨也来了。

大街上来了好多好多人，都跟着小红鞋踢拖踢拖往前走。

交通警察看见了，还以为是游行队伍来了，就"嘟嘟嘟"地吹起了哨子。可是，再一看呀，走在前面的原来是一只小红鞋呀！

交通警察走到小红鞋跟前，立正、敬礼：

"请问小红鞋，你们这是干什么去呀？"

大家帮助小红鞋一齐回答：

"我们去找好朋友！我们去找好朋友！"

交通警察一听，就又"嘟嘟嘟"地吹起了哨子，立刻放行！

小红鞋又和大家一起踢拖踢拖往前走，一边走还一边唱着歌儿：

　　两只小红鞋，

　　一对好朋友。

好朋友，好朋友，

永远不分手。

不分手，不分手，

去找好朋友！

他们正一面唱一面走着，忽然听见远处也有人在唱：

不分手，不分手，

去找好朋友！

只见迎面也走来一支队伍。啊，领队的正是另一只小红鞋呀！它的后面跟着小胖小，小胖小后面跟着胖妈妈，胖妈妈后面跟着小老鼠、小花猫、小巴狗、小娃娃、小学生、叔叔、阿姨……哎呀，好多好多人，他们也是在找好朋友小红鞋呀！

两支队伍在街心花园会合了：两只小红鞋拥抱在一起了，帮助小红鞋找朋友的老爷爷、小胖小、胖妈妈、小老鼠、小花猫、小巴狗等也拥抱在一起了。

大家又唱起了歌儿：

好朋友，好朋友，

永远不分手！

（金　波）

## 90. 飞上天的鱼

一条大河由东往西流。河水像明亮的镜子，映出蓝天白云，映出河边的树林，有时也映出飞落在树上的小鸟，以及朝着鲜花跳舞的蝴蝶，真像是一幅罩上玻璃的图画呢。

河里有一条小金鲤鱼，全身披着金红色的鳞片，当他在河水中游动的时候，就会荡起一片金色的流光，仿佛灿烂的朝霞映照在河面上，绚丽夺目。河里的水族成员都很爱这条小金鲤鱼，亲昵地唤他"小闪电"。龟爷爷还自愿充当小金鲤鱼的保护神，不让他受到任何伤害。大家太宠爱小闪电了，所以他喜欢撒娇，他提出来的每一个愿望都要得到满足，不然他就会哭闹不止，叫着："我要……我要嘛！"不达目的绝不罢休。

这一天，小闪电和大家在水中游，看到天上飘浮的白云，他就叫起来："我要飞上天。"

"啊？鱼怎么能飞上天？鱼只能在水中游，离开了水，鱼就会死的呀！"龟爷爷耐心地给小闪电讲解。

"不嘛！我就要飞上天。"小闪电啼哭不止。

"鱼没有翅膀，怎么能飞上天呢？"螃蟹大婶哄劝小闪电。

"我就要！我要飞上天！"小闪电扯开嗓门哭，谁也没办法哄他。

忽然，小闪电猛地甩动尾巴，"嗖"地一下从河里跃出了水面。

"啊呀！"小闪电发出一声惊叫。

大家惊呆了。怎么回事儿？

是不是小闪电受伤了？

"有一条大鱼……飞……飞上了天……"

"扑通"一声，小闪电落入河里，他的嘴一张一合，喘着气讲话，仰头注视着蓝天。

"真的，快看哪……一条大鱼在天上飞……"小虾也叫起来。

大家抬头仰望天空，果然，一条金红色的大鱼游在天空，一会儿向左，一会儿向右，有时向上，有时向下，就像在水中游玩一样从容。他是怎样飞上天的？

一片惊奇的赞叹声。

"我也要飞上天！"小闪电叫起来

可谁也不知道那条大鱼是怎样飞上天的，小闪电哭得很伤心。

"快看！天上的大鱼来我们河里了。"小银鱼激动地说。

大家仔细看，天上的大鱼果然也在河里。立刻，你拥过来，他挤过去，都想最靠近大鱼，却把大鱼撞碎了，只留下一个又一个水圈圈漫开去。

"河里的大鱼只是影子，就像映在河中的大树和鲜花。影子是没有生命的，也是抓不住的。"龟爷爷告诉大家。

"我要飞上天去找大鱼！"小闪电又哭起来。

扑通！小青蛙跳进河里，安慰小闪电说：

"让我问问小鸟，他们一定知道怎样飞。"

小青蛙对着大树上的鸟窝叫道："小鸟，小鸟，请告诉我，怎样飞上天？"

小鸟从窝里伸出头来，叽叽喳喳地叫：

"我们还不会飞呢。爸爸妈妈飞出去找吃的，很久才能回来。你问白天鹅吧，他们又会在水里游，又会在天上飞。"

小青蛙和小闪电游到一对白天鹅身边。

"请告诉我们，怎样才能飞上天？"小闪电问。

"只要有一对翅膀，就能飞上天。"白天鹅亲切地回答他。

"可是我没有翅膀，只有灵活的尾巴。"小闪电说。

"鱼没有翅膀，不可能飞起来。"白天鹅肯定地说。

"你看，那天上的大鱼怎么会飞呢？"小闪电问。

白天鹅仰头凝望天上的鱼，惊讶地说：

"真是一条鱼。可他是怎样飞上天的？我也不明白。"

"我知道！我知道！那不是真正的鱼。"

小长颈鹿跑过来，晃动着长脖子说。

"可他怎么飞上天了呢？"小闪电问。

"风把他送上了天。他的名字叫风筝。"小长颈鹿说。

"风筝下面系着一条长线，男孩子毛毛把线牵在手上迎风跑，风筝就飞上了天，我看得可清楚了。"

小松鼠在树枝上跳来跳去地说。

"我去请放风筝的小男孩毛毛，你们等在这儿啊！"

小长颈鹿果然驮着小男孩跑来了。

呀！风筝大鱼的长线挂在了老树的顶上。

"我有办法。"小松鼠跳上树叶茂密的树顶，几下咬断了风筝线。

啊呀……

只见天上的大鱼摇摇晃晃掉进了河里。

大家围上去看那会飞的鱼，原来是纸的。

渐渐地，河水浸湿了鱼身。最后，风筝大鱼只剩下几根细细的竹架，在流动的河水里漂荡。

小闪电不再羡慕飞上天的鱼。

（葛翠琳）

# 幼儿生活故事

## 【阅读指导】

　　幼儿生活故事是指以现实生活中的幼儿为主要角色，以幼儿的日常生活为题材的故事。故事所反映的是幼儿身边发生的事，这自然使幼儿产生一种亲切感、真实感。幼儿从有趣的故事中看到了自己的影子，因此幼儿故事对幼儿的教育与引导，是其他任何一种幼儿文学样式都无法比拟的。幼儿从故事中吸取经验、教训，学习知识、美德，改正缺点、不足，可以说幼儿故事是幼儿认识社会、适应社会最直接的"生活教科书"。

　　幼儿生活故事大都主题单纯，内容浅显，篇幅短小，人物集中，线索单一，富有童真童趣，语言简明生动、朗朗上口，具有儿童化特点，对幼儿有一种天然的亲和力。幼儿生活故事与童话相比较，在写法上基本是现实主义的，洋溢着浓郁的生活气息。它以记叙为主，侧重于故事过程的描述，通过生动、曲折而完整的情节来反映生活。

　　作为家长和教师在讲述幼儿生活故事时，也要有所注意。首先选择适合幼儿年龄段和成长需要的故事，针对性强才能有更好的教育效果。其次对故事的语言要加以改编、润色，如简化人名、淡化地名，多用表现色彩、形态、动作的词，多用叠音词、感叹词、语气词等。使语言更生动、更口语化，更贴近幼儿的自然生活，更容易让幼儿接受。另外讲述时要发音准确、语调生动，要力争给幼儿最好的、最准确的语言样本。也可以让幼儿参与到故事的讲述中来，不但能体验、分享故事的快乐，也能锻炼幼儿语言的表达能力，可谓一举两得。

　　幼儿生活故事生动有趣，很受幼儿的喜爱，我们要很好地发挥幼儿生活故事的教育功能，在给幼儿带来娱乐的同时，也能让幼儿在情感、精神上受到熏陶，让幼儿生活故事伴随孩子们快乐成长。

## 1. 小手印

"吃点心啦!"朱老师端来一盘白馒头。

小朋友们排队走,挨着个儿洗洗手。

飞飞不肯去洗手,抓了一个白馒头。

唉呀,朱老师和小朋友们回来了。飞飞赶快把馒头放回去。

瞧,白馒头上有几只手指印。

"哪个小朋友,没有去洗手?"

小朋友们一齐举起手,只有飞飞躲在人背后。

"手指印,快说话,你们的主人是谁呀?"

飞飞听了笑哈哈:"手指印,没嘴巴,不会说话,不会说话。"

朱老师拿来一架显微镜,让小朋友们来瞧瞧手指印。

飞飞也来瞧一瞧。哟,手指印上一群小妖怪,吓了他一大跳。

这些小妖怪,名字叫细菌。小木棒似的细菌,钻进谁的肚子里去,就叫谁拉肚子。

还有圆圆的蛔虫卵,钻进谁的肚子里去,就会变成许多蛔虫。

细菌说了话:"别怪我,别怪我。都是他,是他拍皮球,把我带到馒头上来啦!"

蛔虫卵也说了话:"别怪我,别怪我。都是他,是他玩泥沙,把我带到馒头上来啦!"

"知道了,知道了!"小朋友们说,"飞飞拍过皮球,玩过泥沙,没有洗手的就是他。"

"飞飞,飞飞!"飞飞上哪儿去啦?

哦,飞飞在洗手哪,使劲地洗,使劲地擦。

飞飞举起了干干净净的小手:"朱老师,我手上的小妖怪还有没有?"

"没有了,没有了!"朱老师亲亲飞飞的手,说他是个聪明的小朋友。

(冰 子)

## 2. 洗衣服

最近蓬蓬很喜欢洗东西。

她要洗衣服,妈妈说:"去去去,你不会洗的。"她只好去洗自己的玩具。

一样一样玩具都洗过了,蓬蓬把脚上的白跑鞋弄湿了。她把跑鞋脱下来,拎去给妈妈看:"妈妈你看,鞋子脏了,我把它洗洗干净好吗?"

"你不会洗的。"

"会的。"

"不会的。"

"我会的嘛——"蓬蓬追着妈妈。

"好好好，你去洗吧，我去买菜。"妈妈发给蓬蓬一把刷子、一块肥皂。蓬蓬笑得嘴也合不拢了，一边刷，一边还在笑："嘻，妈妈真好。"

鞋子洗好了。呀，袜子弄湿了，脱下来，洗洗吧。

袜子洗好了。哟，裤腿弄湿了，好，裤子也脱下来洗洗！

裤子洗好了，嗨，衣服袖子又湿了，对，把衣服也脱下来洗！

等妈妈买菜回来，看见蓬蓬赤着膊，浑身上下全是肥皂泡，变成了一个肥皂人；再一看，地上滴了一地的肥皂水。

"咳，你这个小孩！快快快，我来把你洗一洗吧！"

妈妈把蓬蓬放到盆里，倒上热水，哗啦哗啦，咕哧咕哧，洗了又洗。

蓬蓬说："妈妈，我帮你做事情了，对吗？"

"对，对，你帮了我大忙！"

"那么你谢谢我呀！"

"谢谢你。"

"嘻，别客气。"

（任霞苓）

## 3. 小鸭子毛巾

托儿所里，新买了许多小鸭子毛巾，一块一块排好队，挂在雪白的墙上，真好看！小朋友都围在小鸭子毛巾前，一会儿用手摸摸，毛茸茸的；一会儿用脸亲亲，香喷喷的，可高兴啦！

佳佳指着第一块说："佳佳喜欢红的小鸭子。"

冬冬指着第三块说："冬冬喜欢黄的小鸭子。"

阳阳也说了，多多也说了，小朋友们都说了。

可是，等小朋友午睡起来，伸伸腰，揉揉眼一看，怎么？小鸭子毛巾不见了。小朋友可着急了：小鸭子毛巾没有了，大家用什么洗脸擦手呢？吃过饭不洗脸，像只小猫咪，多难看呀！

佳佳看着空空的白墙说："小鸭子毛巾一定是在我们睡着的时候，躲起来了。"

"那我们快找找吧！"大家说。

小朋友找呀、找呀，找到玩具架。布娃娃摆着小手，好像在说："没有！没有！"

小朋友找呀、找呀，找到活动室。长颈鹿扭过脖子，好像在说："没有！没有！"

小朋友找呀、找呀，找到草场上。小木马摇着铃铛，好像在说："没有！没有！"

找到这儿，这儿也没有；找到那儿，那儿也没有。小朋友又急又累，汗也出来了。

冬冬忽然指指小窗说："哎呀！窗也没有关，小鸭子毛巾，会不会飞走了？"

大家说："不！小鸭子不会飞的。小鸟才会飞呢！"

佳佳忙说："小鸭子大概到河里去洗澡了。我们到小河边，去把他们叫回来吧！"

小河在哪里呢？小朋友都不知道呀！

冬冬说："我们就站在门口，朝外面喊。小鸭子听见了，一定会回来的。"

小朋友都说："好！好！我们一起喊，叫小熊、花猫、大象们都来，喊得很响很响。"

"小鸭子毛巾，快——回——来！"

"小鸭子毛巾，快——回——来！"

小朋友喊呀喊，咦？小鸭子毛巾真的回来了，他们全在阿姨的手里，叠得整整齐齐，洗得干干净净。大家一下子把阿姨围住了，踮起脚，亲热地叫着："小鸭子毛巾！小鸭子毛巾！"

佳佳问阿姨："小鸭子在河里洗澡对吗？"

冬冬问阿姨："小鸭子听见我们的喊声了吗？"

阿姨把小鸭子毛巾一条一条挂好了，就全告诉小朋友了。

原来，刚才有的小朋友，手洗也不洗，就往小鸭子毛巾上擦。小鸭子看见自己身上给弄得这么脏，都在生气。阿姨看见了，就给他们洗干净，再晒晒太阳。

小朋友听着、听着，眨眨眼睛，望望小鸭子毛巾，对阿姨说："阿姨，你真好！"

小朋友听着、听着，看看手儿，再望望小鸭子毛巾，对阿姨说："我们再不弄脏小鸭子毛巾了。"

佳佳走向第一块红鸭子毛巾，大声说："红鸭子，你别生气了。"

冬冬走向第三块黄鸭子毛巾，大声说："黄鸭子，你别生气了。"

一阵风儿吹来，小鸭子毛巾一飘一飘。大家"啪啪"地拍起手来："看呀！小鸭子高兴了。看呀！小鸭子跳舞了。"

（郑春华）

## 4. 大鸡蛋

贝贝家有一只很肥的老母鸡，它每天生一个很大的鸡蛋。妈妈全煮给贝贝一个人吃。可是，有一天早上，贝贝没有吃到鸡蛋，因为妈妈病了，躺在床上，不能给贝贝煮鸡蛋吃了。

贝贝心想：我生病妈妈照顾我。今天，妈妈生病了，我也要照顾妈妈。妈妈每天给我吃个大鸡蛋，我今天也给妈妈吃个大鸡蛋！

贝贝跑到鸡棚里，往里一看：咦，老母鸡今天怎么没有生蛋？"老母鸡，你该生蛋了。"老母鸡冲着贝贝"咕咕"叫了一声，可是贝贝听不懂。贝贝想：老母鸡一定是饿了。他抓了一把米，喂给它吃。老母鸡吃完米，慢慢儿走到鸡棚的一个角落里，安安静静地蹲着。贝贝也安安静静蹲在鸡棚边等着。

过了一会儿,老母鸡站起来了。贝贝伸长脖子一看,啊?哪有蛋啊?这下贝贝可生气了,举起手来正要打下去,又把手放下了。他想,老母鸡每天生蛋给我吃,我怎么能打它呢?

贝贝这么想着,就不打母鸡了。他抱住老母鸡,轻轻地摸着揉着它的肚子,对它说:"老母鸡,你一定很想生蛋,可是蛋太大了,生不出来,对吗?别急,我来帮你生。"

老母鸡可不愿意贝贝帮它生蛋,它咯咯叫着,躲开贝贝,蹲到角落里去了。

过了好一阵,老母鸡站了起来。哟,一个挺大的大鸡蛋!

贝贝高兴得跳了起来,连忙伸手进去,小心翼翼地捡起了大鸡蛋,对老母鸡说:"老母鸡,谢谢你。"

贝贝说:"妈妈,是老母鸡生了个大鸡蛋。""啊,老母鸡生给贝贝吃的。""不,老母鸡生给妈妈吃的。"

"好,好,老母鸡生给妈妈吃,也生给贝贝吃,我们煮两个大鸡蛋,一人吃一个,好吗?"妈妈说着,撑着下了床,打开煤气阀门,又往锅里倒了些水,放进两个鸡蛋。

贝贝急忙对妈妈说:"不要你煮,今天你生病,我煮给你吃。""好,我站在旁边,看贝贝煮鸡蛋。"

这下贝贝可忙坏了,他不停地打开锅盖看看,还不停地嚷嚷:"妈妈,水上有小泡泡了!"

"妈妈,小泡泡变成大泡泡了!""妈妈……"

贝贝真的把鸡蛋煮熟了。妈妈帮贝贝倒掉锅里的热水,用冷水浇了浇鸡蛋。贝贝抓起两个鸡蛋就往妈妈手里塞。

妈妈剥开蛋壳,吃了一口,朝贝贝笑了笑,连连说:"好吃,好吃,贝贝煮的鸡蛋真好吃!"贝贝乐得真想跳一跳、蹦一蹦,再趴在地上翻个跟头,可是他没有跳、没有蹦,也没有翻跟头,他已经不是小娃娃了,他正在照顾他的妈妈呢!

(朱庆坪)

## 5. 好吃的东西

到吃早饭的时候了,冬冬还在跟小花猫玩耍。

妈妈端来一碗稀饭,拿来一根油条,冬冬小嘴一嘟:"我不爱吃!"怎么办?爸爸买来一块葱油饼,香喷喷的,冬冬把手一挥:"我不爱吃!"这怎么办?奶奶买来一只烧麦,两只小笼包子,冬冬还是连连摇头:"我不爱吃嘛!"

这是怎么回事?妈妈怀疑起来,用手摸冬冬的额头。爸爸说:"可能是生病了,送他到医院看看去!"

冬冬一听慌了神，连忙说："我没病，我没病，我要吃好吃的东西嘛！"

什么东西才是好吃的呢？大家都弄不清楚。爷爷走过来，笑嘻嘻地说："冬冬，我有好吃的东西，你愿意跟我去吃吗？"

那当然愿意啰，冬冬兴冲冲地跟着爷爷走出家门，围着一座小山丘转了一大圈。爷爷催他快走，他俩越走越快，成了小跑。跑了一程后，冬冬急了，说："爷爷，我又累又饿，好吃的东西呢？"

他们一直跑到家，爷爷端来一碗稀饭，拿来一根油条，冬冬大口大口地吃起来。吃完以后，爷爷说："这就是好吃的东西，味道怎么样？"

冬冬连连点头："嗯，好吃！"

（林先德）

## 6. 咪咪的心愿

咪咪有一个心愿，她想飞上天去，和许多许多小鸟做朋友，可是没有翅膀怎么飞上天去呢？

"要不我们坐飞机上天去？"妈妈想出了这么一个主意。

"不行不行，小鸟才不会飞到飞机里来呢！"咪咪觉得妈妈的主意并不怎么样，"我想我们可以给小鸟写封信。"

"给小鸟写信？怎么写呀？"爸爸对咪咪的主意很不理解。

"我可以画画，画上爸爸、妈妈和我，我们拿着好多好多东西喂小鸟，还和小鸟一起玩。他们一定看得懂的。"咪咪自信地说，"对了，最好把我们每个人的照片都贴上去，这样小鸟就能认识我们了，就会来找我们做朋友了。"

妈妈觉得咪咪的主意不错。

可爸爸又不明白了："那这信怎么寄出去呢？"

咪咪早就想好了："我们一起做一只好大好大的大鸟风筝，把画和照片都贴在上面，小鸟们一定能看到的。"

"咪咪的办法真不错。"于是，爸爸做风筝，妈妈贴照片，咪咪画画，他们忙了整整一天，终于把大风筝信完成了。

"放风筝啦！放风筝啦！"咪咪一家放飞了咪咪的风筝。

蓝蓝的天上飞着一只大鸟风筝，它飞呀、飞呀，去找更多的朋友。咪咪一家仰头望着、望着，他们在等着好消息呢！

（余 绯）

## 7. 不想睡觉的卡卡

天黑了，小鸟睡了，小兔睡了，大家都睡觉了。卡卡不想睡，他还要玩游戏呢。

可是卡卡还是被爸爸的大手捉到了床上，关了门，关上灯。卡卡心里好害怕，他觉得房间里的每一样东西都像黑黑的怪物。

卡卡怎么也睡不着，他在床上大叫："爸爸，我害怕！我不睡觉！"爸爸就和卡卡玩木头人的游戏，卡卡学木头人，不能说话不能动。

可是"木头人"躺着觉得很难受，还是睡不着，睡不着就觉得背好痒，"爸爸我痒，快帮我抓抓。"

"嘘——，痒也不能动，敌人快要出现了，现在你就是埋伏着的小兵，一动就会被敌人发现。"爸爸小声的告诉卡卡。

"接受命令！"卡卡一动不动的埋伏在被窝里，好像真的是个小兵。过了一阵子，敌人还没来，埋伏着的卡卡尿急了。"报告，报告，我要尿尿。"卡卡一边叫着一边往外跑。

"好冷呀！"卡卡钻出被窝才觉得冷。爸爸在被窝里说："是啊，冬天来了，熊爸爸可要冬眠了。"爸爸说着转了个身，假假地打起了呼噜。

"那我也要钻到洞里冬眠了。"卡卡尿完尿，抱起小布熊，很快地钻进自己的被窝里，也冬眠了。

卡卡和他的小布熊还有爸爸一起，一会儿就睡着了。

（余　绯）

## 8. 第一次当哥哥

爸爸妈妈、爷爷奶奶、外公外婆……家里人都喜欢宝宝。

可是，姑姑生了小妹妹，宝宝觉得一家人天天围着小妹妹转，不喜欢他了。

瞧！奶奶给小妹妹喂牛奶，妈妈给小妹妹换尿布。

爸爸逗得小妹妹咯咯笑。来家里的客人，总要抱抱小妹妹。

宝宝不明白这是为什么，于是他也学小妹妹，要用奶瓶喝水。

吃饭时，宝宝也像小妹妹一样戴上围嘴。

妈妈抱着小妹妹，宝宝也想坐到妈妈的腿上去。

"可是，他们还是不喜欢我！"宝宝越想越不高兴。

一天，宝宝来到小妹妹的小床边，妹妹睡觉时还冲着宝宝笑哩。

宝宝看着小妹妹可爱的模样，也喜欢上她了，轻轻地去摸她的小脸蛋。

"哇——哇——"小妹妹被惊醒了，大声哭起来。妈妈进屋来责怪宝宝，宝宝委屈极了。

妈妈知道了小妹妹哭的原因，对宝宝说："你小时候，我们也像疼妹妹一样疼爱你，现在你已经长大了，是哥哥了，妹妹还小，需要大家的帮助，让我们一起照顾她，好吗？"

宝宝好像一下子长大了，他学着大人的样子照看小妹妹，大家都夸他是妹妹的好哥哥。

（潘　卫）

## 9. 野猫真的来过了

三个小朋友走到地里。每个人用小铲子挖个洞，放进一颗向日葵籽，盖上泥，再用篱笆把这块地围好。

三个小朋友天天都来浇水，看看发芽了没有。

过了一个星期，真的发芽了，三个小朋友喜欢得不得了，蹲着身子用手指碰碰，还用鼻子闻闻香不香。妞妞想到了一件事：要是夜里来了野猫怎么办？啊，对呀，怎么办？野猫会在这里打架，把小芽儿压死的。就算不打架吧，说不定也会一脚踩上去把小芽踏死的。怎么办？他们想了好多办法：半夜里起来把野猫轰走。不行！爸爸妈妈不让的。派妞妞家的大公鸡来赶野猫。不行！大公鸡还没有野猫凶呢。用帽子把小芽罩起来。也不行。小芽儿会闷死的。不行，不行，都不行。最后妞妞说：

"咱们来做个牌子，上面画个小人。野猫来一看，还当是真的人呢，喵呜，就给吓跑了。"

大力说：

"再画支手枪，让小人拿着。叭叭！一开枪，野猫就逃走了。"

二毛呢，真会动脑筋，他说：

"咱们画只猫吧。野猫来了一看，准会说：噢，这是自己朋友种的向日葵。点点头走掉了，就不会把小芽儿弄死。"

"好！好！咱们就画只猫！"

三个小朋友回家去，做个牌子，在上面画了一只猫，再把牌子插在向日葵旁边。第二天一早他们就来看小芽，嘿，都好好的，第三天第四天也好好的。野猫到底来过没有呢？

以后，小芽儿长大了，长成了三棵高高的向日葵。那块牌子看起来很矮很矮，上面画的猫看起来很小很小，可是还站在向日葵旁边，看守着它们。三个小朋友天天都来看看自己种的宝贝。他们常常说，昨天夜里野猫来过吗？来过的。为什么不弄死向日葵呢？一说到这里三个人就抢着装野猫，喵喵叫着在地上乱爬，爬过向日葵的时候，看看那块牌子上的猫说:"喔,原来是自己朋友种的向日葵呀。"就很当心地绕过去了。他们猜,野猫准是这样子的。

(任霞苓)

## 10. 第一名和最后一名

峰峰最喜欢星期天,星期天爸爸、妈妈都在家。早上醒来,峰峰见妈妈买菜去了,就钻进爸爸的被窝里,搂着爸爸的脖子,要爸爸讲故事。爸爸说:"时候不早了,该起床了。今天爸爸和你比赛,看谁先穿好衣服,好吗?"

峰峰说:"好,我准第一名!"他一骨碌就从床上爬了起来。爸爸呢,叫完"一、二、三!"就去抓眼镜。爸爸不戴眼镜,是什么也看不清的。峰峰一见,连忙把爸爸的眼镜塞到自己的小枕头底下。

爸爸忙着找眼镜,峰峰忙着穿衣服。可是峰峰找不到毛衣的袖子,好半天,才把一只胳膊塞进袖子里去。本来嘛,峰峰就不会穿衣服,天天都是大人给他穿的。

哎呀,不好了,爸爸不戴眼镜,穿起衣服来也挺快,瞧,他已经穿上了衣服、裤子,要穿袜子了。峰峰急得脸也红了,一把抓起爸爸的袜子塞在自己的屁股下面。

这时候,峰峰听见厨房里有声音,急忙大声叫起来:"妈妈,妈妈,快来帮我穿衣服!"这一叫啊,爷爷、奶奶、妈妈全赶来了。妈妈说:"哎呀,毛衣都穿反了!"只好给他脱了重新穿。奶奶给他穿裤子,爷爷给他穿袜子、鞋子。一会儿,峰峰全穿好了,这才把眼镜和袜子还给爸爸。

"我第一名!我第一名!"峰峰笑着,跳着,叫着。

吃饭的时候,爸爸又对峰峰说:"峰峰,咱们再来比吃饭,看谁吃得又快又好。"

峰峰说:"爸爸嘴巴大,牙齿也大,我不跟爸爸比。我要跟奶奶比。"他心里想:奶奶掉了好几颗牙齿,吃起来可慢了,我准得第一名。

奶奶呵呵笑着说:"好,好,奶奶跟你比赛!"

爸爸喊:"一、二、三!"峰峰赶快往嘴里塞了一大口饭,可是皮球掉到地上去了。他连忙放下饭碗,钻到桌子底下去拾皮球,顺便拍了几下,拍着,拍着,就拍到门外去了,嘴里还含着那口饭。妈妈端着饭碗追了出来。一边喂,一边说:"快点儿,吃啊,奶奶要得第一名了。"峰峰才不着急呢,奶奶掉了牙齿,急什么!过了一会儿,峰峰听见奶奶在屋里叫:"峰峰,奶奶第一名啦!"他急忙进屋去,一看,奶奶真的吃完了。那怎么行?奶奶怎么能得第一名呢!峰峰大声嚷嚷:

"不算,不算,奶奶还没有吃完。奶奶,你得把饭碗拿着。"

"好,好,我把饭碗拿着。"奶奶笑着又端起了饭碗,还拿着筷子,在空碗里划呀划。峰峰急忙把剩下的饭全塞进嘴里,腮帮鼓得大大的,像含着两个大核桃,连话也说不清了:"我……我第一名……"

就这样,峰峰在家里老得第一名。

可是真奇怪,到了幼儿园,峰峰就变成最后一名了。你瞧,吃饭的时候,他老是把饭含在嘴里不嚼也不咽,两只手东摸摸、西碰碰,两只眼睛东瞧瞧、西看看。别人全吃完了,他还有半碗饭没吃呢。真急人,妈妈又不能到幼儿园来喂他吃。

穿衣服就更糟糕了。峰峰不是找不着袖子,就是扣错了扣子,再不,就是穿反了衣服;有时候,脑袋套在衣服里钻不出来了;有时候,两条腿伸进了一条裤管。

在幼儿园里,峰峰还有许多事情,比别人慢,比别人差,我就不说了,说了峰峰会难为情的。可是峰峰就是不明白:为什么他在家里老得第一名,到了幼儿园,就变成了最后一名。小朋友,你能告诉峰峰吗?

(胡莲娟)

## 11. 佳佳搬家

佳佳从幼儿园大班毕业了,很快就要变成个小学生。小姑娘双手叉腰,挺神气地对爸爸妈妈说:"我长大啦!"

妈妈问佳佳:"噢,长大啦,你要干什么呀?"佳佳偏着头想了想,说:"我要单独住一间房子。对门的燕燕比我还小,人家早就自己一个人住啦。"爸爸听到这话,连忙蹲下来问佳佳:"不跟爸爸妈妈在一起,你害怕吗?"

小姑娘嘟起小嘴:"有小熊猫、小狗和我做伴,我才不怕呢。"

家里是有间空房。是该满足小家伙的愿望。爸爸和妈妈商量了一阵,点头答应了。

佳佳乐得直拍手:"太好啦,太好啦,我有自己的小家家了!"

佳佳的"家",紧靠着阳台。阳台上,常青藤串来串去,吊着两个小葫芦,月季花张开笑脸,望着蓝天……

搬家的队伍开过来:妈妈抬着电子琴,爸爸扛着小床;佳佳抱着绒布做的小狗,小狗抱着小熊猫……

床来了,闪开闪开!

小书架来了,闪开闪开!

玩具箱来了,闪开闪开!

小花鹿,你站在这儿,别动。好好看住洋娃娃,别让她跑了!哎,这个小衣柜,好重!

妈妈在白墙上贴上了星星、月亮;爸爸在床沿上画了浪花、海鸥——佳佳的"家",多漂亮哇。

天黑了,和爸爸妈妈道过"晚安",佳佳把绒狗当作枕头,抱着小熊猫,躺在床上睡了。

窗外亮起了一道闪电，佳佳吃了一惊；一阵雷声滚过，小姑娘害怕了，可她却抱紧了小熊猫："别怕，别怕，有我在这儿呢！"

淅淅沥沥的雨声，佳佳睡熟了。睡梦中，她看见墙上的星星月亮飞到了天边，又大又亮；床边的浪花翻滚起来，小床变成船儿，在水面上漂呀漂呀……

星星笑了，对着佳佳眨眼；海鸥笑了，围着佳佳飞翔；阳台上的花儿笑了，张开了大大的嘴巴，好像说：

"佳佳长大了！"

（钟宽洪）

## 12. 慌慌张张的玛莎

从前有个小女孩，名字叫玛莎。有一天，早晨的阳光已从窗口射了进来，她还睡在床上不起来。

妈妈走进来："玛莎，起来吧！玛莎，穿衣服吧！瞧太阳那么高了，快上幼儿园去吧，时间到了。"

玛莎醒来，张开眼睛望望窗外："不，不起来；我还要多躺一会儿。"

妈妈又喊："玛莎，起来！玛莎，穿衣服！"

玛莎没有办法，只好起来。先穿鞋子。玛莎一看——袜子不见了，在哪里？我的袜子在哪里？什么地方都找遍了：凳子上没有，凳子下也没有，床上没有，床下也没有……

玛莎找袜子，到处找不到。小猫蹲在凳子上咪呜咪呜地唱："找呀，找呀，找不到，找到就好出去了；东西都要收拾好，就用不着到处找。"

小麻雀在窗口跟玛莎开玩笑："迟到了，玛莎，慌慌张张的玛莎！"

但玛莎还在找袜子：凳子上没有，凳子下也没有……噢，袜子在这儿呀——在床上洋娃娃的旁边！

妈妈问："玛莎，好了吗？"

玛莎答："我在穿袜子，我在穿袜子。"

玛莎朝床底下一瞧，那儿只有一只鞋子，还有一只，不见了！床下没有，床上也没有，橱子后面没有，橱子下面也没有……

小猫走来走去，老是咪呜咪呜地唱："找呀，找呀，找不到，找到就好出去了；东西都要收拾好，就用不着到处找！"

小公鸡来到窗口唱："迟到了，玛莎！慌慌张张的玛莎！"

玛莎求求小公鸡："小公鸡，小公鸡，请你替我找鞋子。"

小公鸡找来找去，找遍院子，找不到鞋子，原来鞋子在桌子上。

妈妈问："玛莎，好了没有？"

玛莎答："我衣服穿好，就要出去了。"

可是衣服哪里也找不到！

"我穿什么出去呀？衣服不见了，我那有豌豆点的衣服，放在哪儿呢？凳子上没有，凳子下也没有……"

小猫老是咪呜咪呜地唱："找来找去——找不到——找不到，没衣服穿，走不出去真糟糕……"

"东西都要收拾好，就用不着到处找……迟到了，玛莎！慌慌张张的玛莎！"

这时候，玛莎看见她的衣服了，她高兴地叫起来："豌豆点的衣服原来放在搁板上面。"

妈妈说："我不能再等你了！"

玛莎说："我来了，来了。"

玛莎急急忙忙上幼儿园去。幼儿园里的孩子们已经吃好早餐出来散步了。他们看见了玛莎都喊起来："迟到了，玛莎！慌慌张张的玛莎！"

（【俄】伏隆柯娃　绮心 译）

## 13. 梯　级

有一次，彼佳从幼儿园回家。这天他学会了从 1 数到 10。他快要走到家的时候，妹妹华丽雅已经在门口等他。

"我已经会数了！"彼佳显摆说，"在幼儿园学的。你看吧，现在我要把楼梯的梯级都数一数。"

他们顺着楼梯走上去，彼佳大声数着梯级：

"1、2、3、4、5……"

"哎，你怎么不走呀？"华丽雅问。

"等一等，我忘记底下是几了。让我想一想。"

"想吧。"华丽雅说。

他们站在楼梯上，站了一会儿，彼佳说："不，这样我想不起来。哎，我们还是从头数起。"

他们下了楼梯，重新向上走。

"1，"彼佳说，"2、3、4、5……"

他又站住了。

"又忘记了吗？"华丽雅问。

"忘记了！怎么搞的？刚刚想起来，一下子又忘记了！哎，我们再试试。"

他们又从楼梯下来，彼佳又从头数起："1、2、3、4、5……"

"底下是不是25？"华丽雅问。

"不是！别搅，让人家想呀！看，被你搞忘记了！只好从头再来。"

"我不高兴从头来！"华丽雅说，"这算什么？上来下去，上来下去！人家腿都走痛了。"

"不高兴就别走，"彼佳回答，"我想不起来就不走上去。"

华丽雅回到家里，告诉妈妈。

"妈妈，彼佳在楼梯上数楼梯级：1、2、3、4、5……底下记不得了。"

"底下是6。"妈妈说。

华丽雅再跑到楼梯上，彼佳还在数着：

"1、2、3、4、5……"

"6！"华丽雅悄悄地告诉他。"6！6！"

彼佳高兴了，他再往上走，"7、8、9、10。"

幸亏楼梯完了，要不然他真要走不到家，因为他只学会数到10。

(【俄】诺索夫　鲁林 译)

## 14. 张老师的脸肿了

真怪，张老师左边的脸今天突然肿了起来。是给人打了一巴掌吗？不会的。是给刺毛虫刺了一下吗？那更不会了。小朋友们坐在一起，想呀想，猜呀猜。春春说："我知道了，一定是达达昨天上课拉小娟的辫子，老师生气了，脸才肿的！"

小朋友们都说："对！对！是达达不听话，老师的脸才气肿的！"

达达的脸腾地一下子就红了，他眼睛瞪得大大的，"我……我不知道老师的脸会肿起来的呀！"说着，眼泪都快滚下来了。新新连忙说："达达，别哭，这不要紧的，只要你以后不欺负小娟，张老师不生气，脸就不肿啦！"达达使劲点了点头。

上课了，张老师走进来，脸还肿着。达达把手放在背后，认认真真地听着老师讲课，小娟的小辫子就在前面晃来晃去，达达一动也不去动它。可是，一直到下课铃响了，张老师的脸还是肿着。达达连忙跑到张老师面前，说："张老师，我今天没拉小娟的辫子！"张老师笑笑，摸摸达达的脑袋，就走了。

第二天早上，春春对达达说："达达，张老师的脸还肿着，她还在生你的气呢！"达达一听，可急坏了，他噔噔噔跑到小娟面前，把自己心爱的小象卷笔刀往小娟手里一塞，说："送给你。"他又跑到办公室里，对张老师说："张老师，张老师，我把小象卷笔刀送给小娟啦！"张老师又是笑了笑，没说话。达达急得结结巴巴地说："张老师，你……你别生我的气……"

张老师楞住了："我生你什么气呀？"

达达说："前天，我拉了小娟的小辫子，您的脸就气肿了。"

张老师一听，咯咯地笑了起来："张老师早就不生你的气啦，老师的脸肿，是因为牙齿疼呀！达达对老师这么好，老师的病一定好得更快啦！"

达达乐得转身就向教室跑去，大声嚷着："张老师的脸不是我气肿的，不是的……"

（朱庆坪）

## 15. 听鱼说话

琼儿的外公是个非常有趣的人。他爱钓鱼。

琼儿看外公把蚯蚓挂上钓钩，就说："蚯蚓不疼吗？"

"我来问问它。"外公把蚯蚓拿到面前，对它说："你挂在钩上，受得了吗？"

接着，外公把蚯蚓搁到耳朵边听了听，然后对外孙女说："它说，没事儿，它说它最喜欢钓鱼了。"

琼儿不相信外公说的，她要自己亲耳听一听。她把蚯蚓放到耳朵边听了听，说："蚯蚓什么也没说呀。"

"它跟你还不熟呢。蚯蚓的心思我知道，它是急着要下水去钓鱼了。"外公说着就把钓钩往前一抛，蚯蚓立刻沉到水里去了。不一会儿，外公钓上来一条鱼。接着，外公把钓竿递给外孙女，让她也碰碰运气。

琼儿学着外公的样子，把钓钩抛进了水里。没多久，她也钓到了一条鱼，是一条小鱼。小鱼躺在岸边草地上，小嘴一张一张的。琼儿看着有些不忍心了。

"小鱼好像在说什么。"琼儿说。

"是的，鱼儿真的像是在说话哩。"外公说着，拿到耳边听了听说："小鱼说，'拿我做汤，一样很鲜的。'"

"我要自己来听。"琼儿说。

"你能听懂鱼的话吗？"外公问。

"试试看吧。"琼儿说着，把鱼搁到耳边听了一下，说："小鱼说'我还小呢，放我回水里去吧！'"

外公又惊又喜，说："你说的是真话吗？"

"一点不假。"琼儿说。

"那好，你就把它放回去吧。"外公说。

琼儿把小鱼轻轻放回了水里，看着它尾巴一摇一摆地游远了。外公又把钓钩抛进了水里，又钓起鱼来。他边钓边说："我还从来没见过，学听鱼话竟有像你学得这么快的。一学就会了。"

"下一回，我要学听蚯蚓说话，准也能一听就会。"琼儿说。

(【美】海·格里费什)

## 16. 幻想家

小米沙和斯大西克坐在园子里的长凳上谈话。他们不像别的孩子那样谈些别的话，而是你一句来我一句去的说大话，仿佛在那儿争吵谁吹得过谁似的。

"你几岁啦？"小米沙问。

"九十五岁。你呢？"

"我一百四十岁。告诉你，"小米沙说，"从前我很大很大，跟波洛叔叔一样，后来变小了。"

"我呐，"斯大西克说，"起初身子小，后来长大了，后来又缩小了，现在我马上又要大起来。"

"我是大人的时候，我能游过整条河。"小米沙说。

"嘿！我游过海！"

"了不起，游得过海！我游得过大洋！"

"从前我还会飞！"

"得啦，你飞飞看！"

"现在不行，忘了。"

"有一次我在海里洗澡，"小米沙说，"忽然给一条鲨鱼撞上了。我捶了它一拳，它一口咬住我脑袋，嚓地咬断了。"

"你撒谎！"

"不，不撒谎！"

"那你怎么没有死？"

"我干吗要死？我游到岸边，走回家来了。"

"那不是没有脑袋了吗？！"

"当然没有脑袋。我要脑袋干什么？"

"没有脑袋你怎么走呀？"

"就是这么走的。没有脑袋又不是不好走路！"

"那你现在怎么有脑袋的呢？"

"另外长的。"

"想得妙！"斯大西克听了很羡慕。他想吹得比小米沙更精彩。

"嘿，这算得了什么！"他说，"我有一次在非洲，给鳄鱼吃掉了。"

"瞧你胡扯!"小米沙大笑起来。

"一点也不是胡扯。"

"那你怎么现在还是活的?"

"后来它又把我吐出来了。"

小米沙动起脑筋来。他要编一个比斯大西克更妙的谎言,他想了好半天终于说:"有一天我在街上走。前后左右都是电车、汽车、卡车……"

"我知道,我知道!"斯大西克喊起来说,"你马上要讲电车从你身上滚过去。这个你已经吹过了。"

"根本不是这么一回事。我不说这个。"

"好吧,再吹下去。"

"我走着走着,一路上也不擦着什么人。忽然迎面驶来辆公共汽车。我没有看见,一脚踩上去,卡啦啦!汽车给压成了大饼。"

"哈哈哈!瞧你瞎扯!"

"这偏偏不是瞎扯!"

"那你怎么踩得碎汽车?"

"它只是一点点大,是玩具。一个小孩用绳子拉着它走。"

这时候来了隔壁的依果尔,他在长椅上挨着小米沙和斯大西克坐下,听他们讲。听了一会,他说:

"尽撒谎!你们也不害羞?"

"我们又不骗别人,"斯大西克说,"想出什么说什么,等于讲故事。"

"讲故事!"依果尔嗤了声鼻子,"没有事情干啦!"

"你以为编故事容易?"

"没有再简单的了!"

"那就编一个给我们听听。

"我马上讲……"依果尔说,"请听吧。"

小米沙和斯大西克高兴起来,准备听他讲。

"我马上讲,"依果尔说,"嗳嗳嗳……嗯……嘿……嗳嗳嗳……"

"噫,你老是'嗳嗳嗳'干吗!"

"我马上讲!让我想一想。"

"好,你尽管想!"

"嗳嗳嗳,"依果尔又说了,两眼望着天。"马上讲……嗳嗳嗳……"

"嘿,你怎么编不出来啦?还要说再简单没有了!"

"马上讲……喏!有一次我逗狗儿玩,它抓着我的腿咬了我一口。瞧,到现在还有伤疤。"

"这里头到底哪一点是你编出来的？"斯大西克问。

"没有一点是编的。是怎么一回事，就怎么讲。"

"还要说是编故事的行家！"

"我是行家，可不是像你们这样的行家。你们吹了半天，一点派不着用场；昨天我撒了一个谎，可得了好处。"

"什么好处？"

"听我说。昨天晚上妈妈和爸爸出去了，我和妹妹留在家里。我钻到餐具橱里，吃掉半罐头果酱。后来我想，怕是要糟糕。我给妹妹的嘴唇涂上果酱。妈妈回来问：'谁吃了果酱？'我说：'妹妹。'妈妈一看，她可不是满嘴唇都是果酱？今天早上妈妈骂了她一顿，我呐，妈妈还给我果酱吃。就是这么个好处。"

"这么说，人家为你挨骂，你还高兴！"小米沙说。

"你要怎样？"

"我不怎么样。瞧你这个……怎么叫你好呢？骗子手！你瞧瞧！"

"你们自己才是骗子手！"

"滚开！我们不要你坐一张椅子。"

"我也不要跟你们坐在一起。"依果尔站起来走了。

小米沙和斯大西克也回家去。路上他们看见一个冰淇淋摊子。他们站下来，在口袋里掏来掏去，掏出的钱一数，两人的钱只够买一支雪糕。

"我们合买一支再对半分。"斯大西克出主意说。

女售货员给了他们一支雪糕。

"回家去吧，"小米沙说，"用刀切，大家不吃亏。"

"我们走。"

他们在楼梯上遇见了依果尔的妹妹依拉，她的眼睛还带着泪痕。

"你哭什么？"小米沙问。

"妈妈不放我出去玩。"

"为什么？"

"为了果酱，我又没有吃果酱，这是依果尔诬赖我的，是他吃了往我身上推的。"

"当然是依果尔吃的。他自己向我们夸过。你别哭。走，我把我的半支雪糕给你吃。"小米沙说。

"我把我的半支也给你，我只要尝一尝就给你，"斯大西克这样答应她。

"你们自己难道不要吃？"

"我们不要吃。我和他今天都已经吃掉十支了。"斯大西克说。

"我们最好是把雪糕分成三份。"依拉出主意说。

"对！"斯大西克说，"要是你一个人把整支吃下去，你要喉咙痛的。"

他们走到家里，把雪糕切成三份。

"这雪糕真好吃!"小米沙说,"我很爱吃这种东西。有一次我吃了整整一桶冰淇淋。"

"嘿,你老是胡说八道!"依拉笑了,"谁相信你能吃一桶!"

"桶子只有一点儿大!是个纸桶子,不比茶杯大……"

(【苏】尼·诺索夫)

## 17. 信箱里的花束

娜塔娅是个乐于帮助人的小姑娘。有一天,她碰到了女邮递员。她见女邮递员正在擦额上的汗水,就说:"玛丽娜婶婶,你的邮袋这么大,很重吧?"

"没啥!"

"你为什么要带这么多报纸?"

"因为大家爱看报,想知道许多事。"

"我可以帮帮你吗?"

"你怎么帮我呢?这邮袋太重了,你背不动。"

"我跟你一起走,你送一份到这户,我送一份到那户。这样就快多了,你也能少费点力。"

"那会累着你的。"

"不会。"

于是她俩一起往街道上送过去。玛丽娜婶婶送左边的住户,娜塔娅送右边的住户。不到半小时,全街道的信和报纸都送完了。每家门口的信箱里,都插得满满的。

"你真帮了我的大忙,谢谢你!"女邮递员最后说。

从此以后,娜塔娅每天都帮女邮递员分发邮件,居民们开始亲切地叫她"小邮递员"。她很喜欢这个称呼。

"今天我只有一份报纸吗?小邮递员?"有家主人问她。

"是的,但这张报纸上的文章都很有趣。"她笑着回答。

"有我的信吗,小邮递员?"另一家主人问。

"有你的,给!"她快活地说。

有位年老的女教师住在一间偏僻的屋子里,上她家去要走一段路。女教师特别喜欢娜塔娅,因为如今娜塔娅天天会给她带去希望和快乐。但是,有一个星期天,老教师什么邮件也没有。"邮递员婶婶,我们能给女老师送点什么去吗?"

"她订的那份报纸星期天是没有的,今天也没有她的杂志和信。"娜塔娅感到很失望,老想着女教师。

"她说不定正坐在门口等呢!"她想,"她一定会这么说:'今天小邮递员没有来,一定是感到厌烦了!'"娜塔娅心里很不好受。

她俩送完全街的邮件后,女邮递员就回去了。这时,娜塔娅一口气奔到大街尽头的郊外。郊外的田野上开满了各种野花。她采了一束非常好看的野花。

这天,女教师发现自己的信箱里插着一束野花。她小心地取下花束,紧紧地贴在自己脸上,随后甜甜地笑了。这时,她脸上的皱纹好像消失了,变得年轻了许多。

(【苏】岱尔·斯莱辅可维奇　楼飞甫 译)

## 18. 佳佳迟到了

妈妈抱佳佳上幼儿园,总是到得最早最早。

今天佳佳迟到了。

佳佳很不好意思,低着头,眼睛偷偷地向屋子里瞧……

阿姨看见了,笑嘻嘻地问:"佳佳,你怎么迟到啦?"

佳佳说:"我自己走来的。"

阿姨抱起佳佳,亲亲他的小脸蛋说:"佳佳,真乖。"

佳佳悄悄地告诉小朋友:"我迟到了,阿姨还表扬我哩。"

小朋友嚷起来:"我也要迟到!我也要表扬!"佳佳摇摇头说:"不,我是自己走来的。"

小朋友又嚷起来:"我也是自己走来的。"

佳佳听了,又摆手,又摇头:"不,不,在路上快点儿走,就不迟到了。"

第二天,许多小朋友都要自己走,他们蹦蹦跳跳走在妈妈前面……没一个小朋友迟到,佳佳到得最早最早。

阿姨忙着给小朋友擦擦头上的汗水,一边擦,一边高兴地说:"小朋友都乖!小朋友都乖!"

小朋友你望着我,我望着你,圆圆的小嘴巴,笑得像朵小喇叭花,真美真美。

(胡木仁)

## 19. 叫蝈蝈

妈妈去农贸市场买菜,买了一个蝈蝈带回来,亮亮见了,乐得合不拢嘴儿。那蝈蝈浑身翠绿翠绿,翅膀上布满了花纹,很美!它两只大腿又粗又长,挺着个大肚子,圆圆的脑袋,眼睛滴溜溜转个不停。

"啾啾啾,啾啾啾",蝈蝈唱,亮亮也唱,一会儿轻,一会儿重,此起彼伏,连绵不断:"啾啾啾,啾啾啾",亮亮唱蝈蝈也唱,一会儿快,一会儿慢,这边应那边和,悦耳动听。

唱着唱着，亮亮想：对门的李奶奶近来腿摔伤了，一个人躺在床上多闷呀，就拎着蝈蝈笼儿跑了过去。"奶奶，我给您送个伴儿来了！"李奶奶一看，笑道："噢，是蝈蝈，会唱歌咧！"哎，蝈蝈真听话，对着李奶奶又"啾啾啾"地唱开了，乐得李奶奶也合不拢嘴儿。

"哎，蝈蝈饿了，吃什么呀？"亮亮问。"喏，南瓜花，又嫩又香，蝈蝈最爱吃了！"原来李奶奶小时候也爱玩蝈蝈呢。不一会儿，亮亮就采回了一大把南瓜花，放了几片花瓣在笼里。

"啾啾啾，啾啾啾"，蝈蝈吃饱了，心里一高兴，又唱起来。亮亮笑了，李奶奶也笑了。

（陈锡瑾）

## 20. 找朋友

幼儿园组织秋游，小朋友们可高兴啦。老师说："一路上大家要互相照顾，每个小朋友都要在班上找一个朋友做伙伴。"

"唰——"大家不约而同地把头转向陈小莉，一双双眼睛都看着她。哦，一点不奇怪。陈小莉是班上最棒的女孩子，小朋友们都想和她做朋友。

再找谁做伙伴呢？

"我找张冬冬！"

"我找李雁！"

"我找郭小琳！"

大家都怕好朋友被别人找去。

"今天还有谁比较乖呢？"

老师刚说完，一个高高、胖胖的男孩就把手举得高高的。老师问他："小虎，你说呢？"

"我！"小虎响亮地回答。老师对大家说："小朋友，谁愿意找小虎做伙伴呢？"一个女孩说："我才不找他呢！他总欺负女孩。"

"他说脏话。"

"他动手打人，我们不找他！"

小虎一听，急坏了："我今天保证改好！"

"我愿意找小虎做伙伴。"一个长得很矮的女孩大声说。

"娇娇，你不怕他欺负你吗？"一个女孩问娇娇。

"小虎个子高，力气大，爬山划船不会落后。他胆子大，看动物的时候，他站在边上，我就不怕了。小虎今天表现很好，我想他会帮助我的，是吗？"

小虎点点头，感激地看着娇娇。

老师摸着娇娇的头，笑着说："娇娇说得对，我们大家一起来帮助小虎克服缺点好吗？"

"好！"小朋友们齐声说道。

（王帆之）

## 21．阳台上的朋友

莉莉和妮妮住在一幢大楼里，莉莉住402室，妮妮住403室。她们站在阳台上，中间虽然隔着一堵墙壁，但是她们是天天见面的好朋友。

莉莉家的阳台上种着牵牛花。夏天，牵牛花的枝蔓和绿叶长得很茂盛，还开着一朵朵紫色的花儿，真美！牵牛花爬呀爬呀，爬到妮妮家的阳台上。一朵牵牛花还爬到了晾衣架上，也好像在打招呼："妮妮，你好！我带着莉莉的心意向你问好！"

妮妮家的阳台上种着两盆茉莉花，一朵朵小白花盛开着，散发着一股股淡淡的清香。这香味飘呀飘，飘到莉莉家的阳台上。莉莉闻到了花香，探着头，对妮妮说："谢谢你！天天都给我送来花香，我天天都想念你呀！"

有一天，妮妮病了，医生让她好好休息。妮妮待在家里，正觉得孤独时，听到"咚咚咚"的敲门声，原来是隔壁的莉莉来了。"妮妮，我把美丽的画报送给你，好玩的手掌游戏机送给你玩，让你开心地养病！"妮妮高兴极了，她说："谢谢你，好朋友！有了你的关心和帮助，我的病很快就会好的！"她边说边接过莉莉的画报和游戏机，两人玩得可高兴了。

啊，她俩是好朋友，虽然一堵墙壁隔开了两个阳台，但隔不断她们的笑声和友谊。

（林颂英）

## 22．哇哇和呱呱

哇哇在自家的阳台上种了一棵黄瓜。黄瓜开花了，许多小蜜蜂来采蜜。"去去去！别弄坏了我的花。"哇哇赶走了小蜜蜂。

呱呱在自家的阳台上种了一棵丝瓜。丝瓜开花了，引来了许多小蜜蜂。这儿叮叮，那儿爬爬。"欢迎！欢迎！"呱呱喜欢小蜜蜂来分享自己的快乐。

过了不久，黄瓜花落了，只结了一条黄瓜，孤零零地挂在瓜藤上。哇哇心里很失望，"哇哇"地哭了。

丝瓜花也落了，结了许多丝瓜，一条一条，又绿又嫩，呱呱乐了，"呱呱"地笑了。

呱呱送了许多丝瓜给哇哇，让他也分享一下快乐："哇哇，我们丰收啦！肯定是小蜜蜂帮的忙啦。"

哇哇真后悔，自己不该把小蜜蜂赶走，他摘下黄瓜，也请呱呱品尝品尝。

两个小伙伴坐在阳台上，吃起了黄瓜。哇哇觉得很快乐。

（陈锡瑾）

## 23．一张身份证

丽丽在路边拾到一张画片，花花绿绿的，上面还有一个阿姨的头像。阿姨长得可好看啦，弯弯的眉毛，水灵灵的眼睛，高高的鼻梁，嘴角微微往上翘，含着笑。丽丽看了又看，亲了又亲才放进衣袋里。

晚上，丽丽睡觉的时候，妈妈发现了画片，惊奇地问："咦，这是谁的身份证呀？"

丽丽说："那是我拾到的画片。"

妈妈告诉她，这是一张身份证，不是画片，应该马上还给阿姨。

丽丽不愿意，撅着小嘴说："阿姨很好看，我要留着它。"

妈妈说："阿姨丢了身份证是很着急的，很多时候都是非要身份证不可的。万一明天阿姨急需用它怎么办呀？"

丽丽想了想，说："那么，我们怎样才能找到这位阿姨呢？"

妈妈说："每个人的身份证上都印着他自己的住址。我们可以给这位阿姨写封信，留下我们家的电话号码，这样就可以与这位阿姨联系上了。"

信寄出去了。丽丽着急地等着这位陌生的阿姨的电话。一天傍晚，电话铃响了，丽丽跑过去拿起听筒，电话里传来了一位阿姨甜甜的声音。丽丽兴奋极了，她把拾到身份证的经过告诉了电话里的阿姨。阿姨甜甜的声音说："谢谢小丽丽啦，我今天晚上就来取，好吗？"

丽丽等啊等，快九点了，可是漂亮的阿姨还没来。妈妈让丽丽睡下，丽丽不愿意。妈妈说："将来你长大了也会有这么一张身份证呢，快睡吧。"

"不，我想见见那位好看的阿姨。"丽丽躺在被窝里喃喃地说。妈妈笑了，轻轻地拍着她。

第二天早晨，丽丽一睁开眼睛，就看见枕头边放着一张彩色照片。咦，这不就是那位阿姨吗？

"妈妈，妈妈，好看的阿姨在哪里？"丽丽叫起来。

妈妈走过来告诉她："阿姨昨天来取走了身份证，听说你喜欢她，正好她身边有几张彩色照片，就给你留下一张。高兴吗？"

丽丽把照片紧紧地贴在脸蛋上，说："高兴！高兴！"

（彭万洲）

## 24. 冬冬怕野猫，还是野猫怕冬冬

冬冬原来并不胆小，也不怕黑。一次，家里来了两位小哥哥客人。吃好晚饭，冬冬和他们一块儿玩，很快就玩熟了。他们一会儿玩"好人坏人"游戏，一会儿"捉迷藏"。

突然，冬冬大声哭叫着跑到妈妈跟前："妈妈，这个哥哥说黑的地方有魔鬼，那个哥哥说有妖怪。"客人哥哥的妈妈知道了这件事，生气地批评了他们，然后对冬冬说："别害怕，世界上没有妖怪，也没有魔鬼的。"

从那天起，尽管冬冬知道黑的地方是没有妖怪和魔鬼的，但是他再也不敢晚上独自到黑的地方去了。一天，爸爸发现这件事后问他："冬冬，你为什么不敢到黑的地方去，怕什么？"

"每天晚上，院子里黑乎乎的地方总会发出'嗷嗷'的声音，是什么在叫呀？"爸爸说那是野猫。

为了锻炼冬冬的胆子，爸爸带着手电筒，让冬冬跟在身后，一块儿到院子里去捉野猫。他们刚到院子门口，叫声就没有了。

"扑哧！扑哧！"两个黑乎乎的东西飞快地从冬冬身旁窜过。这可把冬冬吓坏了，他赶快抱紧爸爸的大腿。"亮！"爸爸急忙打开了手电，嗬！果真是两只野猫，冬冬看清楚了。"爸爸，怎么我们还没有靠近，它们就吓得逃跑了？"爸爸笑着问冬冬："你说呢？天黑可怕吗？野猫可怕吗？"

（潘　卫）

## 25. 小闹钟

妈妈每天起的很早很早，忙这忙那的，好累好累。

是谁把妈妈叫醒的呢？啊，是小闹钟。

伟伟捧着小闹钟对他说："明天是休息日，别把妈妈叫醒，让她多睡会儿。"

滴答！滴答！小闹钟好像在说："可以！可以！"

晚上，伟伟把小闹钟放在枕头下，悄悄告诉它："明早，把我叫醒，我替妈妈做事。"

滴答！滴答！小闹钟好像在说："好的！好的！"

伟伟想着想着就睡着了，睡得好香好香。

天亮了，伟伟醒了，他睁开眼睛一看：呦，妈妈正笑嘻嘻地望着他，桌上摆着热腾腾的饭菜。

伟伟掏出小闹钟，生气地说："你不听话！你不听话！"

滴答！滴答！小闹钟好像在说："对不起！对不起！"

（胡木仁）

## 26. 节日的礼物

教师节快到了，小朋友们都想送给老师一件最好的礼物。送什么呢？老师说："你们每人做一朵小纸花，我就高兴了。"

老师把一叠各种颜色的纸放在桌上。怡怡拿一张大红纸，做一朵大红花；小敏拿一张紫色纸，做一朵紫花；夏夏拿一张桔黄色纸，做一朵桔黄花；小芳拿一张粉红色纸，做一朵粉红花；小璐拿一张淡黄色纸，做一朵淡黄花……当琪琪要拿纸时，纸没有了，这可怎么办呢？

小朋友们望着老师，以为老师会拿出一张纸给琪琪。可是，琪琪却搔搔头皮，笑嘻嘻地说："我来做一朵最漂亮的纸花！"

琪琪把别人丢在纸篓里的碎纸捡出来，捡呀，扎呀，做了一朵五彩纸花。

庆祝会上，小朋友们把纸花献给老师，对老师说："祝您节日快乐！"

多美丽的花呀！老师笑了，小朋友们都乐了。老师拿起五彩纸花问："这是谁做的？"

"琪——琪——做——的！"小朋友们齐声说。琪琪不好意思地低下了头。

（林先德）

## 27. 棉鞋里的阳光

早晨，太阳照到了阳台上，妈妈在给奶奶晒棉被。小峰问妈妈："奶奶的棉被一点儿也没有湿，干吗要晒呢？"

"棉被晒过了，奶奶盖上会更暖和。"妈妈说。

"为什么呢？"小峰又问。

妈妈说："棉被里有棉花，让阳光钻进棉花里，你说暖和不暖和？"

吃过午饭，奶奶要睡午觉，妈妈收了棉被铺到床上。奶奶脱下棉鞋，躺进被窝，说："这被子真暖和！"她舒服地合上了眼睛。

奶奶睡着了，小峰想：奶奶的棉鞋里也有棉花……于是，他轻轻地把奶奶的两只棉鞋摆在阳光晒到的地方。奶奶醒了，小峰把棉鞋放回床前。奶奶起床了，把脚伸进了棉鞋，奇怪地问："咦，棉鞋里怎么这么暖和？"

小峰笑了笑，说："奶奶，棉鞋里有好多阳光呢！"

（野军）

# 图画故事

## 【阅读指导】

　　幼儿图画故事是一种特殊的儿童文学样式，它是绘画和语言相结合的艺术形式。它的基本特点是以图画为主、文字为辅，或全部用图画表现故事内容。图画故事对于幼儿的认知活动具有非常重要的作用。首先，它通过富有吸引力的画面，给识字不多的幼儿以直观的体验，把幼儿带向广阔的社会生活领域；再加上图画故事多是手绘图画，细腻的笔触、丰富的色彩，给幼儿最初的审美教育。其次图画故事书不仅能让幼儿获得对"书"的概念的初步感受，而且能够培养幼儿的阅读兴趣。

　　作为幼儿教师，要给幼儿选择优秀的图画故事，并进行相关的讨论和游戏活动。教学时可以一边翻看图画书给孩子讲解，一边让孩子猜测故事的发展。读完故事后还可以和孩子进行讨论，例如阅读《阿宝的耳朵》（詹同／画　王汶／写）后，可以与孩子探讨："你洗脸时会洗耳朵吗？"、"你认为阿宝通过这件事后，会改掉不洗耳朵的习惯吗？"

　　图画故事还是亲子共读的最佳文学样式。亲子共读是国际阅读界一直提倡的一种阅读方式，即父母或长辈陪着孩子一起读书。虽然图画故事具有直观性，但要幼儿准确读出图画所描述的内容特别是文字也不容易。所以，幼儿欣赏图画故事仍然需要大人的参与和帮助。我们可以用自己的语言将图画中的含义描述出来。幼儿可以一边听大人的讲述，一边看图画故事，耳目并用，这对孩子而言是一种独特的体验。更重要的是，图画故事不仅展示了一个充满童趣的图画世界，而且为亲子之间提供了一个情感交流的乐园，孩子更能感受到来自长辈的爱。图画故事的"亲子共读"这一特殊功能，是其他幼儿文学样式都无法替代的。

## 1. 阿宝的耳朵

王汶/写　詹同/画

阿宝不爱洗耳朵，泥土积了半寸厚。　一天到外面走呀走，一粒种子飞进耳朵沟。

春天到，太阳照，耳朵里长出一株草。　小牛见了咪咪笑，追着耳朵吃青草。

## 2. 小猫咪追月亮（节选）

【美】凯文·汉克斯　文/图

小猫咪生来头一次见到满月。她心想，那是一个盆挂在天上的牛奶吧。她好想喝呀。

于是她闭上了眼睛，伸长了脖子，张开了嘴巴，用舌头一舔……

可是小猫咪舔到的只是一只小飞虫。可怜的小猫咪！

那一小盆牛奶还挂在天上，静静地等着呢。

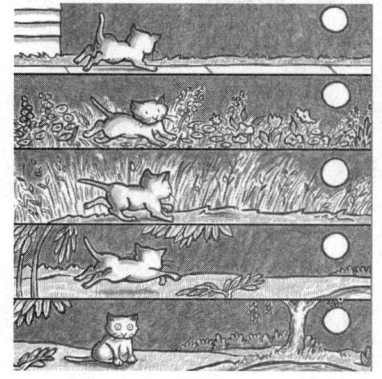

于是她追了过去，跑下人行道，穿过花园，经过田野，来到池塘边。可是它好像离小猫咪还是那么远。可怜的小猫咪！

于是她跑向那棵屋后的大树。没有再比它高的了。她使劲爬，使劲爬，一直爬到树顶上。

于是她冲下那棵树,又冲过那片草地,一口气冲到池塘边。她使出吃奶的劲儿一跳——

她只好回家了——

就在那儿,在门廊上,有大大的一盆牛奶,

幸运的小猫咪!

### 3. 一只小鸟

（彭国良　编绘）

## 4. 想吃苹果的鼠小弟

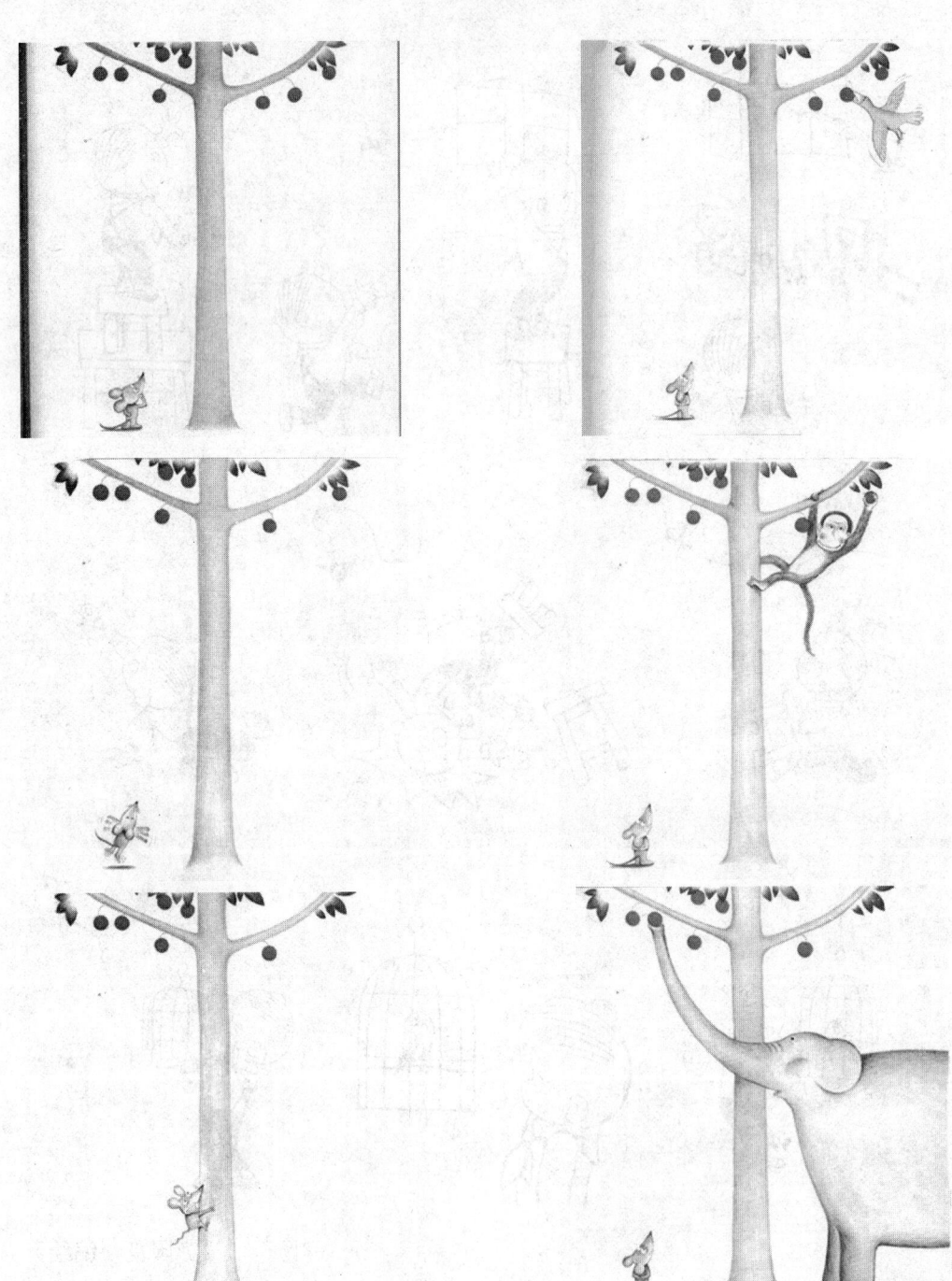

图画故事

219

幼儿文学作品选

# 幼儿散文

## 【阅读指导】

　　幼儿散文是传达幼儿生活情趣及心灵感受,适合幼儿审美需求和欣赏水平的散文。幼儿散文根据内容大致可分为叙事散文、抒情散文、写景散文、童话散文、知识散文等。由于接受对象的特殊性,幼儿散文具有篇幅短小、贴近幼儿生活,意境优美、充满幼儿情趣,语言清丽、富有诗意等美学特征。例如郭风的《蝴蝶·豌豆花》:"一只蝴蝶从竹篱外飞进来,豌豆花问蝴蝶:'你是一朵飞起来的花吗?'"短短三十个字,就把蝴蝶和豌豆花动人的情态勾勒了出来,并洋溢着幼儿所独有的想象和情趣。我们该如何引导幼儿诵读、鉴赏散文呢?

　　作为家长和教师在引导幼儿诵读和鉴赏散文时,应从情感美、意境美、语言美这三个方面入手,抓住散文的神韵。优秀的幼儿散文总会流淌着纯真直率、自然朴素的美好情感,为了让幼儿更好地体味这种情感,可采用配乐、配画面的诵读方式,让幼儿感知散文;还可以运用情景表演的方法,让幼儿做做散文中相应的动作,如《蝴蝶·豌豆花》,可以让幼儿体验一下蝴蝶飞舞的动作。幼儿散文的意境是幼儿散文的灵魂,它所表现的是幼儿眼中的世界和幼儿的情感,这就要求我们用一颗童心去看世界,就像牵着幼儿的手,一同走进那个物我交融、情景相映的纯美氛围。如《落叶》,可以选择在秋季的落叶树下进行鉴赏,充分发挥自然情景的认知教育功能,让幼儿或坐、或躺在落叶上面,在与落叶的亲密接触的情景中,理解散文优美的意境,感受作品中角色的可爱有趣。只有当幼儿领悟到作品美妙的意境时,才会获得对作品内涵的审美感受。"美文"需要用"美语"来传达,明丽清纯的语言才能创造美的意境、抒发美的情感。学习散文的目的之一是培养幼儿的语言能力,为幼儿提供成熟的语言样本。但这些语言样本却像埋藏在沙砾中的金子,需要我们寻找出来。例如《捉迷藏》中的"绿色躲在小草里,黄色躲在菊花里,红色躲在枫叶里,白色躲在云朵里,蓝色躲在天空里。"这组句式结构整齐、形象逼真、富于童趣,是幼儿学习语言的很好素材,可先让幼儿听一听、看一看、想一想、念一念,然后结合作品做找颜色宝宝的游戏。通过活动,不但理解掌握了"×色躲在××里"的句式,也把作品中的知识内化为幼儿的经验。

## 1. 绿色的小扇子

天上，一朵云也没有。

太阳像一个热烘烘的大火球，高高挂在空中。

天，好热哟！

小兰和小芳端着小板凳，来到老槐树下。忽然，一阵小风刮来，真凉快！

小兰抬起头，快活地说："瞧，老槐树爷爷在给我们扇扇子呢！"

小芳说："扇子在哪儿呀？我怎么看不见？"

小兰指指头顶上，说："那数不清的树叶儿，就是老槐树爷爷绿色小扇子呀！"

（樊发稼）

## 2. 出来玩

"嘭嘭嘭"，谁敲门？

灵灵打开门，没见人，只见一道亮闪闪的光。

灵灵把门关上了。

"嘭嘭嘭"，又是谁敲门？

灵灵再打开门，亮闪闪的光进屋来了，它走上地板，一直爬到灵灵身上、脸上。灵灵一抬头，眼睛也睁不开了。

"您是谁呀？"灵灵急忙问。

"我是太阳公公。"那声音是从天上传来的。

灵灵又问："您想进屋来玩吗？"

太阳公公忙说："不，我想叫你出来玩。"

灵灵想了想，就从屋里跑出去。外面亮亮的、暖暖的。

"真暖和！真暖和！"灵灵叫着。她一扭头，看见许多扇门正在打开，太阳公公把小朋友们都喊出来玩啦！

哇！和太阳公公一起玩，多快活！

（郑春华）

## 3. 午 睡

你没有看见，老公公在睡午觉吗？

老公公睡午觉的时候，一动也不动。

你没有看见，蜻蜓在睡午觉吗？

蜻蜓睡午觉的时候，一动也不动。

你没有看见，小朋友在睡午觉的时候，一动也不动。

只有风，在轻轻地吹着。

风说，我会吹得很轻很轻的，不会吹醒老公公的梦，不会吹醒小蜻蜓的梦，不会吹醒小朋友的梦。

只有阳光，在暖暖地照着。

阳光说，我不会照得让老公公出汗的；我不会照得让小蜻蜓出汗的；我不会照得让小朋友出汗的。

过一会儿，老公公、小蜻蜓、小朋友醒过来了，他们说，他们做了一个多甜多甜的梦啊！

（圣　野）

## 4．很轻很轻

妈妈走路的时候，很轻很轻；妈妈说话的时候，很轻很轻；妈妈笑起来的时候，也是很轻很轻。

晚上，我和妈妈睡在一起，妈妈讲的故事就像一片云，轻轻地、轻轻地盖在我身上，我很快就睡着了。

有时候半夜里刮大风，打响雷，妈妈的声音更轻更轻，轻得好像让风声雷声也变轻了，变远了，我就不再害怕。

雷公公东看看，西瞧瞧，以为我家没有人呢，就去找那些吓哭了的孩子和那些大声骂孩子的妈妈。

而我，在妈妈很轻很轻的歌声里又睡着了，还做了一个梦，梦见妈妈变成一朵雪花在空中轻轻地飘……

（郑春华）

## 5．妈妈睡了

妈妈在哄我午睡的时候，她自己先睡着了，睡得好熟、好熟。像我睡着时，妈妈常爱在边上看我一样，我也看着妈妈睡觉……

睡梦中的妈妈真美丽。

妈妈明亮的眼睛闭上了，紧紧地闭着。她弯弯的眉毛也在睡觉，睡在妈妈红润的脸上。妈妈的嘴巴微微张开着，好像还在给我唱催眠的歌谣……

睡梦中的妈妈好慈祥。

妈妈微微地笑着。是的，她在微微地笑着，她的嘴巴、眼角都挂着笑意。好像在睡梦中，妈妈又想好了一个故事，等会儿讲给我听……

睡梦中的妈妈好累。

妈妈的呼吸是那么深沉。她细软的头发粘在微微渗出汗珠的额上。窗外，小鸟儿在唱着歌，风在树叶间散步，发出沙沙的响声，可是妈妈全听不到。她干了好多活，累了，乏了，她想甜甜地睡一觉。

妈妈睡了。

（张秋生）

## 6．妈妈的眼睛

我爱天上的星星，更爱妈妈的眼睛。妈妈的眼睛闪烁在我身边，星星离我太远太远。每天清晨，当我醒来的时候，最先看到的是妈妈的眼睛。它告诉我："孩子，新的一天开始了，赶快起床吧！"

太阳下山了，窗外的天空渐渐黑下来，屋子里亮起了灯光。妈妈的眼睛比灯光更亮，照耀着我的全身，照亮了我的心。

炎热的夏天，电扇送来的风也是热乎乎的，妈妈的眼睛里，淌出两股清清的泉水，给我送来一阵阵凉意。

冬天，窗外飘着雪花，人们裹着棉衣，戴着绒帽，身上还是感到冷。这时妈妈的目光射到我身上，就像两道阳光，给我送来了温暖。

妈妈的眼睛，给我带来欢乐和幸福，是闪烁在我身边的两颗最亮最美的星星。

（江　日）

## 7．唱着歌走路

下雨天，谁在林子里走路呀？林子里的路可滑呢，林子里的雨点儿可大哩！是小蓉姑娘上外婆家去。她穿着红套鞋，撑着花雨伞，还唱着一首好听的歌。唱着歌儿走路，路就不滑了，雨点儿就不大了，走好远好远的路也不会觉得累。真的，看，小兔子顶了张大树叶跟在小蓉姑娘后面，小兔子也唱起歌来了。路真的不滑了，雨点儿真的不大了！

看噢，看噢，小松鼠撑着尾巴来了，梅花鹿顶着它那对美丽的犄角来了。"呼哧——""呼哧——"又跑来了小野猪。

小野猪为难地说："可是，我没伞呀，而且，我也不知道唱什么歌！"

这时，树上跳下一只举着一大片荷叶的金丝猴，正好落在小野猪身上，"就让我当你的伞吧！歌嘛，林子里到处都是呀！"金丝猴说。

真的呢，林子里到处是歌呀！小蓉唱着小野花的歌，小兔唱着青青草的歌，松鼠唱着采松子的歌，小鹿唱着小山泉的歌……小野猪呢，它一急，唱了个野山楂的歌。

唱着，唱着，小蓉的外婆家到了。

（谢 华）

## 8．我变小了

有一天，我梦见我变小了。爸爸带我出去玩，让我坐在他的口袋里。都不用自己走，真好！

有一天，我梦见我变小了。妈妈给我一支棒棒糖，我吃了整整一下午，总有吃不完的糖，真好！

有一天，我梦见我变小了。姐姐让我住在她的娃娃家里，爱玩多久就玩多久，真好！

有一天，我梦见我变小了。哥哥和我玩捉迷藏，他怎么找都找不到我，真好！

有一天，我梦见我变小了。可是醒来的时候，我发现自己和原来一样大。我和爸爸一起骑脚踏车，我和妈妈一起做蛋糕，我和姐姐一起溜滑梯，我和哥哥一起洗澡。

我觉得——真好！

（李紫蓉）

## 9．尖尖的草帽

下过一阵雨以后，太阳又出来了。

我看见一只蜻蜓在阳光里飞翔。它的翅膀亮得像镀上了一层金子。

我眯着眼睛看着它飞来飞去。

它一点儿也不怕我。它追着我飞。我好像还听到了它扇动翅膀的声音。

我猜想：它一定是要落在我的草帽上；它一定是把我的草帽当成了一间小草房尖尖的屋顶吧！

我停住脚步。我在草帽下微笑着。我等待着它落在我尖尖的草帽上。唉，可惜它飞走了。

我又想：它一定是没有看见我的微笑，要不然，它准会又飞回来，落在我尖尖的小草帽上。

（金 波）

## 10. 我的小花园

爸爸在阳台上，给我修了一座小花园。

爸爸照料园里的花草，就像照料心爱的孩子。渴了，给它们水喝。天气太热了，就给它们搭上一个遮阴的凉棚。到了冬天，怕它们冻坏了，遇到晴朗的好天气，总要把它们搬到靠东的一面去晒晒太阳。

在爸爸的照料下，花草们就像乖孩子一样，越长越茂盛，越长越可爱。春天，杜鹃花开了，外婆乡下的小蜜蜂，也哼着嗡嗡嗡的小曲，赶来参观。夏天，牵牛花的长藤上，举起一串串可爱的小喇叭，唤来了喜欢跳舞的蝴蝶。到了秋天，菊花开了，爸爸、妈妈和我便一起坐在小花园里赏菊。这时候，爸爸总爱夸奖它几句，说它不怕风吹霜打，像个勇敢的小姑娘。

感谢爸爸，他给了我一座美丽的小花园。当我长大以后，我一定要建造大花园，送给那些没有花园的孩子。

（江 日）

## 11. 盘山公路

天上的星星那么明亮，在深蓝的天上眨眼睛。咦！最亮的那颗星慢慢地、慢慢地顺着那座大山下来了，和山下城市的灯海汇在一起，变成了灯海里的一盏灯。

城市的电灯那么繁密，比天上的星星还要多，还要亮。咦！从这片灯的海洋中跑出来了一盏灯，顺着那座大山慢慢地、慢慢地升到了天上，和天上的星星汇成了一片，变成了天上的一颗星。

啊，那不是星星从天上下来，也不是电灯从地下上天，那是夜行的汽车，亮着车灯，沿着盘山公路在那儿上山下山。

（竹 荪）

## 12. 放学路上

学校里，响起下课的铃声；天空中，传来隆隆的雷声。——放学了，——下雨了。

从校门口，飞出一只只彩色的蘑菇：绿的蘑菇，黄的蘑菇，蓝的蘑菇，紫的蘑菇，红的蘑菇……

天空中，传来隆隆的雷声；学校里，响起下课的铃声。——下雨了，——放学了。

从校门口，开出一簇簇绚丽的花朵：蓝的花朵，黄的花朵，绿的花朵，红的花朵，紫的花朵……

半路上，雨停了；天边，映出了灿烂的彩虹。

一下子，蘑菇蔫了，花朵谢了，只听见小伙伴们欢乐的笑声、快活的歌。

（樊发稼）

## 13．小燕姐姐

小燕姐姐，从远方回来，带着一把灵巧的剪刀。

剪呀剪，剪出好多绿叶，绿叶挂满树枝啦！剪呀剪，剪出好多鲜花，鲜花开满大地啦！

剪呀剪，剪出一个彩色的春天，送给小蜜蜂，送给小蝴蝶，送给爱跳爱唱的娃娃……

（胡木仁）

## 14．小星星

夏天的晚上，萤火虫提着一盏盏小灯笼，出门去了。

萤火虫飞到东，飞到西，飞到池塘边，飞到小河旁，飞到瓜棚下……

萤火虫飞到池塘边瞧瞧，小青蛙有没有举行音乐会？萤火虫飞到小河边瞧瞧，小鱼儿是不是在安安静静地睡觉？萤火虫飞到瓜棚下，瞧瞧老婆婆辛辛苦苦种出的大甜瓜，有没有让小刺猬偷吃？

每天晚上，萤火虫点起绿莹莹的"灯光"，像天上的小星星，一闪一闪，美丽极了！

（林颂英）

## 15．梅花鹿

小鹿大了，头上长出了角角。那角角好像树丫丫。

春天来了，山青啦，水绿啦，草地上也开出了朵朵野花。为什么这些树丫丫还不发芽、不长叶呢？

哦！他一定喜欢冬天，要不，怎么身上开满了梅花。我想，他的妈妈也许就是一棵会跑的梅树……嗨！这简直是一个有趣的童话。

（吴　城）

## 16．竹鸡们

那个时候，我和爸爸、妈妈，还有哥哥，一起住在松坊村，这里只有三户人家，我们住的屋子，屋顶盖着茅草，屋后有大丛大丛的竹林。我的爸爸告诉我，那山岗上的竹林里，住着竹鸡妈妈和她的一群孩子们。

真的？

爸爸告诉我：

这一天早上，竹鸡妈妈带着她的孩子们从竹林里走出来。一路上，遇见穿山甲、鹧鸪，都向他们招手；他们走过竹林里的一条草径时，那些蚱蜢、瓢虫们都飞起来，向他们打招呼。

竹鸡妈妈和她的小竹鸡们，随后走到丘冈的一口小山塘边来。这里的青草开着鲜花，那黄红色的小花朵都向他们招手。他们也向花朵们点头。竹鸡妈妈说："现在，你们喝水吧！"

咕！咕咕！小竹鸡们都站在小山塘边，一口一口地喝起水来。山塘中有红色的小鲫鱼，看见小竹鸡们和他们的妈妈一起喝水，都游过来，噼哩啪啦地在水中跳跃，向他们打招呼；不一会儿，塘边草丛中间跳出一只青蛙，它向竹鸡妈妈和小竹鸡们叫：

"呱！呱呱！"

意思是说，我和你们一起玩，好不好？

（郭　风）

## 17．小鸟的家

小燕子的家，在农民伯伯新房的屋梁上，里面铺着软软的草，外面是泥涂的墙。那草和泥是燕子妈妈一口口衔来的，很辛苦！

小喜鹊的家是一根根树枝搭起来的，架在高高的树杈上，风吹来，摇摇晃晃。那树枝也是老喜鹊一根根衔来的。

小猫头鹰的家在哪儿？噢，原来在树洞里。圆圆的洞口像一扇窗户，小猫头鹰正在窗口东张西望。

每一只小鸟都有一个家，每家都有勤劳的爸爸、妈妈，是他们建造了可爱的家。

（蒋应武）

## 18．快乐的小鸟

### （1）小鸟们

大树开花了，大树结果了。那花儿会飞，那果果会唱歌。

不信吗？

你来看看，红的、蓝的、黄的、白的，这是多么好看的花呀！

你来听听，吱吱、唧唧、叽叽、喳喳，这是多么好听的歌呀！

妈妈笑着说："这是小鸟，美丽的小鸟，快乐的小鸟。"

啊！那些小鸟们，都是大树妈妈的孩子吗？

大树妈妈，一定有许多许多有趣的故事和童话……

### （2）布谷鸟

人们都说春天在布谷鸟的舌尖上，她一叫，春天就来了。

"布谷！布谷！"山青了，水绿了。

"布谷！布谷！"小苗长了，花儿开了……

我们也学布谷叫："布谷！布谷！"

——"不哭！不哭！"

逗得幼儿园里的小弟弟、小妹妹们也都笑了，那一张张笑脸，就像一朵朵春天的花。

### （3）小燕子

小燕子从南方飞来了。

衔来泥，衔来草，在我家屋檐下忙个不停。

哎哟！一冬不见，你就学会垒窝啦，是哪个泥瓦匠爷爷教的？

小燕子从南方飞来了。

"呢喃呢喃"，在电线上唱个不停。

真乖！你什么时候学会这么多新歌，也是幼儿园的阿姨教的吗？

小燕子从南方飞来了。

衔来了一个春天，还在小河边，田野上，用小剪子剪着柳条，剪着春光……

### （4）花喜鹊

在篱笆上，我给花喜鹊做了个窝，那树枝和干草，编得可结实啦。

在篱笆旁，我还种上了向日葵；篱笆上，将开满紫色的牵牛花。这里多么好！

可是，花喜鹊怎么也不来。当我一走开，她悄悄地把那些树枝和干草，叼到了高高的白杨树上……

我望望她，她看看我："喳喳！喳喳！"好像在对我说："谢谢！谢谢！"

### （5）仙鹤

她们真的是天上来的鸟儿吗？为什么飞到我们的湖边来呢？

这里有安静的苇荡，明镜般的湖水，这里有肥美的鱼虾，嫩生生的水草。她们一定喜欢这个地方吧！

早晨，彩霞映着湖面；

傍晚，夕阳染红苇荡。

她们鼓动翅膀，翩翩起舞；

她们一边嬉戏，一边唱歌。

美丽的仙鹤啊，长长的嘴，长长的腿，穿一件洁白的衣裳，头顶上还点着红点，她们在这里，好像天天过节一样。

当她们在湖边散步的时候，戴红领巾的大哥哥、大姐姐们，把她们画下来了……

（吴　城）

## 19．走进大草原

走出城市，走进大草原。

草原的天好高好蓝，草原的风带着淡淡的草味儿，又香又甜。

像小马驹一样地奔跑，心情也像小马驹一样欢畅。

像小鸟一样地歌唱，歌声也随鸟儿一起飞翔。

在大草原的怀抱中入睡，有满天亮亮的星星做伴。在梦中一棵草，一朵花。

草原上的梦，又香又甜。

（刘丙钧）

## 20．石榴笑了

院里有棵石榴树，树上挂满了石榴。妈妈说："石榴一笑，就可以吃了。"

石榴什么时候笑呢？佳佳想：逗逗它……佳佳唱歌，石榴不笑；佳佳跳舞，石榴不笑；佳佳讲笑话，石榴不笑……

"呼呼呼"，秋风来了！树上的石榴，慢慢地露出一排排牙齿，笑了……佳佳望着石榴也笑了。

（胡木仁）

## 21．金色的小船

小草黄了，树叶黄了。我听到风踩在树叶上沙沙沙地响。

金黄色的叶子，像一只只美丽的蝴蝶在空中飞来飞去。

有一片小小的黄叶飞到了我的肩头上，悄悄地对我说："我来了！"

我把这片小小的黄叶托在手心上，轻轻地放进一条小河里。小小的黄叶变成了一只金色的小船。

秋风微微地吹来，吹动着金色的小船，小船慢慢地、慢慢地向远方驶去……

（金志强）

## 22. 小草坪

在我家的门前，有一块小草坪。春天的时候，探头探脑，长出了青青的小草。

夏天的时候，小草在门前铺起了一条平展展的绿色地毯。我在地毯上打滚儿，追逐着一蹦一跳的蚂蚱。等我的小手，要抓住蚂蚱的时候，它"嘟"的一下子飞走了。

秋天来了，在小草坪的边边角角里，唱起了蟋蟀的歌。我想捉住它，又怕惊动它。它一听到我的脚步声，就停止了唱歌。

冬天来了，小草坪不见了，盖上了厚厚的雪花被。我爱在银白色的被子上，踩出一个个自己的脚印。

这脚印是通向美丽的春天的。

（圣 野）

## 23. 鸟 树

我们村前有棵大榕树。圆弧形的树冠，绿光闪闪，投下很大一片树阴。我们喜欢到树阴下来玩耍。

这时候，我们听到许多鸟儿在树上鸣唱，看到许多鸟儿在枝叶间跳跃。有羽毛鲜艳、体形很小的太阳鸟；有戴着花冠、穿着花裙子的布谷鸟；还有周身黑得发亮、嘴角淡黄的八哥……它们嘈杂一片，唱着，吵闹着。

最有趣的是傍晚，没有风，晚霞烧红了天边。一群一群的鹭鸶从霞光里飞来了。它们在水田里捉了一天鱼，现在飞回来了。它们的窠搭在榕树顶上。它们盘旋着，声音尖细地叫着，落在树梢上。整个树冠一片雪白，颤颤悠悠地摇晃起来。

我们村前的大榕树，变成了一棵多么美丽的"鸟树"哇！

（吴 然）

## 24. 城市变森林

墙边种了一排爬山虎，它们伸出小脚爬到墙上，砖墙变成了绿墙。它们爬到窗框上，窗口变成了绿窗子。

爬山虎爬呀，爬呀，爬上屋顶，爬满整座房子。水泥砌的砖房子，变成了绿房子。绿茸茸的房子，盖满叶子。夏天好阴凉。蜜蜂、蜻蜓在绿房子上飞着，憩着。

秋天,树木的叶子黄了,落了。房子也落叶了。

到了春天,暖风一吹,燕子飞过,房子重新长出叶芽,密密丛丛红色的嫩芽芽。我们的房子活了,变成了活房子。

如果城里的人都种爬山虎,所有的房子就会变成一座森林。

我们天天住在森林里,在森林里踢球、读书、上街、睡觉。那该多有趣。

(杜 风)

## 25. 一朵小红花

周围绕着冬青的草地,像一条绿毯子,平展展地铺开来。扎根在草地中央的月季,她月月开放,从不失信,现在就可以看到一朵红艳艳的小红花了。

蝴蝶爱美,飞近她,吻着她:"早安,姑娘!"

她笑笑,没回答,脸儿红艳艳的。

蜜蜂嗡嗡地哼着曲子飞过来,很有礼貌地轻声说:"姑娘,你早!"

她笑笑,没出声,脸儿更红。

麻雀和喜鹊,一个吱吱,一个喳喳,凑趣地插话:"早啊,你这位好姑娘!"

她笑笑,没开口,只在阳光下挺立着,脸儿愈红,香气愈浓。

傍晚,一群早出晚归的乌鸦,看到青草地上,一朵小红花依然站着,红艳艳的,一点儿没有倦容,不觉同声称赞她:"呀呀呀,呀呀呀,好一个容光焕发的小姑娘!"

她还是笑笑,一心只想要和太阳比赛。

月亮带着一伙星孩儿,拉开蓝色的天幕,望见那朵红艳艳的小红花,吃惊地自语着:"怎么,还不睡!脸儿飞红,想干什么?"

星孩儿们高兴极了,眨巴眨巴眼睛,抢着喊:"喂,喂,红艳艳的小姑娘,给你一根魔杖,骑着它,上天来,咱们一块儿跳舞!"

草儿们躺在地上,"嗤嗤嗤",不知是喝到了露水在笑,还是为小红花要和太阳比赛而笑。

冬青默默无声,心里头在嘀咕:"可不能轻视这位红艳艳的小姑娘!她有勇气,有理想,人小志气大,敢和太阳赛!"

说得不错,小红花精神抖擞,抬起红艳艳的脸,仰望着万里无云的长空,一想到明天的赛事,"哈,看哪个更红?"心里甜滋滋地几乎笑出声来。

(陈伯吹)

## 26. 河边的草地

春天来了！河边的草地多么热闹。

红色的野花开了，蓝色、黄色、白色、紫色的野花也开了。

蝴蝶飞来采蓝色的小野花；

蜜蜂飞来采红色的小野花。

黑色的、棕色的、灰色的小虫也爬出洞了。孩子们在草地上翻跟斗啊，连风儿也在草地上跑着，鼓着腮吹那些彩色的风筝。春天，河边的草地上一片欢乐！

（马及时）

## 27. 春风娃娃报信

　　冬爷爷下完最后一场雪，捋着长长的白胡子，摇摇摆摆回到天上。春姑姑正忙着收拾她的花篮，准备出门。她叫春风娃娃先来地面报信。

　　春风娃娃敲开小河的玻璃窗：春姑姑来啦，春姑姑来啦！河里的鱼儿跳起了活泼的水花舞，溅起一串串珍珠。

　　春风娃娃拍拍柳树的肩膀：春姑姑来啦，春姑姑来啦！柳树摆摆腰肢，甩甩刚刚开始长的头发，扭起迎春秧歌。它扭啊扭啊，头发长呀长呀，长长的头发上挂着一个个嫩绿的小小发结，美极了。

　　春风娃娃搔搔小鸟的胳肢窝：春姑姑来啦，春姑姑来啦！小鸟乐了，闪闪翅膀飞上蓝天，啾啾啾啾，唱出一支支顶好听的歌。

　　春姑姑见春风娃娃送信这么认真，真高兴，赶忙提着花篮出了门。嗨，红的山茶，黄的迎春，白的玉兰花，全从花篮里飞出来，给大地织了一床漂亮的毯子。

（杜　虹）

## 28. 寻　春

春天来了！春天来了！

春天像个急性子的娃娃，顶着寒风，踏着冰凌，来到了人间。

我们几个孩子，甩掉了棉袄，换上轻便鞋，按捺不住好奇心的萌动，冲出家门，奔向田野去寻春。春天像个害羞的小姑娘，遮遮掩掩，躲躲藏藏，好难寻！

小草从地下探出头来，那是春天的眉毛吗？

早开的野花一朵两朵，那是春天的眼睛吗？

树木绽出点点嫩芽，那是春天的音符吗？

解冻的小溪叮叮咚咚，那是春天的琴声吗？

春天在哪里？我们看到了她，我们听到了她，我们嗅到了她，我们触到了她。

一天天，春天在长大，长成一个活泼可爱的少年，站在我们面前了。她一会儿在柳枝上荡秋千，一会儿在风筝尾巴上摇啊摇，一会儿在小鸟嘴里叫，一会儿在桃花上笑……

春天在我们心里掀起春潮，播下希望的种子，秋天将收获幸福和美好。

（经绍珍）

## 29. 秋天真美

秋天，秋天，真美丽。

天高了！地宽了！乐得秋风爷爷到处跑……

秋风爷爷对着大树吹口气，大树摇啊摇：一忽儿抖落一只金蝴蝶，一忽儿抖落一只红蝴蝶，一忽儿抖落一只花蝴蝶。

妈妈说，大树落叶了，送给小树作肥料，盼它快长高！

秋风爷爷对着小河吹口气，小河笑啊笑，一忽儿抖动披着的纱巾，一忽儿掀起一个浪花花，一忽儿抱着白鹅摇啊摇。

妈妈说，小河高兴了，它养的鲜鱼、螃蟹肥又壮，好让宝宝吃了营养好！

秋天，秋天，真美丽。

天高了！地宽了！庄稼丰收了！一抹金一抹银，画出一幅好风景；秋风爷爷到处跑，乐得孩子们掀掉头上的太阳帽……

（屠再华）

## 30. 冬天，在小河边

冬天，我们又来到了小河边。河上，结着一层薄冰，像一扇很大很大的玻璃窗。

夏天，那些呱呱叫的小青蛙们，现在哪里去了？噢，它们正躲在河边的泥土里，沉沉地睡着，度过整个冬天。

夏天，那些在河面上吐泡泡的小鱼，现在哪里去了？噢，它们全都聚在小河的水底，有时游上来，透过"玻璃窗"，向外张望，想和我们游戏玩耍。

秋天，那些绿的、黄的、红的树叶，现在哪里去了？快看看河面上的冰吧，这里冻住了绿的、黄的、红的树叶，这里有美丽的秋天。

（陈秋影）

## 31. 小雨点儿

蓝蓝的天空，忽然被飞来的大片乌云遮住了，太阳也淹没在乌云里，明朗朗的天地变得阴黑起来。接着，淅淅沥沥地下小雨啦。

小雨点儿一滴、两滴、三滴……噢，数不清的小雨点儿。马路变得油光闪亮了，来来往往的汽车，车头灯影从湿润的路面上反射出来，像圆圆的朦胧的月亮，一串串月亮在细雨中赛跑啦。

小雨点儿随风飘洒在玻璃窗上，点点晶莹的小水珠，连成一片，流出了一条条弯曲的小河，直流而下。小河，小河，你要流向什么地方？

门前的一棵大树，小雨点儿把树叶洗刷得绿莹透明，像一只只明亮的眼睛。小鸟在浓密的叶丛里唱歌，歌唱淘气的小雨点儿，歌唱欢乐的生活。

（呆向真）

## 32. 彩色的雨

夏天的雨啊，彩色的雨，从高高的天上飘下来了。

它像一个淘气的孩子，悄悄躲在云彩里，手拿巨大的喷水头。

哗哗——落在田野里，给庄稼洗个冷水澡。苗儿像喝足了奶汁儿，一天一夜就变得更加郁郁葱葱，挺拔茁壮；

哗哗——落在果园里，各色的果子顿时像花枝招展的小姑娘，又干净又漂亮；

哗哗——落在菜畦里，蕃茄更加鲜红，茄子亮得发紫，丝瓜更加嫩绿，倭瓜更加橙黄；

哗哗——落在小朋友们搭起的夏令营的帐篷上，使孩子们心中顿时充满了彩色神奇的幻想……

夏天的雨啊，彩色的雨，充满希望、令人喜悦的雨，从高高的天上飘下来了……

（佟希仁）

## 33. 雪

雪，静悄悄地从天上飘落下来。

早晨，一个美丽的小姑娘趴在窗台上。她用小嘴哈气，玻璃上的冰凌花融化了。往外一看，哟！外面是银白的世界。

树枝上的雪花毛茸茸的，亮晶晶的。路上的汽车缓缓地在雪地上爬行，骑自行车的人好似电影里的慢动作，小心翼翼。

大片大片的雪花，不停地从天空飘落下来，像柳絮，像鹅毛，轻轻地飘着，飘着……

美丽的小姑娘，眼睛睁得大大的。她在想什么？哦，是白雪公主怕大地冻坏，撒下朵朵棉花！

（金志强）

## 34. 月亮做客

晚上，月亮出来了，小河水还在哗哗地流淌。

"小河，你好，我想来做客呢。"月亮说。

"来吧，月亮。"小河说。

月亮跳进了小河里，和小河很开心地聊着天。

小河里的鱼儿被吵醒了，它游到月亮身边说："月亮，你真大，假如你小点儿，请到我家去做客。"

月亮笑盈盈地说："我能变小，小房子我也能进。"

"是吗？"小鱼问，它转了转眼珠，调皮地问："你能住进泡泡房吗？"

"能，太能啦！"月亮说。

鱼儿果真吐了个水泡泡。

"咚——"月亮轻轻地跳了进去。小鱼儿往水泡泡里一瞧，呀，真的有一个小小的月亮。

"嘻，真有趣，月亮住进水泡泡里啦。"小鱼和小河快活地叫起来。

岸上的花儿听到了，也对月亮说："你上我这儿做客吧，我请你住露珠房子。"

"好的，好的。"月亮轻轻地一跳，跳进了花儿的露珠房子里。

"啊，还是这里好，香香的呢。"月亮伸伸腰，躺在露珠房里，睡着了，它忘了自己是来的客。

（李 想）

## 35. 荷叶上的珍珠

早晨起来，我看见荷叶上有一颗珍珠。

这颗珍珠又大又圆又明亮，翠绿的荷叶像个碧玉盘，盛着这颗亮晶晶的珍珠，真好看。

微风一吹，它就滚动起来。它一会儿滚到东，一会儿滚到西，像在荷叶上玩耍呢。

过了一会，太阳出来了，荷叶上的珍珠就不见了。

它哪儿去了呢？

我知道，它变成小蒸气，飞到空中去了，明天早晨，它又会回来的。
（徐青山）

## 36. 我家的小小动物园

我家养着好些动物。爸爸说，这能给我们全家带来欢乐。你们想认识它们吗？我挨个儿给你们介绍吧！

### 我家的小狗

先得好好写写我们家的小狗，它叫"王子"，是我们全村里长得最花、毛色最漂亮的一只狗，它像个淘气的男孩，什么都会，它尤其跑得快，我总也追不上它。不过王子很乖，它总是等着我。

王子还会笑，我可从来没见它哭过。我教过它认字，可是它连一个字母也没学会，不过它倒是挺爱上课的。我教它念"狗"字的时候，它叫得最欢。它准是在想，这就是它自己呀！王子还会数数儿，不过总共才会数到二。

它还特会哼哼和汪汪叫。

"你要干什么？"当它在我面前哼哼时，我问它。

王子"汪"叫一声，晃一晃脑袋，表示想要出去。

"现在还想干什么？"当我们走出院子时，我接着问它。

王子又"汪"叫一声，朝铁路那边跑去。

"你该一次说完呀！"我一边生气一边跟在它后面跑着，因为我也想去那边。我甚至知道王子想去那儿干什么，它喜欢同火车赛跑，每次都是它输，可它从不在乎。每当新开来一列火车，王子又以为能跑赢它。等到跑不动了，它便"汪汪"叫上几声。不知它是允许火车开走呢，还是骂了火车一顿，这我怎么也分辨不清。

### 我家的小山羊

我们家还喂了一只小山羊。它一身雪白，还没长角。可能它自己并不知道这一点，虽然它头上只有一双耳朵，可它还总想抵人。开始的时候，它连我也抵，现在对我好了一点儿。可能它已经知道，我叫维特克，是这个家的人。

我们爱在一块儿比赛爬高。小山羊跳到矮墙上，又从矮墙跳到杂物棚顶上，然后对我嚷嚷，"美，美，美！"那儿我去不了。我便爬到院子里的一棵大树上嚷嚷说："你瞧，我爬得多高！我赢了！"小山羊却说："美，美，美！"如果王子出去散步，就由小山羊看家。别人家的男孩一开我家的院子门，小山羊马上把头一低，朝他冲去，小男孩大喊着"救命！"慌忙逃掉。

"你是只好山羊！"我得夸它一声。

山羊点点头，表示我说得对。

"你也是只漂亮的山羊,"我接着说。

山羊点点头,还摇摇尾巴,它爱听夸奖。

"可你也是一只爱抵人的山羊!"我最后说。

山羊马上要抵我,它准是想证明,我的话说得对,它最喜欢抵人了。

## 我家的大白鹅

我可不能忘了说一说我们家的大白鹅。它在我们家过得倒是蛮得意的,可我不知道,我是不是高兴家里养着它这只鹅。

我倒并不讨厌它一身白,整天在草地上找吃的。它恨不得把每一根草根都啃掉,离我家最近的那一片草地根本用不着割。

可是有一点却使我不高兴,那就是它爱啄我。它有时连看都没看清我,就来撵我,好像在说:我不愿意看见你,你快走!我没招它没惹它,可还得赶忙跑到别处去。

有时候,妈妈说:"把大白鹅赶到河里去洗个澡吧!"我一打开院子门,大白鹅就知道我们要上哪儿去,它把啄人的事儿忘了个精光,只是自言自语地嘟哝些什么,它昂着头,就像听到一支什么好听的广播歌曲那样轻松地走着,我好不容易才撵上它。

用不着我来赶它下水,它一看到河,便张开翅膀,一个劲儿地拍着。也许它想起自己曾经是只鸟,说不定还会飞呢。可是没飞起来,只是打了个喷嚏,在水里扑哧扑哧拍着翅膀。它先洗个澡,然后梳理羽毛,东游游西游游,并不像我游泳时那么气喘。即使它的两只脚板丫不再划动时,也不沉到水底下去。

"大白鹅,咱们回家吧!"我喊它,让它别忘了回家。

大白鹅根本不理睬,还接着游它的。

"你打的什么主意?"我对它嚷了起来,"妈妈该生气了。"

大白鹅装作没听见,我只好去把我的小伙伴们喊来。我们把背心裤衩一脱,一齐下水把大白鹅轰上岸。它使劲叫唤着,就像谁欺负了它似的,飞快往家跑,把我远远地甩在后面。

## 我家的大肥猪

现在来看看我们家的那头大肥猪。它背脊上长了一道黑毛。它要是支起前腿蹲着,个儿比我还高。我真纳闷,妈妈干吗要管它叫"小猪猡",也许是因为它总是干干净净的,而且还挺快活的缘故吧!

它住在一所木制的小猪圈里。可它只有在刮风下雨的时候才钻到里面去,平时它总爱在猪圈外边,在篱笆围起来的小院子里跑来跑去。也许它还觉得活动的地方太小,所以常常站在篱笆前东张西望,伸着它那好奇的猪鼻嘴,这里拱拱那里嗅嗅,老想出去玩个痛快。

有时我把它放出来,让它到院子里活动活动。我们先是追着玩。小猪猡在小树旁追赶我,然后又追着我在院子里绕圈圈,最后逼得我走投无路跳上狗窝顶,只有在那儿我才保了险，因为猪上不来了。它在下面一个劲儿地叫，可我知道，实际上它是在笑。接着我们又玩捉迷藏。我躲在门背后，让它来找我。我还得帮它的忙。

"我在这儿哪！"我大着嗓门儿喊。

小猪猡不知道跑到院子门背后来找我，却跑到猪圈那儿去了。

"我在门背后哪！"我又喊道，"你难道听不见我的声音？"

小猪猡终于把我找到了。它高兴得只想蹦，叫得更欢了，脑袋直往我身上撞。我知道它想要什么，它是想让我给它搔搔痒。我只好给它搔。这时候，它便美滋滋地躺着，一动也不动了。

（【捷】博西哈）

## 37. 金色的草地

我们住在乡下，窗前是一大片草地。草地上长满了蒲公英。当蒲公英盛开的时候，这片草地就变成金色的了。

我和弟弟常常在草地上玩耍。有一次，弟弟跑在我前面，我装着一本正经的样子，喊："谢廖沙！"他回过头来，我就使劲一吹，把蒲公英的绒毛吹到他脸上。弟弟也假装打哈欠，把蒲公英的绒毛朝我脸上吹。就这样，这些并不引人注目的蒲公英，给我们带来了不少快乐。

有一天，我起得很早去钓鱼，发现草地并不是金色的，而是绿色的。傍晚的时候，草地又变绿了。这是为什么呢？我来到草地上，仔细观察，发现蒲公英的花瓣是合拢的。原来，蒲公英的花就像我们的手掌，可以张开、合上。花朵张开时，它是金色的，草地也是金色的；花朵合拢时，金色的花瓣被包住，草地就变成绿色的了。

多么可爱的草地！多么有趣的蒲公英！从那时起，蒲公英成了我们最喜爱的一种花。它和我们一起睡觉，和我们一起起床。

（【苏】普里什文　茹香雪 译）

## 38. "爱"是什么呀

妈妈，"爱"是什么呀？电视上天天说爱呀爱的。

妈妈望着孩子的眼睛说：

孩子，爱就是草地上的两只小猫，亲亲热热抱成一团快乐地打滚；

爱就是那些小树用根须紧紧地拥抱着土地，不让大风把泥沙刮走，土地也牢牢地拥抱着树根，不让大风把小树连根拔起；

爱就是熊妈妈把怕水不肯游泳的小熊抛下河去，又冲进急流把小熊拖起；

爱就是乳燕第一次飞出巢去，跌跌撞撞落到了小树上，兴奋地向妈妈又是鸣叫又是拍翅膀；

爱就是一只蜜蜂飞过高山飞进森林，找到了一棵开满白花的槐树，又匆匆飞回家去，喊爸爸妈妈，喊兄弟姐妹，喊大家一起去享受那一份甜蜜；

爱就是一片小树叶看见两只小蚂蚁掉进了河里，它挣脱树枝妈妈的手，飘下河去，托起蚂蚁浮向岸边；

……

爱是一份依靠，爱是一份牵挂，爱也是一份不求回报的奉献。

孩子望着妈妈的眼睛说——

妈妈妈妈，"爱"是什么，我已经懂啦——

就是呀，你的眼睛里有我，我的眼睛里有你，是吧，妈妈？

（马能源）

## 39. 画出来的故事

碧绿的草地上，本来应该来两只猫的，或者是三只，但直到太阳升得老高了，一只猫也没来。

然后天空中飞来了一只大鸟，一只没见过的大鸟。大鸟在草地上空拉屎了——它一定是忍不住了，其中有一颗五彩种子。

神奇的是，种子一落到土里，就飞快地长着，一会儿就长成了高高的大树。树叶是彩色的，有的像铃铛，有的像星星，有的像手掌。

这到底是一棵什么树呢？

哦，树叶间长出一个红苹果来，那是一棵苹果树吧？

只是这棵苹果树长出的苹果都不一样。有方形的、三角形的、半圆形的，还有圆柱形的。这样的苹果可以堆成城堡，就像积木一样。

一只小鸟快乐地叫着："大家快来尝苹果呀！"

许多小鸟都飞来了，它们在过一个苹果节吧？

咦？苹果树下有了一架梯子，是谁放的梯子呀？哦，是一个男孩子叫聪聪，他顺着梯子爬上了树，去摘苹果。

苹果树下又来了一个小女孩，叫咪咪。她胆小，不敢爬。

这时妈妈拿着苹果走来，她看了看聪聪的画说："今天老师让你们画猫，你们怎么画成这样了？"

聪聪就把上面的故事讲了一遍给妈妈听，妈妈笑了。

（余 绯）

## 40. 采 菱

星期天，大人快活，娃娃们更快活。家长们纷纷带孩子们到野外去玩，满眼尽是一些新玩意儿，嘀，他们能不高兴吗？

这不，这天晌午，李大爷就带着娃娃们划着小船到河里去采菱。

小船儿在菱塘里悠来荡去，娃娃们的小手一划一划的，咿咿呀呀，扑扑楞楞，就像展翅的小鸟，撒着欢儿。

掀开菱盘，叶片间藏着一个个菱角，红红的，青青的，有两角的，也有四角的。看，它们光着脑袋，露着刺儿，好像在说："喂，小馋猫，当心戳嘴！"娃娃们才不怕呐，嘴一咬，手一剥，一个白生生的菱米就塞进了嘴。水灵灵，鲜嫩嫩，甜到心里去了。"爷爷，您也来一个！"说完，一个女娃娃就剥了一个大大的菱米，塞进了爷爷嘴里。"好吃！好吃！"爷爷乐得合不拢嘴。

采着笑着，笑着采着，娃娃们脱口唱道："四角菱，尖尖翘，一架一架，像尊大炮；两角菱，弯弯脑，一个一个，似顶小帽。"

一阵微风吹来，轻轻的，柔柔的，把这优美的童谣传得很远很远。

（陈锡瑾）

幼儿文学作品选

# 幼儿戏剧

【阅读指导】

　　幼儿戏剧是戏剧的一个分支，是指以幼儿为对象，适合他们接受能力和欣赏趣味的戏剧。当然，幼儿不能直接阅读剧本，他们是通过观看或参与舞台表演来接受和欣赏幼儿戏剧的。幼儿戏剧属于综合艺术，它以直观、立体的形式呈现在幼儿面前，给他们以强烈的真实感和动态感。幼儿不会只限于观看，他们爱模仿、爱幻想、爱表现，十分乐于参加戏剧表演，在表演中获得满足感，同时也提高了他们思维、想象、创造、认识、审美等能力。此外，幼儿戏剧中塑造的人物形象鲜活生动、褒贬分明，主题明朗，教育意义一目了然，所以，能引导幼儿明辨是非，区分真善美与假恶丑，潜移默化地培养他们的高尚品格以及良好的行为习惯。台词和唱词大都优美生动、形象规范，有助于幼儿学习和发展语言。

　　幼儿欣赏戏剧可以有三种方式：一是利用戏剧的可观赏性，由学前教育专业的学生或演员排练成舞台剧，让幼儿观赏，以达到审美、教育的目的。二是根据已有剧本，教师指导幼儿按照文艺作品的角色、情节和一定表演程序进行排练，以作正式的舞台演出。三是利用幼儿戏剧的游戏性，让幼儿参与戏剧的表演。由于幼儿年龄尚小，教师组织表演时，可适当简化情节和台词，使幼儿能比较轻松地进入戏剧游戏表演的情境中。幼儿通过参加这样的戏剧表演活动，可以学会与人沟通、协作，培养情商和团体意识，发展语言能力，正确感知、感受戏剧艺术，因此，戏剧表演活动对于幼儿具有独特的教育价值。

## 1. 兔妈妈种萝卜

（儿童歌舞剧）

时　间　一个早晨，天气晴朗，太阳刚升起来。

地　点　野外，在一个小山坡上长满了嫩绿的小草，山坡下有一株古老的大树。

人　物　兔妈妈——戴兔子帽，一手提水壶，一手扛锄头。

小萝卜——人数六个或九个。身穿红衣衫，头戴绿色花圈帽，背上插三个绿色的大萝卜叶子。

田　鼠——头戴老鼠头形的帽，身穿灰色带尾巴的鼠衣。

　　　　　　　［小萝卜舞蹈。］

小萝卜们（唱）　太阳出来天气好，
　　　　　　　鸟儿唱歌树在笑，
　　　　　　　老牛低头不说话，
　　　　　　　看牛娃娃唱小调。
　　　　　　　走一步，跳一跳，
　　　　　　　我们不要妈妈抱，
　　　　　　　田里野草除得光，
　　　　　　　萝卜宝宝好睡觉。
　　　　　　　［兔妈妈舞蹈上。］

兔 妈 妈（唱）　来来来，你是第一个，
　　　　　　　小宝宝，你就在这儿。
　　　　　　　来来来，你是第二个，
　　　　　　　小宝宝，你就在这儿。

小萝卜们（唱）　兔妈妈，谢谢你！
　　　　　　　我们睡得好；
　　　　　　　兔妈妈，谢谢你！
　　　　　　　我们很欢喜，
　　　　　　　将来长大叫你抱不起。

兔 妈 妈（唱）　再见吧，萝卜小宝宝！
　　　　　　　过几天，我再来。
　　　　　　　［兔妈妈与小萝卜们招手，下。］

小萝卜们（唱）　再见！再见！
　　　　　　　兔妈妈再见！

〔田鼠用手摸着肚子，一跛一跛地上场。〕

田　　鼠（唱）　昨天肚子吃不饱，
　　　　　　　　今天老是咕咕叫，
　　　　　　　　让我想一想，
　　　　　　　　就到兔妈妈的田里去找找。
　　　　　　　　这个萝卜这么小，
　　　　　　　　让我咬一咬，
　　　　　　　　味道一定好，
　　　　　　　　味道一定好。

〔田鼠捉一个小萝卜来咬，其他小萝卜惊叫：〕

小萝卜们（唱）　兔妈妈，救救我！
　　　　　　　　田鼠在咬我。

〔田鼠听到小萝卜们求救，慌忙地放下了就逃。〕
〔兔妈妈闻声匆忙地上场，看见被咬伤的小萝卜倒在地上，忙上前把他扶起。〕

兔 妈 妈（唱）　啊啊啊，怎么啦，
　　　　　　　　萝卜宝宝怎么长不大？

小萝卜们（唱）　田鼠呀，田鼠呀，
　　　　　　　　田鼠咬我们，
　　　　　　　　我们长不大。

兔 妈 妈（唱）　坏东西，我打他，
　　　　　　　　他往哪里逃走啦？

〔兔妈妈四处找不见田鼠，下场。〕
〔田鼠上。〕

田　　鼠（唱）　昨天肚子吃不饱，
　　　　　　　　今天老是咕咕叫，
　　　　　　　　让我想一想，
　　　　　　　　就到兔妈妈的田里去找找。
　　　　　　　　这个萝卜这么小，
　　　　　　　　我来咬一咬，
　　　　　　　　味道一定好，
　　　　　　　　味道一定好。

〔田鼠捉住了另一个小萝卜来咬，其他小萝卜惊叫：〕

小萝卜们（唱）　兔妈妈，救救我！

田鼠在咬我。
[田鼠听见了小萝卜们求救，慌忙放下就逃。]
[兔妈妈闻声匆忙的上场，看见了另一个小萝卜被咬伤倒在地上，忙上前又把他扶起。]

兔 妈 妈（唱）　啊啊啊，怎么啦，
　　　　　　　　萝卜宝宝怎么长不大？

小萝卜们（唱）　田鼠呀，田鼠呀，
　　　　　　　　田鼠咬我们，
　　　　　　　　我们长不大。

兔 妈 妈（唱）　坏东西，要捉他，
　　　　　　　　我要躲在这里看明白。
[兔妈妈四处找不见田鼠，想了一想。若有所悟，即悄悄地走到大树旁躲藏起来。]
[田鼠上。]

田 　 鼠（唱）　昨天肚子吃不饱，
　　　　　　　　今天老是咕咕叫，
　　　　　　　　让我想一想，
　　　　　　　　再到兔妈妈的田里去找找。
[田鼠正想捉住一个小萝卜来咬时，就给兔妈妈抓住了。]

兔 妈 妈（唱）　坏东西，真淘气，
　　　　　　　　啊呼一口咬死你。
[兔妈妈把田鼠打倒在地上。]

小萝卜们（唱）　好了，好了，
　　　　　　　　田鼠已经倒下了。
　　　　　　　　我们不怕了，
　　　　　　　　我们长大了。

兔 妈 妈
小萝卜们（唱）　萝卜长得大又大，
　　　　　　　　手拉着手要回家，
　　　　　　　　高高兴兴站起来，
　　　　　　　　大家跟着兔妈妈；
　　　　　　　　一二一二向前走，
　　　　　　　　唱个歌儿笑哈哈！
[小萝卜们手拉手，围着兔妈妈，边舞边唱。]

[兔妈妈拉着萝卜下场。]

——剧 终

（金 近）

## 2. 小蘑菇

人　物　　小蘑菇、小蚂蚁、小刺猬、小白兔
时　间　　雨天的早晨
地　点　　树林里

　　　　　　　[雨声里，小蘑菇打着小花伞上。]
小蘑菇（唱）　小蘑菇，胖乎乎，
　　　　　　　穿着一身花衣服。
　　　　　　　哗啦啦下雨我不怕，
　　　　　　　打着小伞去散步。
　　　　　　　[雨声里，小蚂蚁惊慌地跑上。]
小蚂蚁（唱）　小蚂蚁，出门玩，
　　　　　　　出门忘了带雨伞，
　　　　　　　忽然看见小蘑菇，
　　　　　　　赶紧就往伞下钻。
小蘑菇　　　　哎哟，你是谁呀？
小蚂蚁　　　　我是小蚂蚁呀，让我避避雨吧！
小蘑菇（唱）　我的雨伞不够大，
　　　　　　　装不进去咱们俩；
　　　　　　　你要也想来避雨，
　　　　　　　让我变呀变变大。
　　　　　　　小蘑菇，快快变，
二　人（齐唱）快快变成大花伞，
　　　　　　　变呀变呀变大了，
　　　　　　　小蚂蚁呀往里钻。
　　　　　　　[歌声里，小蘑菇变大了，小蚂蚁钻进去。]
　　　　　　　[雨声里，小刺猬惊慌地跑上。]
小刺猬（唱）　小刺猬，出门玩，

|  | 出门忘了带雨伞， |
|  | 忽然看见小蘑菇， |
|  | 赶紧就往伞下钻。 |

小蘑菇　　　　哎哟，你是谁呀？
小刺猬　　　　我是小刺猬呀，让我避避雨吧！
小蘑菇　　　　我们的雨伞不够大。
小蚂蚁（唱）　只能装下我们俩。
小蘑菇（唱）　你要也想来避雨，
　　　　　　　让我变呀变变大。
三　人（齐唱）小蘑菇，快快变，
　　　　　　　快快变成大花伞，
　　　　　　　变呀变呀变大了，
　　　　　　　小刺猬呀往里钻。

　　〔歌声里，小蘑菇又变大了，小刺猬钻进去。〕
　　〔雨声里，小白兔惊慌地跑上。〕

小白兔（唱）　小白兔，出门玩，
　　　　　　　出门忘了带雨伞，
　　　　　　　忽然看见小蘑菇，
　　　　　　　赶紧就往伞下钻。
小蘑菇　　　　哎哟，你是谁呀？
小白兔　　　　我是小白兔，让我避避雨吧！
三　人（齐唱）我们的雨伞不够大，
　　　　　　　只能装下我们仨；
小蘑菇（唱）　你要也想来避雨，
　　　　　　　让我变呀变变大。
四　人（齐唱）小蘑菇，快快变，
　　　　　　　快快变成大花伞，
　　　　　　　变呀变呀变大了，
　　　　　　　小白兔呀往里钻。

　　〔歌声里，小蘑菇变得更大了，小白兔钻进去。〕
　　〔雨声里，大家打着伞，又歌又舞。〕

大家齐唱　　　小蘑菇变成大蘑菇，
　　　　　　　好朋友们去散步，
　　　　　　　哗啦啦下雨我们不怕，
　　　　　　　一起唱歌又跳舞。

——剧终

（金 波）

## 3. 没有牙齿的大老虎

**人 物** 　老　虎（男孩儿扮）　　小孩儿（男孩儿扮）
　　　　 　小　兔（女孩儿扮）　　狐　狸（女孩儿扮）
　　　　 　狮　子（男孩儿扮）　　马大夫（女孩儿扮）
　　　　 　牛大夫（男孩儿扮）

**时 间** 　夏天的早上，天刚蒙蒙亮。

**场 景** 　大森林里，一场雨后，地上长满了蘑菇，树叶上还有露珠。一只大老虎正趴在一块大石头上呼噜睡觉。石头周围长有许多蘑菇。

　　　　　［幕启，一只猴子从后台走出，一屁股坐在地上。］

**猴 子**　（双手捂屁股）哎哟，痛死我了，痛死我了。（爬起来面对观众）
　　　　　（快板）我是山中一只猴，
　　　　　　　　　顽皮聪明数一流。
　　　　　　　　　山中无虎我称王，
　　　　　　　　　老虎一来就开溜，就开溜！
　　　　　［扭头一看，惊叫起来，边喊叫边退场。］
　　　　　呀，那里有只大老虎，呼噜正睡觉，吓得我呀快快逃，快逃！
　　　　　［小兔手提竹篮，篮中装有蘑菇，一蹦一跳上。］

**小 兔**　今天天气可真好。（看看地上，惊喜地）呀，有这么多蘑菇呢，太好了！
　　　　　（快板）我是林中一只兔，
　　　　　　　　　活泼可爱又温柔，
　　　　　　　　　天生胆子小又小，
　　　　　　　　　一听响动就快逃，就快逃！
　　　　　［小猴与小兔相撞，跌倒，蘑菇撒了一地。］

**小 猴**　哎哟，是谁撞了我？

**小 兔**　哎哟，是谁撞了我？
　　　　　［扭头对望。］

**小 兔**　呀，是小猴子，你慌慌张张地干吗呀？

**小 猴**　（紧张地朝老虎那边望）嘘，小声点儿，老虎在那边睡觉呢！

小 兔　（大惊失色地）老……老……老虎？

　　　　（快板）听见老虎林中睡，

　　　　　　　　吓得我心惊又胆战，

　　　　　　　　拉了小猴快快走，

　　　　　　　　跑得越远心越安，心越安！

[拉小猴，急匆匆欲下，狐狸一摇一摆上。]

狐 狸　喂，小兔，小猴，你们俩跑得这么快干什么呢？难道你们碰到老虎了吗？

兔、猴　（吃惊地停住脚看着狐狸）咦，你怎么知道的？

狐 狸　（用手摸摸后脑勺，不好意思地）我——我随口说说罢了，可是你俩也用不着这么害怕老虎哇。

小 猴　（看着狐狸）不怕？哼，你是没见过吧？

小 兔　（担心地看着狐狸）不怕？呀，你是没听过吧？

兔、猴　（手拉手面向观众）

　　　　（快板）老虎老虎真厉害，

　　　　　　　　牙齿就像硬钢钻。

　　　　　　　　嚼起铁杆当面吃，

　　　　　　　　尖牙一啃大树断，大树断！

狐 狸　嗯，看你们胆子这么小，不就是牙齿厉害吗，我可不怕。（眼珠转了转，神秘地说）我还有本事把它的牙全拔掉呢！

兔、猴　你？拔牙？哈哈哈……谁信呀？

狐 狸　（拍拍胸脯，自信地）不信？你们就瞧着吧！（狐狸下）

兔、猴　（不相信地）

　　　　（快板）小狐狸，不害臊，

　　　　　　　　吹牛从不打草稿，

　　　　　　　　老虎嘴里想拔牙，

　　　　　　　　真是可笑太可笑！

[小兔、小猴摇头下，狐狸手提一包礼物鬼鬼祟祟上。]

狐 狸　（两手把礼物举在胸前，悄悄地对台下观众说）小朋友，我拔老虎牙的计划开始了，你们可得替我保密噢。（转身来到老虎面前，推醒正在睡觉的老虎）虎大王，虎大王，你快醒醒，我——狐狸，给你带来了世界上最好吃的东西，你快尝尝呀！

老 虎　（揉揉眼睛，醒来，看着狐狸）是谁吵了我的美梦，哦，原来是狐狸，你来干什么？

狐 狸　（把手中的礼物，恭敬地送到老虎面前）

　　　　　（快板）大王大王别生气，
　　　　　　　　我是好心来送礼。
　　　　　　　　此物名字叫做糖，
　　　　　　　　放在嘴里喷喷香，
　　　　　　　　吃在嘴时甜蜜蜜，
　　　　　　　　保你吃了一粒想两粒，想两粒。
老　虎　（不相信地打开礼物，拿出一颗糖）真的这么好吃吗？我可不相信，等我尝尝再说。（剥开一粒放在嘴里，乐得眼睛都眯起来，咂咂嘴道）哇，味道好极了！你说得不错，这真是世界上最好吃的东西。
狐　狸　那以后我就常常给您送糖来，让您吃个够，好吗？说实话，这么好吃的东西，也只有您虎大王才配吃，别人，哧——
老　虎　（高兴地点头）对！对！对！你说得有道理，有道理……
狐　狸　（用手捂嘴偷笑，边说边下）哈，我看你吃个够吧。
　　　　［老虎睡着了，嘴里还含着糖。］
老　虎　（喃喃地）好吃——嗯——真好吃——
　　　　［狮子上，看见老虎。］
狮　子　（推醒老虎）虎老弟呀虎老弟，你嘟嘟囔囔的在说什么呀？
老　虎　（揉揉眼睛）嗯，好甜、好香啊！狮大哥，你看看，狐狸真好，送给我这么多又甜又香的、世界上最好吃的糖（从身旁的糖盒里抓起一把给狮子看），给，狮大哥，你也来几颗吧。
狮　子　哎哟，我的虎老弟呀，你可别再吃糖了。
　　　　（快板）哎哟哟，哎哟哟，
　　　　　　　　糖吃多了会难过。
　　　　　　　　不刷牙齿虫蛀掉，
　　　　　　　　到时后悔来不及。
　　　　　　　　狐狸狡猾诡计多，
　　　　　　　　赶快刷牙别上当，别上当！
老　虎　（摸着脑袋想了一下）狮老兄，你说得对，我马上就刷牙。
　　　　［拿出牙刷和杯子，准备刷牙。］
狮　子　这就对了，好好刷吧，别让你的钢牙被糖蛀坏了。再见！
　　　　［从一侧下，狐狸上，一把抢过牙刷和杯子。］
狐　狸　哎呀呀，老虎大王，您这是干啥呀？这么多好吃的糖刷掉了，你说可惜不可惜？
老　虎　（委屈地）我也不想刷牙，可是狮老弟说糖吃多了会坏牙。

狐　狸　（奉承地）大王，您是谁呀？您是大老虎呀，铁条都能咬断，还会怕糖？幸好是我，要是被别人听见，不笑话你才怪呢。

老　虎　对，狐狸说得对极了，我老虎的牙不怕糖，我要天天吃糖，天天吃糖……

　　　　［老虎兴高采烈地抱糖下，狐狸转向观众悄声道：］

狐　狸　这只老虎可真笨，你们等着瞧吧，过不了多久，我就会把它满口的钢牙拔个精光。嘻嘻嘻……

　　　　［狐狸下，老虎手捂嘴上。］

老　虎　（快板）哎哟哟，哎哟哟，

　　　　　　　　牙齿痛得钻心窝。

　　　　　　　　哪位大夫心肠好，

　　　　　　　　替我拔牙治好我，治好我！

　　　　（来到马大夫门前）

　　　　　　　　哇呀呀，我的牙好痛，好心的马大夫，请你快点儿救救我！

马大夫　（用肩抵住门，害怕地）对不起，虎大王，我的医术不过关，你还是去找牛大夫吧，他的医术可比我高明。

老　虎　（来到牛大夫门诊部）牛大夫，牛大夫，我的牙齿好难受，请你给我拔牙，治好我吧！

牛大夫　（惊慌逃下台）我——我——我可不敢给你拔牙。

老　虎　（双手捂脸，又叫又跳）哎哟，哎哟，痛死我了，谁把我的牙拔掉，我让他来做大王。

　　　　［狐狸身穿白大褂，手提药箱上。］

狐　狸　虎大王，别担心，我是特意来帮你的。

老　虎　（走近狐狸）谢谢，谢谢你！

狐　狸　（伸长脖子向老虎嘴望了又望，故作惊慌地）哎哟哟，不得了，您的牙齿可全得拔掉呢。

老　虎　（歪着嘴，边哼边说）只要不痛，拔……拔就拔吧。

狐　狸　（打开药箱，拿出工具开始拔牙）一颗，两颗……哎呀，这最后一颗我实在拔不动了，这可怎么办呀？

老　虎　（乞求地）这，怎么办呀，你可得想想办法呀。

狐　狸　（装模作样地想了想）嘿，有办法了！（狐狸拿出一根线，一头拴住大老虎的牙，一头拴在大树上，然后拿出一个鞭炮放在老虎耳边。一点火，"噼——啪——"老虎吓得摔倒在地）

老　虎　啊哟，是什么声音这么大，吓得我心慌胆又战？（用手摸嘴，转怒为喜）哈，我的牙全拔掉了。

狐 狸　（凑到老虎面前，笑眯眯地）大王，您的牙还痛吗？

老 虎　不痛了，不痛了，还是你最好，送糖给我吃，又替我拔牙，谢谢，谢谢……

　　　　［老虎下，狐狸用手捂住肚皮，笑。］

狐 狸　哈哈……这真是一只笨老虎。（面向观众）小朋友，你们看，我给老虎糖吃，老虎的钢牙都被我拔掉了，你们可不能像老虎那样贪吃糖喽！

　　　　［狐狸欲下，小兔小猴上。］

兔、猴　狐狸，你等等，我们是小兔小猴。

　　　　［狐狸停，小兔小猴走近。］

小 兔　狐狸狐狸本领大，老虎嘴里敢拔牙！

小 猴　狐狸狐狸本领高，老虎钢牙全拔掉！

狐 狸　不，这不是我的本领高，也不是我本领大。

三 人　我们大家都要记住，少吃糖，勤刷牙。

　　　　［台后响起刷牙歌，小兔、小猴、狐狸手拉手下。］

　　　　　　　　　　　　——幕 落

　　　　　　　　　　　　　　（吴敏）

## 4．小猴过桥

### （幼儿园小班童话剧剧本）

人　物　　猴妈妈、猴老大、猴老二、猴老三、猴老四

旁　白　　河边的草地上有一群快乐的小猴子。瞧！他们在干什么呢？
　　　　（音乐起，有的踢着球，有的打着滚、还有的在捉迷藏。）

旁　白　　咕噜、咕噜。咦！是什么声音呢？原来是小猴子们的肚子在叫啊！（跑到妈妈身边）

小猴子们　妈妈！妈妈！我们饿了！（趴在妈妈怀里）

猴妈妈　　你们瞧！河对岸的桃树上结满了好吃的桃子，你们就去那儿摘桃子吃吧！

小猴子们　好啊！好啊！（高兴地拍着手跳起来）

旁　白　　小猴子们向河边跑去，眼前出现了一座独木桥。

猴老大　　呀！这么窄呀！

猴老三　　（推开猴老大、猴老二，先上了桥）让我先过，让我先过。

旁　白　　小猴子们都争着过桥，只听见"扑通"一声，猴老三掉进了河里。

猴老三　　救命！救命！（坐在地上，手脚乱拍乱蹬）

| | |
|---|---|
| 猴老大 | 哎呀！快回去叫妈妈来。 |
| 小猴子们 | 妈妈，妈妈（边往回跑边喊）。老三掉进河里了，快去救他吧！ |
| 旁　白 | 妈妈赶到河边，把猴老三救了上来。（回到草地上） |
| 猴妈妈 | 你们瞧！多危险呀！桥这么窄，你们怎样才能过去呢？ |
| 猴老大 | （动脑筋）有了！一个跟着一个走，就能过独木桥了。 |
| 猴老三 | 不能推，不能挤。 |
| 小猴子们 | 对！只有一个跟着一个走，才能过独木桥。 |
| 猴老大 | 来！排好队！（音乐起，猴子排队过桥，摘桃、吃桃） |
| 旁　白 | 就这样，小猴子们一个跟着一个过了独木桥，吃到了好吃的桃子。 |
| 小猴子们 | 啊！我都吃饱了！ |
| 猴老四 | 我们再给妈妈摘几个桃子吧！ |
| 猴老大 | 不早了，我们该回家了，妈妈要等急了！来！排好队！ |
| | （音乐起） |
| 小猴子们 | 妈妈！我们回来了！我们给你带了桃子！ |
| 猴妈妈 | 你们真是我的好宝宝！ |

## 5．小兔乖乖

| | |
|---|---|
| 人　物 | 兔妈妈、三只小兔（长耳朵、红眼睛、短尾巴）、大灰狼 |
| 背　景 | 森林兔子家 |
| 道　具 | 一片草地、篮子、萝卜、头巾、大树、兔子家、木棍、各角色服装。 |
| 旁　白 | 大森林里，住着快乐的兔子一家，兔妈妈和她的三个孩子——长耳朵、红眼睛还有短尾巴。 |
| 兔妈妈与三只小兔 | （欢快的音乐声中，兔妈妈牵着三只小兔鱼贯而入，围成圈齐念） |
| | 小白兔，白又白， |
| | 两只耳朵竖起来， |
| | 爱吃萝卜爱吃菜， |
| | 蹦蹦跳跳真可爱。 |
| | （四处游玩吃草，蹦蹦跳跳回家） |
| 兔妈妈 | （呼唤）长耳朵。 |
| 长耳朵 | 哎！妈妈！ |
| 兔妈妈 | （呼唤）红眼睛。 |

幼儿文学作品选

红眼睛　妈妈，我来了。

兔妈妈　（呼唤）短尾巴。

短尾巴　我在这儿呢！

兔妈妈　（一边扎头巾一边说）孩子们，一会儿，妈妈要去很远的地方拔萝卜，你们千万记得要把门关紧了，除了妈妈，谁来都不要开。

三只小兔　（使劲点头）嗯！

兔妈妈　（提起篮子，临出门再嘱咐）记住，妈妈没回来，谁来也不开！

三只小兔　知——道——了！

[兔妈妈出门，三只小兔一起来关门。]

旁　白　不远处，一只大灰狼到处找点心，饿得直流口水。

大灰狼　我是一只聪明狼，抓兔子嘛，我最在行！哎！前面不是兔子的家吗？让我去碰碰运气！（咚咚咚砸门）快开门，快开门，让我进去！

长耳朵　（趴在门缝里瞧，发现了大灰狼，轻声告诉弟弟妹妹）是大灰狼来了！

兔子们　（齐唱）

　　　　　　不开不开就不开，

　　　　　　妈妈没回来，

　　　　　　谁来也不开！

大灰狼　哼！狡猾的兔子。（大灰狼灰溜溜地嘟囔着，走下台）

兔妈妈　（拎着一篮萝卜上场，唱着歌儿来敲门）

　　　　　　小兔儿乖乖，

　　　　　　把门儿开开，

　　　　　　快点儿开开

　　　　　　妈妈要进来。

三只小兔　（欢呼着把门打开）妈妈，是妈妈回来了！

兔妈妈　我的宝宝们，你们一定饿坏了吧？来，妈妈给你们带回来萝卜了。快吃吧！（兔妈妈给三只小兔分萝卜吃）

兔妈妈　我的乖宝宝们，你们乖乖地在家吃东西，妈妈去给你们的姥姥送点吃的去。

三只小兔　好的！（准备去关门）

兔妈妈　（临走前叮嘱）记住了，除了妈妈，谁来也不要开门！

三只小兔　（把手放在嘴边作喇叭状）知——道——了！

旁　白　（配表现紧张音乐）可这时，大灰狼并没有走远，它躲在大树后面，偷偷学会了刚才兔妈妈唱的歌。

大灰狼　（大摇大摆走到舞台中间）原来要开门，还得先唱歌。嗨！这还不简单，让我打扮打扮清清嗓子来唱歌！（跑到大树下拿条围巾围在头上）

**大灰狼** （鬼鬼祟祟走出来）小朋友们，你们说我像不像？嘻嘻！
（围着围巾，边唱歌边敲门，声音要沙哑些）
　　　　　　小兔子乖乖，
　　　　　　把门儿开开，
　　　　　　快点儿开开，
　　　　　　妈妈要进来。

**红眼睛和短尾巴**　哦！（欢呼）妈妈，是妈妈回来了。

**长耳朵**　不对，不对，让我仔细听一听。怎么像是大灰狼！

**大灰狼**　（唱）小兔子乖乖，
　　　　　　把门儿开开，
　　　　　　快点儿开开，
　　　　　　妈妈要进来。

**红眼睛和短尾巴**　只有妈妈才会唱歌，肯定是妈妈回来了！

**长耳朵**　妈妈的声音没有这么粗！肯定是大灰狼！

**大灰狼**　（侧耳倾听门内的动静，眼珠一转）哎呀，乖宝宝，外面凉，妈妈的嗓子着了凉。我的乖乖别害怕，我是你们的好妈妈！

**大灰狼**　（不耐烦，恶狠狠地）别磨蹭了！快点开门！！！

**三只小兔**　（吓了一大跳）

**红眼睛**　妈妈很温柔的，她从不凶我们！肯定是大灰狼！

**大灰狼**　（讨好地声音）你是红眼睛宝宝吧，妈妈有些着急，嗓门大了点。（用嗲嗲的、沙哑的声音）兔宝宝，开门吧。

**三只小兔**　（趴在门缝上向外瞧，悄悄说）哎呀！真的是大灰狼，这可怎么办呀？

**三只小兔**　（三只小兔围成圈，抱着头商量一下，互相点点头）嗯！

**短尾巴**　（对着门）你把尾巴给我们看看，我们就开门。

**大灰狼**　（着急地团团转）啊？看尾巴，兔子的尾巴是白的，这可怎么办？（把手背在身后，来回走动，忽然一拍脑袋）对了，我用面粉把尾巴染染白。嘿嘿！这下你们可要上当了！

**大灰狼**　（扭着屁股把尾巴塞进门缝）看吧，看吧，我的尾巴白又白。

**短尾巴**　（吃惊地说）这么长的尾巴，就是大灰狼！

**三只小兔**　一——二——三，嘿！！！
（三只小兔一起用力关紧门，夹住了大灰狼的尾巴。）

**大灰狼**　（抱住屁股）哎呦，哎呦，痛死我了！痛死我了！

**旁　白**　正在这时，兔妈妈回来了。

| | |
|---|---|
| 兔妈妈 | （拿起一根大木棍，用力打，边打边说）你这个大坏蛋，看我怎么收拾你！看你下次还敢不敢来！ |
| 大灰狼 | 哎呦，哎呦，不敢了，我下次再也不敢了！ |
| | （大灰狼一使劲儿，尾巴扯断了，它捂着屁股逃跑了） |
| 红眼睛 | 呀！大灰狼的尾巴给夹断了！（拍腿大笑）哈哈哈！ |
| 三只小兔 | 噢！我们胜利啦！ |
| 兔妈妈 | （兔妈妈放好木棍，拍拍身上的土，走到家门前，边唱歌边敲门） |

　　　　　　小兔儿乖乖，
　　　　　　把门儿开开，
　　　　　　快点儿开开，
　　　　　　妈妈要进来。

| | |
|---|---|
| 红眼睛 | （侧耳仔细倾听）哎！这次好像是妈妈的声音！ |
| 兔妈妈 | 宝贝们，妈妈回来了，快开门吧！ |
| 兔子们 | 对，真的是妈妈回来了！（打开门，小兔们亲热地抱住妈妈）妈妈回来了！妈妈回来了！ |
| 兔妈妈 | 我的宝贝们，你们可真勇敢啊！（说着搂住小兔子们）妈妈真为你们感到骄傲！ |
| 合 | （音乐响）大灰狼，真正坏， |

　　　　　　装成妈妈骗乖乖。
　　　　　　小兔乖乖不上当，
　　　　　　打跑大狼本领强！耶！

## 6．自作聪明的小花猫

| | |
|---|---|
| 妈　妈 | 喵……，我是漂亮猫妈妈，每天早晨起得早。 |
| 爸　爸 | 我是勤劳的猫爸爸，早早起床身体好。 |
| 妈、爸 | 洗洗脸，理理毛，收拾干净回头瞧，唉，是谁还在睡大觉？喂——宝宝们起床了，起床了，起床了！ |
| 宝宝1 | 是谁大声把我叫，吵得我不能睡大觉。 |
| 宝宝2 | 唉，是爸爸、妈妈吗？干嘛大声把我叫？ |
| 妈　妈 | 还早呀，睁开眼睛瞧一瞧，太阳公公在冲着你们笑。 |
| 爸　爸 | 快快起床学本领，学好本领才是好宝宝。 |
| 宝宝合 | 学本领，是什么本领呢？ |

| | |
|---|---|
| 爸　爸 | 学捉老鼠呀。 |
| 宝宝合 | 捉老鼠呀，好啊！爸爸，妈妈，我们准能一学就会。 |
| 妈　妈 | 咪咪们，你们连老鼠是什么都不知道。 |
| 爸　爸 | 怎么能捉到老鼠呀？ |
| 宝宝合 | 爸爸，妈妈你们快说呀，一说我们就知道了呀，快说呀，快说呀！ |
| 妈　妈 | 好，听好了，老鼠老鼠可坏了，拖着一条长尾巴。 |
| 宝宝合 | 知道了，知道了，老鼠老鼠可坏了，拖着一条长尾巴。 |
| 妈　妈 | 咪咪们！唉，这孩子，话还没说完，就跑了，咪咪们—— |
| 宝宝1 | （拿萝卜）爸爸妈妈说老鼠有一条长尾巴。 |
| 宝宝2 | （跳着说）抓到老鼠了，抓到老鼠了！ |
| 妈、爸 | 抓到老鼠了，让我看看！ |
| 妈、爸 | 这哪是老鼠啊，这是大萝卜！ |
| 宝宝合 | 唉，你们不是说老鼠有一条长尾巴吗？ |
| 妈　妈 | 我们还没说完呢！老鼠，老鼠还有四条腿呢！ |
| 宝宝合 | 噢，有了，有了。这个问题好解决，我们马上去找。 |
| 妈　妈 | 咪咪们！这孩子们，话还没说完就跑了，唉，咪咪们—— |
| 宝宝1 | 捉老鼠谁不会，这只老鼠四条腿。 |
| 宝宝2 | 我们用爪子捉回来。 |
| 宝宝合 | 哦，捉到老鼠了，捉到老鼠了！ |
| 妈　妈 | 什么，捉到老鼠了？ |
| 爸　爸 | 让我们瞧瞧！ |
| 爸、妈 | 哎呀，这哪是老鼠呀，这是一条小板凳！ |
| 妈　妈 | 哎呀，这样哪能学本领！ |
| 爸　爸 | 会让人家笑掉牙。 |
| 宝宝合 | 又错了！捉老鼠这么难，嗯，不学了！ |
| 妈　妈 | 咪咪们，其实捉老鼠一点也不难，是你们没听清楚就去做。 |
| 爸　爸 | 是你们粗心大意，所以才会错。 |
| 宝宝合 | 爸爸，妈妈，那我们赶快听，你们赶快告诉我们吧！ |
| 妈　妈 | 好，这就对啦！ |
| 爸、妈 | 老鼠，老鼠可坏了，<br>小眼睛、尖嘴巴，<br>反穿黑色毛皮袄，<br>拖着一条长尾巴。<br>吱…吱…吱…， |

      偷粮食，咬衣服，
      传染疾病害处大，
      我们一定要消灭它，
      我们一定要消灭它。

**宝宝合** 爸爸，妈妈，这回我们听明白了，可是我们还不知道怎么捉老鼠呢？

**妈　妈** 好，听我来把你们教，
      捉老鼠，要用心，
      连玩带闹捉不着。

**爸、妈** 走路脚要轻，
      不能喵喵叫，
      眼睛看得准，
      爪子抓得牢。

**宝宝合** 明白了，明白了！

**妈　妈** 咪咪们…

**宝宝1** 爸爸、妈妈的话记心上。

**宝宝2** 出门就把老鼠找。

**宝宝1** 东闻闻，西瞧瞧。

**宝宝2** 唉，什么东西吱吱叫？！

**宝宝合** 躲在石头后面的是啥，
      小眼睛、尖嘴巴，
      反穿黑色毛皮袄，
      拖着一条长尾巴。
      嘘…是只老鼠准没错！

**宝宝合** 一二三，噢，捉到老鼠了，捉到老鼠了！

**爸、妈** 是吗，捉到老鼠了，让我们瞧，对，这就是可恶的老鼠！

**宝宝合** 哦，真的抓到老鼠了！

**妈　妈** 咪咪们，你们真棒！

**众　合** 小花猫，学本领。
      学本领，要用心。
      用心才能学得好。
      不偷懒，不骄傲。
      老鼠一个也跑不掉。哦……

## 7. 丑小鸭

### 第一场　破壳而出

**背　景**　森林、房子、房前鸭巢（置舞台右前位）

**画外音**　在一座茂密的大森林里，住着许多可爱的小动物，鸭子一家就住在森林边上的一幢房子里，房子旁边有清澈的小河，五彩的鲜花，碧绿的草地，很美，很美……

可是有一年夏天，鸭子家却发生了一件奇怪的事……

**鸭妈妈**　今天，是我最幸福的日子，因为我的宝宝要出生了。（小鸭躲在道具"蛋"里，鸭妈妈站在蛋中）鸡妈妈、狗爸爸，快来看呀！（鸭妈妈跑出蛋窝去招呼邻居）

**鸡妈妈、狗爸爸**　鸭妈妈，是你的宝宝要出生了吗？（鸡妈妈、狗爸爸边说边上）

**鸭妈妈**　是的，是的，是我的宝宝要出生了。

（歌曲：《送别》　鸭妈妈唱）

天天盼，夜夜想，要做妈妈了，今天宝宝要出生了，心里乐陶陶。

**群小鸭**　妈妈我出来了，呷，呷，呷，妈妈……（小鸭从蛋壳里钻出来围着妈妈理理毛）

**鸭妈妈**　我的乖乖，你们真漂亮、真健康，妈妈太爱你们了。（鸭妈妈摸摸、抱抱、亲亲小鸭们）

**鸡妈妈、狗爸爸**　鸭妈妈，你的孩子真可爱，太令人羡慕了。（鸡妈妈、狗爸爸很羡慕的样子）

**鸭妈妈**　是呀，是呀，我太高兴了。（鸭妈妈很幸福的样子）

（歌曲：《铃儿响叮当》　鸭宝宝们边唱边跳）

我们挣破蛋壳了，我们终于出生了，今天来到这个世界上，我们心里多欢畅。叮叮当叮叮当，铃儿响叮当，今天来到世界上，我们心里多欢畅。叮叮当叮叮当，铃儿响叮当，今天终于把歌唱，我们心里多欢畅。

（鸭妈妈看到少了一个孩子，正在着急。）

（歌曲：《1234567》　鸭妈妈唱）

1234567，少一个宝贝在哪里，（动作：找宝贝）在这里，在这里，原来他还在休息。

**鸭妈妈**　宝贝，哥哥姐姐们都已经出来了，你还在等什么呢？

**丑小鸭**　好舒服呀！妈妈我也出来了。（蛋慢慢裂开，丑小鸭从蛋里钻出来，伸伸懒腰，朝周围看看）妈妈，妈妈……（走向鸭群）

**群　鸭**　（扑向鸭妈妈）妈妈，妈妈，它真丑！（群鸭向后退，被吓倒在地，惊奇地

指着丑小鸭）

（鸭妈妈奇怪地看着丑小鸭；丑小鸭不知所措，吃惊地往自己身上看）

丑小鸭　　怎么了，妈妈，您——不喜欢我吗？
鸡妈妈　　哎呦，这个孩子长得真丑，恐怕是火鸡的孩子吧？
狗爸爸　　是呀，太丑了。
鸭妈妈　　大家都别说了，我想是我的孩子（妈妈抱住了丑小鸭），可我怎么会生出这么难看的孩子呢？哎！孩子们，妈妈带你们去游泳吧。（鸭妈妈无奈地带着孩子去游泳，丑小鸭失落地跟在后面）
鸡妈妈、狗爸爸　　哎，真没想到，怎么会有这么丑的鸭子，我们走吧！（鸡妈妈、狗爸爸叹息着下）

## 第二场　离家出走

场　景　　池塘边。

（群鸭在轻快的音乐声中"游水"，丑小鸭跟在后面）

小鸭甲　　不许你玩，丑八怪！（几只小鸭发现跟在后面的丑小鸭，围上了他）
众　　　　丑八怪！难看的丑八怪！
小鸭乙　　真不幸，妈妈为什么会生下一个这么难看的东西。

（丑小鸭低下头，擦眼泪，这时鸭妈妈游了过来）

丑小鸭　　妈妈，我是不是很丑？
鸭妈妈　　孩子，外表不美不要紧，最重要的是心灵要美。

（丑小鸭看着妈妈，点点头）

丑小鸭　　妈妈，妈妈，我懂了。
画外音　　看那儿有一群鸭子，刚出生真可爱，咦，那个奇丑无比的东西是什么？真给鸭子家族丢脸。
群　鸭　　滚开，不要再跟着我们。
画外音　　丑小鸭可怜地望着妈妈，可妈妈却低下头，一脸的无奈。他知道，妈妈也无法承受这残酷的事实。于是为了妈妈，他决定离开这个家。
丑小鸭　　天哪，我是长得跟他们很不一样，可我一生下来就这样，能怪我吗？不让我吃，还要啄我、打我。我又饿又孤独，呜呜，怎么办呢？我还是离开这个家吧！

（歌曲：《为什么受伤的总是我》）

为什么受伤的总是我，到底我是做错了什么，我的家在哪里在哪里？哎——

丑小鸭　　到外面的世界去，也许有人会喜欢我。亲爱的妈妈，再见了！

## 第三场　丛林历险

| | |
|---|---|
| 场　景 | 丛林里。（背景音乐：优美，有鸟声） |
| 画外音 | 丑小鸭四处流浪着，这天，他走到一片草地上，那里有美丽的鲜花，还有许多小动物在玩耍，丑小鸭很高兴，立刻过去和他们打招呼。 |
| 丑小鸭 | 嗨！你们好！（丑小鸭向蝴蝶迎过去） |
| 蝴蝶甲 | 哟哟哟，哪里来的丑八怪，长得真是太难看了，瞧，我们多漂亮！别理他，我们走吧，哼哼！（两只蝴蝶鄙视着丑小鸭，说完飞走了，丑小鸭很难过） |
| 丑小鸭 | 嗨！你们好！（丑小鸭走向猫） |
| 猫爸爸 | 丑东西！别吓着我的孩子！快滚开！（猫爸爸很凶的样子，说完带孩子走了） |
| 兔子们 | 丑八怪！丑八怪！你是一个丑八怪。哈哈……（丑小鸭又向兔子们走去，兔子们看见它很讨厌，围着丑小鸭哄笑后下） |
| 丑小鸭 | 为什么大家都不理我？难道我真的那么丑吗？呜呜（边走边哭下，背景音乐：凄凉） |
| 画外音 | 丑小鸭漫无目的地走着，直到晚上刮起了大风，下起了大雨。（风声、雷声、雨声大作） |
| 丑小鸭 | 好冷啊，一天都没有吃东西了。（远处传来狗叫声，他连忙躲起来。） |
| 丑小鸭 | 太可怕啦，妈妈，我饿，我冷，您知道吗？<br>（歌曲：《世上只有妈妈好》　丑小鸭唱）<br>世上只有妈妈好，有妈的孩子像块宝，投进妈妈的怀抱，幸福享不了（场景鸭妈妈和孩子们在一起）；世上只有妈妈好，没妈的孩子像根草，离开妈妈的怀抱，幸福哪里找！ |
| 画外音 | 丑小鸭又累又饿，伴着凄凉的歌声，他睡着了，在梦里，他见到了亲爱的妈妈…… |
| 鸭妈妈 | 孩子，我可怜的孩子。 |
| 丑小鸭 | （睁开眼睛）妈妈，是您吗？（扑进妈妈的怀里）我好想您！呜呜……！ |
| 鸭妈妈 | 我也想你，我的孩子。原谅妈妈的无能，不能保护你，但你要记住：尽管你没有美丽的外表，但只要你有一颗善良的心，愿意去帮助别人，总有一天，别人会喜欢你的，你会成为我们的骄傲！ |
| 丑小鸭 | （望着妈妈）我真的可以吗？ |
| 鸭妈妈 | 你一定可以，保重——我的孩子——（越走越远） |
| 丑小鸭 | （回到原位）妈妈，妈妈。（灰心丧气地低下头，马上又信心十足地抬起头）妈妈说的对，我要用心灵美来掩盖我外表的不足。 |

**画外音**　救命呀，救命呀……
**丑小鸭**　是谁在呼救？
**小白兔**　（蹦跳着跑上来）快救救我。
**丑小鸭**　别着急，怎么了，小白兔？
**小白兔**　有猎人追我。
**丑小鸭**　别出声，跟我来。（丑小鸭带着小白兔躲在了树的后面。猎人带着枪出现了。）
**猎　人**　刚刚明明还在这里，怎么一转眼就不见了。哎，这煮熟的鸭子就这么让它飞了，真扫兴！（猎人快快地走了）
**丑小鸭**　（跑出来左看右看，对着小白兔喊道）小白兔，出来吧，没有危险了！（小兔子跑出来）

（歌曲：《走在乡间的小路上》　小白兔唱）

走在回家的小路上，眼看着猎人把我追上，多亏了有你来帮忙，才能让我躲过这场大灾难。

**小白兔**　太谢谢你了，你叫什么名字？
**丑小鸭**　（不好意思地低下头）因为我长得丑，所以他们都叫我丑小鸭。
**小白兔**　虽然你的外表并不漂亮，可是你有聪明的头脑和一颗美丽的心灵，能和你交个朋友吗？（伸出右手准备握手）
**丑小鸭**　你真的这样认为吗？我可以吗？（不好意思地伸出手）
**小白兔**　当然可以。（很肯定地点点头）

（歌曲：《找朋友》　丑小鸭和小白兔唱）

找啊找啊找朋友，找到一个好朋友，行个礼，握握手，你是我的好朋友，找啊找啊找朋友，找到一个好朋友，行个礼，握握手，你是我的好朋友，再见。

（随着歌声小白兔离开了）

**丑小鸭**　再见啦——小白兔（边挥手）。妈妈说的对，只要我愿意帮助别人，一定会有人喜欢我的。（肚子呱呱叫）好饿啊，我该去找点吃的了！（下场）

（歌曲：《蓝精灵》　小花猫唱）

**小花猫**　在那山的那边，海的那边有一只小花猫，他是活泼又聪明，他是调皮又美丽，他呀自由自在生活在那绿色的大森林，自己的生活快乐又开心。
今天终于能逃避妈妈的看管，自己出来玩了，真开心！在妈妈的身边，我一点儿自由都没有，吃什么，玩什么样样都要妈妈说了算，每天还要学习一大堆的本领，都烦死我了。真羡慕自由自在的流浪生活呀！现在，我终于自由了。（自转一圈）哎，那是谁？（丑小鸭上场）我可以跟他一起玩呀！

喂，你是谁？能和我一起玩吗？

**丑小鸭** （转身）你——是在和我说话吗？

**小花猫** 啊，你是谁？怎么长得这么丑啊？（吓得倒退几步）

**丑小鸭** 对不起，吓到你了，我叫丑小鸭。（失落地转身，要走）

**小花猫** 哎呀，不管你长的丑与美，只要你能陪我玩就行。

**丑小鸭** （惊喜地转身）你说的是真的吗？

**小花猫** 我每天都在妈妈的严格管制和唠叨中生活，好不容易偷溜出来，我可得玩个够。哎，你也是受不了妈妈的管制，才出来流浪的吗？

**丑小鸭** 每天都生活在妈妈的身边，那该有多幸福啊！那样我就可以每天在妈妈的呼唤中从睡梦中醒来，跟着妈妈一起觅食，学习本领，享受妈妈无私的爱。可我因为长的丑，别人都笑话我，也笑话我的妈妈，为了妈妈，我才出来流浪的。所以现在只能在梦里才和我日思夜想的妈妈相见。

**小花猫** 身边有什么好，干什么都不行，一会怕我摔着，一会又怕我累着，什么都不让我做，一点自由都没有。

**丑小鸭** 真羡慕你，这样的生活是我梦寐以求的。你怎么还不满足呢？妈妈用自己的辛劳换回你的健康、幸福，还有什么能比得上妈妈的爱呢？妈妈不让你出来玩，是因为你还小，怕你有危险，难道你真的感受不到妈妈的爱吗？

**小花猫** 你一说，我想起来了，妈妈总是吃鱼头，把鱼肉给我吃，还说自己爱吃鱼头；每次遇到危险，妈妈总是把我藏在身后，自己面对。这么一想，我做得真太不对了。谢谢你，丑小鸭，是你让我懂得了去感受妈妈的爱。虽然，你的外表并不美丽，可是你的心里却充满阳光，充满爱，我要向你学习。

**丑小鸭** （不好意思地低下头）别这么说，我只是不想看到有妈妈再伤心。

**小花猫** 噢，我已经出来很长时间了，妈妈一定着急了，我得赶快回去了，再见了，丑小鸭，今天我真高兴遇见你这个朋友。（下场）

**丑小鸭** 再见，小花猫。能帮助别人真是一件快乐的事。真希望小花猫能和妈妈快乐的生活。（情绪：突然变得忧伤）可是我和妈妈何时才能相见呢？

## 第四场　蜕　变

**背　景** 冬天，湖水旁。

**画外音** 丑小鸭一直按照妈妈的话去做，他帮助过蝴蝶采花粉，帮助过猫爸爸送信，还帮助过大象指引道路，总之，他在用自己的实际行动向大家证明：他的心灵很美！正因为如此，他的朋友越来越多。但在冬天来临的时候，他仍然是一只可怜的、无家可归的、流浪的丑小鸭。

（乐曲《钢琴曲》　丑小鸭独舞）

| | |
|---|---|
| 画外音 | 寒冷的冬天悄悄地走近了丑小鸭，在他把温暖带给大家的同时，他也受到了大家的尊重，但是，这依然无法阻挡凛冽的寒风，它刺骨地打在丑小鸭单薄的身体上，似乎把一颗阳光般的心灵都吹冷了，此时，他多么渴望投入妈妈温暖的怀抱中，去感受那份无私的爱，可这一切又是那么的遥不可及。 |
| 背　景 | 春天，湖水旁。 |
| 画外音 | 丑小鸭接受了严寒的考验，终于迎来了生机勃勃的春天，瞧，鸭妈妈带着鸭哥鸭姐和朋友们一起来找丑小鸭了…… |

（丑小鸭慢慢地褪去原来的羽毛，变成了一只白天鹅。丑小鸭慢慢地睁开眼睛，举起翅膀，翅膀拍起来比以前有力得多）

| | |
|---|---|
| 鸭妈妈 | 我的宝贝在哪呢？他可是我们鸭子家族的骄傲啊！咦，大家快来看呀，那边有只美丽的天鹅。（鸭妈妈带着一群鸭子、鸡妈妈、狗爸爸、兔子、蝴蝶、猫上，围住丑小鸭） |
| 鸡妈妈 | 这只天鹅，真眼熟。噢，鸭妈妈，这不是你家失踪的丑小鸭吗？ |
| 蝴　蝶 | 对、对、对，是那只善良的丑小鸭，原来他是只天鹅呀，真美！ |
| 动物们 | 美丽的天鹅，你好！ |
| 丑小鸭 | 不、不，我是只丑小鸭，不、不是天鹅（丑小鸭害怕地）。 |
| 鸡妈妈 | 你是天鹅，而且是一只最最美丽的天鹅，你的羽毛又白又亮，不信你去湖里照照。 |

（乐曲：《天鹅湖》　边放乐曲边跳舞边解说）

| | |
|---|---|
| 画外音 | 丑小鸭跑到湖边一照，发现自己真的变成了一只美丽的白天鹅，这是他怎么也没有想到的，他感到非常难为情。他把头藏到翅膀里面去，高兴得不知道怎么办才好。他感到太幸福了，但他一点也不骄傲，因为一颗善良的心是永远不会骄傲的。 |
| 鸭妈妈 | 孩子，可找到你了，你真漂亮，你用自己的实际行动证明了你的心灵美，你真是我们的骄傲。（丑小鸭和鸭妈妈拥抱） |
| 群　鸭 | 对不起，我们以前对你不好，我们错了。（低头认错） |
| 丑小鸭 | 没关系，来，大家一起跳舞吧！ |

（背景音乐响起，群动物一起跳舞，灯光渐暗）

（歌曲：《健康歌》　众动物边舞边唱）

左三圈右三圈，脖子扭扭，屁股扭扭。早睡早起咱们来做运动。抖抖手啊，抖抖脚啊，请做深呼吸，不要去嘲笑别人这才更重要。外表美，心灵美呀，哪一个呀更重要呢？这个问题要仔细想好。应该是呀心灵美呀，更呀更重要，要坚持别放弃永远不动摇！

| | |
|---|---|
| 丑小鸭 | 只要我们用一颗真诚的心去帮助别人，就一定会得到别人的尊重和理解！祝愿天下所有离家的孩子都能回到妈妈的怀抱,感受妈妈的爱！(背景音乐：《七子之歌》)　(剧终) |

## 8. 小狐狸卖药

### 第一幕

（音乐起，狐狸慢慢从舞台一角走出。）

| | |
|---|---|
| 狐　狸 | （边唱边说）小狐狸我最聪明，只有傻瓜才劳动。我呀，ok！晒晒太阳吹吹风。 |
| 狐　狸 | （捂着头）哎哟！哎哟！最近我总是头昏眼花，浑身无力，我得找医生看看。医生、医生，快来呀！ |

（小兔医生上。）

| | |
|---|---|
| 小　兔 | （边唱边说）小兔我身穿白衣裳，手里提着医药箱，每天给人去看病，小兔医生真正忙！ |
| 狐　狸 | 小兔医生，你快给我看病吧！ |
| 小　兔 | 你怎么了，哪里不舒服？ |
| 狐　狸 | 我头昏昏的，浑身软绵绵的，不想动。 |
| 小　兔 | 让我来给你检查检查吧！<br>我来给你听听（做听心脏的动作），心脏没问题。<br>我看看你的嗓子，（检查喉咙）嗓子也没毛病。<br>我再帮你量量体温，咦？不发热呀！ |
| 狐　狸 | 小兔医生，我没发热，可我为什么不想动呀？ |
| 小　兔 | （挠头）嗯，让我想想，有了。你在家里每天都做些什么呀？ |
| 狐　狸 | 我什么活也不干，晒晒太阳吹吹风，每天就爱睡懒觉。 |
| 小　兔 | 怪不得呢。我知道，你得的是懒惰症，原来你是一只大懒虫。 |
| 狐　狸 | 我最怕累了！我才不干活呢。医生你就治治我的病吧！ |
| 小　兔 | 好吧！那我就给你配一瓶药，这瓶药叫勤劳药，吃了，你就变勤快了！ |
| 狐　狸 | 真的，让我试试！（拿出一颗药吞下，伸伸手臂）哇！我真的有力气了，我想去干活赚钱了！（狐狸眼珠咕噜噜一转）哎！有了，我去卖这瓶勤劳药，卖给懒惰虫，那我就能发大财了！（哈哈大笑）小兔医生，Bye-bye！ |

（狐狸抢过药瓶，拔腿就跑，小狐狸下）

| | |
|---|---|
| 小　兔 | 小狐狸，你还没给钱呢！（小兔追着狐狸下） |

狐　狸　　（边唱边说）今天我运气真正好，拿到一瓶勤劳药。把它卖给懒惰虫，保准让我发大财。

猴　子　　（随音乐上）小狐狸，你怎么这么高兴呀！

狐　狸　　我要发大财了！

猴　子　　是怎么回事呀？

狐　狸　　我这里有瓶勤劳药，把它卖给懒惰虫，我就能挣大钱了！

猴　子　　那你准备到哪里去卖呀！你在森林里卖，肯定卖不出去！

狐　狸　　那我就到森林幼儿园里去卖，那里有许多小朋友，我想，我肯定能找到懒惰虫的。

猴　子　　那我祝你好运！小狐狸再见！

## 第二幕

（音乐声中，一小女孩拿着皮筋跑上来，接着在这小女孩的招呼下，又上来五位小女孩，边唱边舞。）

众　　　　幼儿园真快乐，小朋友们哈哈笑。你拉皮筋我来跳，你拍皮球我来数。我们就像快乐的小鸟，快乐的小鸟唱歌谣。我们就像快乐的小鸟，快乐的小鸟唱歌谣。（随伴笛子声）马兰花，马兰花，风吹雨打都不怕，勤劳的人儿在说话，请你马上就开花。

（一皮球滚上来，小胖缓缓跟上。）

小　胖　　你们替我把皮球捡起来。

（小女孩停止了跳皮筋，没人理睬小胖，小胖蛮横地乱拉皮筋。）

众　　　　哎哎！小胖，你要干什么？

小　胖　　把皮球给我捡起来！（蛮横地）

众　　　　啊！叫我们捡皮球。

小　胖　　我是小皇帝。

众　　　　（笑）哈哈……小皇帝，这小皇帝怎么当呀？

小　胖　　呦，拖了鼻涕妈妈擦，手帕脏了奶奶洗。吃鸡蛋，爸爸剥，爷爷帮我捡玩具。

女1　　　当这样的小皇帝多丢人！我看你像小懒虫！

众　　　　哈哈！我们可不是小皇帝！我们可不当小懒虫！

女2　　　自己不会擦鼻涕。

女3　　　自己不会洗手帕。

女4　　　自己不会剥鸡蛋。

女5　　　自己不会系鞋带。

女6　　　自己不会叠被子。

众　　　我们大家不学你。

小　胖　（欲哭但不甘示弱）把皮球给我捡起来！

众　　　叫你爷爷来捡吧！

小　胖　（终于哭了）嗯……我要告诉妈妈，你们不给我捡皮球，我要告诉爷爷，爷爷，嗯……

狐　狸　（上）哈哈！我发财了！找到一个小懒虫！卖药啦！卖药啦！吃了勤劳药，你就爱劳动。小胖小懒虫，快来买药呀！

众　　　小胖，小胖，你可别当小懒虫，快点自己捡皮球。
　　　　（小胖看看大家，自己捡起了皮球。）

众　　　（鼓掌）噢！小胖进步了！他不是小懒虫了！
　　　　（众竖起大拇指，围着小胖和小狐狸）

众　　　（边唱边舞）小胖好，小胖好，有了进步该表扬，自己捡起大皮球，再也不是小懒虫。小狐狸，你看，小胖进步了！

狐　狸　是呀，小胖的确进步了。

小　胖　我还要自己擦鼻涕。（说完用袖子一抹，众忍不住笑了。）

女1　　小胖，擦鼻涕要用小手帕。
　　　　（小胖接过小手帕擦鼻涕，众又鼓掌。）

众　　　小胖真好，说改就改了。

小　胖　（得意地）我还要自己刷牙，洗脸，自己吃饭，自己剥鸡蛋。

众　　　对！（边歌边舞）你要学我们，
　　　　手帕脏了自己洗，积木掉了自己捡。
　　　　自己擦桌擦椅子，自己叠被穿衣服。
　　　　每天给花浇点水，再把图书理整齐。
　　　　看见垃圾我来捡，地上脏了我来扫。
　　　　学做班级小主人，自主管理真快乐！

小　胖　对！我得向你们学习！也做班级小主人！

狐　狸　卖药啦！卖药啦！卖勤劳药啦！便宜了！便宜了！

众　　　小狐狸，我们可不是小懒虫，我们不会买你的药的。

狐　狸　哎！这下我可赚不到钱了！我还是得靠劳动才能赚钱。

众　　　对对对！你也要爱劳动，样样事情自己做。

狐　狸　我再也不做懒惰虫了，这药我不卖了。（将药瓶放掉）我也向你们学习，做个勤劳的人。

众　　　小狐狸，小胖，我们一起来跳舞吧！

狐狸和小胖　　好！

众唱　　幼儿园，真快乐，小朋友们哈哈笑。

你拉皮筋我来跳，你拍皮球我来数。

我们就像快乐的小鸟，快乐的小鸟唱歌谣。

我们就像快乐的小鸟，快乐的小鸟唱歌谣。

（伴随笛子声）（幕落）

## 9. 聪明小鸡笨小狼

**人　物**　小鸡、小狼

**场　景**　夏天的小树林

（一只小鸡在小树林里找虫吃。它的羽毛是金黄色的，有黑色的条纹。）

（小鸡在一棵小树边找到一只蚯蚓。它把蚯蚓啄成两段，分两次吞下。唱道："叽叽叽，叽叽叽，蚯蚓真好吃，小树林真漂亮。"）

（小狼上。）（走得很慢，经常摇晃一下，经常使劲眨几下眼睛。）

小　狼　哎哟，疼死我了。该死的树，也来欺负我。

（小狼撞到了一棵树上。抬起一只前爪揉揉头。用尾巴抽了几下碰它头的树。）

小　狼　两天没吃东西了，看不清路，总碰头。总爱发脾气，再找不到吃的，就要走不动了。

（小狼抹了抹眼泪。）

小　狼　谁在唱歌？

（小狼打起精神，四处张望。看到小鸡。）

小　狼　一只小鸡！（小狼又四处张望。）没人看着它，哈哈，我找到吃的喽。

（小狼一步步朝小鸡靠近。）

小　狼　小鸡小鸡别唱歌了，哭吧哭吧，因为你遇上我了，我的肚子饿得都瘪了，我要吃了你。

小　鸡　（原地没动）哎呀，小狼啊小狼，你可不要吃错了啊。

（小鸡瞪着圆圆的眼睛望着小狼。）

小　狼　吃错了？吃错了是怎么回事？

（小狼瞪圆了眼睛望着小鸡。）

小　鸡　我不是小鸡，我是为了吃小鸡才变成小鸡的模样的，你没看出来吗？我是小老虎，瞧瞧我的金黄色的毛，瞧瞧那羽毛上的黑条条花纹。

（小鸡转了个圈，让小狼看它的羽毛。四处张望。）

小　鸡　爸爸妈妈不在，伙伴们不在。只有大灰狼在，真要吓死了啊。

（小鸡瞪着更圆了的眼睛望着小狼。）

小　鸡　看清楚了吗？我的羽毛和老虎的毛一模一样。

小　狼　看清楚了，你不是老虎就是老虎的亲戚。我可不敢吃你，我吃了你，老虎爸爸老虎妈妈老虎外婆老虎外公老虎爷爷老虎奶奶都不会放过我。

　　　（小狼瞪着不太圆了的眼睛望着小鸡，慢慢地向后退。）

　　　（小狼的屁股撞到一棵树上。停住后退，又瞪圆了眼睛。）

小　狼　你怎么那么小？和我的一只耳朵一样小。

小　鸡　我是小老虎啊，是老虎孙子，所以小。刚才，我看见一只棕色的小兔子跑到那边去了，你快去吃了它吧。你跑得那么快，一定能追上它。

　　　（小鸡用翅膀指向和自己的家相反的方向。）

　　　（小狼顺着小鸡指的方向飞跑起来。小鸡展开了翅膀，连跑带飞地回了家）。

小　狼　哪里有兔子啊？我一定是上当了。小鸡骗子，我一定要吃了它。

　　　（小狼转身往回跑。）

小　狼　小鸡，你出来，你出来。

　　　（小狼又气又饿倒在地上……）

南开大学出版社网址：http://www.nkup.com.cn

投稿电话及邮箱： 022-23504636　　QQ：1760493289
　　　　　　　　　　　　　　　　　QQ：2046170045(对外合作)

邮购部：　　　　022-23507092
发行部：　　　　022-23508339　　Fax：022-23508542

南开教育云：http://www.nkcloud.org

App：南开书店 app

  南开教育云由南开大学出版社、国家数字出版基地、天津市多媒体教育技术研究会共同开发，主要包括数字出版、数字书店、数字图书馆、数字课堂及数字虚拟校园等内容平台。数字书店提供图书、电子音像产品的在线销售；虚拟校园提供 360 校园实景；数字课堂提供网络多媒体课程及课件、远程双向互动教室和网络会议系统。在线购书可免费使用学习平台，视频教室等扩展功能。